Catherine Snow

Schatten der Magie

SCHATTEN der MAGIE

Das Arkane Portal

Für Corinna,

vergiss niemals, dass deine Einzigartigkeit dich so besonders macht ♡

Catherine Snow

BOOKAPI
VERLAG

Bibliografische Information der Deutschen Nationalbibliothek:
Die Deutsche Nationalbibliothek verzeichnet diese Publikation in der Deutschen Nationalbibliografie; detaillierte bibliografische Daten sind im Internet über http://dnb.dnb.de abrufbar.

1.Auflage

Theodor-Heuss-Str. 5, 89340 Leipheim

Coverdesign: Nina Hirschlehner
Lektorat & Korrektorat: Nina Hirschlehner
Layout & Satz: Stefanie Scheurich,
Bildmaterial: freepik.com

Druck: booksfactory
ISBN: 978-3-9825757-0-4

@bookapi.verlag

»Familie kann jeder sein, der dich akzeptiert
und dich in all deinen schönsten,
aber auch dunkelsten Momenten liebt.
Jemand, der dich zur Weißglut treibt
und dein Herz zum Lachen bringt.«

Ich widme dieses Buch meinem Großvater Konrad
und meinen beiden Katzen Valyria und Kashmir.
Familie sind nicht nur diejenigen,
in deren Mitte man geboren wird,
sondern auch diejenigen, die man sich aussucht.
Danke, dass ihr mein Leben auf eure Weise bereichert habt.
Danke, dass ich einen Teil meines Weges mit euch gehen durfte.

1

Es hatte lange genug gedauert, aber schließlich hatten sie sie gefunden.

Eigentlich hätte man annehmen können, dass es sich um eine völlig normale Großfamilie handelte, die da mitten im Wald ein Picknick machte. Er aber wusste, wer sie waren. Nein ... was sie waren.

Die Magie der Alten war schon ausgereift und es würde nicht lange dauern, bis sie ihre dunklen Finger nach der Welt der Menschen ausstrecken würden, um den Leben, wie diese sie kannten, ein Ende zu setzen. Sie würden ihre Realität ins Chaos stürzen und sie unterjochen. Das war Conrad Locksmith klar und allen anderen, die ihm an diesem Tag in den Wald gefolgt waren.

Der Erfinder schauderte, als sie durchs Dickicht schlichen. Jeder knackende Ast, jedes Rascheln ihrer Kleidung im Gebüsch jagte ihm eine Gänsehaut über den Rücken. Wenn sie entdeckt werden würden, war das Vorhaben zum Scheitern verurteilt. Nein, das durfte nicht passieren!

Vielleicht ... vielleicht.

Doch dann erreichten sie die Lichtung, auf der die Magischen friedlich sangen, als könnte ihnen nichts und niemand etwas anhaben.

Ein unbändiger Zorn wallte in Locksmith auf, der seine Welt bedroht sah. Machtlos vor diesen friedfertig wirkenden Wesen, deren dunkle Herzen von schönen Gesichtern und warmem Sonnenlicht verborgen waren. Er presste die Kiefer aufeinander und hielt inne. Auch die anderen waren stehen geblieben.

Das Lied der Elfen klang wohlig und nahm den Hörer augenblicklich ein. Gleichsam rührte es aber auch das Herz und das von Locksmith war mit einem Mal von einer eisigen Kälte umfangen, die ihren Griff von Note zu Note enger schnürte.

Zu gern hätte er einen anderen Grund genannt, weshalb er die Magischen verfolgte, warum er Menschen dazu brachte, sich ihm anzuschließen und Jagd auf jene zu machen, die fremdartig waren. Es wäre ihm recht gewesen, hätten sie ihm oder seiner Familie ein Leid angetan, das seine Taten rechtfertigte. Doch tief in seiner Brust saß eine unerklärliche Angst. Angst, die ihn dazu gebracht hatte, die letzten zehn Jahre seines Lebens daran zu forschen, wie man den Magischen ihre Kräfte nahm. Und nun, da er erfolgreich gewesen war, mussten Taten folgen. So lange hatte er sich hinter seinem Schreibtisch versteckt, hatte geforscht und den Moment, in dem er handeln musste, vor sich her geschoben.

Jetzt aber war der Tag gekommen, an dem er ihnen gegenüberstehen und erkennen würde, wozu sie fähig waren. Der Tag, an dem er nicht nur ihnen, sondern auch seiner Angst den Kampf ansagen würde. Vielleicht hatte es ihn deshalb zehn Jahre gekostet. Aber er wusste, dass seine Methode funktionierte.

Er zitterte, als er den Männern ein Zeichen gab, woraufhin sie das Kabel entrollten. Vorsichtig. Diese Missgeburten durften sie nicht hören, nicht sehen, nicht entdecken, bevor sie nicht fertig waren.

Conrad Locksmith versteifte sich mit einem Mal, als er etwas Anderes wahrnahm als das Rauschen des Blutes in seinen Adern. Rotglühender Ärger wallte in ihm auf, als er erkannte, dass einer der Männer über einen Ast gestolpert war. Doch ein Blick durch das Dickicht hindurch versicherte ihm, dass die Magischen nichts von alledem mitbekommen hatten und noch immer dem Zauber des Gesangs ergeben waren. Und wenn, dann waren sie gut darin, es zu verbergen.

Die Fingernägel seiner schweißnassen Hände gruben sich in seine Handflächen, während er den anderen dabei zusah, wie sie seinen Plan ausführten. Dann waren sie fertig. Er entspannte sich zwar deshalb auch nicht, aber zumindest traute er sich endlich, zu atmen.

Der Moment war gekommen.

Als er den Schalter auf dem kleinen Kästchen in seinen Händen umlegte, wusste er bereits, dass er die Wirkung seiner Erfindung nicht hören würde. Aber er spürte sie. Um ihn herum begann die Luft zu flirren, und wenn man es nicht wusste, hätte man meinen können, dass die Sommersonne heute eben besonders heiß auf ihre Köpfe brannte. Das aber war es nicht, schließlich war es nur mäßig warm. Die Härchen auf seinem Arm richteten sich auf.

Er nickte den Männern zu. Die meisten bewegten sich nun mit noch größerer Vorsicht immer weiter auf die Lichtung zu, die Waffen auf die Magischen gerichtet.

Auch wenn es jetzt egal sein würde, ob die Kreaturen sie hörten, hatte Locksmith seine Männer dazu angehalten, weiterhin vorsichtig zu sein. Meter für Meter rückten sie weiter vor und langsam, aber sicher näherten sie sich der Baumgrenze.

Der Erfinder hörte seinen Herzschlag hämmern, als er den ersten Schritt aus den Bäumen heraus trat und die Magischen aufsahen. Wie wilde Rehe, die einem direkt vor den Lauf sprangen. Wunderbar.

Die anfängliche Überraschung schlug in Angst um, denn sie wussten, warum die Menschen gekommen waren. Sie konnten es spüren.

Auf der Lichtung wurde es mit einem Mal unheimlich still. Selbst die Vögel hatten sich in die fernen Wipfel zurückgezogen und gaben keinen Ton von sich. Der Wind hatte aufgehört, ihnen unbarmherzig durch die Kleider zu brausen, die Luft drückte sich ganz plötzlich wie ein ölgetränktes Tuch auf ihre Gesichter. Schwer und süßlich. Locksmith kannte diesen Geruch. Das hier war Magie und sie versuchte, sich zu wehren.

Die Natur wusste es und auch diese Missgeburten waren sich im Klaren darüber, dass der Tag gekommen war, an dem die Menschheit zurückschlug.

»Was wollt ihr hier?«, dröhnte die Stimme des Mannes unheilschwanger zu ihnen herüber, der sich schützend vor seine Familie gestellt hatte. Selbst für einen Mann war er unfassbar schön, mit weichen, fast weibischen Zügen und stechenden Augen.

Doch davon würde sich niemand von ihnen beeindrucken lassen. Nicht von ihm, nicht von den anderen Elfen, die hier im Wald ihre Lieder sangen.

Locksmith riskierte einen Blick auf seine Männer, die wie hypnotisiert die Frauen angafften. Er hatte ihnen erklärt, dass sie sich an ihnen bedienen dürften, nachdem die Mission von Erfolg gekrönt war. Die Maschinen würden ihnen ihre Kräfte nehmen oder sie zumindest so schwächen, dass sie sich nur noch auf ihre körperlichen Kräfte verlassen konnten. Und das war – wenn er sich diese Sippe so ansah – sehr zum Vorteil der Menschen, die nicht so dürr wie Birkenstämme waren.

Ungerührt strich sich Conrad Locksmith über seinen Backenbart. »Eure Vormachtstellung hat lange genug angedauert, Langohr. Damit ist nun endlich Schluss!«

In diesen Momenten liebte er seinen doppeltönigen Stimmklang, der ihm etwas Gefährliches verlieh, das er sonst nicht auszustrahlen vermocht hätte. Der metallische Ton, der sich darin fand, war nicht dazu gemacht, andere zu betören oder ihnen mit heißen Schwüren seine Liebe zu bekunden. Seine Bestimmung war es, die Erde und vor allem die Menschen von diesem magischen Geschwür zu befreien, das sich immer weiter vermehrte und breitmachte. Dafür hatte Gott ihm diese Stimme gegeben, das wusste er.

»Ihr seid in unserem Reich machtlos, Rosenohr, und das wisst ihr auch!« Die Stimme des Elfen erhob sich ein weiteres Mal, doch nun sah er nicht mehr so selbstsicher aus wie noch Sekunden zuvor.

Locksmith vermutete, dass er versucht haben musste, einen Zauber zu weben, und erkannt hatte, dass es ihm nicht möglich war. Abermals verbreite sich der süßliche Gestank der Magie. Obwohl er nicht genau sagen konnte, was es war, wusste er, dass es etwas war, das er nicht leiden konnte.

»Euer Reich war einmal. Die Menschheit wird sich erheben und es wird keinen Platz mehr geben für Abnormitäten wie ihr es seid«, schnarrte der Erfinder und räusperte sich. »Einzig als Diener werdet ihr euch gut machen.«

Mit einem Mal war die Luft erfüllt von einem Sirren. Locksmith wusste, dass das die Zauber der Elfen waren, die sich verzweifelt gegen seine Maschinen wehrten. Dass sie alles in ihrer Macht Stehende taten, um zum Gegenschlag auszuholen, noch bevor er oder seine Männer einen Finger gerührt hatten.

Doch an ihren Blicken erkannte er, dass auch sie ahnten, was er getan hatte.

Er hätte das grausame Lächeln, das sich quer über sein Gesicht spannte, nicht verhindern können, wollte es auch gar nicht. Sie sollten sehen, was passierte, wenn man sich mit ihm und seinesgleichen anlegte. Menschen waren nicht schwach oder unter ihnen. Er musste es nur selbst verinnerlichen, dann konnte er es auch allen anderen Glauben machen. Und Gott war stets an seiner Seite.

Die Elfen begannen ein weiteres Lied. Es hörte sich an, als würden sie es aus einer einzigen Kehle singen, eine mächtige Stimme. Doch als die dampfbetriebenen Motoren aufheulten und die Lichtung mit ihrem weißen Nebel erfüllten, wussten sie, dass es kein Entrinnen geben würde.

Sie taten alles und doch war es nicht genug. Das war der Wille Gottes, wenn sie auch noch so sehr gegen das Röhren der Motoren anbrüllten, in der Hoffnung auf Gnade. Als der Lärm nun aber erstarb, verfiel die Lichtung in unheimliches Schweigen.

Das Letzte, das Conrad Locksmith hörte, war sein eigenes heiseres Räuspern, das gemeinsam mit einem Knacken der umgefahrenen Bäume den Ton seines ersten, erfolgreichen Schlags gegen die Magischen signalisierte.

Die Welt der Magischen war ein wenig kleiner geworden und nun schöpfte der Erfinder Hoffnung in sich und sein Vorhaben, in seine Männer, die einige der Elfenweiber geknebelt hatten, und in die Menschheit, die sich ihnen schon bald anschließen würde. Da war er sich sicher.

Es dauerte lange, bis sich das kleine Elfenmädchen aus dem Baumstumpf befreien konnte und wusste, dass dies nur eines bedeutete: Ihre Mutter war tot oder fort.

Als sie das goldene Sonnenlicht auf ihrer Haut spürte, fragte sie sich, wie die Urmutter der Elfen das hatte zulassen können. Unter ihrem Schutz waren sie geschlachtet worden und das Ausmaß erblickte sie jetzt.

Körper lagen wild auf der Lichtung verstreut, gebrochen und leblos, achtlos weggeworfen wie der Müll der Menschen.

Über das schöne weiche Moos, auf dem sie zuvor noch gesessen waren und gesungen hatten, zogen sich dicke Spuren einer Maschine, die auch die Bäume umgeknickt und ihr Versteck zusammengedrückt haben musste.

Sie griff sich an die Rippen, von denen mit Sicherheit einige gebrochen waren, doch wusste sie, dass sie sich glücklich schätzen musste, noch am Leben zu sein.

»Wenn die Not der Magischen am größten war, gab es seit jeher das Portal, das unsereins in seine schützenden Arme aufnahm. Dort können wir leben, dort können wir uns sammeln und vielleicht irgendwann einmal Frieden finden. Das Arkane Portal wird immer ein Stück Heimat für jeden von uns sein, denn unsere Magie entstammt ihm.«

Sie erinnerte sich an die Worte ihrer Großmutter, die ihr mehr als einmal vor dem Zubettgehen von der Geschichte erzählt hatte.

Ihre Mutter hatte immer wieder versucht, ihr dieses Ammenmärchen auszutreiben, doch jetzt war sie froh, sich zu erinnern. So erinnerte sie sich in der Stunde größter Not an dieses und hängte ihr Herz daran.

Ihre Familie war tot und die einzige Heimat, die ihr bleiben würde, wäre die der Magischen, der Ort, wo alles begonnen hatte und auch sein Ende finden würde.

Sie würde das Arkane Portal suchen und wenn es Jahre dauern würde. Sie hatte Zeit. Sie würde es schaffen. Und auch wenn ein Elfenleben nicht erheblich länger war als das eines Menschen, so würde sie jedes Jahr, das ihr zu eigen war, dafür geben, es zu finden. Sie würde Magische um sich scharen, um den Menschen in ihrem Hass und ihrer Ablehnung Einhalt zu gebieten.

2

»Es gibt einen Neuen!«, zischte Cassandra, die zurück in ihr Versteck gelaufen kam. Ihre kleinen Füße hatte sie an diesem Tag mehr denn je angetrieben, weil ihr irgendetwas sagte, dass der Neue ganz nach Banes Geschmack sein würde.

Das Mädchen setzte sich zwischen Sosanna und Bane, die sich mit gesenkten Köpfen anstarrten, gerade so, als würden sie einen Wettbewerb abhalten, wer es länger aushielt.

Bane bedeutete ihr mit einer Geste, fortzufahren, und Cassandra erzählte ihnen alles, was sie gesehen hatte: »Er ist alt, aber nicht ganz so alt wie ihr zwei.«

Sosanna unterdrückte ein Kichern und es schien ihr durch den ganzen Körper zu gehen. Sie biss sich auf die Lippen und senkte den bleichen Kopf, der hier noch mehr zu leuchten schien als ohnehin schon. Sie klimperte mit ihren langen, fast durchsichtigen Wimpern. Diese Frau wäre durchscheinend wie ein Geist, hell und farblos, und doch war Cassandra, als würde sie von innen heraus wie ein Mond leuchten, der trotzdem Düsternis versprach.

Just in dem Moment streckte sie ihre langen Beine aus und schloss die Augen. Obwohl sie die Gestalt eines Menschen angenommen hatte, konnte Cassandra deutlich sehen, dass Sosanna nicht nur irgendein magisches Wesen war. Das Einhorn hatte ihre Gedanken gehört und öffnete nun breit grinsend die Augen und ermutigte das Mädchen, weiterzusprechen.

»Irgendetwas an ihm ist anders als an den Letzten, die hier angekommen sind, aber ich kann nicht sagen, was.«

Bane wog ihre Worte, denn das tat er immer, wenn er sich so durch sein wildes schwarzes Haar fuhr, das in einen für diesen Anblick viel zu gepflegten Bart überging. Cassandra gab es ihm gegenüber nicht zu, aber in diesen Momenten erinnerte er sie an ihren Vater. Der Gedanke schmerzte, weshalb sie ihn gleich beiseitelegte und wieder sorgsam tief in sich verschloss. Es gab jetzt andere Dinge, Wichtigeres.

Der Neue! Sie hatte sich bislang noch nie vertan, auch wenn sie erst sieben Jahre alt war, und das wusste der Anführer. Abgesehen davon, dass die Regentin niemanden an den Rand des Arkanen Portals holte, der nur durchschnittlich war.

Er wartete ab und sah das Mädchen an, das gerade seine Pausbacken aufblies und dabei aussah wie ein Barockengel mit ihren blonden Locken. Ihre Hände verschwanden in den Taschen ihres Kleids, das aus grobem Tuch war, während die braunen Augen abwartend zu ihm aufblickten.

Sie streckte ihre nackten Füße in die Erde zwischen ihnen und wackelte mit den Zehen.

Bane stand plötzlich auf und nickte unmerklich, ohne ein Zeichen zu geben. Aber die anderen beiden Mitglieder der »Dunklen Klaue«, wie sich ihre Bande nannte, wussten, was er meinte. Er würde sich die Sache selbst ansehen und sich ein Urteil darüber bilden, ob der Neue zu ihnen passte oder nicht.

Mit wehendem Umhang, der wegen der Erfindungen in seinen Taschen mehr Lärm machte, als es ihm lieb war, ging er durch ihr Lager. Überall ragten mächtige Baumstämme in die Höhe, in die Häuser gehauen worden waren. Tagsüber konnte man bloß verlassene Brücken und leere Fenster entdecken, aber nachts war diese Siedlung wunderschön. Eine Vielzahl an Brücken verband die Behausungen und auf ihnen brannten unzählige Laternen, die dem Portal etwas Unheimliches verliehen. Das war die Zeit, in der er am liebsten unterwegs war. Vielleicht, weil es den Frieden versprach, den er sich wünschte.

Die Dunkle Klaue aber zog es vor, am Boden zu leben, nicht zuletzt wegen Leo, dem Schneeleoparden, der Cassandra auf den Fuß folgte wie ein Hund. Seinetwegen hatten sie sich an den Rand einer Höhle zurückgezogen, auch wenn das schon einige schlaflose Nächte mit sich gezogen hatte – vor allem am Anfang.

Wie sie es geschafft hatte, die Raubkatze dazu zu bringen, ihr aufs Wort zu gehorchen, verstand keiner, selbst der Umstand, dass sie eine Hexe war, erklärte nicht, warum das Tier sich so an sie gebunden hatte.

Doch das und die spärlicher werdenden Behausungen ließ er hinter sich. Dem Tor zur Welt der Menschen am nächsten hatte die Regentin ihr Lager aufgeschlagen, schließlich war sie die Einzige, die es öffnen und schließen konnte.

Er fühlte, wie der Boden unter seinen Stiefeln weicher wurde und wusste, dass sein Ziel nicht mehr fern war. Zumindest dachte er das. Sicher sein konnte man sich nie, denn da sich das Portal durch jeden Neuankömmling ausdehnte, um ihnen allen Platz zu gewähren, machte es das oftmals schwer, Entfernungen abzuschätzen.

Ein einsamer Baum zeigte ihm an, dass er recht gehabt hatte. Dieser war ebenso himmelhoch wie die anderen, doch stand er allein da. Umliegend erkannte Bane bloß kleinere Büsche und Sträucher.

Ganz unten, verschlungen und fast verdeckt von Hecken, die sich um den Baum rankten, war eine dunkle rote Tür mit einem schweren Griff. Für jeden, der zum ersten Mal hier war, wäre klar gewesen, dass man anklopfen musste.

Doch Bane wusste es besser. Bei seinem ersten Mal hatte ihn der Griff gefangen genommen, bis ihn die Regentin, flankiert von einer bis auf die Zähne bewaffneten Gefolgschaft, selbst losgemacht hatte. Dieser Schutzmechanismus entlockte ihm mittlerweile nur mehr ein trockenes Lächeln, wenn er daran dachte, was er für die Klaue bislang alles installiert hatte.

Direkt unter dem Griff platzierte er seine Hand auf dem wie immer kühlen Holz und wartete.

Ein Herzschlag.

Zwei Herzschläge.

Und dann spürte er es. Den Herzschlag des Baums, der ihn erkannte und ihm ebenso mit zwei Herzschlägen antwortete.

Dann öffnete sich die Tür lautlos und gab einen Blick auf das Innere frei.

Bane trat ein und verschloss die Tür. Augenblicklich ließ er die Stille des Waldes hinter sich und war umringt von einem Surren, das dem Heim der Regentin seinen gewohnten Klang gab.

Den Ursprung dessen würde er weiter hinten finden, wie er bereits wusste, und so machte er sich auf den Weg.

Auch hier drin war der Boden mit Moos überzogen und verströmte diesen angenehmen Geruch, den Bane in der Höhle der Klaue oftmals vermisste. Schon als Kind war ihm der Geruch immer der liebste gewesen. Vielleicht aber auch nur wegen all der Abenteuer, die er erlebt hatte. Doch er konnte sich nicht in seiner Erinnerung verlieren. Nicht jetzt. Dafür waren die Stunden da, in denen er nachts wachlag und sich fragte, ob er etwas ändern hätte können.

Er passierte einen Tisch und Stühle, die allesamt aus dem Boden zu wachsen schienen und ein Teil des Baums waren. Darauf entdeckte er eine Karte, die einen Ausschnitt der Welt der Menschen zeigte, über den die Regentin mit den Anführern der Banden gesprochen hatte. Bald schon würden sie erneut in diese Region aufbrechen, um ein mächtiges Artefakt zu finden. Mehr wusste er nicht darüber.

Er dachte an *sie* und obwohl er sich darauf freute, sie wiederzusehen, schmerzte es ihn, dass er noch immer nicht am Ziel seiner Reise war. Auch dafür war jetzt keine Zeit.

Zu seiner Linken tröpfelte leise Wasser aus der Decke, so schnell oder langsam, dass man sich darin ansehen konnte.

Jedes Mal aufs Neue war er gebannt von dem Blick in den Spiegel der Regentin, der so anders war als alle magischen Erzeugnisse, die er kannte oder selbst zustande gebracht hatte. Das war Elfenmagie und keine seiner niedermagischen Spielereien, wenngleich er einen höheren Einfallsreichtum bewies. Aber das würde er der Regentin gegenüber nie erwähnen. Niemals.

Sein Weg war flankiert von kleinen, hell schimmernden Pilzen, die für ein diffuses Licht im Gang sorgten und dem Innenleben des Baums ein wenig mehr Magie zu geben schienen.

Als er am Ende des Raums angekommen war, führte eine gewundene Treppe nach unten und das Rauschen des Wassers drängte lauter an sein Ohr.

Er folgte den Stufen und merkte, wie die kühle, feuchte Luft an seinen Kleidern zerrte, als wollte sie ihn lenken. Schließlich erreichte er den Fuß der Treppe und fand sich in der Höhle wieder, in der sich das Tor befand.

Er selbst hätte es nicht gewollt, wenn die Gildenmitglieder jedes Mal sein Haus betreten müssten, wenn sie in die Menschenwelt gingen oder von dort zurückkehrten. Trotzdem wusste er, dass es die Regentin schätzte, stets zu wissen, wer sich hier aufhielt.

Ein weiterer Grund, den jedoch niemand der Magischen hier außer Bane kannte, war der, dass ihr das Portal eine Art Sicherheit gab, die sie zuletzt verspürt hatte, als ihre Familie noch am Leben gewesen war.

»Ah, Bane!«, grüßte die Regentin ihn, die im Schneidersitz auf der Plattform in der Mitte des unterirdischen Sees saß und sich die Sonne, die durch die Öffnung in der Decke fiel, aufs Gesicht scheinen ließ.

Sie sah friedlich aus und hatte wohl gerade versucht, im Gebet zu ihren Ahnen zu sprechen. Doch wie immer würde niemand antworten, dafür hatten die Menschen gesorgt. Sie hatten die gefangen genommenen Elfen ihrer Kräfte beraubt und sie entweder eingesperrt oder gleich getötet. Und so würde es ihr niemals möglich sein, Kontakt zu ihnen aufzunehmen, egal was sie versuchte.

So friedlich all das wirkte, so stand ihr kriegerischer Aufzug, den sie Tag und Nacht nicht ablegte, dagegen. Sie trug einen ledernen Kürass, der an den wichtigsten Stellen mit Metall veredelt worden war. Ihre Rechte ruhte, selbst jetzt, auf dem Knauf ihres Schwertes, das sie stets bei sich trug und nur zum Schlafen neben sich legte.

Eine Weile stand Bane unschlüssig da, bevor ihn die Regentin bat, sich zu ihr zu setzen.

»Du bist hier wegen des Neuen?«, fragte sie und runzelte die Stirn, als er neben ihr Platz nahm. Bedächtig strich sie sich durch das blonde Haar, in dem sich kunstvoll geflochtene Zöpfe fanden.

Er nickte unmerklich.

»Du kennst die Regeln. Heute Abend beginnt die Jagd. Wenn er bis zum Morgengrauen bei euch bleibt, ist er einer der euren«, erwiderte sie und blickte ihn mit ihren durchdringenden grünen Augen an. Wie immer lag ein harter Ausdruck darin und das Lächeln, das sie ihm schenkte, war nicht zu deuten.

Man konnte viel über die Regentin sagen. Man mochte ihr vielleicht unterstellen, dass sie, als sie nach dem Portal gesucht hatte, einen Hass auf die Menschheit entwickelt hatte. Vielleicht auch, dass sie Menschen, die ihr in die Quere kamen, nicht gerade liebevoll begegnete und ihnen dieselbe Grausamkeit entgegenbrachte wie sie ihr damals. Aber was man nicht über sie sagen konnte, egal wie man es drehte und wendete, war, dass sie sich nicht um die ihrigen kümmerte. Die Gilde des Arkanen Portals war nach der Ehrung ihrer Familie das Wichtigste im Leben der Regentin. Seit sie der Legende nachgegangen war, hatte sie hier talentierte Magische aller Art wie eine zweite Familie versammelt, um zu einem Gegenschlag auszuholen.

Bane zuckte die Achseln und sah ihr weiterhin in die Augen, ohne zu blinzeln. Er hatte sich nicht bewegt und sich auch nicht verabschiedet.

»Ich glaube, der Neue wäre am besten bei dir aufgehoben, Bane, auch wenn ich das den anderen Banden nicht sage. Nicht zuletzt deshalb, weil ihr alle so unterschiedlich seid. Sieh also zu, dass er bei dir unterkommt. Mehr kann ich nicht für euch tun.«

Dass sie dabei wohl darauf anspielte, dass die Banden untereinander mehr oder weniger in einem Wettbewerb standen, war ihm klar. Manche von ihnen ließen sich schließlich auch zu feindseligeren Mitteln hinreißen, die seine Bande ablehnte. Er hatte seine Leute gut ausgesucht, wie er fand.

Damit schien er wohl entlassen zu sein, denn die Elfe schloss die Augen und wandte ihr Gesicht der Sonne zu.

›Heute Abend müssen wir schnell sein. Der Neue soll ein Mitglied der Dunklen Klaue werden, das hat die Regentin gesagt. Wir werden es nicht zulassen, dass die Kinder des Schleiers zuschlagen. Nicht heute. Nicht bei ihm‹, sagte Bane durch den Transmitter zu den anderen. Obwohl die Erfindung lange nicht so ausgereift war, wie er es sich wünschte, war er froh, dass sie ihn trugen. Früher war er darauf angewiesen gewesen, dass seine Freunde die Gebärdensprache lernten, um sich mit ihm zu verständigen. Früher …

Henry hatte sie sofort für ihn gelernt.

Unwillkürlich hatte er eine seine Hände zu Fäusten geballt und die Gebärde gezeigt, die Henrys Namen beschrieb. Als würde man eine Leiter hinuntersteigen. Henry, der überall hinauf und hinunterkam, der in jedem Gelände seinen Weg fand.

Hinauf und hinunter gekommen *war*. Gefunden *hatte*, korrigierte er sich selbst. Der Gedanke schmerzte, deshalb schob er ihn beiseite. Er konnte diese Ablenkung nicht brauchen, nicht in dieser Nacht.

Heute konnte er ihnen einen Transmitter geben, den sie sich in die Ohrmuschel klemmten und so über ihre Gedanken kommunizierten. Aber auch das war nicht jedes Mal ohne Diskussionen vonstattengegangen. Vor allem Sosanna hatte es ihm schwergemacht, denn sie wollte ihre Gedanken nicht mit allen teilen. Jeder Gedanke, jede Gefühlsregung, alles war verbunden.

Cassandra nickte stumm und auch Leo sah aus, als würde er verstehen, was der Anführer ihnen zeigen wollte.

Der Schneeleopard saß artig auf seinem Platz und legte den Kopf schief, während er in regelmäßigen Abständen mit den Ohren wackelte, als würde ihn eine lästige Fliege umkreisen.

»Wie lautet dein Plan?«, fragte Sosanna und schüttelte ihr glänzendes Haupthaar, das noch silbriger zu leuchten schien als das Fell der Großkatze. Wie Cassandra war es das Einhorn nicht in jeder Situation gewöhnt, den Transmitter zu tragen, und sprach ihre Gedanken lieber laut aus. Auch wenn er sie längst gehört hatte. Sie schlug ein Bein über das andere und räkelte sich auf dem Stein.

›Wir werden unsere Trumpfkarte ausspielen‹, erwiderte Bane und wies auf das Mädchen und die Raubkatze, die in dem Moment erschrocken den Kopf hob.

»Wird es gefährlich werden?«, fragte Cassandra besorgt und tätschelte Leo den Hals, der das mit einem entspannten Schnurren quittierte.

›Nicht mehr als sonst, aber die Regentin hat deinen Verdacht bestätigt. Der Neue muss unbedingt ein Mitglied der Dunklen Klaue werden‹, erklärte Bane schnell. ›Trotzdem werden wir keine Risiken eingehen. Leo wird das schon schaffen.‹ Der bärtige Mann sah das Mädchen durchdringend an, doch in seinem Blick lag eine Wärme, die beinah väterlich schien. Auch wenn sie nicht seine Tochter war, regte sich jedes Mal aufs Neue ein Beschützerinstinkt, den er nicht unterdrücken konnte. Das Schicksal, nicht etwa Blutsbande, hatte sie zusammengeführt und er würde dafür sorgen, dass sie immer sicher blieb. Deshalb musste er ihr Leben um alles in der Welt schützen, daran zweifelte er keine Sekunde. Wenn das hieß, in einer Höhle schlafen zu müssen, damit sie ihren übergroßen, mit spitzen Zähnen und scharfen Klauen bewaffneten Schoßkater immer in ihrer Nähe wusste, dann war das eben so. Und auch Sosanna hatte sich darüber nicht beschwert.

Vor allem deshalb war Bane unheimlich gespannt, wie der Neue sich in ihre Gruppe einfügen würde.

Es war schnell Abend geworden und Bane schien es, als hätte er keinerlei Zeit gehabt, sich darauf vorzubereiten. Hatte er genug Fallen aufgestellt? Waren sie bereit, die anderen zu täuschen?

Er spürte den Nervenkitzel in sich aufwallen, die so eine Jagd immer mit sich brachte. Der Neue war Freiwild, das es zu fangen galt, und ein kleines bisschen schuldig fühlte sich Bane trotzdem jedes Mal wieder dabei. Auch wenn sie nicht so brutal waren wie die Menschen mit ihren Hunden und den Hörnern. Jagd blieb Jagd. In Gedanken notierte er sich, dass er sich entschuldigen würde.

Eine Nacht. Eine Nacht, in der sie den Neuankömmling zu sich in die Gruppe holen und ihn bis zum Morgengrauen verteidigen mussten. Alle Tricks waren erlaubt. Und davon hatte Bane sehr viele, auch wenn ihm andere Wesen hier am Portal – zumindest was die Magie anbelangte – überlegen waren. Aber dafür war er sich nicht zu schade, die Erfindungen der Menschen mit seinen eigenen und seiner Magie zu verweben. Das und die Höhle, in der sie wohnten, würde ihnen vielleicht den notwendigen Vorteil verschaffen.

Etwa die Hälfte des Tages war er seine Tüfteleien durchgegangen. Hatte sie arrangiert, wo sie gebraucht wurden, und erleichtert festgestellt, dass sie alle brauchbar waren.

Dann hatte er die anderen aufs Genaueste instruiert. Das Letzte, das er brauchen könnte, wären seine eigenen Leute, die in seinen Fallen hängen blieben und so ihre Chancen auf den Neuen minderten. Auch wenn er jetzt schon wusste, dass sie den Transmitter nicht ständig tragen würden, weil der mit der Zeit manchmal Kopfschmerzen mit sich brachte. Selbst das sollte die Mission nicht gefährden. Schließlich kannten sowohl die Hexe als auch das Einhorn die Zeichen, die es benötigte, um sich zu verständigen.

Er sah in den Himmel und war sich sicher, dass er nicht der Einzige war, der diesen Anblick genoss. Sanft strich er sich durch seinen Bart und erkannte, dass er seine Pflege in letzter Zeit etwas vernachlässigt hatte.

Sosanna, die er schon losgeschickt hatte, hätte ihn dafür sicher wieder aufgezogen. Sie fand ohnehin, dass er zu viel Zeit mit seiner Bartpflege zubrachte.

Er verwarf den Gedanken, durfte sich nicht ablenken lassen.

Noch einmal wagte er einen Blick nach oben. Die Dunkelheit schien sich enger zusammenzuziehen und anders als in der Welt der Menschen fühlte sie sich undurchdringlicher an.

Nicht, dass Sosanna oder Leo ein Problem damit gehabt hätten. Leider waren sie nicht die Einzigen, die nachts einen Vorteil hatten.

Bane hatte das Gefühl, dass es nachts deshalb so düster wurde, weil Magische der Nacht unter den Bewohnern waren. Das Portal dehnte sich nicht nur aus, sondern schien auch die Umgebung immer darauf anzupassen, wer hier wohnte. Vielleicht täuschte er sich, aber seit Leo und Cassandra hier waren, gab es mehr Höhlen als zuvor.

Die beiden streiften gerade durch die Wälder des Portals auf der Suche nach dem Neuen. So unschuldig Cassandra aussehen mochte, so verschlagen konnte sie sein.

Sie hatte dem Neuen unbemerkt ein Stück seiner Kleidung abgerissen, um es Leo zu erleichtern, ihn zu finden. Denn so musste er nur der Fährte folgen und nicht wie alle anderen darauf hoffen, ihm irgendwo zufällig über den Weg zu laufen.

Bane würde in der Nähe der Höhle warten und dann zuschlagen, sobald Sosanna oder das Kind-Katze-Gespann mit dem Neuen im Schlepptau auftauchten.

Er ging in die Hocke und überprüfte den Stolperdraht. Unwillkürlich musste er grinsen und spürte, wie sich das verhärtete Gewebe um seine Narbe herum schmerzhaft spannte.

Lange wartete er nicht, da tauchte der Kopf der Raubkatze in der Dunkelheit auf und seine blauen Augen schienen zu leuchten wie der Mond.

Er hatte die beiden nicht gehört, auch wenn er sich damit rühmte, ein außergewöhnliches Gehör zu haben. Doch das Kind hatte sich in all den Jahren offenbar an seinen Begleiter angepasst und gelernt, keinen Mucks zu machen, wenn es auf seinem Rücken saß.

Der Neue lag quer über der Katze und war offensichtlich bewusstlos, doch das schien weder Cassandra noch Leo zu stören.

Bane warf sich den Mann kurzerhand über die Schulter und ging voran in die Höhle. Auch wenn er die anderen beiden nicht bemerkte, wusste er, dass sie direkt hinter ihm waren.

Sosanna würde für ein wenig Verwirrung sorgen. Solange sie da draußen war, würden die anderen annehmen, dass sie den Neuen noch nicht gefunden hatten.

Die drei schlichen in den hinteren Teil der Höhle, vorbei an all den Sicherheitsvorkehrungen, die Bane getroffen hatte.

Es entlockte ihm jedes Mal wieder ein belustigtes Grinsen, wenn er daran dachte, dass das hier ihr Wohnzimmer war. Und sie vor der Höhle schliefen.

Die drei gingen vorbei an einem Regal, in dem sich bislang einige, aber nicht viele Schriftstücke fanden. Sie alle belegten ein friedliches Zusammenleben von Menschen und Magischen.

Innerlich seufzte er auf. Es war noch so viel zu tun, aber vielleicht könnte ihnen ihre nächste Reise weitere Beweise liefern. Dann, wenn der Neue bei der Dunklen Klaue war.

›Wie habt ihr ihn bewusstlos geschlagen?‹, zeigte Bane und sah das Mädchen mit großen Augen an. Dabei wirbelte er seinen Umhang auf, der Leo so gut zu gefallen schien, dass er drauf und dran war, damit zu spielen. Doch ein Blick des Anführers genügte und Leo setzte sich.

Wenn er die Raubkatze auch nicht so unter Kontrolle hatte wie Cassandra, hatte sie ihn wenigstens als Kopf der Bande akzeptiert. Und das, ohne dass er ihre scharfen Krallen oder das mörderische Gebiss zu spüren bekommen hatte. Vielleicht hatte der Kater eingesehen, dass Bane das Mädchen immer schützen würde, und sich deshalb gefügt.

»Ich hab ein Pulver benutzt, das meine Großmutter früher oft einsetzte, um tödlich verletzte Tiere zu betäuben, bevor wir sie … Na, du weißt schon«, sie schnitt eine Grimasse und zuckte die Achseln, »erlöst haben.«

Bane nickte und besah sich den armen Tropf von Neuling, den er auf das alte, muffige Sofa gelegt hatte.

»Und jetzt warten wir?«, fragte Cassandra, woraufhin der Mann nickte.

Leo nahm das zum Anlass, sich vor dem Sofa zu platzieren, und ließ den Tunnel, der vom Eingang hereinführte, nicht mehr aus den Augen.

3

Locksmith saß auf seinem Rappen und blickte über den Hügel hinab, während seine Männer eine flüchtende Najade verfolgten. Eine Fuchsjagd hätte nicht mehr Spaß machen können, dachte er sich breit grinsend.

»Wunderbar, wunderbar«, sagte er langsam und genoss den metallischen Ton seiner Stimme. Auch wenn er Gott einst verflucht hatte, denn sie hatte ihm kein Glück bei den Frauen eingebracht, hatte er mittlerweile eingesehen, dass der Sinn seines Lebens nicht der war, eine Familie zu gründen und ein bescheidenes Dasein zu führen. Nein. Conrad Locksmith war geboren worden, um diese gotteslästerlichen Magischen, die wie Wilde hausten und die Welt mit ihren Zaubern überzogen, als wären sie eine Krankheit, ein für alle Mal vom Antlitz der Erde zu tilgen.

»Ich hatte schon länger vermutet, dass dieses Pack meine Brunnen vergiftet«, pflichtete ihm Lord Winterburn bei und strich sich durch seinen walnussfarbenen Bart, der von ein paar weißen Schlieren durchzogen war, wie auch der Rest seines Haars. Er warf einen verächtlichen Blick auf die Najade, die um ihr Leben rannte, und spuckte auf den Boden. »Ich bin froh, mich Eurer Sache angeschlossen zu haben, Locksmith.«

»Eure Unterstützung ehrt mich, ehrenwerter Lord Winterburn«, entgegnete Locksmith, ohne den Blick von der Jagd zu nehmen.

Für jemand anderen hätte es wohl gewirkt, als würde er für den Adeligen arbeiten. Oder sich von ihm unterstützen lassen. Doch ihnen beiden war klar, dass Locksmiths Sache so viele Anhänger hatte, dass er gut auch ohne den Lord ausgekommen wäre. Nur war es eben bequemer. Vor allem, nachdem dieser – sehr zum Leidwesen seiner Frau – ihm das gesamte Schloss zur Verfügung stellte, um in der Gegend von Salisbury, wo viele dieser Kreaturen lebten, einen Stützpunkt zu haben.

»Was werdet Ihr mit ihr anstellen, falls Ihr sie einfangen könnt?«

»Falls?« Locksmith lachte glucksend und verbarg dadurch den Ärger, der in ihm aufwallte. Falls. Dieser einfältige Lord, der den ganzen Tag nichts anderes tat, als auf seinem faulen Arsch zu sitzen, ob zu Pferd oder auf einem seiner weichen Kissen, dachte tatsächlich an die Möglichkeit, dass ihnen die Najade entkommen konnte. Falls. Er musste an sich halten, nicht den Kopf zu schütteln. »Wenn, ehrenwerter Lord. Es ist nur eine Frage der Zeit. Und um Eure Frage zu beantworten: Soweit ich in Kenntnis gesetzt bin, besitzt Ihr einen gar fabelhaften Kerker für solcherlei Situationen.«

Sollte sich dieser ungläubige Adelige, der unruhig auf seinem Schimmel hin und her rutschte, bloß ein bisschen gebauchpinselt fühlen. So würde er ihm weniger im Weg stehen und ihn machen lassen. So hielt er es in den meisten Gegenden, in denen Adelige sich vor ihren Untertanen damit brüsteten, seine Sache zu unterstützen, sodass die hungernden Menschen nicht auf dumme Ideen kamen.

Lord Winterburn wurde von einem Lachanfall geschüttelt, der ihn beinah vom Pferd geworfen hätte. »Ja, von dem könnt Ihr Euch gern noch ein besseres Bild machen, sobald die Najade in Eurer Gewalt ist.«

Langsam verärgerte ihn dieses frevlerische Adelspack mindestens genauso wie die magischen Missgeburten. Doch musste er Sanftmut beweisen. Zumindest noch. Er würde Winterburns Unterstützung genießen, so lange er konnte. Und wenn das hieße, dass er den ein oder anderen dummen Scherz des Adeligen ertragen musste, dann war das eben so. Aber auf die Schnelle ein anderes Schloss aufzutreiben, das sich hier in der Nähe befand, war selbst für ihn ein schwieriges Unterfangen. Der ehrenwerte Lord würde schon sehen, wie weit ihn sein Verhalten brachte, denn selbst wenn seine Frau es duldete, dass er sich die Damen aus den Bordellen der Umgebung ins Haus des Gärtners bringen ließ, Gott würde diesen Frevel an der Ehe nicht verzeihen. Sollte er doch sehen, wie er nach seinem vermutlich unrühmlichen Tod im Fegefeuer leiden würde.

»Ah«, machte Winterburn und setzte sein Fernrohr ab.

Locksmith hatte gar nicht bemerkt, dass er so in seinen Gedanken festgehangen war. Erst jetzt, da ihn der Adelige so abrupt zurück in die Wirklichkeit katapultierte, wurde er sich dessen gewahr. »Ist sie noch in einem Stück?«, fragte er, wohl wissend, dass seine Hunde es manches Mal übertrieben, wenn sie auf die Jagd gingen, es wäre nicht das erste Mal, dass sie eine Magische verbrennen mussten, weil sonst nicht mehr viel von ihr übriggeblieben war.

»Ja.« Die Art, wie der Mann antwortete, zeigte Locksmith, dass seine Aura endlich Wirkung gezeigt hatte. Nun war Winterburn längst nicht mehr so überheblich und locker wie zuvor. Es schien, als wären die Blicke, die er Locksmith zuwarf, nervöser Natur. Als wüsste er nicht, was der Mann als Nächstes vorhatte.

»Im Kerker wird die Najade erst einmal ein wenig schmoren, bevor wir sie befragen. Dann wird sie genug Zeit gehabt haben, um genau abzuwägen, ob sie uns nicht lieber doch die Wahrheit sagen will.«

Die Wahrheit worüber verschwieg Locksmith. Es tat ihnen gut, wenn Adelige nicht immer vollkommen im Bilde waren. Und auch wenn Winterburn den Kopf reckte, um ein wenig mehr aus ihm heraus zu kitzeln, blieb Locksmith stumm. Er lächelte. Ja, er war der Mann geworden, der er immer sein wollte. Gott gefällig und jedem gefährlich, der sich den Wegen des Herrn verwehrte.

»Wie ist dein Name?«, fragte er und legte so viel Sanftheit in seine Stimme, dass seine Männer überrascht aufsahen.

Vor ihm lag das Mädchen im Schmutz des Kerkers und wagte es

nicht, ihn anzusehen. Auch jetzt hob sie nicht ihren Blick. Und dabei hatte er sich so bemüht, seine Männer die garstigen Ungeheuer spielen zu lassen, damit sie ihm vertraute. *Ihm* ihre Geheimnisse anvertraute.

Er atmete aus und versuchte es erneut. Versuchte vor allem, seinen aufwallenden Ärger unter Kontrolle zu halten. Dieses Mädchen kostete ihn Zeit. Zeit, die er nicht gewillt war, diesen Kreaturen zu geben.

Lange betrachtete er sie und überlegte, was er sagen sollte. Voreilig zu handeln, würde ihm in diesem Fall nichts nützen. Auch wenn sie aussah wie ein Bauernmädchen, ließ er sich nicht darüber hinwegtäuschen, was sie wirklich war. Wozu sie werden würde, sobald sie mit dem Wasser aus ihrem Teich in Berührung kam. Dann würden ihr garstige Flossen wachsen, Kiemen, und aus der so rosig wirkenden Haut ein mit Schuppen überzogenes, schleimiges Etwas werden. Aber selbst ihr Anblick könnte ihm egal sein, wenn sie und ihresgleichen nicht unaufmerksame Menschen in den nassen Tod ziehen würden, um sich an ihren aufgedunsenen Leichen zu laben. Nein, ihr hübsches Antlitz würde viele – auch den fetten Lord Winterburn – täuschen, nicht aber ihn.

»Mein Name ist Conrad und ich bin hier, um dir zu helfen. Ich kann dir aber nur helfen, wenn du mir bei etwas behilflich bist.«

Sie sah auf. Auch wenn er sich sicher war, dass seine Stimme diesen furchtvollen Blick in ihren Augen hervorrief, so unterbrach sie den Kontakt nicht. Hatte sie noch zu viel Willen in sich? War er zu früh gekommen? Und das, obwohl sie schon seit einer Woche hier unten saß. Er wusste, dass Najaden es nicht länger als eine Woche, vielleicht zwei ohne ihren Teich machten. Würde sie tatsächlich lieber in diesem Loch sterben, als ihnen das zu geben, was sie wollten? Vielleicht war es ja zumindest bei einer Najade einfacher, immerhin hatte er ein Druckmittel in der Hand. Einen Hexer oder eine Elfe wären da nicht unbedingt schneller zu überzeugen, ihre Geheimnisse auszuplaudern.

»Da-«, sagte sie schließlich und seufzte, bevor sie von Weinkrämpfen geschüttelt wurde. »-phne. Mein Name ist Daphne.«

Sie hatte ihm mit einem letzten Aufgebot ihrer Kräfte und ihres Willens in die Augen geblickt, um zu erkennen, was für eine Art Mann er war. Doch niemand wusste das. Niemand außer ihm selbst. Und das würde so bleiben. Sollte sie ruhig denken, dass er ihr Ritter sein könnte.

»Daphne.« Wieder versuchte er, den metallischen Klang seiner Stimme ein wenig in den Hintergrund zu rücken, wenn es ihm auch nicht so gut gelang. An ihrem Blick erkannte er, dass sie Hoffnung schöpfte. »Hast du eine Familie, Daphne?«

Sie nickte. »Meine Schwestern lebten am Fluss, der meinen Teich speist.« Sie riss die Augen auf, als verstünde sie jetzt erst, dass ihre Schwestern ebenso in Gefahr waren wie sie selbst. »Sind sie auch –«

Doch Locksmith schüttelte bedauernd den Kopf. »Nein. Deine Schwestern sind nicht hier. Sie sind nicht gekommen, um dich zu sehen. Dich zu retten. Ich weiß nicht, ob sie es noch tun werden. Deshalb musst du nun gut zuhören, Daphne.«

In ihren Augen wallte Ungläubigkeit auf.

Und er tat sein Bestes, den Ärger darüber zu verschleiern, dass sie eine ganze Familie von Magischen fangen und ausquetschen hätten können, anstatt nur eine von ihnen, die nicht gewillt war, etwas zu verraten.

Er brauchte schnellstmöglich weitere Unterstützer. Die Männer, die hier im Schloss stationiert waren, waren allesamt ungehobelte Tölpel, nicht fähig, solche Aufträge auszuführen. Wofür hatte man Männer, die für einen arbeiteten, wenn sie diese Arbeit nicht machten?

»Es tut mir leid, Daphne.« Ja, es tat ihm leid. Dass er nicht mehr von diesen Kreaturen hier unten eingesperrt hatte. »Ich habe nicht die Macht, dich aus diesem Kerker zu holen, aber ich werde meine Stimme für dich erheben.«

Er hatte nicht einmal gelogen. Seit sie hier unten war, war er zwar dafür verantwortlich, ob sie lebte oder dieses Leben endgültig aushauchte, aber es war ihm tatsächlich nicht gestattet, sie einfach aus dem Kerker des Lords zu befreien.

»Danke«, hauchte das Mädchen und Tränen wie Perlen rollten ihre einst makellosen Wangen hinunter. Nun stank dieses Wesen nach abgestandenem Wasser, Haut und Haar verschmutzt von der Zelle, in der sie sich befand.

»Wir haben einen Gegenstand in unserer Gewalt, von dem wir gerne mehr lernen würden. Wirst du mir helfen, sein Geheimnis zu ergründen, Daphne? Vielleicht kann ich sie davon überzeugen, dich dann freizulassen.« Er wies mit der Hand nach oben. Doch selbst wenn er alles Wissen aus ihr herausgepresst hatte wie den Saft aus einer Zitrone, würde er sie nicht gehen lassen. Nicht, wenn er damit riskierte, dass dieser frevlerische Schandfleck erneut auf Gottes schöner Erde wandelte.

»Ich bin doch nur eine einfache Najade«, flüsterte sie beinah lautlos und starrte ihre Hände an, während die Tränen ihr den Schmutz von ihrem ebenmäßigen Gesicht wuschen.

»Und ich ein einfacher Mann, Daphne.« Obwohl er es vermeiden wollte, ergriff er ihre Hände und drückte sie sanft.

Sie sah auf.

»Bitte hilf mir, dir zu helfen. Sag mir, was du weißt.« Zu gerne hätte er ihre Hände losgelassen, so sehr ekelte es ihn, diese Magische anzufassen. Die Berührung jagte ihm eine Gänsehaut über den Körper und er wusste, dass er lange im kalten Wasser des angrenzenden Flusses stehen musste, um dieses Gefühl loszuwerden.

»Ich w-weiß nichts über das Artefakt. Über dieses und auch über kein anderes. Ich bin keine Magische des Portals. Ich bin eine einfache Najade, die ihren Teich nie verlassen hat. Nie bis auf j-j-« Ein weiteres Mal brach sie in ein herzergreifendes Schluchzen aus, doch Locksmith ließ sich davon nicht beeindrucken. Sie war eine Magische und eine Frau noch dazu. Natürlich versuchte sie, ihn damit weich zu klopfen. Doch da würde sie bei ihm auf Granit beißen.

»Vielleicht werden ein paar weitere Tage hier unten dein Erinnerungsvermögen auffrischen, Daphne. Ich kann dir so nicht helfen. Ich wünschte es, aber ich kann es nicht.«

Und auch das war nicht gelogen. Er hätte ihr wirklich gern geholfen. Aber wenn sie nicht bereit war, etwas für ihn zu tun, dann war auch er nicht gewillt, sie aus ihrem Elend zu erlösen.

Er ließ ihre Hände fallen und stand auf, bevor er sich an seine Männer wandte. »Seht zu, dass ihr einen Krug mit ihrem Teichwasser füllt und ihr in die Zelle bringt.«

Vielleicht würde es helfen, wenn er seinen guten Willen zeigte und in ein paar Tagen wiederkam. Bis dahin war sie möglicherweise so weit. Und wenn nicht, so starb sie ihm zumindest nicht, solange sie Kontakt zu ihrem Teich hatte. Aber lange würde das Wasser nicht frisch bleiben und sie gezwungen sein, auf eine seiner Forderungen einzugehen, wenn sie weiterhin leben wollte. Und das wollten sie doch alle.

4

Als sich der Neue regte, war die erste Hälfte der Nacht bereits vergangen, ohne dass irgendjemand bemerkt hatte, dass er hier war.

»Hallo, Schlafmütze!«, sagte Cassandra fröhlich und ihr Gesicht war dem seinen nach Banes Geschmack viel zu nah.

Der Neue sah das offenbar auch so. Erschrocken wich er zurück und stieß sich den Kopf an einem vorstehenden Felsbrocken. Wie es aussah, dachte er, er hätte ihn sich zu hart gestoßen, denn ungläubig und mit großen Augen sah er die Raubkatze an, die aufgestanden war, um ihn zu beschnüffeln.

»Was …?«, brachte er bloß hervor und sah jeden von ihnen mit halb zusammengekniffenen Augen an, als würde er immer noch nicht glauben, was er da sah.

»Ich bin Cassandra, das sind mein Freund Leo und Bane, unser Anführer. Eigentlich heißt er Banurr, aber so nennt ihn niemand«, plapperte das Mädchen drauf los und rückte zu ihm auf. »Und wie heißt du?«

Der Blick des Neuen war auf Leo hängen geblieben und es sah aus, als würde er sich überlegen, ob er eine Frage stellen oder nervös lachen sollte. Stattdessen fuhr er sich übers Gesicht, schloss die Augen, nur um sie noch einmal zu öffnen und dieselbe Szene wie vorhin zu erblicken.

»Okay, was ist das hier?«

»Die Dunkle Klaue!«, rief Cassandra fröhlich, bis sie bemerkte, dass sie nicht zu viel Lärm machen sollte, bevor sie flüsternd hinzufügte: »Wir sind die Besten.«

Auf Banes Gesicht schlich sich ein Lächeln. Das Kind war

wirklich etwas Besonderes und das nicht nur wegen ihrer Fähigkeiten.

»Also seid ihr die Gruppe, bei der ich bleiben werde?«, fragte der Neue und kratzte sich am Kopf. Sein durchdringender Blick aus hellgrünen Augen fixierte Bane, der beinah unmerklich nickte, die Arme nach wie vor verschränkt und an die Höhlenwand gelehnt.

»Wenn wir dich vor den anderen Gruppen bis Sonnenaufgang verteidigen, dann ja«, sagte Cassandra.

Bane stieß tief Luft aus. So gern er Cassandra und ihre quirlige Art hatte, so sehr wünschte er sich gerade, dass Sosanna anwesend wäre. Das Mädchen erschlug den Neuen beinah mit ihrer Heiterkeit. Das Einhorn mit seiner kühlen Aura wäre da die bessere Wahl gewesen.

»Also, wie heißt du?«, zerstreute die Stimme Cassandras die Gedanken von Bane.

»Da-da-dakota«, stotterte er und versuchte, so viel Abstand wie möglich zu Leo zu bekommen, der den Neuen beschnüffelte. Er straffte sich und setzte eine mutige Miene auf. »Dakota.«

Auch wenn der Schneeleopard furchtbar laut schnurrte, konnte es ihm Bane nicht verübeln. Als er und Sosanna damals dafür gesorgt hatten, dass Cassandra zur Dunklen Klaue stieß, hatte das Raubtier sofort verstanden, dass sie ihr nichts Böses wollten. Während das Mädchen panisch geflüchtet war.

In all dem Trubel hätte es den dunkelhaarigen Mann nicht gewundert, wenn er den ein oder anderen Hieb der Katze hätte einstecken müssen.

Er strich sich bedächtig über seinen Bart.

»Leo!«, gellte Cassandras Stimme und wurde von den Wänden zurückgeworfen.

Augenblicklich versteifte sich die Katze. Mit hängenden Ohren und einem für ein Raubtier unglaublich geknickten Gesichtsausdruck machte sie kehrt und setzte sich neben sie.

»Leo«, murmelte Dakota und besah sich diesen zum ersten Mal etwas genauer, nun, da er ihm nicht mehr so auf die Pelle rückte.

Das Tier sah neben dem zarten Mädchen massiv aus, doch Bane wusste, dass das nur wegen des Fells so war. In Wirklichkeit war die Katze mit dem dichten Pelz viel anmutiger, als es den Anschein machte. Der Schwanz, der beinah gleich lang war wie Cassandra groß, hatte sich um das Mädchen gelegt, als würde er zeigen wollen, dass er sie beschützte.

»Und was ist, wenn ich gar nicht Teil eurer Gruppe sein will?«, fragte der junge Mann mit den stechenden Augen.

Cassandra wandte sich hilfesuchend zu ihrem Anführer um. ›Was sage ich jetzt?‹, schrie nicht nur ihr Blick. Dann drehte sie sich wieder zu Dakota, der zwischen den beiden hin und her sah. »Das hast nicht du zu entscheiden, sagt Bane.«

»Ihr seid ja verrückt«, erwiderte er, fuhr sich durch sein nussbraunes Haar und lächelte breit.

Und dann ging plötzlich alles sehr rasant. Schneller, als einer von ihnen gedacht hätte, durchmaß der Neue den Raum und war schon zum Teil im Dunkel des Tunnels verschwunden, als sie einen langgezogenen Schrei vernahmen.

›Mist, das werden die anderen sicherlich hören‹, fluchte Bane und lief los.

Die ersten beiden Fallen hatte der Neue umgangen, aber die dritte hatte ihn erwischt. Ausgerechnet die, die er für Eindringlinge vorgesehen hätte.

Seufzend beschleunigte er seinen Schritt.

Als er um die nächste Kurve bog, lag Dakota schon in Handschellen und starrte auf etwas, das niemand von ihnen sehen konnte.

»Was ist das, Bane?«, flüsterte Cassandra mit angstgeweiteten Augen und versteckte sich ein wenig hinter ihm. Auch Leo schien mulmig zumute zu sein.

Dakota war wie erstarrt und wand sich, wie es aussah, in Todesqualen.

Bane erklärte es ihr durch den Transmitter, während er die letzten Meter zwischen ihm und dem Neuen überbrückte. Dann begann er, dessen Fesseln zu lösen, die er mit einem Illusionszauber besprochen hatte. Einmal gefangen, konnte man sich selbst nicht befreien, sondern musste untätig dabei zusehen, wie man seinen schlimmsten Albtraum wieder und wieder durchlebte.

Das hatte Bane viel Energie gekostet und auch einige der Zutaten von Cassandra, welche ihm nun stumm zusah und die Angst in ihren Augen nicht verbergen konnte.

›Mach dir keine Sorgen, wir holen ihn da gleich raus.‹ Aber er musste sich nicht umdrehen, um zu wissen, dass sie zitterte wie Espenlaub.

Und er? Er unterdrückte den Ärger, der in ihm hochstieg. Dass Dakota ausgerechnet diese Falle ausgelöst hatte!

»Ich frage dich noch einmal«, sagte der Mann hinter der Maske, ein rot glühendes, am Ende spitz zulaufendes Eisen in die Höhe haltend. »Wo ist dein magischer Freund?«

»Ich weiß nicht, wovon Sie sprechen«, hustete Dakota und wusste, dass die metallisch schmeckende Flüssigkeit in seinem Mund sein eigener Lebenssaft war. Würde er jemals wieder das Sonnenlicht erblicken? Wenn es nach dem Monster mit der Maske ging, wohl eher nicht.

Schlaff hing er in Ketten und spürte, wie ihn langsam die Kraft verließ. Lange würde er dieses Martyrium nicht mehr aushalten. Und das bloß, weil sie glaubten, er wäre mit einem Magischen befreundet! Er kannte nicht mal einen Magischen, zur Hölle, verdammt!

»Ich glaube, mit der richtigen Motivation wirst du schon noch erzählen, was du weißt«, schnarrte die ölige Stimme des Mannes hinter der Maske und kam näher.

Dakota wusste, dass die Zeit, in der er redete, vermutlich nicht reichte, um das Eisen abkühlen zu lassen, und schloss die Augen. Er hatte furchtbare Angst, doch er wusste nicht einmal, was er sagen sollte. Er kannte keinen Magischen, kannte keinen Aufenthaltsort eines solchen und selbst wenn er geredet hätte, hätte man ihn wohl nicht lebend hier hinausgelassen.

Ein sengender Schmerz durchzog seine Seite, als ihn das Eisen durchbohrte, und er roch verbranntes Fleisch. Sein eigenes.

»Hast du nun eine Antwort für mich, du Wurm?«, keuchte der Mann und war ihm plötzlich so nah, dass er seinen stinkenden Atem riechen konnte. Er hatte das Eisen zur Seite gelegt und die Handschuhe ausgezogen, um ihm die Wange zu tätscheln.

»N-nein, ich …«, erwiderte Dakota schwach und besah sich ein letztes Mal seine Hand, der mittlerweile einige Finger fehlten, bevor ihm sein Bewusstsein entglitt.

Die Welt versank in Finsternis, doch seine Schmerzen fühlte er immer noch. Wenn das der Tod war, dann hätte er eine Rückerstattung gefordert. Was zur Hölle sollte es bringen, wenn man vergaß, wer man war, wie man gelebt hatte und wen man geliebt hatte, wenn der Schmerz dann trotzdem nicht weniger wurde?

Er sah ein Licht in der Dunkelheit, doch es war nicht weiß, wie man sich immer erzählte. Gleichzeitig hätte er die Farbe nicht benennen können, es wirkte beinah magisch.

»Erhebe dich in neuem Glanz«, sagte die Stimme, von der er nicht heraushören konnte, ob sie männlich oder weiblich, hoch oder tief war.

Sein Kopf begann zu schmerzen, doch die Pein in seinem restlichen Körper wurde langsam weniger. War das nun der Tod? Würde er endlich von dieser vermaledeiten Folterkammer erlöst werden?

Er spürte Galle in sich aufsteigen und würgte, dann war es vorbei.

Das Licht streckte sich nach ihm aus, in dünnen Fäden, die einem Spinnennetz gleich die Dunkelheit durchzogen. Als ihn die ersten erreichten, sah er an sich herunter.

All die Löcher, welche die Eisenstange in ihn geschlagen hatte, waren mit einem Mal davon erhellt. Vor seinen ungläubigen Augen wuchsen sie wieder zusammen, als hätte es sie nie gegeben. Und doch spürte er den Schmerz, den sie verursacht hatten.

›Zauberei‹, schoss es ihm durch den Kopf.

»Die dir innewohnenden magischen Kräfte sind in der Stunde schlimmster Not erwacht. Nutze sie gut, Wandler.«

Als sich endlich alle Wunden geschlossen hatten, war das Licht verschwunden und er versank abermals in Dunkelheit.

»Lass ihn liegen. Sollen sich die Hunde später um ihn kümmern«, hörte er den Mann mit der Maske sagen und rührte sich nicht.

Offenbar meinten sie, er wäre tot, und das kam ihm gerade recht. Vielleicht konnte er sich befreien.

Das Licht hatte ihn einen Wandler genannt. Auch wenn er nicht wusste, was es damit auf sich hatte, würde er es aufschieben, das herauszufinden. Gerade gab es Wichtigeres.

Die Tür schloss sich mit einem lauten Krachen und dann war es totenstill, nur der Geruch seines getrockneten Blutes und ungewaschenen Körpers lag in der Luft.

Ganze zwei Minuten wartete er, bevor er den Kopf hob und sich umsah. Immer noch der Keller. Doch man hatte ihn losgebunden und achtlos am Boden liegengelassen. Das kam recht.

Er rieb sich die Handgelenke, die von den langen Tagen in Fesseln wund waren, dann sah er an sich herunter. Die Wunden waren wieder da.

›Was für einen Sinn macht es, mir meine Wunden zu schließen, wenn sie nun …?‹, fragte er so bei sich, während er sich umsah und nach etwas Brauchbarem suchte, um einen Fluchtversuch zu wagen.

Dakota schüttelte den Kopf. Er hatte sich im Delirium befunden, natürlich hatte ihm sein Geist einen Streich gespielt. Es gab keinen Wandler, kein Licht. Nur seine Gedanken, die sich an einen besseren Ort wünschten.

Auch wenn ein kleiner Teil in ihm sich gewünscht hätte, dass das Licht die Wahrheit gesprochen hatte. Wie sehr wünschte er sich, dass seine drei Finger wieder an seiner Hand wären anstatt blutiger Stümpfe, die für nichts zu gebrauchen waren.

Noch einmal schüttelte er den Kopf und besah sich seine rechte Hand. Ihm stand ein Leben in Armut bevor, so viel wusste er.

Warte. Seine Finger! Sie wuchsen nach. Er sah sich verstohlen um, bevor er sich wünschte, seine Wunden am ganzen Körper mögen sich schließen. Und auch sie schlossen sich.

Ungläubig starrte er darauf. War das das Werk Gottes?

Das Licht hatte ihn einen Wandler genannt. Eine Stimme in seinem Kopf, die dem Licht gar nicht unähnlich war, sagte dann: »Gestaltwandler können sich unter Zuhilfenahme ihrer Kräfte in jeden verwandeln, der sie berührt hat. Auch wenn sie das Energien kosten wird und der geschwächte Geist und Körper nur eine kurze Zeit in der Lage ist, diese Illusion aufrecht zu erhalten, ist der Wandler ein Magischer, den man nicht unterschätzen sollte.«

Der Mann hinter der Maske hatte ihn berührt. Würde er …?

Er musste es wagen.

Er spürte seine Wange schmerzen und öffnete die Augen. Offenbar hatte man ihm gerade eine schallende Ohrfeige verpasst. Es war der Mann namens Bane, der über ihm kniete und ihn besorgt musterte.

»Was war das?«, keuchte Dakota und versuchte, sich aufzurichten, doch das Gewicht des muskulösen Mannes über ihm drückte ihn zu Boden.

Jetzt erst besah er sich sein Gesicht näher und konnte feststellen, dass sich eine Narbe quer über seine rechte Gesichtshälfte und über ein Auge, das erstaunlicherweise noch intakt war, zog. Von Nahem sah der Mann gefährlicher aus, als es vorhin den Anschein gemacht hatte.

Das Mädchen namens Cassandra schob sich in sein Sichtfeld und blickte ihn mit großen Augen an. »Geht's wieder?«

Er nickte und versuchte, den Kloß in seinem Hals zu schlucken. Gerade hatte er seinen schlimmsten Albtraum noch einmal durchleben müssen. Der Tag, an dem sein Leben als Gestaltwandler begonnen hatte.

An das Leben zuvor konnte er sich beim besten Willen nicht erinnern. Als wäre es ausradiert, und egal, wie oft er es probiert hatte, es blieb ein blinder Fleck. Selbst die paar mehr oder weniger seriösen Hexen, die er aufgesucht hatte, hatten ihm nicht helfen können. Es war ihm bislang leider verwehrt geblieben, auf sein Leben vor der Gefangennahme zurückzublicken.

Dakota seufzte und dann endlich erhob sich Bane. Der Wandler atmete tief ein und aus, bevor er sich aufsetzte. »Was war das?«

Cassandra kam näher und es war Dakota gar nicht wohl dabei, dass der Schneeleopard ihr folgte, weil er immer noch saß und sich nicht bereit fühlte, aufzustehen.

War es seine Erinnerung, die ihn zu Boden drückte? Sie wog schwer auf ihm und zerrte ihn jedes Mal nach unten, wenn er darüber nachdachte, weshalb er es meist vermied, sich an diesen schwärzesten und gleichzeitig ersten Tag seines Lebens zu erinnern.

»Bane hat eine Falle installiert, damit die anderen Gruppen dich nicht stehlen können. Er will dich unbedingt bei der Dunklen Klaue dabei haben«, erklärte das Mädchen und Bane, der die Arme verschränkt hatte, nickte.

›Vielleicht ist es dann doch gar keine so schlechte Idee, mich diesem verrückten Haufen anzuschließen. Sie haben immerhin eine Raubkatze und einen Typen, der unglaubliche Fallen aufstellen kann. Ich will nicht wissen, was das Mädchen so kann‹, dachte Dakota bei sich und sah die drei eine Weile an.

Auch Bane hatte ihn beobachtet und kam dann auf ihn zu, um ihm aufzuhelfen.

»Bane sagt, dass er dich sehr gerne bei uns in der Gruppe haben würde. Aber du solltest den Transmitter nutzen. Andernfalls kann es für uns alle ziemlich hässlich werden, wenn wir draußen auf Beutezug sind«, übersetzte Cassandra.

Dakota war neugierig, ob sich die Narbe, die der Mann im Gesicht trug, auch über seinen Hals zog, den er vorsorglich mit einem Umhang verdeckt hatte. Doch er traute sich nicht, das zu fragen. Vor allem weil er vermutete, dass Bane deshalb nicht sprechen konnte. Immerhin würde es noch genug Gelegenheiten dazu geben. Und was ein Transmitter war, würde er wahrscheinlich auch schneller erfahren, als ihm lieb war. Noch wollte er sich damit nicht auseinandersetzen, denn falls er doch zu einer anderen

Gruppe stoßen würde, würde er sich darüber keinerlei Gedanken mehr machen müssen.

5

Weiter draußen schepperte es gewaltig.

Sie alle fuhren herum, Bane sah alarmiert in die Dunkelheit, doch trotz seiner Erfahrenheit konnte er nichts ausmachen.

›Mist‹, fluchte er gedanklich und wandte sich zu den anderen um.

Er war froh, dass er sich in diesem Fall eine lange Erklärung sparen konnte, denn sie wussten, was zu tun war. Sogar Dakota hatte sich umgedreht und wollte sich schon in Bewegung setzen, doch Cassandra hielt ihn zurück, schüttelte den Kopf und bedeutete ihm, ihr zu folgen.

Bane und Leo bildeten das Schlusslicht.

Zurück im Wohnzimmer bezogen alle Stellung. Bane war gespannt, was der Neue zeigen würde. Die Regentin hatte ihn nicht ohne Grund ausgewählt, der Gilde beizutreten. Er musste etwas Besonderes sein.

In der Höhle wurde es schlagartig still. Bane wusste, dass auch die anderen Gruppen magisch veränderte Stiefel trugen, die es ihnen erlaubten, sich leise zu bewegen. Doch er hoffte auf das gute Gehör der Raubkatze, die immer sofort stumm Alarm schlug, sobald sie etwas vernahm.

Da war das Zeichen!

Leos Muskeln spannten sich an und die Zeichnung seines Fells zog sich fast unmerklich zusammen. Er legte die Ohren an und fletschte die Zähne, doch alles, ohne auch nur ein Geräusch von sich zu geben.

Wenn sie es mit den Magiern zu tun bekämen, wäre es schwierig, sich gegen sie zu wehren, sobald sie einmal durch die Fallen gekommen waren. Ein Vielfaches seiner Kräfte war heute in die Vorbereitung geflossen. Cassandra war zwar mächtiger, als es den Anschein machte, aber immer noch erst sieben Jahre alt. Und die rohe Gewalt der Raubkatze würde ihm nur mehr schaden und das wollte er bei den Göttern nicht riskieren.

Er warf einen Seitenblick auf seine Truppe. Nein, es galt, sie alle zu beschützen. Jeden Einzelnen von ihnen.

Beinah hätte er erleichtert gelacht, als zwei Kinder des Schleiers auftauchten. Auch wenn sie nicht zu unterschätzen waren, konnten sie ihnen nicht so gefährlich werden, wie zwei gut ausgebildete Magier.

Ihnen gegenüber stand eine Frau, die er im fahlen Licht der Höhle zuerst beinah mit Sosanna verwechselt hätte. Wie das passiert war, konnte er sich danach nicht mehr zusammenreimen.

Die Frau war in ein weißes wallendes Kleid gehüllt, totenbleich und um ihr Gesicht floss, gerade so, als würde ein unsichtbarer Wind danach greifen, ihr langes, schwarzes Haar. Die Augen der Banshee, als die er sie nun erkannte, waren glutrot und folgten jeder seiner Bewegungen.

Neben ihr stand der Aqrabuamelu, den Bane unter dem Namen Jizar kannte. Er hatte nur ein paar Mal mit dem Mann gesprochen, der zur unteren Hälfte ein Skorpion war. Bis zu diesem Zeitpunkt war er ihm nie besonders gefährlich vorgekommen, und das wäre er auch weiterhin nicht, hätte er nicht seinen bohrenden Blick auf Cassandra geworfen, die sich nicht getraute, zu atmen. Die Angst, die das Mädchen verspürte, war allgegenwärtig im Raum und man hätte keine magischen Kräfte benötigt, um das zu fühlen.

Die beiden waren ein nicht zu unterschätzendes Gespann. Die Banshee würde einen mit ihrem Todesschrei lähmen und Jizar könnte seelenruhig zuschlagen. Auch wenn der Skorpionmann sie nicht töten würde, würde es sie wertvolle Zeit kosten, sich wieder zur Bewegungsfähigkeit zurückzukämpfen.

Ihre beiden Gegenüber kniffen die Augen zusammen.

Bane nahm eine Bewegung aus dem Augenwinkel wahr und

wäre schon fast losgestürmt, als er bemerkte, dass es Cassandra war, die in sich zusammengesunken war. Jetzt würde der Dämon auf den Plan treten, auch wenn Jizar und seine Begleiterin noch nichts von ihrem Glück wussten.

Er war froh darum, dennoch nagte ein schlechtes Gefühl an ihm. Hätte er sie besser beschützt, wäre es gar nicht so weit gekommen. Hätte sie sich sicherer gefühlt, dann ...

»Wer wagt es, das Heiligtum der Dunklen Klaue zu betreten? Unwürdige, hinfort mit euch!«, dröhnte die Stimme von Cassandra, düster und einige Oktaven tiefer, als Bane es von dem Mädchen gewohnt war. Dass der Dämon Naheniel immer so einen Aufruhr machen musste ...

Sie zog einen Beutel hervor und schüttelte sich einen silbrigweißen Staub über den Kopf, der überall an ihr, auch an der Kleidung, hängen blieb.

Dakota sah sie irritiert an und wandte seinen Blick schließlich Bane zu, der ihm bloß mit Gebärden deuten hätte können, was hier gerade passierte. Doch selbst dann hätte er es nicht verstanden und so wollte er keinerlei Zeit verlieren, das Unheil abzuwenden.

Die Banshee holte Luft, um loszubrüllen. Cassandra aber durchmaß den Raum innerhalb eines Wimpernschlages. Die Geschwindigkeit der Kleinen war ebenso unerklärlich wie ihre tiefe Stimme und die Brutalität, mit der sie vorging.

»Was ...?«, flüsterte Dakota nicht zum ersten Mal an diesem Abend und sah stirnrunzelnd dem Mädchen nach, das die große, bleiche Frau spielerisch niederrang.

Sie verpasste der Banshee ein paar Faustschläge ins Gesicht, bevor eine gezielte Kopfnuss sie bewusstlos zu Boden gehen ließ. Dakota fragte sich, ob das die gängige Art war, um solche Wesen auszuschalten.

Selbst der Skorpionmann war unfähig, etwas zu unternehmen, doch als seine Verbündete zu Boden ging, kam Leben in ihn. Er funkelte Cassandra böse von der Seite aus seinen schwarz umrandeten Augen an.

Sein Schwanz schlug einmal, zweimal auf den Boden auf und er machte sich zum Angriff bereit, als die junge Hexe, abermals mit tiefer, unheilschwangerer Stimme das Wort ergriff.

»An deiner Stelle würde ich kehrtmachen. Wir sind zu viert und du allein. Dreh dich um, und dir wird niemand folgen. Oder greif an und versuch dein Glück, doch es wird dich verlassen«, bellte sie dunkel und erst da bemerkte Dakota, dass sich eine nebelhafte Aura um das Mädchen gebildet hatte, die das Licht um sie herum zu verschlucken schien. Und noch etwas hatte sich verändert. Plötzlich roch es süßlich nach vergorenen Äpfeln, die man nicht rasch genug aufgehoben hatte, nachdem sie reif vom Baum gefallen waren.

Das also war der Grund, warum sie in Banes Truppe war.

Dakota schüttelte den Kopf und besah sich das Kind, das Bärenkräfte in sich schlummern hatte. Sie benötigte nicht den Schutz ihrer Raubkatze. Er fragte sich, zu welcher Gattung Magischer sie wohl gehörte.

Dann riss das Grunzen des Skorpionmanes ihn aus den Gedanken.

»Tsk«, machte dieser und wandte sich finster funkelnd um. Sein Schwanz zuckte dabei gefährlich umher. Er warf sich die Banshee über die Schulter und stolzierte hinaus.

Dakota sah dem Skorpionmann nach. Er kannte weder die Magischen hier, noch die anderen, die offenbar nach ihm suchten. Aber er hätte seine rechte Hand darauf verwettet, dass sie zu einem späteren Zeitpunkt wiederkommen würden.

Er wandte sich an Cassandra, die lachend etwas aus ihrer Ohrmuschel entfernte und es von sich warf.

»Du weißt doch, dass ich keinen Bock habe, mich mit dir zu unterhalten. Deine lächerliche kleine Spielerei nervt ebenso wie deine Fuchtelei. Die verstehe ich genauso wenig. Wollte ich nie, werde ich nie. Oder spricht Cassandra so tief wie Naheniel?«, fragte das Mädchen und warf damit mehr Fragezeichen in Dakotas Kopf auf, als zuvor schon darin waren.

Bane rollte theatralisch mit den Augen und schüttelte den Kopf.

»Wer ist denn Naheniel?«, fragte Dakota dann und unterbrach Banes genervten Gesichtsausdruck damit abrupt. Dieser sah aus, als würde er gleich losprusten.

»Ich bin Naheniel!«, donnerte Cassandra, erlangte aber sofort wieder ihre Fassung. »Ich bin der Mann ... Dämon fürs Grobe und schütze hier auch nur meine kleine, liebe Hülle. Ich kann dir nicht helfen.« Cassandra zuckte mit den Achseln und wandte sich dann gelangweilt dreinschauend dem Sofa zu, auf das sie sich niederfallen ließ.

Dämon also.

Aber Dakota sagte nichts. Dafür würde später Zeit bleiben. Denn offenbar schien der Dämon, der gerade von der Kleinen Besitz ergriffen hatte, öfter hier zu sein. Und sich nicht unbedingt gut mit Bane zu verstehen. Ohne sie, wie Dakota auffiel, würde er sich mit dem Anführer der Bande nicht verständigen können.

Er wusste, dass es dringend notwendig sein würde, mit ihm zu kommunizieren zu lernen. Und wenn es nur das erforderte, um in einer Gruppe wie der diesen aufgenommen zu werden, dann war er mehr als zufrieden. Kurz überlegte er, ob er sich nach dem Transmitter bücken sollte, aber er entschied sich dagegen. Das Ding war magisch, so viel konnte er schon sagen. Deshalb ließ er es, wo es war. Zumal er gar keine Ahnung hatte, wie er dieses Gerät handzuhaben hatte.

Dakota wusste nicht recht, was er mit sich anfangen sollte, so bewegte er sich auf das Sofa zu. Doch Naheniel schüttelte finster dreinblickend den Kopf.

»Das ist mein Platz. Such dir einen eigenen«, knurrte der Dämon und Dakota fragte sich, wo das fröhliche Mädchen hinverschwunden war. Dass ein böser Geist überhandgenommen hatte, schien hier niemanden zu stören, und sobald die Möglichkeit bestünde, würde er fragen, warum.

Jetzt selbst mies gelaunt setzte er sich auf den Boden, den Blick stur zum Höhlenausgang gerichtet, der dunkel vor ihnen lag.

Bane kam auf ihn zu und überreichte ihm ein Blatt Papier, auf das er gerade gekritzelt hatte.

»*Pass hier auf. Ich stelle die Falle noch einmal scharf. Wenn Cassandra etwas zustößt, mache ich dich dafür verantwortlich*«, stand da in eng gekrakelten Buchstaben. Auch wenn ihm der scharfe Ton nicht behagte, nickte er und der dunkelhaarige Mann verschwand.

Dakota fuhr sich durch sein nussbraunes Haar, was er immer tat, wenn er gerade nicht wusste, was er sagen sollte, und stand erneut auf.

»Hier. Er meinte, ich solle auf dich aufpassen, auch wenn ich nicht recht weiß, warum. Du scheinst sehr gut allein klarzukommen. Und hier kommt sowieso niemand herein, ohne dass er es bemerkt«, erklärte Dakota und gab dem Mädchen das Blatt Papier, das die Zeilen überflog. Dann zeigte er zum Tunnel, in dem Bane gerade verschwunden war.

»Die gerissensten Magischen sind hier versammelt. Auch wenn ich ihn nicht leiden kann, mache ich mir keine Illusion, dass er nicht auch weiß, dass sie andere Wege finden werden, um reinzukommen«, gab die tiefe Stimme des Dämons zurück und auf das Gesicht des Mädchens schlich sich ein boshaftes Grinsen, das im Zwielicht beinah furchterregend aussah.

Dakota wollte nicht wegsehen und dem Dämon den Triumph lassen, doch würde es dauern, bis er diesen schaurigen Anblick vergessen würde. Er zuckte die Achseln. »Selbst wenn, glaube ich nicht, dass sie an dir vorbeikommen.«

»Kluger Junge«, merkte der Dämon an und es schien beinah, als würde ein wenig Anerkennung in seiner Stimme mitschwingen.

Als sich der Gestaltwandler zu Leo umdrehte, bemerkte er, dass dieser einen sicheren Abstand zwischen sich und den Dämon gebracht hatte. »Was ist mit deinem Schoßkater?«, fragte er deshalb und zeigte auf das Tier, das die Ohren angelegt hatte und die beiden nicht aus den Augen ließ.

»Cassandras Schoßkater«, stellte der Dämon klar. »Er hasst es, wenn ich mich zeige.« Das diabolische Grinsen war nicht aus ihrem Gesicht gewichen und wirkte für Dakota so, als hätte sich eine zweite, absolut gegensätzliche Realität über die ihre geschoben.

»Mhm«, machte der Gestaltwandler und warf einen letzten Blick auf den Schneeleoparden, bevor er sich noch einmal mit einem Gedanken im Hinterkopf an den Dämon wandte. »Wie heißt du eigentlich wirklich?«

»Naheniel«, erwiderte dieser gelangweilt.

»Ha!«, rief Dakota und stieß einen Finger in die Luft.

»Wenn du denkst, dass du mich jetzt etwa kontrollieren oder austreiben kannst, dann muss ich dich leider enttäuschen. So funktioniert das vielleicht in Erzählungen. Aber ich mag die Art, wie du denkst«, kicherte der Dämon und fast war ihm, als würde er wieder dem Mädchen gegenübersitzen.

Eine Weile schwieg er.

»Die Kleine hat schon viel versucht, um mich loszuwerden. Aber ich bin wie Fußpilz, ich bin nicht so einfach zu entfernen.«

»Tust du ihr denn weh?«, fragte Dakota.

Naheniel schüttelte den Kopf und Cassandras Locken flogen wild umher. »Nein. Was würde es mir nützen, meine schöne Hülle zu beschädigen? Würdest du denn dein Heim kurz und klein schlagen?«

»Auch wieder wahr.«

Bane, der in der Dunkelheit erschien, beendete das Schweigen, das sich über die beiden gelegt hatte.

Er ließ sich neben Naheniel auf die Couch fallen, auch wenn dieser ordentlich protestierte. Als er saß, reichte er Dakota einen weiteren Zettel.

»Jetzt liegt es an dir, Kleiner. Das Installieren der Fallen hat mich nicht nur Magie, sondern auch Energie gekostet. Ich werde nutzlos sein, wenn sie in der nächsten halben Stunde zum Angriff blasen sollten.«

Als der Wandler die Zeilen überflogen hatte, wandte er sich überrascht dem Anführer zu, doch da schnarchte er schon geräuschvoll.

»Jetzt liegt's wohl an uns«, sagte Dakota, der keine Lust mehr hatte, weiterhin am kalten Höhlenboden zu sitzen, stand auf, klopfte sich den Staub ab und ließ sich auf Banes andere Seite fallen. Das

Sofa ächzte und sank einige Zentimeter tiefer, doch ansonsten passierte nichts und auch der Dämon hatte kein Wort dazu zu sagen.

So starrten sie schweigend in Richtung Tunnel und wagten es nicht, zu oft zu blinzeln.

Dakota unterdrückte ein Gähnen. Zu gerne hätte er gewusst, wie spät es war.

Er wollte zur Dunklen Klaue gehören, aber er wusste auch, dass er sich nicht einmischen durfte. Das hatte ihm die Regentin klargemacht. Nicht er entschied, in welche Truppe er aufgenommen werden würde. Diejenigen, die sich am meisten um ihn bemühten, würden ihn am Ende aufnehmen. Aber er durfte nicht, nur weil er Sympathien entwickelte, seinen Teil dazu beitragen.

Und gerade das fand er so schade. Obwohl noch nicht viel Zeit vergangen war, hatte er das Gefühl, dass diese Leute ihn verstehen würden. Es schien, als ob jeder von ihnen ein kleines Geheimnis in sich tragen würde, das mehr oder weniger so dunkel war wie sein eigenes. Er war sich nicht ganz sicher, aber er vermutete, dass sie einiges von dem mitbekommen hatten, was er in der Illusion der Falle gesehen hatte. Scheinbar fragte niemand von ihnen danach. Und allein deshalb wollte er zu ihnen gehören, wollte Teil der Dunklen Klaue werden.

6

Einige Zeit verging, in der absolut nichts passierte und Dakota sich schon fragte, ob sie wohl die ganze Nacht hier sitzen würden.

Dann erschien ein gehetztes, weißes Gesicht und der Wandler sprang auf. Die Banshee war zurück! Er war drauf und dran, auf sie loszustürzen, als ihn eine kräftige Hand von hinten packte.

»Entspann dich, das ist das Einhorn«, erklärte Naheniel und zog ihn wieder zurück aufs Sofa. Dabei streifte er Bane, dessen Oberkörper zur Seite rutschte und an Dakotas Schulter liegen blieb, schnarchend wie ein amerikanischer Schwarzbär.

»Na toll«, machte der Wandler und versuchte, Bane in eine aufrechte Position zu rücken, was ihm nicht so recht gelingen wollte.

»Hallo Neuer, ich bin das Einhorn. Aber nenn mich Sosanna«, sagte die weißhaarige, bleiche Frau und stieg über Leo, um Dakota die Hand zu reichen.

Wie ein Einhorn sah sie nicht aus. Wenn sie auch merkwürdig blass war und beinah zu leuchten schien. Vielleicht spielten ihm aber einfach seine Augen einen Streich.

Der Schneeleopard blieb weiter liegen und nahm den Blick nicht von dem Dämon, der ihn seinerseits ungerührt anstarrte.

»Hab ich mir fast gedacht«, grinste Dakota, ergriff die Hand der Frau und war erstaunt, wie silbrig ihre Haut selbst hier im Zwielicht der Höhle schimmerte. »Ich bin Dakota.«

Das war das Einzige, an das er sich erinnerte. Nur sein Name war ihm geblieben. Zumindest glaubte er das, ganz sicher war er sich nicht. Und trotzdem klammerte er sich wie ein Ertrinkender daran. Jedes Mal, wenn er darüber nachdachte, versetzte es ihm einen Stich, doch er wollte sich nichts anmerken lassen.

»Wunderbar. Naheniel beehrt uns und Bane ist bewusstlos. Habe ich sonst noch etwas verpasst, als ich draußen versucht habe, die Leute von der Höhle fernzuhalten?«, fragte sie und setzte sich im Schneidersitz vors Sofa.

»Der Dämon hat die Banshee und den Skorpionmann in die Flucht geschlagen«, sagte Dakota und konnte die Anerkennung in seiner Stimme nicht gänzlich verbergen.

Die weißhaarige Frau nickte bedächtig und verfiel in ein Schweigen.

Leo gähnte ausgiebig, bevor er sich wieder in Position brachte und Naheniel weiterhin nicht aus den Augen ließ.

»Was kannst du?«, fragte Sosanna an Dakota gewandt. Ihre schlanke Silhouette zeichnete sich im Gegenlicht der Lampe ab und der Wandler bemerkte, dass er nicht hätte sagen können, wie alt die Frau war.

»Ich bin ein Gestaltwandler, falls du das meinst«, erwiderte er. »Aber ich dachte, es sei verboten, mitzuhelfen.«

»Wenn wir uns im Bereich der Grauzonen bewegen, kann sich niemand beschweren«, sagte die Frau und grinste frech. Sie legte eine Hand an die Hüfte und stellte sich breitbeinig hin. »In was kannst du dich denn verwandeln?«

»Bislang hab ich es nur mit menschlichen Erscheinungsformen versucht. Ob es mir auch möglich ist, mich in was anderes zu verwandeln, kann ich nicht sagen.«

»Dann wird es Zeit, das herauszufinden«, sagte Sosanna und Naheniel nickte.

»Wie wäre es mit einer Decke für unser schönes Sofa? Das bemerken sie nie«, lachte das Mädchen mittlerweile gewohnt tief und warf Dakota einen herausfordernden Blick zu.

Dieser zuckte nur die Schultern. »Solange ich es mir vorstellen kann, ist es vielleicht kein Problem. Bei menschlichen Erscheinungen sollte ich die Person zumindest mal berührt haben.«

Sosanna schenkte ihm ein Lächeln. So, wie es wirkte, malte sie sich gerade aus, was er zukünftig für die Bande machen konnte. Und dieser Gedanke beschäftigte auch den Gestaltwandler. Er wollte ihnen von Nutzen sein und dabei mehr über sich selbst herausfinden.

Auch Dakota grinste vor sich hin und sogar Naheniel sah aus, als ob es ihm teuflischen Spaß bereiten würde. Obwohl sich der Wandler nicht sicher war, ob das nicht der Tatsache geschuldet war, dass er sich gleich in ein Wohntextil verwandeln würde.

Dakota schloss die Augen und konzentrierte sich. Er dachte an eine Decke, von der er irgendwo, ganz hinten in seiner Erinnerung, wusste, dass sie einmal ihm gehört hatte. Da war dieser Geruch, holzig und schwer, der sich langsam, aber sicher in alle Stoffe eingewoben hatte wie ein unsichtbares Band. Doch der Duft, der alles überlagerte, war unweigerlich der seiner Mutter, auch wenn er ihr Bild nie zu fassen bekam.

Selbst jetzt schwebte es vor seinem geistigen Auge, als wolle es ihn verhöhnen, weil er sich beim besten Willen nicht daran erinnern konnte, wie sie ausgesehen hatte.

Alles war verschwommen und verzerrt und je mehr er versuchte, durch den undurchdringlichen Schleier hindurch zu blicken, desto nebliger wurde seine Sicht. Das Einzige, das ihn davon abhielt, nicht in der Dunkelheit seiner Vision zu versinken, war das unscheinbare Stück Stoff, das ihm diese Bilder bescherte. Es roch so sehr nach Heimat und war trotzdem nicht zu greifen. Er spürte einen Stich in seinem Herzen, der ihn mehr schmerzte, als es die menschliche Bestie in der Folterkammer je vermocht hätte.

Mit zitternden Händen strich er über das Stück Stoff und nahm die gleichsam raue und weiche Oberfläche wahr. Seine Magie griff danach und füllte die Lücken darin wie ein Negativ, von dem sich später das Original abnehmen ließ. Sein Zauber floss Wasser gleich in und um das Stück, in das er sich verwandeln würde, und wurde fest, als jedes Partikel seinen Platz gefunden hatte.

Er wusste, dass es gelungen war, als er versuchte, seine Augen zu öffnen, es ihm jedoch nicht gelingen wollte. Kurz versetzte es ihn in Panik, doch nach vielen Ausflügen in die Welt der Verwandlung war ihm klar, dass er an die Gesetze derer gebunden war, zu denen er wurde.

Verwandelte er sich in eine Person, die nicht sehen konnte, dann würde auch er blind sein, selbst wenn sein ursprünglicher Körper es vermochte. Das Einzige, das ihn hierbei wunderte, war, dass er immer noch hören konnte, selbst wenn er sich sicher war, dass Decken keine Ohren besaßen. Vielleicht aber nahm das Tuch die Vibrationen in der Luft auf. Na, wie auch immer.

Zu gerne hätte er sich umgesehen, doch das war nicht möglich. Ob er sich jemals wieder in sein altes Ich zurückverwandeln könnte, war ihm nicht gänzlich klar, aber darüber würde er sich später Sorgen machen, denn Bane sabberte gerade in seine Richtung.

Es rumpelte gewaltig, dass Sosanna schon meinte, die Höhle würde einstürzen. Sie sprang behände auf und begab sich in Kampfposition. Mit Naheniel, der Cassandras Körper um alles in der Welt verteidigen würde und vor nichts zurückschreckte, hatte sie einen mächtigen Partner. Und auch Leo war nicht zu unterschätzen.

Sie wagte einen Seitenblick auf den immer noch schlafenden Bane und den Neuling, der gerade zu einer Decke geworden war. Verdammt, der würde ihnen einige Vorteile bringen.

Leo warf den Kopf herum und nahm die Witterung auf. Dann erzitterte die Höhle ein zweites Mal und Bröckchen rieselten von der Decke.

Sosanna versuchte, durch den Staubnebel hindurch etwas zu erspähen. Doch noch war keine Sicht von irgendwelchen Eindringlingen, die sich den Neuen unter den Nagel reißen wollten. Sie war sich nicht sicher, ob sie die Spur seiner Magie fühlen konnten. Sie selbst hatte sie zuvor, als er sie gewirkt hatte, stärker wahrgenommen, jetzt könnte es auf andere so wirken, als käme es von einem von ihnen. Das beruhigte sie ein wenig, angesichts der

Tatsache, dass der Großteil der Klaue gerade unbrauchbar war, sollte es zu einem Kampf kommen.

Der Nebel lichtete sich ein wenig und dem Einhorn tränten die Augen. Sie blinzelte und fuhr sich mit der silbrig schimmernden Hand darüber. Gerade jetzt durfte sie nicht abgelenkt sein!

Immer noch mit dem Staub um Sicht ringend, nahm sie eine Bewegung in der Wand wahr. Sosanna schüttelte den Kopf und sah genauer hin. Auch Naheniels Aufmerksamkeit war nun geweckt und er setzte sich interessiert auf. Was aussah wie ein Kind, das sich neugierig nach vorn lehnte, war eine eiskalte Tötungsmaschine, die nur darauf wartete, dass die anderen in ihr Reich einmarschierten.

Sosanna knirschte mit den Zähnen, ihre Augen hatten sie nicht getäuscht! Die Wand wurde an einer Stelle leicht durchsichtig. Dahinter war doch eine Bewegung auszumachen. Gerade so, als würde sich der feste Stein in Luft auflösen, war plötzlich ein Durchgang im soliden Fels freigeworden, in dem sich einige Mitglieder der Kinder des Schleiers tummelten.

Erleichtert atmete sie auf. Sie wünschten sich den Frieden beinah genauso sehr wie Bane, auch wenn sein Weg zum Teil um einiges blutiger war als der ihre.

Naheniel sprang auf und Sosanna wusste nur zu gut, was er tat. Noch tarnte er sich als Cassandra. Bis es für die Kinder zu spät war, dann würde er zuschlagen.

»Was wollt ihr hier?«, fragte Sosanna.

»Ihr alle seid hier, es liegt also nahe, dass der Neue bei euch ist«, sagte einer von ihnen. Er trug eine weite weiße Robe, die im Kontrast zu seiner braunen Haut mit dem warmen Unterton stand. Er lächelte breit und schien nicht im Geringsten an einer gewaltsamen Auseinandersetzung interessiert zu sein.

Sosanna wusste, dass in solchen Jagdnächten schon manches Mal jemand verletzt worden war. Doch bislang war niemand dabei umgekommen. Das hätte die Regentin nicht erlaubt und sogar Naheniel hatte sich daran gehalten.

»Bane hat sich verausgabt und ich kann nicht von Cassandra verlangen, dass sie sich mit mir allein euch allen stellt. Wir haben uns ausgeruht, bis unser Anführer wieder auf den Beinen ist«, erklärte Sosanna und hoffte, sie würden ihre Lüge schlucken.

Der Mann mit der Robe, der von allen Esthandir genannt wurde, schenkte ihr noch ein viel breiteres Lächeln. »Wir wissen beide, dass das nicht der Wahrheit entspricht.« Beinah wirkte er ein wenig enttäuscht, wie ein Lehrer, der sie für ihre Lüge tadeln musste.

Hinter ihm schob sich jemand durch die Menge und als er ganz vorn angekommen war, erkannte das Einhorn, dass es sich um Jizar handelte.

Sie konnte sich gerade noch so davon abhalten, das Gesicht zu verziehen.

»Ihr seid zu spät«, sagte sie stattdessen leicht und zuckte die Achseln. »Die Magier haben uns überrumpelt.«

Das brachte den Mann und seine Gefolgschaft offenbar zum Nachdenken. Sie waren zu viele, als dass es Naheniel, sie und Leo mit ihnen allen aufnehmen könnten, das wusste auch Esthandir. Deshalb ließ er einige seiner fähigsten Frauen und Männer hier, während er mit dem Rest wieder von dannen zog.

Er traute der Klaue nicht und niemand würde es ihm verübeln. Im Kampf um die Neulinge war alles erlaubt, außer töten.

Minute um Minute verging und niemand rührte sich. Sonst hatten sie nicht sehr viel mit den anderen Gildenmitgliedern zu schaffen, weshalb es nicht wirklich Themen gab, mit denen sie die Zeit totschlagen konnten.

Sosanna wippte nervös mit dem Fuß, während Naheniel sich zurückgelehnt hatte. Sie versuchte, unauffällig für die anderen seine Aufmerksamkeit zu erregen, und sandte ihm immer wieder Blicke zu, die er nicht bemerkte. In ihr tat sich eine brennende Angespanntheit auf, die von Sekunde zu Sekunde schlimmer wurde. Wenn die Kräfte des Neuen versagten oder seine Magie nicht reichte, würde er sich bald in seine ursprüngliche Form zurück-

verwandeln. Dann würden die Kinder Alarm schlagen und – nein! Sie wollte nicht daran denken. Dieser dumme Dämon sollte endlich ihren Blick bemerken!

Da!

Er nickte unmerklich und leckte sich über die Lippen. Sie beide wussten, dass es nun losgehen würde, und auch Leo, den Sosanna aus dem Augenwinkel beobachtete, straffte sich unauffällig.

Plötzlich ging alles sehr schnell. Der Dämon sprang auf und raste auf die Eindringlinge zu. Selbst Sosanna hatte Schwierigkeiten, seinen Bewegungen zu folgen.

Die ersten beiden in blasslila Roben gingen zu Boden. Naheniel hatte sie schon überwältigt, bevor Sosanna auch nur einen Finger gerührt hatte.

»Das ist der Dämon!«, rief eine der Frauen, eine Fee, deren sonst sehr hübsches Gesicht nun angstverzerrt in Naheniels Richtung blickte. Doch der schien sie nicht zu bemerken. Er hatte die ersten beiden bewusstlos geschlagen und Cassandra würde sich dafür danach sicherlich schämen, doch Sosanna wusste, dass es anders nicht möglich gewesen wäre.

Um das Ausmaß des Schadens, den der Dämon hinterließ, zu vermindern, war sie bereits heran und griff beherzt zu einem Fläschchen mit Pulver, das sie immer an ihrem Gürtel bei sich trug.

Drei der Kinder standen nah beieinander, sodass es ein Leichtes war, ihnen gleichzeitig das Pulver ins Gesicht zu blasen. Augenblicklich gingen sie zu Boden. Cassandra hatte es ihr zusammengemischt und ihr eingebläut, es nicht leichtfertig zu verwenden. Zum Einen war es sehr stark, zum Anderen waren die Zutaten nicht einfach zu beschaffen. Doch das Einhorn hoffte, dass es ihr das Mädchen nachsehen würde.

Fünf waren erledigt, fehlten nur noch zwei, die sie böse anlinsten.

Sosanna riskierte einen Seitenblick auf Bane, der vor sich hin schnarchte und mittlerweile auf Dakota sabberte, der sich zum Glück noch immer nicht zurückverwandelt hatte.

Da war Leo heran und stieß ein furchterregendes Brüllen aus, das einem das Blut in den Adern gefrieren ließ. Es wunderte Sosanna kaum, dass die beiden verbliebenen Kinder blass um die Nase wurden und sich nicht mehr rührten. Dann verfiel die Großkatze in ein Zischen, während sie mit aufgestellten Nackenhaaren und angelegten Ohren auf die beiden zu schlich.

Naheniel sah aus einiger Entfernung zu und schien belustigt darüber zu sein. Doch bevor auch nur einer von ihnen reagieren konnte, liefen sie durch den Tunnel nach draußen. Weit kamen die zwei Kinder jedoch nicht, was ein dumpfer Aufprall verriet.

Sosanna und Naheniel liefen los.

Die Kinder waren geradewegs in die Falle gerannt, mit der auch Dakota schon Bekanntschaft gemacht hatte.

»Ich würde sagen, wir lassen sie da drin, bis die Nacht herum ist«, erklärte Naheniel mit tiefer Stimme und das Licht um ihn wurde abermals von dem merkwürdig wabernden, dunklen Nebel verschluckt.

Sosanna behagte es nicht, aber sie musste ihm recht geben. Bane schlief immer noch und wenn sie die beiden jetzt befreien würden … Nein, sie wollte sich nicht ausmalen, was passierte, wenn die Verstärkung eintreffen würde.

»Dass wir zwei uns mal einig sind«, lachte der Dämon.

»Gewöhn dich nicht dran«, zischte Sosanna und die beiden machten sich auf den Weg zurück ins Innere der Höhle.

Bane regte sich.

›Wie spät ist es?‹, fragte er schlaftrunken blinzelnd.

»Kurz vor …«, begann Sosanna, doch sie wurde unterbrochen.

Ein ohrenbetäubendes Klingeln ertönte und läutete damit das Ende der Nacht ein.

»Sonnenaufgang«, erklärte Naheniel grinsend und die Dunkelheit um ihn herum lichtete sich.

»Endlich.« Sosanna ließ sich auf den Boden fallen und kehrte in ihre Einhorngestalt zurück. Sie schüttelte ihre silbrige Mähne.

Während sie ihm schilderte, was die Nacht über passiert war, streckte sich Bane und knackte mit seinen steifen Gliedern. Die Position, in der er eingeschlafen war, war offenbar nicht die beste gewesen.

Gegen Ende hin nickte er. Schließlich wollte er wissen, wo der Neuling war.

Sosanna ruckte mit dem Kopf.

Als sie ein verwirrter Blick traf, wieherte sie und es klang beinah wie ein Kichern. Ihr Horn zeigte auf die Decke, die nicht da gewesen war, als er eingeschlafen war.

Er zupfte mit spitzen Fingern an dem Stoff herum und ließ ihn zurück aufs Sofa fallen. Doch bereits da merkte er, dass etwas anders war. Sie fiel zu langsam und ein magisches Netz hatte sich, zumindest für das geübte Auge, darum herum gebildet.

Der Stoff dehnte sich aus und nahm allmählich menschliche Züge an.

Bane deutete in Richtung Cassandra. Er wusste nicht, ob das Mädchen den Transmitter angelegt hatte. Oder ob sie überhaupt wieder sie selbst war. So würde er es zumindest erkennen.

»Er sagt: Willkommen zurück und willkommen bei der Dunklen Klaue!«, übersetzte Cassandra. Der Dämon hatte sich wieder zur Ruhe gelegt, wie Bane erleichtert feststellte.

Dakota stand auf und reckte seine Glieder, die verdächtig knackten. »Wenn ich noch einmal auf die absolut bescheuerte Idee kommen sollte, mich in eine Decke zu verwandeln, dann haltet mich unbedingt davon ab. Ich dachte, ich würde niemals wieder zu meiner Form zurückfinden. Der einzige Grund, warum ich es dennoch getan habe, ist der, dass mir die Energie ausgegangen ist, den Zauber aufrecht zu erhalten«, erklärte er grummelnd, ergriff jedoch Banes ausgestreckte Hand. »Danke.«

Der Anführer nickte und begann erneut eine Abfolge an Zeichen.

»In nächster Zeit werde ich dich täglich dabei unterstützen, wenn du die Sprache lernst«, übersetzte das Mädchen. »Für den Fall, dass der Transmitter mal ausfällt oder du ihn nicht tragen kannst.«

Dakota sah aus, als würde er gerne Fragen stellen, während sein Verstand sich gleichzeitig weigerte, alles zu verarbeiten. Doch die kleine Hexe schien gar nicht daran zu denken, ihm die notwendige Ruhe zu gönnen.

Bane unterdrückte ein innerliches Kichern und sah den beiden aufmerksam zu.

»Schau her, das ist mein Name! Merk dir den am besten gleich, denn eigentlich ist das das Zeichen für Erdbeere. Aber die mag ich halt einfach am liebsten!«

Und viel zu schnell zeigte sie ihm ihre linke Faust, von der nur der kleine Finger nach innen herausragte. Die Finger der anderen Hand umschlossen ihn und machten eine Drehbewegung, als würde man etwas aufschrauben.

Bane nickte mit verschränkten Armen und strich sich dabei bedächtig über seinen Bart. Das Grinsen verkniff er sich noch immer, auch wenn er es kaum verbergen konnte.

Er wusste, dass sich der Neue bereits fragte, warum er Gebärden lernen sollte, wenn er den Transmitter ins Ohr setzen konnte. Aber so einfach war es dann leider doch nicht immer.

7

Als die Dunkle Klaue mit Dakota im Schlepptau aus ihrer Höhle kam, wussten die anderen Gruppen, was passiert sein musste.

Sie hatten ihn an einen Ort geführt, der nur über einen der Bäume zu betreten war. Eine schier endlos erscheinende Wendeltreppe ging es hinauf, die außen am Stamm eines Baums angebracht worden war.

Dakota war heilfroh darüber, schwindelfrei zu sein, aber er bemerkte, dass Sosanna es nicht war. Er ließ sich zurückfallen und drückte ihre Hand, die er danach nicht mehr losließ. Mit einem gütigen Blick in den Augen sah sie ihn an und musste nichts sagen, um ihm zu vermitteln, wie dankbar sie ihm dafür war.

Oben angekommen sog Dakota den Anblick der Landschaft um sich herum auf. Die Umgebung war eingerahmt von mächtigen Bäumen, durch deren Kronen das Licht der Morgensonne glitzerte. Aber auch die kreisrunde Plattform selbst erstrahlte in derselben Schönheit.

Ineinander verschlungene Äste bildeten das Geländer, das größtenteils von Magischen verdeckt wurde, die sich alle an den Rand drängten.

Bane und die Klaue schienen diesen Anblick schon öfters gesehen zu haben und waren lange nicht so verzaubert, wie Dakota es war. Wenn diese Landschaft hier erschaffen worden war, dann von jemand sehr Mächtigem, so viel wusste er.

In regelmäßigen Abständen wuchsen Streben aus dem Geländer hervor und bildeten eine Art Kuppel. Sie trugen enorme Blütenkelche und selbst jetzt, im fahlen Licht des neuen Tages, gaben sie noch ihr Leuchten ab. Dakota fragte sich, wie das hier wohl in der Nacht aussehen musste, nachdem er in dieser nicht sehr viel davon bemerkt hatte.

Und selbst der Boden schien das Licht auf eine magische Art und Weise zurückzuwerfen. Vielleicht war es dieses sorgsam angelegte Mosaik, in dem jemand seine Magie verwoben hatte. Ob es wohl die Regentin gewesen war, die diesen Zauber gesprochen hatte?

Diese blickte ihnen mit strengen Augen von ihrem Podium in der Mitte entgegen und Dakota kam nicht umhin, den grausamen Zug darin zu bemerken. »Gestaltwandler. Die Dunkle Klaue hat sich deine Gunst erkämpft und wird dich in ihre Riege aufnehmen.«

Sie kam auf ihn zu und im Näherkommen fragte er sich, ob an dieser Frau auch nur irgendetwas unbeabsichtigt war. Selbst ihre Schritte schienen so berechnet zu sein, dass sie sich zu jedem Zeitpunkt genau darüber im Klaren war, wie sie auf andere wirkte. Zuvor hatte sie herrschaftlich auf die Anwesenden der gesamten Gilde gewirkt, die hier zusammengekommen waren. Nun, da sie auf ihn zuging, schien sie eine attraktive Eleganz zu vermitteln, die der strengen Hand, mit der sie die Gilde offenbar führte, die notwendige weibliche Note gab. Sie schien männlich und weiblich in sich zu vereinen und im Einklang mit sich zu sein, und genau dafür bewunderte sie Dakota. Denn das war es, wonach er strebte, seit er sich nicht mehr an seine Vergangenheit erinnern konnte.

Das Lächeln um die Lippen der Regentin, die ihn um einen halben Kopf überragte, wirkte auf ihn beinah so, als wüsste sie von seiner inneren Zerrissenheit. Sie legte eine ihrer Hände auf seine Schulter und er bemerkte ihre langen Finger, die ihn fest im Griff hatten.

»Die Dunkle Klaue ist fortan deine Familie, ebenso wie der Rest der Gilde. Und bei dieser sollte auch deine Loyalität liegen, junger Wandler«, sagte sie und das Lächeln war noch immer nicht verschwunden. Ihre Finger gruben sich tiefer in seine Schulter und der stechende Blick, den sie ihm zuwarf, ließ ihn nicht daran zweifeln, dass es ihm nicht gestattet war, vor Schmerz auch nur etwas schärfer einzuatmen. »Doch was auch immer geschehen mag, vergiss nie, wem deine Treue gebührt.«

Er nickte und hoffte, dass sie ihren Griff lockern möge, doch diesen Gefallen tat ihm die blonde Schönheit nicht. Ihm war, als würde sie in seine Seele schauen, um dort nach Antworten zu Fragen zu suchen, die er nicht kannte. Der Moment war ebenso schnell vorbei, wie er gekommen war.

Die Regentin löste sich von ihm, lächelte in die Runde und breitete die Arme aus. »Man bringe die Rüstung!«, verkündete sie feierlich und es schien, als würde ihre Stimme von überall her kommen. Laut tönte sie selbst aus seinem Inneren und erfüllte ihn mit einer Art Stolz, die er ihrem Zauber zuschrieb. Nicht umsonst war sie die Oberste der Gilde. Sie musste die Mächtigste unter den Magischen hier sein.

Der Skorpionmann Jizar trippelte auf sie zu und trug ein zusammengefaltetes Bündel. Er überreichte es der Regentin, bevor er sich zurückzog und aller Augen wieder auf ihr und Dakota lagen.

»Trage sie stets mit Stolz.« Die blonde Elfe hielt ihm die Rüstung hin, die er freudig entgegennahm und erst da bemerkte, dass sie schwerer war, als es den Anschein machte.

Bane hielt sich im Hintergrund, wie Dakota aus dem Augenwinkel bemerkte. Trotzdem trug er einen Gesichtsausdruck, den man am ehesten mit grimmigem Stolz beschreiben hätte können. Der finstere Mann mit dem wilden Haar, das in krassem Gegensatz zu seinem akkurat gestutzten Bart stand, grinste ihn breit an.

Irgendetwas an diesem Anblick zupfte an seinen Erinnerungen. Je mehr er sich bemühte, das Bild dahinter zu erkennen, umso eher verflüchtigte es sich. Dakota fühlte die Enttäuschung in sich aufwallen, doch dies war nicht der Moment dafür. Vielleicht wäre später noch Zeit. Nicht jetzt. Nicht hier.

Cassandra, die Sosanna die Hand gegeben hatte, um in der Menge der Magischen nicht verloren zu gehen, wippte auf den Fußballen vor und zurück, während sie vor sich hin grinste. Sie schien ihn zu mögen.

Als Dakota die Rüstung übernahm, brach auf der Plattform ein Brüllen aus allen Kehlen los, doch die Klaue achtete penibel genau darauf, am lautesten zu johlen. Gut, das war mit Leo nicht unbedingt schwer. Aber dennoch.

Der Wandler ging nun auf seine Truppe zu, die alle breit grinsten.

»In der Höhle wartet eine kleine Überraschung auf dich, komm mit!«, sagte Sosanna, als er näher kam.

Cassandra wartete gar nicht darauf, bis er sie erreicht hatte, sondern lief ihm entgegen und grabschte nach seiner Hand. Energisch zog sie ihn weiter.

Dakota fragte sich, ob die Überraschung ähnlich freudlos sein würde wie Banes Falle, in die er gelaufen war, aber er sagte nichts. Sie alle schienen bester Laune zu sein.

In der Höhle angekommen sah es beinah so aus, als wäre die Party schon in vollem Gange. Getränke standen bereit und die Klaue hatte sogar ein Willkommens-Banner aufgehängt. Auch wenn dieses so aussah, als würde es bei der kleinsten Berührung auseinanderfallen. Offenbar hatte das gute Stück schon einige Jahre auf dem Buckel, was die etwas vergilbten Buchstaben zeigten.

Trotzdem wollte sich Dakota die Rührung nicht anmerken lassen. Es freute ihn, dass er in der Klaue eine neue Familie gefunden hatte.

Er seufzte.

Kurz dachte er an das Stück Stoff und den Geruch seiner Mutter zurück, doch er spürte, dass ihn das noch sentimentaler machen würde, als er es ohnehin gerade war. So schob er den Gedanken beiseite und blickte sich zu den anderen um.

»Es ist nicht viel …«, sagte Sosanna, doch das Lächeln in ihrem Gesicht bewies ihm, dass auch ihr es einst viel bedeutet haben musste.

»Wann habt ihr das alles aufgebaut?«, wollte Dakota wissen und wies auf die Höhle. »Wir waren doch erst vor Kurzem hier und da sah es noch nicht so aus.« Der Wandler kratzte sich am Kopf und fragte sich, ob er wohl etwas übersehen hatte, als er die Höhle zuvor verlassen hatte.

Bane hob die Arme und begann eine Erklärung.

»Ist dir gar nicht aufgefallen, dass die Höhle nun ein wenig größer ist?«, erklärte Cassandra und behielt Bane im Auge. »Bane ist ein Fuchs. Er hat einen Teil der Höhle verschleiert und uns da schon alles aufbauen lassen, weil er wusste, dass wir dich behalten dürfen.«

Dakota schmunzelte. Wenn sie es nicht geschafft hätten, wäre das eine traurige Aufräumaktion geworden, doch daran wollte er nicht denken. Er war nun ein Teil der Dunklen Klaue.

Bane teilte Getränke an sie alle aus und hob sein Trinkhorn. Mit der freien Hand zeigte er eine Geste und Dakota wusste sofort, was sie bedeutete.

»Es freut uns, dass du nun ein Teil von uns bist.«

»Danke«, erwiderte er und lächelte. Die Aufregung der Nacht wich einer bleiernen Müdigkeit, die ihn beinah im Stehen einschlafen ließ.

Sie stießen an und auch an ihren Gesichtern konnte er deutlich sehen, dass die nächtlichen Anstrengungen ihren Tribut forderten. Als sie ihre Getränke geleert hatten, hob Bane erneut zu einer Erklärung an, doch dieses Mal war es Sosanna, die für die mittlerweile eingeschlafene Cassandra übersetzte: »Lasst uns schlafen gehen. Danach werden wir dich auch offiziell als Mitglied der Klaue aufnehmen und gemeinsam das Brot brechen.«

Dakota nickte schläfrig und ließ sich einen Platz zeigen, an dem er schlafen konnte. Sie alle schliefen am Eingang der Höhle, wo Leo bereits Stellung bezogen und seinen massig wirkenden Körper am staubigen Steinboden platziert hatte. Und auch wenn er dachte, es würde lange dauern, bis er auf dem harten Boden einschlief, störte es ihn nicht einmal, dass ein kleiner Kiesel ihm mit seinen spitzen Kanten in den Rücken stach. In dem Moment, als sein Kopf auf dem Kissen lag und er sich in die Decke gekuschelt hatte, war er auch schon ins Reich der Träume geglitten.

»Guten Morgen, Schlafmütze!«, rief Cassandra vergnügt und sprang zwischen den Schlafenden auf und ab.

Leo gähnte ausgiebig und zeigte dabei zwei Reihen scharfer Zähne und seine rosa Zunge.

Dakota blinzelte ins Sonnenlicht und fragte sich, wie er hier so lange schlafen hatte können. Für gewöhnlich bevorzugte er Stille und Dunkelheit, doch an diesem Morgen war er offenbar so müde gewesen, dass sich sein Körper mit weder noch begnügt hatte.

Bane war bereits munter und hielt eine Pfanne, die fröhlich vor sich hin brutzelte, über die Feuerstelle.

Mit einem röhrenden Magengrummeln sog der Wandler tief den Duft von Spiegeleiern ein.

Cassandra rührte in einem großen Kessel, der ebenfalls über dem Feuer hing, und verhielt sich ein Grinsen, doch auch ihr Bauch schien schon ordentlich zu rumoren.

In der Glut unter dem Kessel erkannte Dakota einen Topf, der mit einem Deckel verschlossen war. Gerade, als er sich zu wundern begann, was sich wohl darin befand, war Sosanna mit dicken Handschuhen bewaffnet heran und wuchtete ihn aus der Glut, dass die Funken nur so aufstoben.

Dakota stand auf, um den Inhalt zu begutachten, und stellte fest, dass das Brot, das sie darin gebacken hatte, so köstlich roch, dass ihm das Wasser im Mund zusammenlief.

»Wir essen zusammen, also sorgen alle gleichsam dafür, dass etwas auf den Tisch kommt«, sagte Sosanna verschmitzt lächelnd und zwinkerte ihm zu. »Bane wird dir noch eine Aufgabe zuweisen, aber auch du wirst zukünftig helfen.«

Dakota nickte und sah, wie Cassandra sich zu ihrem Anführer umdrehte. Dieser sah das Mädchen eindringlich an und mit einem Mal wirkte sie, als wäre sie verstimmt.

»Was hat er gesagt?«, fragte Dakota neugierig und ging einen Schritt auf sie zu. Jetzt erst erkannte er, dass sie Tee gekocht hatte.

»Er hat sich beschwert, dass ich es noch immer nicht schaffe, anständigen Kaffee zu kochen und er seither darauf verzichten musste. Das wirst in Zukunft du erledigen.« Sie verdrehte die Augen. Cassandra war noch zu klein, um zu wissen, wie wichtig Kaffee für manche Erwachsene war. Dass viele von ihnen einen Morgen nicht als gut empfanden, wenn man keinen getrunken hatte, würde sie erst später verstehen. Dakota wusste, was Bane meinte, und nahm sich vor, ihm den besten Kaffee zu kochen, den dieser je getrunken hatte.

Als sie einige Zeit später beim Frühstück saßen und sogar Leo Tee aus einem Napf schlürfte, legte sich das allgemeine Bauchgrummeln der Klaue endlich.

Dakota war sich nicht sicher, ob die Raubkatze den Pfefferminztee der Kleinen nur aus Liebe zu ihr trank, doch es schien ihm nichts auszumachen.

»Heute werden wir an einen besonderen Ort reisen«, sagte Sosanna und sah zwischen Bane und dem Wandler hin und her.

Leo hatte sich von seinem Napf abgewandt und begann nun, sich in schönster Manier aufzuplustern. Er sah sie alle erwartungsvoll an und wenn Dakota sich nicht irrte, hatte er vorher noch nicht so schön ausgesehen. Selbst das tiefe Schnurren schien auch aus dem Gestaltwandler zu schwingen. Als würde Leo das bewusst machen, damit er mehr vom Frühstück betteln konnte.

Der Gestaltwandler beäugte ihn scharf, bevor er diesen endlos blauen Augen doch nachgab und ihm etwas von seinem Würstchen zuwarf. Geschickt fing der Kater es auf und machte sich davon.

Zu gern hätte Dakota seine Hände in diesem Fell vergraben, das mindestens genauso weich und vielversprechend war wie das süße Nichts. Aber Leo hatte seinen eigenen Kopf und der zerkaute gerade sehr bestialisch das Stück Fleisch. Verdammte Katze, natürlich konnte man sich seine Freundschaft nicht mit einer Wurst erkaufen. Da musste schon mehr her.

Bane nickte und Dakota setzte sich wissbegierig auf. Er hätte nicht gedacht, dass sein erster Einsatz schon so schnell erfolgen würde. Viel hatte ihm die Regentin nicht über die Missionen erzählt, er wusste bloß, dass sie dabei jedes Mal irgendetwas suchten, das ihnen half, sich gegen die Menschen zur Wehr zu setzen.

Er hörte, wie Bane in seiner Tasche kramte, und hätte sich im nächsten Moment am liebsten geduckt, als ein Gegenstand sirrend auf ihn zu flog. Bevor ihm das Ding ins Gesicht schepperte, griff er danach. Mit rasendem Puls sah er auf den Transmitter, der ein wenig aussah wie ein Ohrring. Die metallische Oberfläche schmiegte sich kühl an seine Haut und im ersten Moment hätte er beinah den kleinen Stein übersehen, der in der Mitte der kreisrunden Fläche prangte. Ein blasses Grün, das mit dunkleren Schlieren durchzogen war, leuchtete ihm im fahlen Licht entgegen. Das also war ein Transmitter. Er wirkte ziemlich einfach, aber was wusste er schon, dachte sich Dakota. Deshalb ließ er ihn unter dem wachsamen Blick der Klaue in die Tasche gleiten.

»Ach ja? Wohin?« Dakota unterdrückte ein herzhaftes Gähnen, das ihm schließlich doch entwich.

Bane sah ihn ernst an, bevor sein Gesicht von einem breiten Grinsen erhellt wurde. »Salisbury.«

Der Weg durchs Portal zurück in die Welt der Menschen war für Dakota ein seltsames Erlebnis. Auch wenn er erst vor Kurzem angekommen war, kam es ihm dennoch so vor, als wäre es länger als einen Tag her, dass ihn die Regentin geholt hatte.

Dass er in die Welt zurückkehren würde, in der ihm so viel Schlechtes widerfahren war, machte ihn nervös. Nervöser, als er gedacht hätte, und nervöser, als er es eigentlich wollte.

Der Wandler ballte unauffällig die Hände in seinen Hosentaschen zu Fäusten und hoffte, dass ihm niemand anmerken würde, wie sehr es ihn belastete.

Doch die Rechnung hatte er nicht mit Cassandra gemacht, die ihre Hand auf seinen Unterarm legte und ihn mit einem sanften Ausdruck in ihrem kleinen runden Gesicht ansah. Sie sagte nichts und dafür war er ihr unendlich dankbar, doch sie hatte offenbar bemerkt, dass etwas nicht stimmte.

Die Mitglieder der Klaue standen vor der roten Tür, die verheißungsvoll leuchtete. Alle warteten darauf, dass Bane sich als Erster bewegte, doch er starrte gedankenverloren auf das Holz und schien sich gar nicht gewahr zu sein, dass sie ihn alle ansahen.

Es dauerte eine Weile, bis sich Sosanna endlich ein Herz nahm und sich räusperte.

Bane erwachte aus seiner Starre und legte behutsam die Hand auf das Holz und nicht etwa auf den Griff, wie Dakota vermutet hätte.

Ihm war, als würde er mit einem Mal einen Herzschlag hören, der tief aus ihm heraus tönte, aber nicht sein eigener war. Und doch beruhigte ihn der Klang, bis die Tür plötzlich aufschwang und sie eintreten konnten.

Bane ging voran in den Raum, der von einem entspannenden Surren erfüllt war. Sie folgten ihm an einen Tisch, auf dem Karten sowie Zeichnungen verstreut waren. Dabei sah die Verteilung von Papier, Federn und Tinte nicht etwa unordentlich oder wahllos aus. Dakota meinte, eine gewisse Symmetrie in allem zu erkennen, was am Tisch lag, und fragte sich, ob es der Regentin wichtig war.

Und da erschien sie schon hinter ihnen, gerade so, als hätte sie darauf gewartet, dass alle herumstanden und sich fragten, was sie hier vor diesem Tisch sollten.

»Ah, Bane«, schnurrte sie und der Blick aus ihren wachen Augen setzte sich für einen Moment auf Dakota fest, der ihn erwiderte. Das Surren war hier lauter geworden und ein leises Tröpfeln mischte sich darunter, wenn man genau zuhörte, doch den Ursprung beider Geräusche konnte der Wandler noch nicht ausmachen.

Die Regentin umrundete den Tisch mit wehendem Umhang und stützte sich auf die Platte. Für einige Atemzüge sagte niemand etwas, dann erhob sie das Wort: »Es freut mich, dass unser Gestaltwandler seinen Weg zur Klaue gefunden hat, auch wenn die anderen Gruppen damit nicht wirklich zufrieden sind.« Ein Lächeln umspielte ihren Mund, das einmal mehr nicht zu deuten war.

Bane nickte, ihm war der Seitenhieb nicht entgangen. Offenbar vermuteten die meisten, dass Dakota seinen Teil dazu beigetragen hatte, nun bei der Klaue zu sein, doch niemand schien etwas Konkretes zu wissen. Ob die Regentin mehr dahinter sah, wagte er nicht zu sagen, deshalb verbannte er den Gedanken schnell nach hinten, bevor er sich wieder den Karten auf dem Tisch widmete.

»Cassandra hatte recht, es ist ein Artefakt in Salisbury. Oder …«, sie ließ ein paar Momente verstreichen und schien die Spannung, die sich über die Anwesenden gelegt hatte, ein wenig länger auszukosten, »zumindest die Spur zu einem Artefakt.«

Es schien, als könne das kleine Mädchen seine Freude nicht verbergen und unterdrückte nur mit Mühe ein aufgeregtes Herumhüpfen. Ein Blick Banes jedoch genügte, um sie zu besänftigen.

Er bedeutete der Elfe, fortzufahren.

»Ich schicke euch daher dorthin, um weitere Nachforschungen anzustellen. Aber seid vorsichtig, es heißt, Locksmith treibt sich wieder in der Nähe von Wiltshire herum und das Letzte, das ich möchte, ist, dass ihr in seine Fänge geratet«, sagte sie mit Nachdruck.

Dakota, der die Regentin bislang als unnahbar und kalt wahrgenommen hatte, spürte die ehrliche Sorge um die Gildenmitglieder. Vielleicht irrte er sich, aber die Regentin schien Locksmith zu kennen. Das Schaudern, das sie für einen Wimpernschlag erfasst hatte, war ihm nicht entgangen.

Bane neben ihm knirschte mit den Zähnen und Sosanna knurrte etwas, das wie »Locksmith« klang, doch genau konnte es der Gestaltwandler nicht sagen.

»Die anderen berichteten, er habe eine Möglichkeit gefunden, wie er uns Magische schneller aufspüren kann, aber bislang hat noch niemand herausgefunden, wie er das angestellt hat«, führte die Regentin weiter aus. »Gleichzeitig möchte ich aber auch betonen«, und dabei sah sie Bane scharf an, der ihren Blick ungerührt erwiderte, »dass ihr vornehmlich dazu da seid, das Artefakt zu finden oder die Spur, die uns dorthin führen wird.«

Die Botschaft war angekommen. Sie sollten Locksmith, so gut es ging, meiden, selbst wenn das hieße, dass seine Möglichkeiten zur Aufspürung Magischer weiterhin unentdeckt blieben.

Bane nickte.

Dann breitete die Regentin die Pläne aus und zeigte ihnen, wo sie das Artefakt glaubte, erspürt zu haben, und auch ihre Vorstellung davon, wonach sie überhaupt suchten.

8

Als sie aus dem Portal traten, empfing sie ein kräftiger Herbstwind, der ihnen um die Ohren pfiff.

Die Sonne war gerade dabei, unterzugehen, und warf ihr schillerndes Licht über den dämmernden Abendhimmel. Von Osten her mischte sich ein kräftiges Rosa in das Azurblau, das sich über ihren Köpfen spannte, während im Westen die letzten gelben Strahlen des Tagesgestirns versuchten, die Nacht in Zaum zu halten.

Dakota sog die kühle Luft ein, als würde er zum ersten Mal seit Langem richtig atmen können. So wundervoll sein neues Zuhause rund um das Portal herum auch war, wusste er dennoch tief in sich drin, dass die Welt der Menschen lange seine Heimat gewesen war und es vermutlich zu einem gewissen Teil immer bleiben würde, egal was passiert war.

Er spürte einen Blick auf sich ruhen und war nicht überrascht, dass es Banes war, den er entdeckte, als er aufsah. Seit er in der Falle des Anführers gesteckt hatte, war ihm, als würde dieser nur darauf warten, dass er endlich davon erzählte. Doch den Gefallen würde er ihm nicht tun. Zumindest nicht sofort. Vielleicht nie.

»Nachdem du den Transmitter bekommen hast, gibt es zwei Möglichkeiten. Entweder wir übersetzen dir weiterhin ständig alles oder du setzt ihn auf. Letzteres wäre wirklich angenehmer – für uns alle.« Das Einhorn sah ihn eindringlich an, als würde sie auf etwas warten.

Irgendwie hatte er sich noch nicht recht mit der Gerätschaft vertraut gemacht, und zuvor war auch nicht viel Zeit gewesen. Nun holte er den Transmitter wieder aus der Tasche und sah ihn stirnrunzelnd an.

»Was hat es damit auf sich?«, fragte er langsam und zeigte auf den Stein.

Es war nicht so, dass er Bane nicht vertraute. Der Mann wirkte, als wüsste er, was er tat. Aber er wollte sich nicht auf das Ding verlassen müssen. Zu sehr erinnerte ihn die glatte, metallische Oberfläche an all die Vorrichtungen, die er im Folterkeller gesehen hatte. Eine Übelkeit überrannte ihn, bevor er sie aufhalten konnte.

»Bane hat den Stein mit einem Zauber belegt, das Metall dient nur als widerstandsfähige Halterung. Aber –« Sie runzelte für einen Moment die Stirn und da Dakota das schon mehrmals gesehen hatte, wusste er, dass Bane gerade mit ihr sprach. »Ja, natürlich weise ich ihn darauf hin. Ja, das wollte ich gerade. Ah, Bane, Kommunikation mit der Stimme ist nun mal nicht so schnell und effizient wie mit deinem Transmitter. Jetzt lass mich doch ma-« Sie seufzte. »Setz es auf, er will es dir selbst erklären.« Sosanna verschränkte die Arme und schwieg.

Der Wandler schluckte die Übelkeit hinunter und setzte sich den Transmitter auf, ohne noch einmal an den Keller zu denken. Augenblicklich stürmte eine Vielzahl an Emotionen und Gedanken auf ihn ein, die er nicht zuordnen konnte. Da war Ärger und so etwas wie Enttäuschung, doch beides kam aus dem Nichts. Warum fühlte er das? Auf der anderen Seite spürte er eine freudige Aufgeregtheit, die er zuletzt verspürt hatte, als er ein Kind gewesen war. Er wusste nicht, woher der Gedanke kam und warum ausgerechnet jetzt, aber er kannte das Gefühl. Trotzdem war es, als stamme es aus einem anderen Leben. Verzweifelt versuchte er, sich daran festzuhalten, doch es wollte ihm nicht gelingen. Und schließlich war da noch etwas wie Zufriedenheit. Zufriedenheit, dass man sich seinen Wünschen gefügt hatte. Dass man ihm gehorchte. War es das? Nein, gehorchen war ein zu starkes Wort dafür. Dass man seine Entscheidung als Anführer nicht infrage stellte.

Verwirrt blickte er zu Bane, der einfach nur nickte.

›Ja, das kam von mir.‹

Vermutlich hätte jeder andere Satz ein wenig Zeit gebraucht.

Oder Gebärden. Aber er hörte den Gedanken Banes in seinem Kopf, als wäre es sein eigener.

›Der Nachteil, den manche gerade am Anfang sehen, ist der, dass wir unsere Gedanken teilen. Als wären wir ein einziger Kopf.‹

»Ist das nicht unglaublich anstrengend?« Wie auch Sosanna schon sprach Dakota die Worte aus, während er sich die Schläfen massierte. Bereits jetzt pochten sie dröhnend und der Schmerz laugte ihn zusehends aus. Obwohl er den Transmitter erst seit einer Minute trug!

›Manchmal, ja.‹ Bane kratzte sich am Kinn und eine Welle wusch über Dakota hinweg, die sich beinahe ein wenig wie Bedauern anfühlte. ›Ich arbeite stets daran, die Transmitter zu verbessern. Gerade am Anfang ist es schwer, sich damit zurechtzufinden.‹

»Verstehe. Und ihr hört und fühlt alles, was ich fühle?«

›Ich erkenne, dass du etwas verbergen möchtest und gezielt nicht daran denkst, ja. Und wir sind alle erfahren genug, um dir diesen Freiraum zu gewähren. Weil wir fühlen, dass es nichts ist, was uns in Gefahr bringt. Doch sei dir sicher, ich kenne den Unterschied zwischen harmlosen und gefährlichen Gedanken, die man zu verbergen versucht.‹

Ja, daran hatte Dakota keinen Zweifel. Und bereits als er diesen Gedanken fasste, grinste Bane ihn von gegenüber mit einem harten Blick an.

»Es tut mir leid, aber ich muss das Ding für eine Weile abnehmen. Ich hab höllische Kopfschmerzen.«

›Wird sich mit der Zeit legen.‹ Der Anführer nickte, während Dakota an seinem Ohr friemelte und den Transmitter in die Tasche gleiten ließ.

»Bevor wir uns unserem Ziel nähern, werden wir eine Nacht bei einer Freundin unterkommen«, übersetzte Sosanna für Dakota. Sie sagte es nicht offen, aber er vermutete, dass es ihr jetzt schon auf die Nerven ging, dass er den Transmitter noch nicht länger tragen konnte. Doch auch sie hatte das alles einmal lernen müssen, sagte er sich, selbst wenn er niemandem zur Last fallen wollte. So

jemand wollte er nicht sein, obwohl es manchmal schwer war, herauszufinden, wer er überhaupt war.

Bane führte sie zu einem Haus, das in den deprimierendsten Farben gehalten war, die diese Umgebung zu bieten hatte. Die anderen Häuser, die sich daneben aufreihten wie Perlen auf einer Kette, schienen alle entweder frisch weiß gestrichen zu sein oder die Zeit nagte nicht so sehr an ihnen wie an ihrem Ziel, dem »Ye Blushing Lilly«, dem einzigen Inn der Straße.

Neben den weiß getünchten Häusern, die trotz der einbrechenden Nacht zu strahlen schienen, war der Klaue, als ob das grauschwarze Inn beinah gänzlich von der Dunkelheit verschluckt wurde. Es überragte seine Nachbarn nur um ein weiteres Stockwerk, das bloß aus Erkern bestand, und das Dach schien sich schon ein wenig zu neigen, aber sonst war nichts Besonderes daran, außer, dass es die Bewohner der Stadt mieden.

Einige wenige von ihnen wechselten sogar die Straßenseite, nur um etwa zehn Meter danach die Straße erneut zu überqueren. Cassandra war schleierhaft, was die Menschen damit bezwecken wollten. Ein Haus konnte ihnen gar nichts anhaben, aber sie wussten so vieles nicht.

Sie schüttelte den Kopf, als sich die Klaue näherte und das Haus in Augenschein nahm.

Drinnen brannten Lichter und warfen ihr warmes Leuchten durch die großen Fenster auf den Gehsteig. Obwohl das Haus in seinen deprimierenden Grautönen abweisend und kühl wirkte, standen das Licht und die Pflanzen, die sich von einem Balkon weiter oben bis beinah zum Gehsteig rankten, im Gegensatz dazu. Gierig sog Cassandra den Duft der Gewächse ein, von denen sie wusste, dass man sie zum Zaubern verwendete.

»Hier gefällt es mir«, flüsterte sie und tätschelte Leo den Kopf.

»Haut ab, ihr Missgeburten!«, brüllte plötzlich jemand hinter ihnen und legte dabei so viel Abscheu in die Stimme, dass er beinah greifbar war.

Cassandra erschrak so sehr, dass sie mit einem Satz hinter Leo sprang. Sie fühlte ein Zittern in sich hochsteigen, das sie mit einem Mal völlig erfüllte. Mit geweiteten Augen duckte sie sich hinter ihren pelzigen Freund und umfasste seinen Nacken.

Die anderen fuhren herum und erkannten nun eine Frau, die ihre zwei Kinder an der Hand den gegenüberliegenden Gehsteig entlangführte. Ihr Gesicht war wutverzerrt und sie spuckte auf die Straße, offenbar, um zu zeigen, was sie von Magischen hielt. Dass die Frau den Mut bewies, sie trotzdem zu beleidigen, obwohl sie eine Raubkatze bei sich hatten, musste man ihr doch fast lassen.

»Ihr habt hier nichts zu suchen! Geht dorthin, wo ihr hergekommen seid!«, schrie sie ihnen ein weiteres Mal entgegen, doch Bane sah sie nur ungerührt an.

Er machte sich nicht einmal die Mühe, eine Antwort zu formulieren, sondern sah sie einfach an, eine Hand vor Cassandra haltend. Wie dankbar sie ihm dafür war, würde sie wohl nicht in Worte fassen können.

»Bane, meint sie das ernst? Sind wir wirklich Missgeburten?« Die Fröhlichkeit, die Momente zuvor in ihrer Stimme geherrscht hatte, war wie weggeblasen. Zurück blieb nur ein bebendes Flüstern, so zerbrechlich wie ein Schmetterlingsflügel.

Der Angesprochene schüttelte bloß den Kopf, den Blick stur auf die Frau gerichtet, die auf der anderen Seite stehengeblieben war. Ein Feuer loderte in seinen Augen auf.

»Und mit dem Schandmaul gibst du deinen Kindern einen Gutenachtkuss?«, fragte Sosanna und ihr Ton war schneidend. Auch sie ging einen Schritt auf Cassandra zu, um das Mädchen vor den Passanten zu schützen.

Die Frau klappte den Mund auf und zu, unfähig, etwas zu antworten.

»Dacht ich's mir doch«, fügte das Einhorn hinzu, strich sich einmal durch ihr Haar und sprach dann zu der Gruppe: »Ganz ehrlich,

Bane, ich versteh wirklich nicht, warum du mit denen in Frieden leben willst.« Sie schüttelte den Kopf. »Lasst uns reingehen.«

Sie ließen die geladene Atmosphäre der Straße zurück. Als die Tür hinter ihnen ins Schloss fiel, waren sie vollständig umspült von der Hitze des Inns. Tausende Gerüche von Gewürzen, Kräutern und Heilpflanzen strömten ihnen entgegen und gaben dem Schankraum, in den sie getreten waren, einen unvergleichbaren Duft. Doch selbst das konnte den Schrecken nicht aus Cassandras Gliedern vertreiben, die noch immer zitterte und sich an ihre Freunde klammerte.

Die wenigen Gäste, die sich hier drin befanden, saßen alle am Tresen und schmachteten eine Frau an, die hier offenbar das Sagen hatte. Die kleine Hexe hatte sie noch nie gesehen, aber sie war wunderschön.

Dakota hatte gar nicht schnell genug reagieren können. Jetzt ärgerte er sich, dass er als einziges Mitglied der Klaue untätig dabei zugesehen hatte, wie die Menschenfrau Cassandra erschreckt hatte. Er hätte es damit abtun können, dass er noch nicht lange ein Magischer war und sich nicht davon angesprochen gefühlt hatte. Aber das wäre nur die halbe Wahrheit gewesen. Auch er war erschrocken und hatte erstarrt dem Schauspiel zugesehen.

Sie gingen auf den Tresen zu. Zwischen all den Gästen hindurch erhaschte er einen Blick auf eine Frau, die von innen heraus zu leuchten schien.

Während sie den in Trance verfallenen Trinkern weiter einschenkte, erklang immer wieder ihr Lachen. Diese Frau wusste ganz genau, welche Wirkung sie auf die Anwesenden hier hatte.

Dakota fragte sich, ob das die richtige Umgebung für ein Kind war, doch als er sich nach ihr umsah, bemerkte er, dass sie bereits die Frau am Tresen mit Fragen zu den Pflanzen überhäufte.

Als der Rest der Bande die beiden erreichte, hatte Cassandra offenbar schon einige Antworten auf ihre Fragen erhalten.

Selig lächelte die Frau das Kind an und ließ dabei eine Reihe perlweißer Zähne aufblitzen. Sie stemmte ihre Arme in die Hüften und betonte damit ihre Wespentaille, die nicht nur von dem eng geschnürten grünen Korsett kommen konnte.

»Ah, Bane«, sagte sie langsam und verheißungsvoll. Ihre rechte Hand war flach und wies auf ihren Kopf, bevor sie sie nach oben führte. Dann senkte sie beide Hände auf Höhe ihres Bauchnabels. Nach innen zeigend vollführten diese eine Bewegung nach unten.

Was auch immer das gerade war, Dakota verwirrte dieser eigenartige Gruß.

Cassandra war der Blick, den die Frau ihrem Anführer zuwarf, entgangen, nicht aber Dakota, auch wenn sich dieser wünschte, nichts davon gesehen zu haben. Dieser Blick war eindeutig einer von der Sorte, die man sich in trauter Zweisamkeit zuwarf, nicht inmitten von Trinkern und einem Kind.

Er schüttelte unmerklich den Kopf.

»Ist das etwa ein Neuzugang der Klaue?«, fragte sie und sah den Wandler an. Sofort war er von ihren beinah leuchtend grünen Augen gefangen und nicht mehr fähig, den Blick abzuwenden.

Aus dem Augenwinkel sah er, dass Bane nickte, doch das war auch schon alles. Seine gesamte Aufmerksamkeit galt der Frau vor ihm und mit einem Mal war ihm, als würde der Rest der Welt in Dunkelheit versinken.

»Ich bin Florence, doch du darfst mich nennen, wie du willst, Hübscher«, schnurrte sie und streckte ihre langen Finger nach ihm aus, die in all der Finsternis, die sie umgab, beinah wie Knochen so weiß zu leuchten schienen.

Er wusste, dass Magie am Werk war, dennoch machte es ihm nichts aus, von dieser Frau verzaubert zu werden. Sie mochte vielleicht nicht die Schönste sein, die er je in seinem Leben gesehen hatte, doch die Wirkung, die sie auf ihn hatte, war so unvergleichlich wie der Duft hier drin. Ihre Aura sprach von Abenteuern, auf die man sie begleiten durfte, von den aufregendsten Plätzen, die sie einem zeigte. Und dabei sah sie nicht anders aus als andere, doch umgab sie diese Einzigartigkeit, diese Wirkung, nach der es den Verstand gierte. Nur ... was genau war sie?

Eine Hand legte sich auf ihren ausgestreckten Arm und das Licht des Inns kehrte allmählich zurück. Bane.

Dieser schüttelte bloß den Kopf und sah die Frau streng an. Sie bewegte sich, dass ihre dunkelroten Locken nur so flogen, und sah ihn mit gespielter Verärgerung an.

»Ach, Bane, das war doch nur ein kleines Späßchen, du weißt doch, dass mein Herz nur dir gehört«, kicherte sie und griff nach seinen Fingern. Er hielt sie für einen Moment ergriffen und sah sie bloß an. Nicht streng, wie Dakota bemerkte, sondern mit einer Milde im Blick, die ihm bislang entgangen war. Dann aber entzog er ihr seine Hand. Enttäuscht schnitt sie eine Grimasse und trat einen Schritt zurück. »Ich weiß, dafür seid ihr nicht hier.« Sie seufzte tief und die Enttäuschung war kaum zu überhören. »Dafür bist du nie hier.«

Bane unterbrach für einen Wimpernschlag den Blickkontakt.

Umständlich kramte sie in dem Beutel, den sie sich um die ausladenden Hüften geschnürt hatte. Es klimperte in dem Behältnis und nach kurzer Zeit hatte sie gefunden, wonach sie gesucht hatte. Sie drückte Bane den Gegenstand in die Hand, ohne, dass die anderen auch nur erkennen konnten, was sich darin befand.

»Eins und zwei, wie immer.« Sie zwinkerte ihm zu. »Kommt in einer Stunde noch einmal hier in den Schankraum, bis dahin sollte es gefüllter sein und wir können ungestört reden.«

Damit wandte sie sich um, der Rocksaum über den Boden raschelnd, und ließ sie stehen.

Eins und zwei waren Zimmer, die sie ihnen reserviert hatte. Und, wie Bane nicht anders erwartet hatte, lag ein Schlüssel zum Zimmer von Florence unter seinem Kopfkissen. Doch dafür war er nicht hier. Und zu ihrer fortwährenden Enttäuschung war er das nie. Auch wenn er es ihr gegenüber nicht zugab, aber es zerriss ihn innerlich. Natürlich wäre er gerne dafür hergekommen. Natürlich hätte er sich gerne ein paar Stunden der Zweisamkeit mit ihr gegönnt. Doch seine Mission war nun einmal wichtiger als sein Verlangen nach Florence, die so viel mehr war. Abenteuerlich, klug und witzig. Jedes Mal, wenn er die Enttäuschung in ihrem Gesicht prangen sah, brach ihm ein Stück weit das Herz. Aber das machte keinen Unterschied. Immerhin war er nicht zum Vergnügen ein Teil der Gilde geworden.

Dakota ließ sich auf eines der Betten fallen und sah zu seinem Anführer herüber, der seinerseits am Bettrand saß und vor sich hinstarrte.

»Was ist Florence?«, fragte er, bevor er genervt aufstöhnte und anfügte: »Vergiss es. Tut mir leid, ich vergesse immer noch sehr oft, dass ich noch nichts gelernt habe, um zu verstehen. Aber ich schaffe es gerade wirklich nicht, den Transmitter aufzusetzen. Tut mir leid.«

Bane wandte sich zu ihm um und ein Lächeln erschien auf seinem Gesicht, das seinen Bart ein wenig nach oben zog. Er zeigte auf Dakota, rieb die Hände vor der Brust in entgegengesetzte Richtungen, die Handflächen aufeinander zeigend. Dann führte er die rechte Hand, geformt wie ein Dreieck, an die Schläfe und vollführte eine blitzförmige Bewegung, bevor er zwei Finger wie zum Friedenszeichen erhob und auf Dakota zeigte. *»Du lernst die Sprache noch«*, meinte er und auch wenn es unwahrscheinlich war, dass Dakota ihn verstand, schien es doch zu wirken, als wüsste er, was gemeint war.

Die beiden Männer lächelten sich an.

»Florence ist dir ganz schön verfallen, Mann«, brummte der Wandler und ließ sich zurück auf das Kopfkissen fallen.

Bane zuckte nur müde die Achseln, auch wenn er lange nicht so entspannt über die Sache dachte, wie es den Anschein machte.

Er wollte sich ein wenig ausruhen, doch das würde wohl nichts werden. Sie waren zurück in der Welt der Menschen mit einem

Auftrag und die Anspannung, die ihn seit dem Übertritt aus dem Portal erfasst hatte, wollte nicht weichen.

Hätte er Florence' Wünschen, die insgeheim auch die seinen waren, nachgegeben, dann, so wusste er, wäre er deutlich entkrampfter. Aber wenn er ihnen das zugestehen würde, wovon sie beide träumten, gäbe es kein Zurück mehr. So konnte er sie vielleicht schützen. Vor allem, wenn Locksmith hier sein Unwesen trieb. Auch wenn er wusste, dass sie sich verteidigen konnte, hoffte er nicht, dass der Erfinder bemerkte, dass sie hier waren.

Denn dann wäre sie gezwungen, den düsteren Teil ihrer Fähigkeiten einzusetzen. Sie konnte Menschen gefährlich werden und trieb sie in eine Abhängigkeit nach ihr. Meist endete das darin, dass sich diese so sehr nach ihr verzehrten, dass sie alles dafür tun würden, um von ihr beachtet zu werden.

Der Gedanke, dass andere Männer ebenso an sie dachten wie er selbst, versetzte ihm einen Stich. Dass sie dem vielleicht nachgab, weil er sie jedes Mal aufs Neue abwies, verdrängte er schnell. Es war nicht so, dass er es gern tat. Seine Gefühle für sie brannten tief in ihm und erinnerten ihn stets daran, warum er diesen Frieden wollte. Warum sie ihn alle brauchten.

Sie liebte ihn, das hatte sie ihm mehrmals gesagt. Und er liebte sie, das aber hatte er bislang für sich behalten. Seit Langem schon hatte er seinem Herz diese Worte verwehrt und somit auch ihr. Denn wenn er sie aussprach, würde er sie nicht mehr zurücknehmen können und sie von ihm sicher erwarten, dass er hierblieb. Aber das war nicht möglich. Nicht, wenn er seinem Ziel noch keinen Schritt nähergekommen war. Eine sichere Zukunft wollte er für sie beide bauen. Eine, in der sie nicht ständig über die Schulter blicken mussten, aus Angst, einen wütenden Mob von Menschen zu sehen.

Sie hatte sich Dakota genähert, um Bane aus der Reserve zu locken. Florence war zu intelligent, um das nicht zu bemerken, trotzdem hatte sie ihm nie vorgehalten, dass er es noch nicht ausgesprochen hatte. Die Frau, die alles von jedem haben konnte, biss sich ausgerechnet an ihm, den sie wirklich wollte, die Zähne aus. Eine Ironie, die ihm jedes Mal wieder das Herz ein bisschen mehr zu brechen schien.

Wenige Zeit später, in der er nicht zur Ruhe gekommen war, holten sie Cassandra und Sosanna.

Leo würden sie im Zimmer lassen, denn solche Massen machten ihn nervös. Nicht, dass er jemals irgendetwas getan hätte, aber sie wollten ihn nicht unnötig unter Stress setzen.

Und wer wusste schon, ob der kleine Gierschlund sich beherrschen konnte, wenn ständig verführerisch duftendes Essen herumgetragen wurde.

Der Korridor schlängelte sich wie Wurzelwerk durch das Haus und zweigte mal hier, mal da ab. Die ganze Länge hindurch blitzte nur selten die dunkelgrün gestrichene Mauer zwischen Spiegeln hervor, die die Wände dominierten.

Im Schankraum herrschte eine ausgelassene Stimmung, die sie augenblicklich umspülte. Lautes Gelächter und angeregte Gespräche, zum Teil gebrüllt aus einer Vielzahl an Kehlen, schallte ihnen entgegen. Der Geruch von ungewaschenen Körpern und verschüttetem Alkohol machte die von den Pflanzengerüchen schwangere Luft um ein Vielfaches stickiger.

Bestimmt packte Bane Cassandras Hand und schob sich durch die Menge, immer wieder einen Blick nach hinten werfend, ob seine Bande ihm noch folgte oder von jemandem aufgehalten worden war. Als sie den Tresen endlich erreichten, war er mehr als erleichtert.

»Ah, Bane«, schnurrte die Stimme von Florence schwer. Immer noch steckte sie in demselben Kleid wie vor ein paar Stunden und doch schien sich etwas verändert zu haben. Egal wie lange er sie ansah, konnte er nicht erkennen, was es denn war, und so schob er es auf die Magie, die ihr innewohnte. Er kam nicht umhin, zu bemerken, dass er gerade mehr Probleme als sonst hatte, seinen Blick von ihr zu lösen.

Und dann war da noch der schwere Hauch ihrer Magie, ein einnehmender Duft von Vanille und Rosenknospen, die nicht nur ihn zu verzaubern schienen. Trotzdem war ihm, als würde das hier nur ihm gelten.

Er trat einen Schritt näher.

Die Besitzerin des Inns übergab ihre Arbeit und kam hinter dem Tresen hervor, was lautstark von Gegröle und Jubelrufen begleitet wurde. In Bane stieg eine Wut hoch, die er augenblicklich niederkämpfte, aber der Ausdruck in ihrem Gesicht sagte ihm, dass sie erkannt hatte, was in ihm vorging.

Sie hob eine Braue, sagte aber nichts, sondern steuerte geradewegs auf einen verlassenen Tisch im Eck zu.

»Warum sitzt hier niemand? Der Schankraum ist brechend voll und trotzdem ist dieser Tisch leer«, stellte Dakota fest, als er sich gesetzt hatte.

Jene Frau, die nun die Arbeit Florence' übernommen hatte, stellte Getränke zwischen sie und verschwand so lautlos, wie sie gekommen war.

»Das ist der Tisch, an dem ich meine Angelegenheiten regle, und das weiß auch jeder Gast, egal ob Mensch oder Magischer. Er muss zu jeder Zeit frei sein.« Florence zeigte einmal mehr ihr perlweißes Lächeln und ließ ihren Blick über die Menge schweifen.

Bane wusste, dass die Gäste selbst dafür sorgten, dass der Tisch frei blieb. Wenn nötig auch mit Gewalt.

»Wie kommt es, dass ausgerechnet *bei dir* eine Fee Arbeit findet?«, fragte Sosanna und lehnte sich vor, nach dem Humpen links von ihr greifend. Er war kleiner als die der anderen und dampfte herrlich vor sich hin. Das Einhorn reichte das Getränk an Cassandra weiter, die glücklich den Geruch einsog. Die Fee hatte ihr eine warme Milch mit Honig und Lavendel gebracht, vermutlich, damit sie später gut schlafen würde.

Sosanna langte nach ihrem eigenen Humpen und nahm einen großen Schluck daraus. Wie immer, wenn sie hier waren, trank Sosanna Met. Der süßliche Duft umschloss den Tisch für einen Moment und drohte, die Sinne bereits jetzt zu benebeln.

»Du meinst, dass eine Fee und ein Succubus nicht zusammenarbeiten können?«, gluckste Florence belustigt und streckte sich. »Ich finde, dass das sogar ziemlich gut zusammenpasst. Ich achte darauf, dass Asla nicht zu gutmütig ist und sich von anderen ausnützen lässt, und sie, auf der anderen Seite, sorgt dafür, dass ich meine dunkle Seite nicht zu sehr auslebe.« Ein düsterer Ausdruck war um ihre Augen getreten und einmal mehr schien es, als würde die Welt darum herum von der Finsternis verschluckt werden. »Aber nun genug der unsinnigen Fragen: Was wollt ihr in Salisbury?«, fragte sie und ihre Stimme duldete keine Widerworte.

Bane nickte langsam und begann eine schnelle Abfolge an Zeichen, bevor auch er eines der Getränke zu sich heranzog und daran schnupperte. Natürlich hätte er über den Transmitter mit ihr sprechen können. Aber die Gebärden hatten etwas, das tiefer ging als gesprochene Sprache. Denn manche davon hatten sie sich gemeinsam ausgedacht. Wie die für ihre Namen. Florence, die linke Hand weist flach nach innen, die rechte zur Faust geballt und nur der ausgestreckte Daumen macht eine schnitzende Bewegung über die Innenfläche der Linken. Ja, das war Florence.

»So, so«, murmelte sie tief in Gedanken versunken und kratzte sich am Kinn. Er kam nicht dazu, weiter darüber nachzudenken, und wandte sich ihr zu. »Wenn sich hier etwas vor den neugierigen Blicken der Menschen versteckt, dann solltet ihr am Poultry Cross danach suchen. Früher war dort der verborgene Eingang zum Markt der Magischen, doch seit wir in dieser Welt nicht mehr erwünscht sind, geht dort niemand mehr hin.«

Bane spürte die Enttäuschung, die Florence empfand, auch in sich brodeln, doch er sagte nichts.

Neben ihm ergriff Dakota gerade das letzte Getränk, das er neugierig inspizierte. Old Tom Gin, wie ihm Florence erklärte.

Er wusste, dass die Fee ihre Kräfte dazu nutzte, um ihren Gästen das zu bringen, was sie gern tranken. Und er kam nicht umhin, das jedes Mal wieder aufs Neue genial zu finden.

Der Anführer der Klaue erwachte langsam aus seiner Starre.

Nach einer kurzen Abfolge an Zeichen sah er Florence erwartungsfreudig an, doch diese nickte nur.

Sie erhob sich und ließ sie allein, um sich um ihr Inn zu kümmern. Wenig später, als sie ihre Getränke geleert hatten und Cassandra mit müden Augen an Sosanna gelehnt war, immer wieder einschlafend, wollten sie alle zu Bett gehen, um ihre Kräfte für den kommenden Tag zu schonen.

Als Bane schließlich das Licht löschte, entschied Dakota, dass es Zeit für eine Veränderung war. Vielleicht war er dann dem Zauber von Florence weniger erlegen. Aber wenn er ehrlich mit sich selbst war, war ihm klar, dass er es tat, weil es sich manchmal anfühlte, wie wenn man sich wäscht. Langsam streifte er, den Atemzügen Banes lauschend, seine männliche Gestalt ab und schlüpfte in ihr anderes, ihr weibliches Ich. Und damit entschlummerte sie, auch wenn sie sich im Halbschlaf noch fragte, ob es eine gute Idee war, immerhin würde …

Es rumpelte, eine wütende Stimme schnitt durch die Stille des Zimmers. Gefolgt von einer schallenden Ohrfeige, die im Raum widerhallte.

Nur langsam erwachte die Wandlerin und blinzelte sich den Schlaf aus den Augen.

»Was soll das, Bane?«, kreischte Florence mit Zornesröte im Gesicht. »Mich weist du ab, weil dir deine Mission wichtiger ist als dein eigenes Vergnügen, und jetzt holst du dir eine andere Frau ins Bett! Du hättest mir auch gleich sagen können, dass es nur an mir liegt, dann hättest du mir einiges erspart!« Sie zeigte so energisch auf Dakota, dass sie ihr beinah den Arm ins Gesicht geschlagen hätte. Nicht, dass es sie vermutlich gestört hätte, aber dennoch. Tränen wallten in Florence' Augen auf.

»Ich muss da, glaube ich, etwas klarstellen«, sagte Dakota und war überrascht, wie schüchtern ihre Stimme klang. Florence hatte sie zuvor schon eingeschüchtert und nun noch ein wenig mehr.

»Gar nichts musst du«, knurrte Florence und warf ihr einen Todesblick zu. Die selbstbewusste Frau, die alles haben konnte, was sie begehrte, war einer gewichen, die alles auf eine Karte gesetzt hatte und sich um ihren Gewinn betrogen fühlte.

Bane hatte sie noch nicht angesehen. Der musste wohl auch ziemlich überrascht sein, aber diesen Anblick würde er sich für später aufsparen.

Die Gestaltwandlerin ließ sich nicht aus der Ruhe bringen und verwandelte sich zurück. Als er einmal mehr als Mann vor ihnen stand, sah ihn die verdatterte Florence an.

»Was …?«, stieß sie aus, doch dem folgte nichts mehr. Mit einem Mal hatte sich ihre Aura gewandelt und es schien, als wünschte sie sich nichts sehnlicher, als im Boden zu versinken.

Dakota warf Bane einen Blick zu, bevor er sich wieder in die Gestalt verwandelte, die ihnen diesen Mist eingebrockt hatte. Doch sie fühlte sich im Moment damit einfach wohler. Wenn sie zu lange in der Gestalt eines Mannes blieb, hatte sie das Gefühl, noch weniger an die Wahrheit heranzukommen, wer sie war. Auch wenn sie es sich selbst nicht erklären konnte und der Gedanke laut ausgesprochen vermutlich völlig seltsam klang, weshalb sie es für sich behielt.

Bane schien das zu akzeptieren. Mehr noch, er schien die ganze Angelegenheit dermaßen lustig zu finden, dass er sich zurücklehnte und die beiden Frauen einfach nur beobachtete. Erst dann meldete er sich zu Wort.

Dakota, die immer noch keine Ahnung hatte, was er sagte, wartete gespannt auf die Antwort der anderen Frau.

»Ich …«, druckste diese herum und ihre Selbstsicherheit schwand weiter. Und bevor sie noch ein Wort verlor, rauschte sie nach draußen und ließ die beiden allein.

Dakotas Blick wanderte wieder zu Bane, der den Mund belustigt verzogen hatte.

»Scheiße, Mann, das tut mir leid. Ich hätte nicht über Nacht wandeln sollen. Dann hätte ich uns diesen verdammten Mist erspart«, murmelte Dakota und rieb sich den Kopf, dass ihr langes, nussbraunes Haar, das ihr bis ins Kreuz reichte, hin und her schwang.

Bane indes zuckte bloß die Schultern. Warum es ihn nicht zu jucken schien, würde sie ein anderes Mal fragen.

Die beiden legten sich wieder ins Bett und erst, als Bane das Licht löschte, meinte Dakota: »Ist es seltsam für dich, wenn ich nun als Frau neben dir liege?«

Sie wartete.

Von Bane kam ein Geräusch, das man als genervtes Seufzen interpretieren konnte, und er machte einmal mehr Licht. Mit hochgezogener Braue sah er die Frau an und schüttelte den Kopf.

Und ein weiteres Mal hatte Dakota vergessen, dass sie sich mit Bane im Dunklen nicht unterhalten konnte. Sie formte eine Entschuldigung mit den Lippen und schloss die Augen, bevor das Licht wieder ausging und das Zimmer – hoffentlich zum letzten Mal in dieser Nacht – in völlige Finsternis getaucht wurde.

Sie drehte sich herum und nutzte die Bewegung aus, um in ihre Tasche zu greifen. Da waren die Kügelchen. Endlich. Ihre Finger schlossen sich um eines davon, bevor sie es sich in den Mund schob.

Das süße Nichts zerfiel auf ihrer Zunge und schon nach kurzer Zeit fühlte sich alles angenehmer an. Es zog sie in eine sanfte Umarmung aus weicher Watte und einem Geruch, den sie kannte. Von früher, auch wenn sie nicht sagen konnte, woher. Sie rückte etwas näher an Bane heran, der sich bislang noch nicht bewegt hatte. Ob er schlief oder nicht, war ihr egal. Alles, was sie wollte, war in diesem Moment zu versinken und zu vergessen, dass sie vergessen hatte.

Lange wälzte sich Bane hin und her. Doch er konnte nicht schlafen. Nicht, nachdem er den Ausdruck in Florence' Augen gesehen hatte. So stemmte er sich irgendwann hoch, darauf bedacht, die leise vor sich hin schnarchende Dakota nicht zu wecken.

Er griff nach dem Schlüssel unter seinem Kissen und machte sich auf den Weg.

Das Inn lag in völliger Stille und Dunkelheit vor ihm und er fragte sich, ob er den Laden schon einmal so erlebt hatte. Er wusste es nicht mehr.

Zielsicher trugen ihn seine Füße zu Florence' Gemächern, während er in Gedanken versunken war. Der Schlüssel kratzte leise im Schoss und als er die Tür öffnete, ging im Inneren des Raums ein Licht an.

»Ich möchte dich gerade wirklich nicht sehen, Bane«, sagte Florence kraftlos. Sie schien ebenfalls nicht geschlafen zu haben, auch wenn sie das Licht bereits gelöscht hatte. Er konnte selbst von hier aus sehen, dass sie sich auf die Lippen biss.

Doch er wollte noch nicht aufgeben. Nicht, wenn sie verletzt war. Seinetwegen. Gut, eigentlich war es Dakotas Schuld. Aber darauf kam es nicht an.

Er hob die Hände.

»Mir ist peinlich, was da passiert ist. Ich bin ausgerastet, weil –«

Er unterbrach sie mit einer Geste. Was gar nicht so einfach war, denn sie hatte den Blick gesenkt. Zärtlich nahm er ihre Hand und bedeutete ihr, ihn anzusehen. Für eine Weile sahen sich die beiden in die Augen, ohne dass einer von ihnen das Wort ergriff. Dann nickte er und begann von Neuem.

Sie sah ihm aufmerksam zu und ohne, dass er es aufhalten konnte, füllten sich ihre Augen plötzlich mit Tränen.

»Die Regentin und ihre Missionen sind mir egal, Bane. Was, wenn du auf einer davon umkommst? Mir ist klar, dass du alles, was das Portal betrifft, über deine eigenen Bedürfnisse stellst. Das habe ich lange schon verstanden. Aber –«

Er schüttelte den Kopf. Es war nicht so einfach und würde es auch nie sein. Wie sollte er sich jemals zurücklehnen und endlich das Leben leben, das er sich mit ihr erträumt hatte, wenn die Menschen Magische immer noch jagten? Er würde es sich niemals verzeihen, wenn er nicht alles in seiner Macht Stehende getan hätte, um ihr eine sichere Zukunft zu gewähren. Und auch das sagte er ihr. Es war ihm egal, wenn seine Liebe zu ihr durch seine Worte hindurchblutete wie zu viel Tinte durch Papier. Sie wusste doch ohnehin, was er für sie empfand und es sich dennoch verbot. Auch wenn er es nie ausgesprochen hatte. Aber solche Dinge musste man nicht immer sagen.

»Du sagst, du machst das für mich, aber stimmt das denn wirklich?«

Sie zweifelte an ihm. An seinen Worten. Und das stach mehr, als es die Waffen der Menschen je könnten.

Enttäuscht ließ er die Schultern sinken und sah sie an. Sah das Mädchen aus Torqay in ihr, das er bereits als Junge geliebt hatte. Damals, als er noch bei Henry und seiner Familie gelebt hatte. Henry. Vor sein inneres Auge schob sich das Bild des blondgelockten Jungen, aus dem ein Mann geworden war, dem die Frauen reihenweise verfallen waren. Alle, bis auf Florence.

»Es tut mir leid, Bane, ich hätte ...«

Sie suchte nach Worten, doch er überbrückte den Abstand zwischen ihnen, setzte sich mit Schwung auf das Bett und legte seine Lippen auf die ihren. Augenblicklich umfing ihn ein Geruch, der ihm das Gefühl gab, zu Hause zu sein. Zu Hause bei dieser Frau, die er aus Kindertagen kannte. Bei dieser Frau, die ihm ihr Herz geöffnet hatte und der er dasselbe schenken wollte. Doch erst, nachdem ...

»Lass uns einfach von hier fortgehen«, bat sie in ihren Kuss hinein.

Er verzog das Gesicht und öffnete die Augen, suchte in den ihren nach einem Fetzen Zweifel. Doch da war nichts als Bestimmtheit. Sie meinte, was sie sagte.

Er hob die Hände, um mit ihr zu sprechen, aber sie legte die ihren darauf und drückte sie nach unten.

»Ich weiß, dass du das nicht kannst. Aber mehr als Sicherheit und einen Platz in der Welt wünsche ich mir einen Platz in deinem Herzen, Bane.«

Den hast du schon längst, wollte er sagen und doch brachte er es nicht über sich. Denn dann wäre der Abschied, der noch folgen würde, umso schlimmer für sie beide. So litt nur er selbst oder konnte es sich zumindest einreden. Immer und immer wieder. Vor allem, wenn er seinem Ziel kein Stückchen näher gekommen war, obwohl er so hart daran arbeitete.

Er befreite sich aus ihrem Griff und rahmte ihr Gesicht mit seinen Händen ein. Zärtlich verteilte er kleine Küsse darauf, als könnte er sie damit überzeugen, ihm zu vertrauen. Aber er wusste, dass es nicht Worte oder Küsse waren, sondern Taten, die sie sehen wollte. Sie wollte, dass er dem Portal den Rücken kehrte. Aber das konnte er nicht. Würde er nicht können, wenn er wusste, dass Locksmith immer noch irgendwo hier in der Gegend war, um Magische zu jagen und zu foltern. Oder Schlimmeres. Nein, daran wollte er heute Nacht nicht denken. Nicht mit Florence, deren Körper sich seinem entgegendrängte.

Er strich ihr eine Haarsträhne aus dem Gesicht und bedeckte ihre Wangen einmal mehr mit einem Schauer aus Küssen. Ihre Haut schmiegte sich weich an seine schwieligen Hände und es brach ihm das Herz, nicht bei ihr bleiben zu können. Zumindest vorerst nicht.

Eine Hand löste er von ihrem Kinn und legte sie ihr auf den unteren Rücken, um sie näher zu sich zu drücken. Dabei streckte er den Daumen, Zeigefinger und den kleinen Finger aus, die anderen beiden klappte er ein. Wenn er es ihr schon nicht sagen konnte, dann wollte er wenigstens, dass sein »Ich liebe dich« ihren Körper berührte.

Er war ein Feigling. Und doch wünschte er sich nichts sehnlicher, als es ihr endlich zu sagen.

»Ich träume davon, dass der Tag endlich kommen möge, an dem du der Regentin den Rücken kehrst.«

Ja, das wusste er. Ebenso wie er wusste, dass sie sich nie von ihr hatte rekrutieren lassen, auch wenn die Regentin alles daran gesetzt hatte. Sie hätte sogar Bane vorgeschickt, um Florence zu überzeugen, aber er hatte sich geweigert. Florence wollte nicht für das

Portal arbeiten und das war ihr gutes Recht. Auch wenn er nicht wusste, wie gut es war, die Regentin zum Feind zu haben, nachdem der Succubus dem Ruf des Portals nicht gefolgt war.

Am nächsten Morgen wurde Dakota von Bane aus dem Schlaf gerissen.

Dakota stöhnte, dennoch stand sie auf und zog sich ihre Sachen an, jedoch nicht, ohne ein »Das ist zu früh, verdammt, ich brauch doch meinen Schlaf« zu grummeln.

Ihr war klar, dass Bane nur diesem Locksmith aus dem Weg gehen wollte. Aber wenn er wirklich so ein Aas war, würde er vermutlich dasselbe denken. Der frühe Vogel fängt den Magischen, oder so ... Wenn Dakota nicht so müde gewesen wäre, hätte sie beinah über ihren Witz gelacht.

Der Rest der Klaue war auch nicht sonderlich begeistert, dass er sie so früh aus den Federn holte.

Bane schien den anderen etwas mitzuteilen, als er auf sie wies.

»Eine neue Gestalt?«, fragte Sosanna und gähnte.

Dakota hätte ohnehin vergessen, darauf hinzuweisen. Und das hatte er wohl verstanden. Früher als sie jedenfalls.

Der Unmut in den Augen der anderen wurde bloß von ihrer Müdigkeit verschleiert. Sie alle hatten sichtlich Mühe, ihr Frühstück zu essen und dabei nicht am Tisch einzuschlafen.

»Du siehst heute schön aus, Dakota«, sagte Cassandra und lächelte, bevor sie herzhaft gähnte.

»Ich hätte dich beinah nicht erkannt.« Sosanna stocherte grantig in ihrem Frühstück herum. So, wie sie aussah und sprach, hätte sie annehmen können, dass sie sich im ersten Augenblick gern auf sie gestürzt hätte. Weil sie nicht wusste, wer ihr da gegenüberstand. Und sie konnte es verstehen. Wirklich. Vor allem nach dem, was gestern Nacht passiert war.

Dakota riskierte einen Blick auf Florence, doch die war beschäftigt.

»Danke«, hauchte die Wandlerin und errötete ein wenig, obwohl sie nicht wirklich wusste, warum. »Ich habe die Frau gesehen, als ich …« Sie brach ab, denn die Erinnerung schmerzte sie, deshalb verwarf sie den Gedanken und setzte bloß nach: »Hab sie auf dem Markt gesehen. Schön genug, um sich dadurch Vorteile erschleichen zu können, aber nicht zu schön, um hinterrücks in der Dämmerung erdrosselt zu werden.«

Bane sah sie verärgert an, als Cassandra fragte: »Was heißt erdrosseln?«

Hätte sie es nicht besser gewusst, hätte sie gemeint, Bane würde Selbiges gern mit ihr veranstalten. Deshalb war sie froh, als Sosanna sich zu der kleinen Hexe beugte und ihr eine Erklärung zuflüsterte. Schließlich landete die Aufmerksamkeit der Wandlerin auf der Raubkatze.

Leo setzte sich aufrecht hin und machte tellergroße Augen, als er die Würstchen und all den Speck erblickte. Sein Maul öffnete sich und zeigte eine Reihe spitzer Zähne, bevor er sich besann, als wüsste er, was das für ein furchterregender Anblick war. Deshalb konzentrierte er sich darauf, so laut wie möglich zu schnurren.

Dakota sah ihn an. Weiches, weiches Fell, das danach schrie, berührt zu werden. Verdammt! Sie streckte die Hand nach ihm aus, doch er wich ihrer Berührung aus. Immer noch schnurrend, nun jedoch sehr skeptisch dreinschauend, flog sein Blick ein weiteres Mal zu ihrem Teller.

»Schon gut, schon gut«, grummelte sie und reichte ihm eines ihrer Würstchen.

»Ich glaube, ihr werdet noch ganz gute Freunde«, kicherte Cassandra und aß vergnügt weiter, gab dem Kater aber unter dem Tisch ein zweites Würstchen.

Das Licht der ersten Sonnenstrahlen fiel durch das Fenster und verlieh dem leeren Schankraum beinah eine romantische Atmosphäre.

Die Tür zur Straße öffnete sich und ein hagerer Mann mittleren Alters trat ein. Er nahm seinen Zylinder ab und offenbarte einen zurückgehenden Ansatz rötlich-brauner Haare.

Bevor er auch nur einen weiteren Schritt in den Schankraum treten konnte, waren drei Foxhounds, die ihre Halter an den Leinen hereinzerrten, in den Raum gewuselt. Sofort spannten sich ihre Körper an, als sie die verschlafenen Mitglieder der Klaue erblickten.

»Guten Morgen«, ertönte die rau klingende Stimme des Mannes mit dem Zylinder und er räusperte sich.

Diese Stimme erinnerte Dakota an den Keller. Metallisch und grausam. Innerlich zuckte sie zusammen und konnte nicht verhindern, dass sie ein Zittern erfasste. Sie umklammerte die Tischkante und kämpfte den Impuls nieder, durch den hinteren Ausgang in den Tiefen des Inns zu verschwinden.

»Verdammt, Locksmith«, flüsterte Florence, die sich augenblicklich erhob. Dann, sodass es auch die restlichen Neuankömmlinge, sechs an der Zahl, die gerade von der Straße hereingespült wurden, hören konnten, fügte sie hinzu: »Guten Morgen. Wir haben noch nicht geöffnet. Später werde ich Sie sehr gerne bewirten.«

In jedem anderen Fall hätte sie wohl Erfolg gehabt mit ihrer Aufforderung. Doch der Mann namens Locksmith straffte die Schultern und wirkte in seinem langen, sandfarbenen Mantel umso größer, bevor er sagte: »Gnädige Frau, ich bin nicht wegen Ihres hoch gelobten Frühstücks hier, sondern wegen Ihrer …« Er deutete mit dem Kopf auf die Gildenmitglieder, die nun alle höchst alarmiert waren. Mit einem Mal wurde sein Ton schneidend und eiskalt. »… Gäste.«

Bane sah aus, als würde er jede Möglichkeit durchgehen, um die Bande zu schützen. Wie viel wusste er über den Mann?

Leo, der neben dem Tisch saß, hatte eine aufrechte Haltung angenommen und ließ die drei Hunde nicht aus den Augen, die bereits gierig ihre Nasen in die Höhe reckten und schnüffelten. Dakota bemerkte die gefletschten Zähne der Raubkatze.

Sie langte nach ihrer Tasche, in der ihre Ausrüstung verstaut war, doch Sosanna warf ihr einen warnenden Blick zu und schüttelte unmerklich den Kopf.

Dann stand sie auf und ging auf die Menschen zu. Die Foxhounds rissen an ihren Leinen, kläfften ohrenbetäubend laut, doch davon ließ sich Dakota nicht abhalten. Sie verspürte keine Angst vor ihnen, nur vor dieser furchtbaren Stimme, die aus Locksmiths Mund gekommen war.

Die Männer beobachteten sie. Einige mit gierigen Augen, die anderen – darunter Locksmith – mit äußerster Vorsicht. Auch wenn es ihr nicht behagte, setzte sie ein strahlendes Lächeln auf und näherte sich weiter.

»Aber wir haben doch nichts gemacht …«, gurrte sie, wohl wissend, dass der Ton bei den Männern genau so ankam, wie sie es beabsichtigt hatte.

Sie war froh, zu sehen, dass diejenigen mit den Hunden nicht völlig dämlich grinsten, sondern die Leinen weiterhin straff hielten. Schließlich war sie an Locksmith heran. Sanft legte sie ihre Hand auf dessen cremefarbenes Revers und war ihm mit einem Mal so nah, dass sie den Brechreiz nur mit Mühe unterdrücken konnte. Sie spürte die Wärme, die von ihm ausging, und konzentrierte sich auf das Netz, das sein gesamtes Sein umgab. Sie musste nicht seine nackte Haut berühren und ihm auch nicht lange nahe sein. Das genügte, für den Fall, dass sie es irgendwann brauchen würde.

»Nimm deine Hände von mir, du Bestie.« Er spuckte die Worte aus und hatte ein seltsames Glühen in den Augen.

Für einen Moment fragte sie sich, warum er sie überhaupt so nahe herangelassen hatte, ohne dass er sie von den Hunden zerfleischen hatte lassen. Aber der Mann war Erfinder und seine Neugier war wohl größer als seine Abscheu.

Trotzdem folgte sie seiner Aufforderung, nahm die Hände weg und damit riss die Verbindung ab. Die hatte, was sie wollte. Er würde irgendwann verstehen, was sie getan hatte. Oder auch nicht.

Als ob sie ihn gern berührte. Was dachte sich der Kerl?

»Mr Locksmith, Sie haben Kenntnis von der Vereinbarung, die ich mit der Stadt getroffen habe. Ich ersuche Sie daher dringend, mein Inn zu verlassen.« Auch wenn es keine Bitte war, schien sie

dennoch Wirkung zu zeigen. Florence stemmte die Arme in die Hüften und wartete, den stechenden Blick auf die Meute gerichtet, die so verloren und fehl am Platz hier drin wirkte, dass es dem Auge beinah wehtat.

Locksmith strich sich gedankenverloren über den Backenbart und schien nicht zufrieden darüber zu sein, wie das gelaufen war. Dann gab er seinem Gefolge einen Wink und sie alle verschwanden.

Als die Tür hinter ihnen zufiel, atmete Cassandra erleichtert auf und griff nach Leo, der sich endlich wieder entspannte. Sie streichelte ihm über den Kopf, was dieser mit einem Schnurren quittierte.

»Jetzt weiß er, wie wir aussehen«, knurrte Sosanna und sah verärgert zur Tür.

»Nein«, erwiderte Dakota, diabolisch grinsend. »Er weiß, wie ihr ausseht.«

Auf Banes Gesicht erschien ein düsteres Lächeln und Florence drehte sich augenblicklich um. Offenbar war das nichts, was sie sehen wollte. Stattdessen wandte sie sich den anderen zu.

»Was also ist euer Plan?«

»Ich werde allein zum … wie hast du es noch gleich genannt?«, fragte Dakota.

»Poultry Cross.«

Sie nickte. »Ich werde allein hingehen und mir das mal ansehen«, erklärte Dakota und warf einen Seitenblick auf Bane. Dieser gab mit verschränkten Armen seine Zustimmung, bevor er eine Anweisung deutete.

Cassandra übersetzte: »Er will, dass du dich umsiehst. Ich habe eine Essenz bei mir, die es dir ermöglicht, selbst die blassesten Spuren von Magie zu entdecken. Aber du sollst vorsichtig sein.«

»Gibt es einen Haken?«, fragte Dakota, die in das besorgte Gesicht des Mädchens blickte und die Antwort auf ihre Frage eigentlich schon kannte.

Sie nickte. »Nachdem du sie gekostet hast, wirst du viel mehr sehen können. Dinge, die sonst verborgen sind. Lass dich nicht von allem ablenken, das kann passieren. Wenn du auf die magische

Spur gefunden hast, musst du vorsichtig sein. Du wirst nicht mehr alles mitbekommen, was um dich herum passiert.«

Die Aufmerksamkeit würde also sinken.

»Das heißt, wenn ich der Spur erst einmal folge, werde ich es vielleicht nicht bemerken, wenn ich verfolgt werde?«, wollte Dakota wissen und dachte an den Mann namens Locksmith.

Das Mädchen nickte einmal mehr.

»Pass auf dich auf«, sagte Sosanna, streckte ihre weiße Hand nach der Wandlerin aus und drückte sie. »Bitte.«

Dakota, die nicht damit gerechnet hatte, dass sie so schnell ihren Platz in der Bande finden würde und man sich um sie sorgte, biss sich auf die Unterlippe. »Wird schon schief gehen«, sagte sie rasch, um ihre Unsicherheit ein wenig zu überspielen, und lächelte.

»Locksmith hat das Haus umstellt und wartet draußen auf euch«, sagte Florence, die bereits alle Fenster des Schankraums kontrolliert hatte und gerade aus dem hinteren Teil des Hauses zurückgekehrt war.

Dakota, die ihren grandiosen Plan den Bach hinuntergehen sah, seufzte, doch Florence lächelte.

»Was?«

»Locksmith ist ein unheimlich schlauer Mann, doch um mich kalt zu erwischen, muss er noch ein paar Jährchen studieren«, kicherte sie mit vorgehaltener Hand und führte die Klaue nach hinten. Ihre Röcke raschelten bei jeder Ecke, um die sie bog.

Sie nahmen den Weg in Richtung ihrer Zimmer, bevor sie abbogen und in den Keller gingen, dessen Luft mehr Alkohol zu enthalten schien, als in der vorigen Nacht gezecht worden war.

Hier unten wurden vor allem Fässer gelagert, die doppelt so groß zu sein schienen wie Cassandra. Sie enthielten, dem Geruch nach, Wein oder Bier.

»Kalt«, zitterte Cassandra und rückte ein wenig näher an Leo, der seinen buschigen Schwanz um sie schlang, um sie zu wärmen.

In der Mitte der Reihe der Fässer, die an der Wand standen und ein Spalier für denjenigen bildeten, der für gewöhnlich die Getränke holte, blieb Florence schließlich stehen, warf einen Blick zum oberen Treppenabsatz. Als hätte sie Sorge gehabt, dass sie verfolgt wurden.

»Wenn du hier durch trittst, wirst du keine andere Wahl haben, als dem langen Gang zu folgen. Er endet unter der Brücke neben dem King's Head Inn.« Florence grinste, als wäre da eine Geschichte dahinter, warum der Weg ausgerechnet dort endete, doch sie tat niemandem den Gefallen und erzählte mehr. »Wenn du aus dem Schatten der Brücke über dem Avon trittst, gehst du nach Osten. Das Poultry Cross kannst du nicht verfehlen, bist aber auf der Straße gut sichtbar. Sieh zu, dass du dich an den Häuserfassaden entlang …«

Bane unterbrach sie und sah sie zornig an.

»Ja, ich weiß, ich muss deinen Bandenmitgliedern nicht sagen, dass sie vorsichtig sein sollen und dass sie das gut auch ohne mich wissen! Aber verdammt, ich weiß, wie schrecklich Locksmith mit Magischen umgeht, wenn er sie erwischt. Ich will nicht, dass deinen Leuten dasselbe widerfährt!«, knurrte sie und der wütende Ausdruck in ihrem Gesicht übertrumpfte den in Banes sogar.

Wie ein altes Ehepaar, dachte die Gestaltwandlerin bei sich.

»Hört auf, ihr zwei Streithähne, muss ich noch was wissen?«, fragte Dakota, die gerade dabei war, sich zurückzuverwandeln. Er streifte sich seine Oberbekleidung ab, faltete sie sorgsam und steckte sie zurück in seine Tasche, nachdem er seine Männerkleidung hervorgeholt hatte und hineinschlüpfte. Er kämpfte ein wenig mit der Hose und wenn man genau hingesehen hätte, hätte man erkannt, dass sich eine Gänsehaut über seine Beine zog. Als er schließlich endlich in seiner Hose steckte und sich das Hemd zuknöpfte, seufzte er erleichtert.

»Folge der Magie und sieh, wohin sie dich bringt. Vielleicht findest du am Markt der Magischen jemanden, vielleicht zieht dich der Zauber weiter. Folge ihm«, sagte Sosanna und übersetzte ganz offensichtlich für Bane.

»Ihr wisst schon, dass ich bloß der Typ bin, der sich in andere verwandeln kann, oder? Ich bin nicht unbedingt begabt darin, Magie zu entdecken. Vielleicht solltet ihr besser –«

Doch er wurde jäh unterbrochen von Banes Kopfschütteln.

»Er sagt, dass er dir vertraut und du schon weißt, was du tust. Außerdem hast du noch mein Pulver. Denk unbedingt daran. Dann kannst du alles schaffen!« Cassandras Gesicht leuchtete, als sie zu ihm aufblickte und er ihr Strahlen erkannte.

»Und wenn ich es nicht schaffe?« Dakota spürte ein Ziehen in seiner Magengegend und das gefiel ihm gar nicht.

»Dann finden wir einen anderen Weg«, erklärte Sosanna und der Gestaltwandler wusste, dass auch das die Worte Banes waren. Der Mann vertraute ihm und aus irgendeinem Grund hatte er das dringende Bedürfnis, ihn nicht zu enttäuschen. Vielleicht war das seine eigentliche Prüfung. Und man würde dann entscheiden, ob er bei der Dunklen Klaue bleiben durfte. Wieder ein Ziehen. Und dieses Mal fühlte es sich scheußlicher an als zuvor, denn er wollte unbedingt weiterhin bei ihnen bleiben dürfen.

»Du musst das hier bei dir haben. Andernfalls wirst du weder raus noch wieder herein kommen. Doch vergiss nicht, den Gang hinter dir wieder zu schließen«, bläute Florence ihm ein, als sie dem Wandler eine Kette umhängte.

Aus schmutzig-goldenen Streben hatte man ein Oval geformt, dessen Anfang und Ende man nicht erkennen konnte. In der Mitte hing ein alter Schlüssel, der über 6 weitere Streben mit dem Oval verbunden war. Die Leerräume dazwischen waren mit buntem Glas ausgefüllt und erinnerten eher an ein Kirchenfenster als an ein Schmuckstück.

Als Dakota es aus den feingliedrigen Fingern des Succubus zog, fühlte sich das Metall warm an. Er hängte sich die Kette selbst um den Hals und verstaute sie unter seinem Hemd, bevor er den Mantel anzog.

Dann öffnete Florence ihm das Weinfass, das den Blick auf den Geheimgang dahinter freigab. Dort drin war es stockfinster und roch etwas modrig.

Der Gedanke an den Folterkeller drängte sich zurück in sein Bewusstsein und ließ eine Welle der Übelkeit in ihm aufwallen, aber er wollte mutig sein für die Bande. Nur er konnte weitere Informationen einholen, ohne sogleich erkannt zu werden. Mut. Scheiße verdammt, warum musste es ausgerechnet ein modriger Gang sein? Warum konnte er nicht über das Dach fliehen?

Weil sie dich dort oben schon von Weitem sehen könnten, du Idiot, sagte er zu sich selbst und hoffte, die Übelkeit damit etwas niederzukämpfen.

Seine Waffen, Messer, die er zuvor aus der Tasche genommen hatte, enger greifend, trat er die ersten paar Schritte hinein in den Gang, der sich schon nach wenigen Metern in der Dunkelheit verlor.

Florence reichte ihm eine Petroleumlampe, die ihr warmes Licht an die Wände warf, bevor sie die Tür schloss und er allein war.

Weiter hinten in dem Gang hörte er es sacht tropfen. Er vermutete, dass dies vom Fluss herrührte, der ihn am Ende erwartete.

›Reiß dich zusammen‹, sagte er sich vor, während er all seine Kräfte darauf ausrichtete, einen Fuß vor den anderen zu setzen. ›Das hier ist nicht der Keller und du bist nicht dieselbe Person wie damals. Verdammt! Jetzt setz dich schon in Bewegung!‹

Seine Beine waren wie erstarrt.

Wie gerne hätte er nach den Kügelchen gegriffen, die er ganz unten in seiner Tasche verstaut hatte. Doch die lag bei den anderen und von denen durfte schon gar niemand wissen, dass er ab und an ins süße Nichts, wie er es genannt hatte, versinken wollte. Er vermutete ohnehin, dass Bane es nicht gutheißen würde, ganz zu schweigen davon, dass er nicht wollte, dass Cassandra so etwas sah.

Er war froh, den Transmitter nicht zu tragen. Denn sie hätten seine Gedanken gehört, hätten gehört, wie sehr sein Geist danach schrie, in der weichen Welt des Rauschs zu versinken. Nein, das würde er mit niemandem teilen. Aus Scham nicht und auch aus der Angst heraus, dass man ihm das Zeug wegnehmen könnte.

9

Das Ende des Gangs kam so abrupt, dass Dakota beinahe gegen die Wand gelaufen wäre.

Er sah sich um, doch da war keine Tür. Nur die Seitenwände, die kühle Mauer und das Ende, dessen Kalkputz ihm hart entgegenleuchtete.

»Na wunderbar«, fluchte er mit sich selbst und stellte die Lampe ab. Mit steifen Fingern fischte er nach dem Anhänger von Florence und besah ihn sich im Licht der Lampe. Wie zum Geier sollte er denn ein Schloss damit aufschließen, das nicht da war?

Das Licht brach sich in den bunten Gläsern des Schmuckstücks und wurde an die Decke geworfen, wo es vergrößert in allen Farben zu schillern schien.

Auch wenn er nicht wusste, was er da tat, lenkte Dakota das Licht auf die Mauer vor ihm, die eigentlich der Ausgang hätte sein müssen. Was sollte er denn sonst tun? Hier war kein Ausgang in Sicht und gerade, als er aufgeben und wieder zurückgehen wollte, um nachzufragen, wie er aus diesem vermaledeiten Gang entkommen konnte, hörte er ein Geräusch, das klang wie das Einrasten eines Schlüssels im Schloss.

Vor seinen Augen bildeten sich Risse im Putz und nach ein paar Herzschlägen war da eine Tür aus dunkelbraunem lackierten Holz mit einer schweren Türklinke, die er nach unten drückte und daran zog. Nur langsam setzte sich die Tür in Bewegung, bevor er die Lampe wieder aufhob, das Amulett unter seinem Hemd verstaute und nach draußen in die nasse Kälte des frühen Morgens trat.

Das Rauschen des Avon wurde lauter. Hier unter der Brücke,

verborgen vor den Blicken der ersten Passanten und Kutscher, die ihren Tag schon früher begonnen hatten als die Klaue, atmete er zuallererst einmal tief ein und aus.

Er musste um jeden Preis das beklemmende Gefühl des Gangs und seine Gedanken zum Folterkeller hinter sich lassen. Hier draußen wollte er klaren Kopfes sein, denn bald würde er jeden seiner Sinne benötigen, um Locksmith zu entgehen und sich auf die Suche nach einer Spur des Artefakts zu machen.

Noch einmal atmete er tief, bevor er aus dem Schatten der Brücke trat und am King's Head vorbeischlich, in Richtung der aufgehenden Sonne, die wie ein rot glühender Ball unheilverkündend über den spitzen Häusern der Stadt aufragte.

Noch war nicht viel los, bis auf die wenigen Händler, die bereits jetzt ihre Karren in Richtung Markt schoben, um ihre Waren wie Obst und Gemüse, aber auch Getreide zu verkaufen.

Ein besonders mürrischer Geselle, der ziemlich verschlafen gerade noch so sah, wohin er mit seinem Karren lief, schob sich in Dakotas Gesichtsfeld.

Er ließ den Mann passieren, lauschte, ob sonst jemand hinter ihm die Straße rauf kam, wandte sich prüfend um und setzte erst dann seinen Weg fort.

Beinah hätte Dakota darüber gelacht, dass Florence ihm doch geraten hatte, sich im Schatten der Häuser zu bewegen. Die Sonne stand so günstig, dass auf der Straße nicht ein einziger Schatten eines Gebäudes zu entdecken gewesen wäre. Er unterdrückte ein weiteres, grunzendes Lachen, das ihm beinah entkommen wäre, und rückte näher an die Hausmauer rechts von ihm.

Der Weg bis zum Poultry Cross war kein langer, dennoch nagte die Nervosität an dem Wandler. Immer wieder wandte er sich um, sobald er ein verräterisches Geräusch hörte, nur um zu erkennen, dass der Urheber davon ein Tier oder ein achtlos weggeworfenes Papier war, das vom lauen Herbstwind die Straße hinuntergeblasen wurde.

›Wenn mich wirklich jemand verfolgt, werde ich es vermutlich gar nicht bemerken, ähnlich wie in der Fabel von dem Jungen und dem Wolf‹, dachte er so bei sich und hoffte, die Gefahr damit nicht hereingebeten zu haben. Im Vorbeigehen klopfte er dreimal auf das Holz eines Fensters, welches sich daraufhin prompt öffnete.

»Entschuldigung«, brummte er und schlug den Kragen seines Mantels auf.

Die Frau im Fenster schimpfte ihm irgendetwas nach, das er aber wegen des heftiger gewordenen Windes nicht mehr verstand. Bunte Blätter tanzten über den Gehsteig. In der Straße roch es bereits jetzt nach deftigen Gerichten und Urin, der noch von der Nacht herrühren zu schien.

Dakota rümpfte die Nase. Die Straße machte einen Knick nach links und plötzlich stand er vor einem Bauwerk, das sein Ziel sein musste. Er wusste, dass solche Kreuze oft Marktecken markierten, aber er konnte den Gedanken nicht abschütteln, dass das Kreuz verdammt nochmal danach aussah, als ob sich jemand einen massiven Steinpavillon gewünscht und diesen mitten in der Stadt platziert und mit allem möglichen Zierrat bestückt hatte, um der Bevölkerung der Stadt aufzuzeigen, was sie sich niemals leisten können würden.

Doch er wusste, dass er nicht dafür da war. Er sah sich um, bevor er aus dem schützenden Winkel der Hausmauer trat und unter das Kreuz schlüpfte.

Der Wind pfiff unbarmherzig um seine Ohren und zwischen den Stützpfeilern des Kreuzes hindurch, die keinerlei Schutz boten.

Wenn er hier stehen blieb, so wusste er, würde er früher oder später entdeckt werden.

Dakota seufzte.

Einige Minuten vergingen, in denen er jeden der Pfeiler untersuchte, doch daran war nichts Ungewöhnliches zu entdecken. Schließlich griff er seufzend in seine Tasche und holte das Pulver Cassandras hervor.

›Ob ich will oder nicht, das wird wohl das Einzige sein, das mir hilft‹, dachte er bei sich, sah sich um und schüttete sich den Inhalt des Fläschchens in den Mund.

Er hätte erwartet, dass das Pulver seine Mundhöhle komplett verkleben würde, hätte erwartet, dass er zumindest husten würde. Doch nichts davon passierte. Es schmeckte ein wenig nach den süßen Walderdbeeren, die er als Kind so oft genascht hatte. Der Geschmack weckte die Erinnerung an etwas Verbotenes, gerade so, als ob er sie nicht essen hätte dürfen. Doch durch das Pulver war er seiner Vergangenheit einen kleinen Schritt näher gekommen. Auch wenn es nicht viel war, die Erinnerung an den unvergleichlichen Geschmack und das Gefühl brachten ihn schon ein wenig weiter voran. Gerne hätte er den Gedanken festgehalten und versucht, der Erinnerung auf die Spur zu kommen. Doch außer dem verbotenen Gefühl tat sich nichts. Und dafür hatte er auch gar keine Zeit.

Tatsächlich fragte er sich, ob die Erdbeeren eine Spielerei der kleinen Hexe war. Er befand, dass das passen würde, und nahm sich vor, sie danach zu fragen.

Dann wandte er seine Aufmerksamkeit wieder dem Kreuz zu. Zuvor war ihm alles etwas dunkel erschienen, nun jedoch schien selbst der Schatten der Kuppel unter dem Kreuz hell zu leuchten.

Einem Impuls folgend, löste er sich von dem Anblick und ging zur Außenwand eines Pfeilers, den er erklomm. Ihm war, als würde ein Magnet in seinem Bauch sitzen, der ihn dazu zwang, einen Weg zu gehen, den er nicht sah.

Der Wind pfiff stärker und mit ihm schwang der Geruch von deftigen Speisen, die er vorher in der Straße erahnt hatte, mit. Hammelpastete mit ... Dakota sog den Duft ein, als würde er ihn davor bewahren, nach unten zu fallen. Hammelpastete mit Erbsen und vom Ende der Straße, wo das Gemurmel der paar Menschen allmählich lauter wurde, roch er gebackene Äpfel. Hörte er da jemanden über den Preis des Standes am Markt streiten?

Auch wenn er gerade gegessen hatte, so lief ihm dennoch das Wasser im Mund zusammen.

Doch seine Aufmerksamkeit lenkte sich schnell wieder auf den Stein vor sich, der sich rau und hart unter seinen Fingerkuppen anfühlte. Ein kleines Kitzeln jagte über seine Haut, als er sich daran hoch hangelte.

Oben angekommen, schwang er ein Bein über die kunstvoll geschaffene Brüstung und trat auf das Dach dahinter. In der Mitte lief es zusammen, von wo aus sich ein weiterer Stützpfeiler in den Himmel emporreckte. Und darüber thronte ein Kreuz, das dem Konstrukt seinen Namen gab und dabei so unbedeutend und klein aussah, dass es beinahe ironisch wirkte.

Dort, wo das Dach in eine Mittelstrebe mündete, schien die Anziehung am höchsten zu sein. Er legte seine Hand flach auf das kühle Dach und versuchte angestrengt, seine Gedanken dabei zu behalten, um eine Spur zu finden. Aber über ihm flogen zwei Vögel laut zwitschernd über das nächste Haus.

Dakota sah ihnen nach, doch außer einem Schimmern ihres Gefieders konnte er nichts ausmachen. Er war zu langsam.

Auf der Straße zu seinen Füßen trabte ein Pferd vorbei, das einen Wagen voller Köstlichkeiten vom Land zog. Dakota konnte gerade noch einen Hauch von Lebkuchen, Crumpets und dem unvergleichlichen Duft von Chelsea Buns vernehmen, bevor der Karren auch schon an ihm vorbei war. Irgendwann musste er sie probiert haben, das war ihm klar. Andernfalls würde ihm nicht das Wasser im Mund zusammenlaufen.

Erneut war ihm, als hätte er schon seit Tagen nichts mehr gegessen und er fragte sich, ob das an Cassandras Erdbeerpulver lag.

»Mhm«, machte er, ohne dass er es wollte. Seine Augen suchten noch immer die Straße nach dem Pferdekarren ab, während seine Hände damit beschäftigt waren, das Dach Zentimeter um Zentimeter abzutasten, auch wenn er nicht bewusst den Befehl dazu gegeben hatte.

Plötzlich durchfuhr ihn ein brennender Schmerz. Kreisrund und glühend rot, als hätte man ihm ein heißes Eisen auf den Handteller gehalten. Dakota besah sich seine rechte Hand und sah, dass das Fleisch tatsächlich verdächtig rauchte und seine Farbe langsam weiß wurde.

Die Sonne schien nicht mehr stark genug und schon gar nicht so früh am Morgen, als dass sie die Kraft dazu gehabt hätte. Das musste Magie sein.

Unter sich hörte er aufgeregtes Geschnüffel, das ihn in Panik versetzte. Waren das die Hunde von vorhin?

Ein Heulen erklang, das ihm durch Mark und Bein ging, und er wusste, dass er es nicht herausfinden wollen würde.

Sein Blick flog zurück zu dem Dach, auf dem sich ebenfalls ein kreisrunder Abdruck gebildet hatte. Doch entgegen zu dem auf seiner Hand, der immer noch höllisch schmerzte und so langsam zu spannen begann, schmolz das Metall unter dem Abdruck davon. Die Öffnung vergrößerte sich allmählich. Dakotas Nacken überzog eine Gänsehaut, er wusste, dass er sich beeilen musste. Sobald das Loch groß genug war, schlüpfte er einfach hinein, egal, was ihn dahinter erwarten würde.

Er konnte sich gerade noch davon abhalten, zu schreien, denn er schlug nicht etwa mit den Beinen auf, sondern rutschte nach unten, immer weiter weg von dem Loch. Oder wurde es bloß kleiner?

Die Dunkelheit um ihn herum machte es schwer, das Gefühl für die Realität zu behalten, also versuchte er es gar nicht erst. Seine Angst verflog mit einem Mal und mit ihr auch der Gedanke an die Hunde und Locksmith, der sicher ebenfalls draußen unter dem Kreuz nach ihm suchte.

Endlich schlugen seine Füße auf festen Grund und er stand. Vor ihm öffnete sich ein Spalt, durch den silbriges Licht flutete. War er so lange hier drin gewesen, dass der Mond schon aufgegangen war? Nein, dafür war es draußen entschieden zu hell.

Dakota schüttelte den Kopf und gab der rauen Steinoberfläche einen Stoß, um den Spalt mit Licht etwas zu vergrößern. Der Stein schwang auf wie eine Tür und gab den Blick auf den überdachten Bereich des Poultry Cross frei.

Schnell zog Dakota wieder an der Tür, die sich jedoch keinen Millimeter bewegte. Panik umspülte ihn und schnürte ihm die Kehle ab. Die Hunde würden ihn doch sicher …

Endlich sah er auf und erkannte am Himmel nicht die Sonne, sondern den Mond, der sich weiß am azurblauen Band abzeichnete. Obwohl das Tagesgestirn nirgends zu sehen war, war es dennoch hell genug, als dass man annehmen hätte können, dass der Vormittag bereits fortgeschritten war.

Dakota schüttelte den Kopf und trat nach draußen. Hier war weder eine Hundemeute zu entdecken noch der gefürchtete Locksmith, von dem der Wandler bislang nicht viel gesehen hatte. Seine Übelkeit legte sich langsam und brachte die Lust nach klebrigen Chelsea Buns zurück, die ihn immer noch nicht losließ.

Es war still hier und die Stimmung drückte sich unangenehm auf seine Augäpfel. Wieder mahnte er sich zur Aufmerksamkeit.

Mit einem klammen Gefühl in der Brust trat er aus dem Schatten des Poultry Cross. Seine Schritte hallten dabei so laut wider, dass man annehmen hätte können, er würde in einer völlig leeren Kathedrale herumspazieren.

Ein lauer Windhauch strich um ihn, der ihm viel zu angenehm erschien, dafür, dass der Herbst sich bereits in seiner vollen Pracht zeigte.

Dakota fühlte einmal mehr den Magneten in seinem Bauch ziehen und er beschleunigte schnell seinen Schritt. Nun, da er hier war, empfand er das Zerren beinah als schmerzhaft. Dem Impuls folgend stolperte er die Gasse entlang, die zuvor auch der Pferdekarren genommen hatte, und fand wenig später den Marktplatz zu seiner Rechten.

Vieles hier schien dem Auge einen Streich spielen zu wollen, so war er sich nicht sicher, ob der Platz in Wirklichkeit auch so aussah oder geringfügig anders.

Er wusste jedoch, dass es hier zu dieser Zeit niemals so leergefegt sein würde, so viel war ihm klar. Sein Blick schweifte über den weitläufigen Markt, der von Häusern eingerahmt wurde, die auffälligen Zierrat zur Schau stellten und mit dem Mond um die Wette strahlen wollten.

Weiterhin fühlte es sich komisch an, den Mond als Tagesgestirn am Himmel zu sehen, doch rief er sich in Erinnerung, sich weder davon noch von den Häusern aufhalten zu lassen. Auch wenn diese mit vor sich hin dampfenden, selbst nachjustierenden Teleskopen ausgestattet waren.

Nur schwer konnte er seinen Blick davon lösen und so begab er sich schließlich auf den weitläufigen Platz, der, wie er erkannte, mit Mosaiksteinen gepflastert war.

»Endlich«, dröhne es da über die umliegenden Dächer und erklang auch in ihm. Die Vibration, die durch die Steine, die Bäume und sein Fleisch ging, schien nie verhallen zu wollen, und doch war sie vom einen auf den anderen Augenblick zu Ende, als hätte es sie nie gegeben.

»Heilige Scheiße!« Dakota sah sich um, konnte immer noch niemanden erblicken. Offenbar hatte ihn sein Gegenüber, wenn man es denn so nennen wollte, schon entdeckt, also konnte er nun erst recht antworten. »Wo bist du?«, fragte er, auch wenn er sich seine eigentliche Frage nach dem »wer« verkniff.

Blinzelnd, weil das Mondlicht nun heller leuchtete als zuvor, gerade so, als würde es auf die Stimme reagieren, ging er weiter auf den Platz. Seine Schritte hallten dabei unheimlich laut an den Häusern wider und jagten ihm eine Gänsehaut nach der anderen über den Rücken.

Als er etwa die Mitte des völlig leeren Platzes erreichte, senkte sich eine gräuliche-schwarze Rauchsäule vom Himmel herab und waberte allmählich ins Nichts. Was von ihr blieb, war eine aufflackernde Silhouette, die sich auch nach näherem Hinsehen nicht zu verfestigen schien.

»Was suchst du hier?«, fragte die Stimme, doch klang sie nicht im Mindesten abweisend oder verärgert. Nein, eher interessiert, als hätte sie schon seit Jahrzehnten keine Neuigkeiten mehr gehört oder sich mit irgendwem unterhalten.

»Ein …«, Dakota dachte noch einmal darüber nach, aber er wusste nicht, wonach sie genau suchten. »Ein Artefakt. Aber ich –«

»Ich spüre menschliche Züge in dir«, unterbrach ihn die Stimme und auch jetzt klang sie nicht böse, nur etwas angespannt. Der Rauch waberte immer noch umher.

»Du bist echt gut. Ich war mal ein Mensch, aber ich kann nicht sagen, wie lange das her ist. Das Gefühl für Zeit ist mir ein wenig entglitten.« Dakota rieb sich verlegen den Nacken und fuhr sich durch seine braunen Locken. Er wusste nicht, woher dieses Aussehen kam.

Aber mit jenem und dem weiblichen, das Florence so rasend gemacht hatte, fühlte er sich am meisten ... wie er selbst. Auch wenn er nicht wusste, wer das eigentlich war.

»So, so«, sagte die Stimme und endlich nahm der Rauch eine festere Form an. Die eines Jünglings. An den Seiten trug er das weißblonde Haar kurz geschoren und am Oberkopf zu einem aufwändigen Zopf zusammengebunden, in den allerlei Knochen und Kristalle eingeflochten waren.

Er fuhr sich mit den Händen durchs Gesicht und lenkte damit Dakotas Aufmerksamkeit auf die feinen Züge, die mit einigen dunkel geschminkten Runen geschmückt waren. Und auf die vollen Lippen.

»Dann habe ich also auf dich gewartet«, sagte die Stimme des jungen Mannes.

»Warum hast du gewartet?«

»Sieh dich um, hier ist niemand mehr, um zu erzählen«, erwiderte der Junge kryptisch und legte die Stirn in Falten, als läge es an Dakota, dass er nicht verstand.

»Wovon erzählen?«, fragte er.

»Wer die Menschen waren, die das Artefakt gestohlen haben und all dem hier«, der Junge wies mit der linken Hand über den Marktplatz, der nun, da er darauf aufmerksam machte, gespenstisch still wirkte, »ein Ende bereitet haben.« Er sah traurig zu Boden und die Ohrringe, die er trug, klimperten dabei merklich.

Der Wandler sagte nichts darauf. Er kannte die Grausamkeit der Menschen. Trotzdem war er verwundert darüber, dass es ihn überraschte. Als hätte nicht er selbst die Bestialitäten im Folterkeller erlebt, sondern jemand anderer, und er würde an der Wahrheit seiner Worte zweifeln.

»Wer weiß, wie lange ich schon hier bin. So wie diese Ebene ein Konstrukt ist, so ist es auch die Zeit, die ich hier verbracht habe. Für mich fühlt es sich bereits an wie eine Ewigkeit«, flüsterte der Junge.

Mit einem Mal fühlte Dakota eine Traurigkeit, die sein Herz ergriff und es fest zusammendrückte. Die Luft um ihn herum war plötzlich so schwer und schien ihn zu Boden ringen zu wollen, doch er hielt ihr stand.

Als er nichts sagte, unfähig, einen klaren Gedanken zu fassen, erzählte ihm der Junge alles. Mit jeder Minute, die verstrich, wurde Dakota betrübter darüber, was hier geschehen war. Die spürbare Stimmung war nun auch auf ihn übergegangen. Doch nun schien sie ihn zu einem kleinen, traurigen Ball pressen zu wollen.

Schließlich endete der Junge und strich sich durch das Haar, Dakota weiterhin fixierend.

Der Gestaltwandler hatte das Gefühl, nicht atmen zu können, und starrte dem Jungen hilfesuchend in die Augen.

»Der Wall bricht. Such in Schloss Marshwood danach, ich hoffe, es ist noch nicht zu spät«, sagte der Junge und schien plötzlich unscharf zu werden.

Dakota sah sich um und bemerkte erschrocken, dass sich die Realität der Welt über diese Ebene schob. Dieser Platz, an dem die Magischen Handel betreiben konnten, bröckelte nun endgültig dahin.

»Jetzt kann ich endlich gehen«, flüsterte die Stimme des Jungen, der sich schon fast gänzlich aufgelöst hatte. »Sieh zu, dass du sie dafür bezahlen lässt, was sie uns angetan haben.«

Eine unsichtbare Welle brach aus dem Himmel hervor und wusch über Dakota hinweg, bevor sie sich verlor und der Platz mit einem Mal erfüllt war von Menschen, die ihre täglichen Einkäufe erledigten.

Niemand von ihnen schien bemerkt zu haben, dass Dakota plötzlich aufgetaucht war oder dass sich eine Welt gerade in Nichts aufgelöst hatte. Der Markt der Magischen war nun endgültig fort, und Dakota vermutete, dass er nur so lange Bestand gehabt hatte, solange der Junge mit seiner Kraft die Magie aufrecht erhalten hatte. Jetzt, da auch er fort war …

Jemand drängte sich an Dakota vorbei, doch dieser sah immer noch ins Leere.

Sie hatten ihre Antwort und würden auf eine weitere Mission gehen müssen, die mit Sicherheit gefährlicher war als diese hier.

10

»Was ist passiert?«, fragte Sosanna, sichtlich darum bemüht, die Fassung zu bewahren. Sie hatte es nie direkt gesagt, aber Dakota vermutete, dass ihr die Klaue so nah war wie eine Familie. Dass der Gestaltwandler allein losgezogen war, hatte sie in höchstem Maße beunruhigt, wie es schien.

»Ich habe einen Hinweis auf das Artefakt erhalten«, erwiderte der Wandler und zog sich den vom Regen schweren Mantel von den Schultern. Als er den Marktplatz verlassen hatte, hatte es leicht zu nieseln begonnen und überall in der Gasse hatte es mit einem Mal nach nassem Hund gerochen, sodass er seinen Schritt nochmals beschleunigt hatte.

Bane seufzte, bevor er zu sprechen begann.

»Wie gefährlich schätzt du die Lage ein?«, übersetzte Sosanna für ihn, die sich nun ein wenig entspannt hatte und ihre Beine auf dem Fußschemel vor sich ausstreckte. Die weiß-goldene Rüstung, die sie trug, schimmerte geheimnisvoll in dem flackernden Licht des Kamins und warf unstete Schatten auf ihr makelloses Gesicht.

Florence hatte ihnen das Kaminzimmer überlassen, das zu ihren privaten Räumlichkeiten gehörte. Noch war nicht genug im Inn los, als dass sie wie am Abend zuvor ungestört hätten sprechen können. Sie musste nicht erst erwähnen, dass dieses Zimmer nicht für entspannte Abende allein gedacht war.

»Ich kann nicht sagen, dass der Ort verwüstet war, doch war außer dem Jungen, den ich dort angetroffen habe, niemand zu sehen«, erwiderte Dakota und rieb sich die Hände. Die Kälte hatte er trotz der Wärme des Kamins noch nicht vollständig aus seinen Knochen vertreiben können, so rückte er etwas näher heran.

Cassandra war an Leo gelehnt, der es sich auf dem Teppich vor der Feuerstelle gemütlich gemacht hatte. Er öffnete sein Maul und gähnte ausgiebig, was jedem anderen vermutlich einen Schrecken eingejagt hätte. Doch die Mitglieder der Klaue und selbst Dakota ließen sich davon nicht aus der Ruhe bringen.

Bane richtete sich auf und kniff die Augen zusammen, als würde er angestrengt nachdenken. Doch bevor er auch nur seine Meinung dazu kundtun konnte, hatte Dakota schon weitergesprochen: »Ich glaube, der Junge hat nur darauf gewartet, dass endlich einer von uns kommen würde, dem er die Geschichte erzählen konnte, bevor ihn die Kraft verlassen hat. Ich kann euch nicht sagen, wie lange das schon her ist, aber die Spur ist es wert, dass wir ihr folgen.«

Bane nickte, sah dann jedoch Cassandra eindringlich an und zog mit dem Finger einen Kreis über seine Stirn.

Sie erhob sich wie in Trance, ging auf Dakota zu und nahm seine Hände in die ihren, die im Vergleich dazu winzig erschienen. »Vertraust du mir?«, fragte sie.

Er blickte ihr in die Augen und überlegte, ob man den Dämon, der in ihr hauste, wohl erkennen würde, wenn man lange genug hineinstarrte. Doch schließlich nickte er. Sein Blick wanderte höher und zum ersten Mal entdeckte er die in feinen Linien gestochene Tätowierung zwischen ihren Stirnfransen. Bevor er sie danach fragen konnte, leuchtete das Zeichen violett auf, während ihre Augen in den Höhlen zurückrollten und bloß ein unheimliches Weiß zeigten. Er erschrak und wäre am liebsten zurückgetaumelt, doch ihr Griff war eisern.

Dort, wo sie seine Hände hielt, zuckten elektrische Stöße durch seine Haut und führten dazu, dass sich seine Finger schmerzhaft verkrampften. Sie klammerten sich an die Hände der kleinen Hexe, dass er fürchtete, sie zu verletzen.

Ihre Nasenflügel blähten sich auf, bevor sie die Kraft zu verlassen schien und sie in sich zusammensackte.

Dakota beugte sich augenblicklich zu ihr herunter, doch da stand sie schon wieder lächelnd auf, gestützt von ihm.

In einer viel zu heiteren Stimme sagte sie: »Der Marktplatz der Magischen wurde von Menschen überrannt. Der Junge, den Dakota dort angetroffen hat, war ein Hexer, der die Magie an dem Ort aufrecht erhalten hat. Ich habe das Netz der Magie um ihn in Dakotas Erinnerung gespürt.«

Offenbar sagte sie das zu Bane, doch sah sie in die völlig falsche Richtung. Der Anführer der Klaue stand hinter ihr, aber sie lächelte ins Leere.

Leo war lautlos aufgestanden und neben sie getreten. Sie legte ihre Hand auf seinen Rücken und ließ sich von ihm zurück auf den Teppich führen, wo sie sich hinsetzte.

Zufrieden schloss das Mädchen die Augen und lehnte sich wieder an die Raubkatze.

Dakotas Blick fand Sosannas, die ihn verständnisvoll ansah.

»Wenn sie sieht, erblindet sie für eine Stunde, manchmal auch zwei. Jede Magie hat ihren Preis und das ist der, den sie zu zahlen hat.«

Das Einhorn erhob sich und kehrte wenig später mit Getränken aus dem Schankraum wieder.

Ganz sicher war er nicht, aber er vermutete, dass die heiße Schokolade, die sie der kleinen Hexe hinstellte, größer war als am Abend zuvor.

Schließlich erzählte der Gestaltwandler alles, was er von dem Jungen erfahren hatte. Von Lord Winterburn in Schloss Marshwood, der das Artefakt mit seinen Männern gestohlen haben sollte. Davon, dass er nicht wusste, ob es erst vor Kurzem oder schon vor langer Zeit passiert war, und von seiner Begegnung mit Locksmiths Hunden, denen er gerade noch so entkommen war.

»Winterburn?«, fragte die heitere Stimme von Florence, die gerade das Kaminzimmer betrat.

Die Mitglieder der Klaue wandten sich geschlossen zu ihr um.

»Kennst du ihn?«, fragte Dakota brüsk.

»Mhm«, machte Florence und fuhr sich mit dem Finger über die Lippen, wobei sie sich verdächtig in Banes Richtung drehte, doch dieser ignorierte sie. Auch ein Augenaufschlag des Succubus änderte nichts daran. »Lord Winterburn hat seine Ländereien nicht weit von hier. Er stattet uns hier in Salisbury regelmäßig Besuche ab und auch im Inn war er schon einige Male.« Als sie sich setzte, raschelten ihre Röcke. Dann sah sie wieder auf, doch dieses Mal wandte sie sich Dakota zu, der seinen Blick noch immer nicht von ihr genommen hatte. »Sieh mich nicht so an. Gute Beziehungen zu den Menschen, vor allem den mächtigen hier im Umland, haben mir und dem Inn, aber vor allem seinen Besuchern, bislang mehr genutzt als geschadet. Aber wenn das wahr ist, dann wird er hier keinen Fuß mehr hereinsetzen. Ich wusste nicht, wer dahintergesteckt hat. Das war eine Nacht-und-Nebel-Aktion, in der sie den Markt überrannt haben.«

Dakota hob abwehrend die Hände. »Winterburn hat die Magischen am Markt nicht töten lassen. Nein. Er hat sie abschlachten lassen, weil er nach dem Artefakt gesucht hat. Wann auch immer er beschlossen hat, gemeinsame Sache mit Locksmith zu machen, irgendetwas Dunkles muss schon immer in ihm gelauert haben. Ich verurteile dich nicht«, erwiderte er leise. »Ich verstehe es nur trotzdem nicht, das ist alles.«

»Winterburn wird mir hier keinen Fuß mehr reinsetzen«, sagte Florence.

Für einen Moment, in dem das Feuer munter vor sich hin prasselte, als wüsste es nicht um die so abrupt abgefallene Stimmung im Raum, verfiel die Besitzerin des Inns in ein tiefes Schweigen.

»Ich wusste nicht, dass er sich Locksmith angeschlossen hat.«

Der Tag neigte sich bald dem Abend zu, den die Klaue allein im Kaminzimmer verbrachte. Florence hatte sich nicht noch einmal blicken lassen.

Aber darüber konnte sich Bane nun keine Gedanken machen. Ein Plan musste her, um in Marshwood Castle einzufallen.

»Hast du nicht noch eines deiner Pulver?«, fragte Sosanna an Cassandra gewandt und ließ ihren Oberkörper über die Armlehne des Ohrensessels fallen, auf dem sie fläzte. Mittlerweile hatte sie die Rüstung abgenommen, auch wenn Bane das nicht gerne sah. Er hatte ihnen immer eingebläut, dass sie stets bereit sein müssten für einen Angriff.

Ihm war klar, dass ihr neben dem Feuer in der Rüstung zu heiß sein musste. So zeichneten sich ihre Umrisse kalkweiß vor dem im Kontrast dazu stehenden dunkelgrünen Samtstoff des Sessels ab.

»Welches meinst du?«, fragte das Mädchen und legte den Kopf schief. Sie streckte sich und ließ ihre Handgelenke kreisen, bevor sie sich wieder an Leos Fell lehnte.

»Das Pulver, das du im Hafen von Wexford angezündet hast«, antwortete Sosanna und lachte grunzend auf. »An die blöden Gesichter der Leute erinnere ich mich heute noch.«

Bane ließ die beiden ein paar Sekunden vor sich hin kichern, bevor er ihren Lachanfall mit einer finsteren Geste beendete.

»Ja, ja, ich weiß schon, wir sollen unsere Arbeit ernst nehmen und so weiter und so fort«, sagte Sosanna mit tonloser Stimme und rollte die Augen. Immer noch hing sie kopfüber von dem Sessel herab, was dem Ganzen eine seltsame Note gab.

Der Anführer der Klaue hob ungerührt eine Augenbraue und sah sie an, bevor er wieder eine Gebärde zeigte.

»Warte! Nochmal langsam und«, Sosanna setzte sich mit einem Ächzen auf, »richtig herum.« Sie sah ihn an und wartete darauf, dass er sich wiederholte. Dann runzelte das Einhorn die Stirn, sagte aber nichts mehr und legte ihre Rüstung wieder an.

»Was hat das Pulver gemacht?«, fragte Dakotas Stimme in die Stille hinein, die sich zwischen die Mitglieder der Klaue gelegt hatte.

»Wenn man das Pulver verbrennt, wird ein Gas freigesetzt, das andere in einen unfreiwilligen Schlaf zwingt«, erklärte Cassandra fröhlich. Sie lächelte breit.

Dakota sah aus, als würde ihm eine Frage auf der Zunge brennen. Bevor irgendjemand etwas sagen konnte, hatte er sie gestellt. Unheilvoll stand sie zwischen ihnen im Raum. »War es auch das, was ich in Banes Falle erlebt habe?«

Die anderen Mitglieder erstarrten. Keiner von ihnen hatte Dakota bislang danach gefragt, selbst wenn Bane wusste, dass sie alle darauf brannten, mehr darüber zu erfahren. Auch er wollte es wissen, aber er hatte Dakota nicht gedrängt. Wie er bereits zu ihm gesagt hatte. Das waren ungefährliche Geheimnisse, die er für sich behalten konnte.

Der Anführer der Klaue strich sich bedächtig über den Bart, während er nickte. Er sah den Wandler eindringlich an, bevor dieser den Transmitter aufsetzte.

›Zum Teil. Ich habe meine Kräfte und die Zutaten Cassandras zu einer Falle verbunden.‹

Dakota grunzte, sagte aber nichts mehr. Was vielleicht auch daran lag, dass er sich den Gefühlen und Gedanken stellen musste, die auf ihn einströmten. Er sollte lernen, mit dem Transmitter umzugehen, und scheinbar war das hier eine gute, vor allem aber sichere Möglichkeit, es zu tun, ohne jemanden zu gefährden.

Die Übelkeit übermannte ihn erneut, bevor er sich auch nur dagegen wehren konnte. Aber er blieb stark.

Der Reif, der sich gebildet hatte, knirschte unter ihren Schuhen, als sie beinah im Gleichschritt durch die Nacht wanderten. Nebelfetzen waberten zwischen den Bäumen hindurch, die sich dunkelschwarz gegen den Nachthimmel erhoben wie Mahnsäulen.

Bane sah sich nach seinen Bandenmitgliedern um, die in ihre Mäntel gehüllt waren und schweigsam durch die Dunkelheit stapften. Er hatte sich den Weg zum Schloss von Florence erklären lassen, die ihm die Angaben nicht ohne ein Versprechen auf eine Gegenleistung gegeben hatte.

So schlichen sie durch die herbstliche Nacht, die an ihren Kleidern zerrte und ihnen die Kälte in die Knochen jagen wollte.

Unbarmherzig, doch keiner verlor auch nur ein Wort darüber oder beklagte sich.

Der Anführer sah sich nach Cassandra um. Auf ihrem Gesicht prangte ein entschlossener Ausdruck und er fragte sich, ob sie die Erinnerungen an ihre Familie in diesem Moment verdrängte. Das hier, die Kälte, war sie gewohnt. Jahrelang waren sie als Nomaden durch die Tundra gewandert und hatten der Wildnis getrotzt. Bis die Menschen diesem Dasein ein Ende bereitet hatten.

Wenige hundert Meter, bevor sie Marshwood Castle erreichten, blieb Bane abrupt stehen. Er wandte sich zu den anderen um und selbst in der Dunkelheit mussten sie seinen grimmigen Gesichtsausdruck erkennen. Hell genug war das silbrige Mondlicht dann doch.

›Wir gehen da drin kein Risiko ein‹, knurrte er und begann damit, den Sitz seiner Waffen zu überprüfen, während Sosanna übersetzte.

»Mhm«, machte Dakota zustimmend und nickte.

›Wir werden uns aufteilen müssen‹, erklärte Bane. Es behagte ihm nicht, dass das ein Teil seines Plans war, aber sie würden sich als Gruppe nicht ungesehen bewegen können. Außerdem würden sie viel Zeit verlieren, wenn sie alle zusammen durch das Schloss streiften.

»Meinst du wirklich, dass das …«, begann Dakota. Sein Tonfall wirkte, als wäre es ihm unangenehm, zu widersprechen. Oder überhaupt einen Einwand zu bringen.

»… eine so gute Idee ist?« Sosanna schien den Gesichtsausdruck Banes nicht zu erkennen, als sie Dakotas Satz beendete.

Der Anführer schnitt eine Grimasse und rückte seine Kapuze zurecht. ›Nein, bei den Göttern, das ist es nicht. Aber das Schloss ist verdammt groß. Wenn wir uns aufteilen, sind die Chancen geringer, dass man uns schnell entdeckt. Wir müssen dieses Artefakt finden, bevor die Menschen wissen, wie man es benutzt. Ich habe schon von einigen gehört, die Magische dazu gezwungen haben, ihnen dabei zu helfen und …‹ Er seufzte schwer, bevor er weitersprach. ›Sagen wir so: Die wenigsten sind ohne Schäden davongekommen.‹

Sosanna schien kurz zu zögern, doch dann erwiderte sie dennoch: »Ist es das, was in Halifax passiert ist?« Sie kratzte sich den Oberarm, sodass es beinah so aussah, als wäre ihr kalt. Doch Bane kannte sie besser. Auch wenn ihre Menschengestalt die einer schmalen Frau war, durfte man sie nicht unterschätzen. Sie war zäh und konnte zuweilen ganz schön brutal sein. Vor allem Männer schienen das oft erst zu spät zu erkennen.

Bane nickte, bevor sich wieder eine Stille über sie legte.

»Wie sollen wir uns aufteilen?«, fragte das Einhorn und sah den Anführer erwartungsvoll an.

›Ich gehe allein. Dakota wird sich mit Leo auf den Weg machen, Cassandra bleibt bei dir, Sosanna.‹ Bane nickte erneut, dieses Mal mit verschränkten Armen.

»Warum bleibt Leo nicht bei mir?« Die kleine Hexe hatte ihm noch nie widersprochen. Aber er hatte sie auch noch nie auf einer Mission von Leo getrennt.

›Es ist Dakotas erster solcher Einsatz. Ich möchte, dass Leo auf ihn aufpasst.‹

Das war nur die halbe Wahrheit, aber das würde er vor den anderen nicht preisgeben. Nicht einmal in Gedanken.

Leo schnurrte, als hätte er noch nicht ganz verstanden, dass er bald schon mit Dakota losziehen würde. Sein Kopf wandte sich hin und her, bevor er es aufgab, dem Gespräch, das er ohnehin nicht zu entschlüsseln vermochte, zu folgen, und er stellte sich ein wenig dichter an Cassandra.

Abwesend griff sie nach ihm und kraulte ihm den Kopf.

›Und ich möchte, dass du auf Sosanna achtgibst.‹

»Ach Bane«, erwiderte das Mädchen und legte die Stirn kraus. »Jetzt bist du albern. Wir wissen beide, dass sie auf mich aufpassen soll und nicht umgekehrt.«

Wenigstens hatte sie die andere Halbwahrheit nicht entschlüsselt. Oder sich zumindest zurückgehalten, das zu erwähnen.

Dann wandte sich der Anführer wieder dem Schloss zu, das in einiger Entfernung still da lag. Nur durch wenige Fenster fiel Licht auf den darunterliegenden Rasen.

Die Vorderlader hatten sie bereits im Inn überprüft und genügend Munition für ein nächtelanges Gefecht überall verstaut, wo es ihnen nur möglich war. Bane hoffte, dass sie nichts davon brauchen würden. Rein und wieder raus, das wusste seine Bande, war besser, als in einem Kampf den Helden spielen zu müssen.

Sie waren großräumig um das Schloss herumgeschlichen. Florence hatte ihnen eilig einen Plan gezeichnet, den sie überprüft und ergänzt hatten.

Als sie das dritte Mal um das Gebäude herumgegangen waren, blieb Bane endlich stehen. Er musste nichts sagen, der entschlossene Ausdruck, der in sein Gesicht getreten war, sprach Bände.

Sosanna und Dakota nickten, Cassandra griff nach ihrem Beutel.

Der Anführer vertraute darauf, dass das Einhorn gut genug auf das Mädchen achtgeben würde, doch hatte er ihr bereits im Inn einige Waffen gegeben, die sie sonst nur auf äußerst gefährlichen Missionen mit sich führte. Er war sich sicher, dass sie geahnt hatte, dass es an ihr sein würde, Cassandra zu beschützen.

Spätestens bei Sonnenaufgang würden sie sich in dem Wald östlich des Anwesens treffen, wo der kleine Fluss breiter wurde. Sie hatten sich die Stelle angesehen und Bane hoffte inständig, dass sie im Falle einer Verfolgung alle ungesehen den Weg dorthin finden würden.

11

Das Gärtnerhaus auf dem Plan war als Zugang für verbotene nächtliche Besuche vorgesehen. Das zumindest hatte ihnen Florence erzählt. Ob sie die selbst schon in Anspruch genommen hatte, hatte sie nicht verraten. Aber Dakota vermutete es.

Diesen Zugang würde Bane nutzen, denn er rechnete damit, dass dies der gefährlichste Einstieg in das Anwesen sein würde.

Dakota und Leo würden den Zugang über das Dach nehmen. Vom schmiedeeisernen Eingangstor aus, das durchgängig von Wachen besetzt war, führte ein gepflegter Kiesweg um einen ausladenden Brunnen. Der Gestaltwandler war sich sicher, dass der den Besuchern nur zeigen sollte, wie verdammt stinkreich dieser Bastard von Schlossherr war. Links und rechts wurde diese Verschwendung von Geldern von ebenerdigen Gebäuden flankiert. Dakota ahnte, dass hier die Dienerschaft wohnen musste. Efeu rankte sich die Wände hoch, der für manche vielleicht wie eine nette Zierde aussah. Für den geübten Einbrecher allerdings waren sie eine vielversprechende Chance.

Schon nach wenigen Minuten waren die Silhouetten der anderen in der Schwärze der Nacht verschwunden, die um das Schloss herum dichter zu sein schien als noch am Feld.

Dakota wartete und sah der Großkatze zu, wie sie den Baum erklomm. Scheinbar ohne größere Schwierigkeiten kletterte Leo am Stamm nach oben und verharrte in der dichten Baumkrone.

Dann erst trat Dakota heran und fuhr mit der flachen Hand über die raue Holzoberfläche. Bevor er sich's versah, stand er oben auf dem Ast neben Leo. Ein weiteres Puzzlestück hatte seinen Platz gefunden: Er konnte klettern.

Dakota sah der Raubkatze in die hellblauen Augen, deren faszinierende Farbe man selbst hier in der Dunkelheit ausmachen konnte. Leo sah ihn bloß schweigend an. Der Wandler nickte, bevor er sich in seine weibliche Gestalt zurückverwandelte, die die Männer Locksmiths bereits kannten, und voran ging.

Zum Fenster blickend, das dunkel und traurig an der Hausmauer prangte, seufzte sie, bevor sie sich am Sims höher hangelte und schließlich am Dach stand. Die Wand, die sie erklommen hatte, hatte sich hart und rau unter ihren Fingern angefühlt, doch war es, als erinnerten sich ihre Muskeln an etwas. Es war also kein Wunder, dass sie verloren auf dem Dach stand und auf Leo wartete, der sogleich folgte, indem er auf dem höchsten Punkt des Baumes zum Sprung ansetzte und lautlos neben der Gestaltwandlerin auf dem Dach aufkam.

Die beiden rannten darüber, verschmolzen mit der Stille der Nacht und warfen immer wieder einen Blick nach hinten. Keiner der Wächter am Tor hatte bislang bemerkt, dass sie hier oben waren. Und sie hofften, dass sich das nicht ändern würde.

Am Ende angekommen, wo ein weiterer Gebäudeteil in die Höhe wuchs, würden sie einsteigen. Hinter dem Fenster brannte kein Licht, aber Dakota wollte dennoch sichergehen. Sie rückte heran und lugte ins stockfinstere Zimmer.

Beinah erleichtert stellte sie fest, dass es nicht verschlossen war. Vermutlich, weil niemand erwartete, dass hier oben jemand einbrach. Schon allein deshalb nicht, weil das Anwesen großzügig bewacht war.

Froh darüber, das Fenster nicht aushebeln oder einschlagen zu müssen, seufzte Dakota erleichtert auf. Sie legte ihre Hand auf das kühle Glas der Scheibe und schob es auf, stemmte sich am Sims hoch und stieg ein.

Leo folgte ihr auf dem Fuß und hatte sie zu Boden gerissen, als er stürmisch in den Raum gesprungen war und sie lautlos über das Parkett kullerten.

Cassandra hielt Sosannas silbrig glänzende Hand, die selbst in der Dunkelheit beinah so wirkte, als wollte sie ein Abbild des Mondes sein.

Während sich Leo und Dakota über das Dach abmühten und Bane am Ende des Geheingangs vermutlich Schlimmeres als eine rutschige Dachkante oder die Höhe erwartete, hatten die beiden es wohl vergleichsweise bequem. Wenn der Plan aufging.

Sie warteten eine Weile im Garten, versteckt zwischen buschigem Blattwerk, und lugten zum Eingangsportal.

Sosanna schüttelte den Kopf, der Plan war genauso einfach, wie er verrückt war. Irre. Doch mit Cassandra im Gepäck wollte sie kein Risiko eingehen.

Als sich eine Wolke vor den silbrigen Mond schob und den Vorplatz des Anwesens in seinen Schatten hüllte, erhob sich das Einhorn lautlos und zog die kleine Hexe mit sich. Hinter ihnen plätscherte der Brunnen munter vor sich hin, als hätte er nicht schon längst mit angesehen, dass etwas im Gange war.

Der Eingang befand sich nach innen versetzt unter einem steinernen Balkon, hinter dem die Lichter erloschen waren. Flankiert wurde die Tür von zwei Säulenpaaren links und rechts. Bevor Cassandra näher herantreten konnte, um die Säulen in Augenschein zu nehmen, hatte sie Sosanna schon weitergezogen und legte ihre Hand auf das Holz.

Es fühlte sich kühl und rau an. Für einen Moment schloss sie die Augen und horchte, bevor sie sie wieder aufschlug und mit der Hand gegen die Tür drückte, während sie langsam die Klinke bewegte.

Entgegen ihrer Erwartung kriekte das Eingangstor nicht, als es aufschwang, und so konnten sie eintreten, ohne dass ein trügerisches Geräusch sie verraten hätte. Hier drin war es still wie in einem Grab und das Einhorn fragte sich, ob das nicht ein Omen war.

Sie gab Cassandra ein Zeichen und bedeutete ihr, lautlos zu folgen. Selbst ihre Atemzüge schienen widerzuhallen, aber vielleicht war das auch nur der Wind, der draußen heulte.

Bane hatte ihr eingebläut, sich nur im Erdgeschoss aufzuhalten, wenn es die Situation zuließ. Er wollte, dass die beiden jederzeit durch eines der vielen Fenster fliehen konnten. Nun aber warfen sie bloß silbriges Mondlicht auf die Marmorböden.

Das Einhorn ließ den Blick schweifen, bevor sie an der gegenüberliegenden Wand entlang schlichen. Was auch immer passierte, sie wollte nicht zu nah an das Licht heran, um vor Blicken verborgen zu bleiben. Unauffällig beobachtete sie Cassandra und Wut stieg in ihr hoch. Wären die Menschen nicht so grausam, müssten sie die Kleine nicht in Gefahr bringen. Aber das war zum Teil auch der Regentin geschuldet. Ihr war es herzlich egal, dass das Mädchen auf Missionen eigentlich nichts zu suchen hatte.

Verdammt, sie durfte sich nicht ablenken lassen!

Doch sie hatten Glück. Noch zeigte sich niemand, vielleicht, weil auch niemand erwartete, dass man hier einbrach.

Der Gang schien kein Ende zu nehmen. Fenster um Fenster reihte sich und auch das Muster auf dem Boden erstreckte sich beinahe in die Endlosigkeit.

Im Haus eines Magischen wäre das vielleicht ein Zauber gewesen, der Einbrecher abhielt, in wichtige Räume zu gelangen. Aber das hier war bloß das protzige Anwesen eines Menschen, der sich der Boshaftigkeit und Niedertracht eines anderen verschrieben hatte. Und nun Jagd auf jene machte, die sich eigentlich nur ihre Ruhe wünschten. Der Hass, den Locksmith verbreitete, hatte schon viel zu große Wellen geschlagen. Vor allem bei einflussreichen Leuten wie diesem Lord Sowieso.

Mit jedem Schritt, den Sosanna weiter ins Innere des Schlosses tat, fiel es ihr schwerer, ihre vor Wut zitternden Fäuste unter Kontrolle zu bringen.

Cassandra neben ihr sog zischend Luft zwischen den Zähnen ein, doch sie sagte nichts.

Erst da bemerkte das Einhorn erschrocken, dass sie ihre Fäuste fester zugedrückt hatte, die Hand des Kindes noch immer haltend. Sie sandte ihr einen entschuldigenden Blick, doch zu mehr kam sie nicht.

Weiter im Gang voraus rumpelte es, gefolgt von einigen Flüchen. Dann versank der Korridor abermals in Stille.

Sosanna hatte die kleine Hexe gepackt und lautlos an die Wand gedrückt. So verharrten sie und lauschten. Als nach mehreren Minuten des angespannten Schweigens kein weiteres Geräusch zu ihnen gedrungen war, schlichen sie endlich voran.

Das Herz klopfte Cassandra bis zum Hals. Sie zitterte am ganzen Körper und obwohl ihre Haut kühl und feucht war, fror sie nicht. Sie traute sich kaum, zu atmen. Noch nie hatte sie eine solche Anspannung gespürt wie an diesem Tag. Hätte sie es nicht besser gewusst, hätte sie vermutet, dass ihr dröhnender Herzschlag auch außerhalb ihres Körpers zu hören war und sie verraten würde. Doch ein Glück, dass sie es besser wusste.

Sie seufzte.

Mit zusammengekniffenen Augen versuchte sie, den Korridor entlang zu spähen. Durch Leo hatte sie gelernt, auch im Dunkeln halbwegs passabel zu sehen. Trotzdem konnte sie die Umrisse der Möbelstücke nicht von der sie umgebenden Finsternis unterscheiden. Sie war froh, Sosanna an ihrer Seite zu wissen, deren Sicht so viel besser war.

Das Mädchen riskierte einen Seitenblick auf die große, bleiche Frau, die ihr so oft vorgekommen war wie ein Kind des Mondes, und ein Lächeln stahl sich auf ihre Lippen. Großmutter hätte Sosanna geliebt, nein. Verehrt hätte sie sie. Eine Bitterkeit, die sie bis zu dem Zeitpunkt nicht verspürt hatte, legte sich auf ihre Zunge und mit einem Mal schmerzte der Gedanke an ihre Familie. Sie hatte es zwar nicht mitansehen müssen, doch hatte man ihr unmissverständlich klargemacht, was geschehen war. Und das hatte sie auch nach der Zeit in der Klaue nicht überwunden. Sie zweifelte daran, dass sie es jemals tun würde. Nicht, nachdem Naheniel sie jederzeit erinnerte, was passiert war, wenn er in

Erscheinung trat. Auch wenn sie ihn nie erlebt hatte und sich nur ausmalen konnte, wie er denn so war, aufgrund der Erzählungen der anderen, würde sich wohl nichts daran ändern, dass sie ihn abstoßend fand. Er musste gehen.

Bislang hatte sie keinen Erfolg damit gehabt. Sie konnte sich nur vorstellen, wie er in einem düsteren Teil ihrer selbst hockte und sich einen Ast lachte, weil sie ihn einfach nicht loswurde.

Bane hatte ihr versprochen, ihr zu helfen, und an diese Hoffnung klammerte sie sich. Der Anführer hatte sie noch nie im Stich gelassen und er würde es auch jetzt nicht tun. Das war einer der Gründe, warum er stets nach Büchern suchte und sich dabei selbst in Gefahr brachte. Das liebte sie an ihm. Und auch an den anderen. Dem Teil ihrer Familie, den sie sich ausgesucht hatte und der für immer für sie da sein würde. Niemand von ihnen vertraute den Menschen und niemand von ihnen würde es zulassen, dass sie ihr noch einmal wehtaten.

Dieser verdammte Gang nahm schlichtweg kein Ende. Diesen Eingang zu nehmen, war ihm richtig vorgekommen. Er wollte seine Bande schützen und den gefährlichsten Zugang wählen. Dass dieser elende Korridor vom Gärtnerhaus bis zurück nach London zu reichen schien, hatte er nicht angenommen.

In Gedanken fluchte er einmal alle Schimpfwörter vor sich hin, die er kannte. Zum ersten Mal war er froh, dass der Transmitter nicht für längere Strecken geeignet war. Cassandra musste schon im Schloss sein und konnte ihn nicht hören. Nicht, dass sich das Kind am Ende noch seine Flüche abschaute. Sie hatte nämlich ein Händchen dafür, welche Dinge sie sich nicht merken sollte, und tat genau das Gegenteil.

Beinah mit Gewalt riss er sich zurück in die Gegenwart und hätte dabei fast übersehen, dass der Gang einen scharfen Knick nach rechts machte. Fast. Er musste achtgeben.

Ab hier konnte ihm jederzeit eine Wache entgegenkommen. Wenn sie ihn erwischten, würden sie sicherlich so schlau sein und annehmen, dass er nicht allein gekommen war. Damit hätte er alle in Gefahr gebracht. Und das war das Letzte, das er sich leisten wollte.

Er fluchte innerlich, bevor er seinen Fokus wieder auf den mit flackernden Fackeln beleuchteten Gang lenkte. Das Feuer warf lange, sich ständig bewegende Schatten an die Wand und rief ihn zur Vorsicht. Jeder davon hätte genauso gut auch eine Wache sein können.

Dass man hier unten keine Petroleumlampen verwendete, konnte nur eines bedeuten: Hier wurde regelmäßig patrouilliert.

Bane verlangsamte seinen Schritt und spitzte die Ohren, doch er hörte nichts. Nichts, außer das beständige Knacken und Knistern der Fackeln, die durch den Luftzug, der immer wieder durch den Korridor strich, fortwährend in Bewegung waren und zu tanzen schienen.

Eine ganze Weile folgte er dem Gang, der ein jähes Ende an einer Treppe nahm, deren Stufen ungleich waren und zum Stolpern verleiteten.

In Gedanken notierte er sich, dass er diesen Weg nicht zurücknehmen würde, egal was passierte. Diese Treppe wäre in der Eile einfach zu gefährlich. Dann trat er mit einem Fuß auf die oberste Stufe und schob ihn hin und her, was ein Knirschen an die Kellerwände warf. Wenigstens war die Treppe trittsicher.

Oben angekommen lauschte er an der Tür. Dahinter konnte er kein Geräusch ausmachen. Auch wenn es ein Risiko war, sie einfach aufzustoßen, wäre es besser, es jetzt zu tun. Je länger er wartete, desto eher würde ihn jemand hinter der Tür erwarten.

Sacht schob Bane die Pforte auf und war überrascht, wie gut geölt sie war. Das hatte er hier im Keller nicht erwartet. Und auch nicht das, was sich dahinter verbarg.

Er gelangte auf eine Balustrade, die ihn auf eine Verschachtelung von Gängen hinunterblicken ließ. Links und rechts von ihm führten weitere Treppen in die Tiefe.

Es blieb ihm nichts Anderes übrig, als einer davon zu folgen, auch wenn es ihm die Nackenhaare aufstellte. Bislang war ihm niemand begegnet, obwohl er wusste, dass das ganze Schloss nur vor Feinden wimmeln musste. Und das versetzte ihn in Alarmbereitschaft.

Hier unten knisterten weitere Fackeln vor sich hin und waren offenbar das einzig Heitere. Die Wände schienen Moos und andere Bewachsungen zwischen ihren Fugen hervor zu weinen und es hätte ihn nicht gewundert, wenn der Boden geklagt hätte.

An der untersten Stufe angekommen, erkannte er endlich im schummrigen Licht, wo er gelandet war. Hier würde er wohl weder Artefakte noch Bücher finden. Hoffentlich hatten die anderen mehr Erfolg.

Ein vergitterter Raum reihte sich an den nächsten und jeder von ihnen versank in seiner eigenen, düsteren Wirklichkeit. Eine, die sogar noch trostloser war als der Rest des Kerkers.

Weiter oben hatte es modrig-kühl gerochen, doch hier unten drängte sich der Gestank ungewaschener Leiber auf. Darunter lag der schwere, metallische Duft von Blut und eine Süße, die sich anfühlte, als würde sie nicht hierhergehören.

Warum auch immer, aber Bane wusste, dass man in diesem brechreizerregenden Odeur keine menschlichen Gefangenen hielt, sondern Magische. Deren Blut war wie das der Menschen. Dasselbe Rot, dieselbe Flüssigkeit, die durch den Körper pumpte. Es war die Magie, die so süßlich roch, aber das Blut war gleich. Und das hatten weder Locksmith noch die Regentin verstanden, andernfalls würden sie sich nicht so aussichtslos bekriegen.

Bane schüttelte den Kopf über diesen Gedanken, doch wusste er, dass er einiges an Arbeit vor sich hatte, bevor er sich dieser unüberwindbar wirkenden Fehde widmen konnte.

Er schob sich weiter und behielt die Schatten hinter den verschlossenen Gittertüren im Auge, doch dort schien sich niemand zu rühren. Schließlich hörte er ein Wimmern von vorn, das den zum Zerreißen gespannten Vorhang der Stille hier unten zerfetzte.

12

Dakota sandte Leo einen bösen Blick zu, der die Ohren hängen ließ und den Schwanz einzog. Das war offenbar seine Art, sich zu entschuldigen.

Dieser idiotische Trottelkater hätte beinahe auf sie aufmerksam gemacht. An der Tür angelangt lauschten sie nach draußen in den Gang. Da war kein Geräusch zu vernehmen. Nichts.

Seltsam, dachte sich Dakota, war sich aber gleichzeitig sicher, dass sie schnell genug auf Menschen treffen würden. Da konnte sie die paar Momente, in denen das noch nicht der Fall war, ruhig ein wenig genießen.

Sie schob die Tür auf und sah als Erstes einen Läufer, der sich über den Parkettboden zog und wohl dafür sorgen sollte, dass das laute Quietschen der Bohlen darunter etwas gedämpft wurde. Und sie hatte recht. Als sie mit ihren Gildenstiefeln auf den Boden trat, der nicht vom Teppich bedeckt war, erklang ein hohes Knarzen. Auch das Holz unter ihren Füßen federte sie beinahe ab.

Als sie sich umwandte, um nach Leo zu sehen, musste sie feststellen, dass er es auch in schwierigem Gelände leichter als sie hatte, sich völlig lautlos zu bewegen. Ein bisschen beneidete sie ihn, bis ihr eine Idee kam.

Auch wenn es komisch war, sich zu dem Schneeleoparden hinunterzubeugen und den Kopf ganz nah an seine Ohren zu halten, flüsterte sie ihm ihren Plan zu, um ihn nicht zu erschrecken. Diabolisch grinsend richtete sie sich auf und ließ die Magie fließen.

Obwohl Leo wusste, was passieren würde – nun gut, zumindest hatte Dakota das Gefühl gehabt, dass er sie verstanden hatte –

schaute er verdutzt drein, als mit einem Mal Locksmith vor ihm stand und sich über das lange Kinn strich. Dakota hatte ja schon geahnt, dass sein Manöver im Inn noch zu etwas nütze sein würde.

Sie schlüpften ins nächste Zimmer und staunten nicht schlecht, als sie sich in einer Bibliothek befanden. Dakota fluchte. Ausgerechnet er musste hier landen!

Wenn doch nur Bane oder Sosanna hierhergekommen wären: Sie hätten gewusst, wonach genau sie zu suchen hatten. Man hatte ihm gesagt, die Magie würde sich zeigen, er würde sie fühlen. Doch vertraute er seinen Fähigkeiten nicht genug, um daran zu glauben. Aber er war hier gelandet, und zwar mit Leo, der – auch wenn er sonst ein ganz nettes Tier war – sicherlich nicht lesen konnte. Und sicherlich konnte er keine Magie ... Warte. Er besah ihn sich. Nein, er sah definitiv nicht so aus, als könnte er lesen, aber der verdammte Trottelkater war schließlich das Tier einer Hexe. Wenn auch keiner besonders großen. Er musste wissen, wie man Magie erschnüffelte!

Der erste Ärger verflog schnell, als er sich umsah. Auf zwei Ebenen befanden sich Regale, über und über mit Büchern bestückt, deren goldene Rücken ihnen entgegen funkelten wie tausend Sterne in der Nacht. Selbst die Regale waren mit Zierrat versehen, sodass sich das Auge nicht entscheiden konnte, wo es zuerst hinschauen sollte oder was davon am schönsten war.

Dakota hatte gedacht, der Raum wäre bereits prunkvoller als seine Vorstellung von französischen Königsschlössern, doch dann schweifte sein Blick und fing etwas Azurblaues auf. Über die gewölbte Decke spannte sich ein himmlisches Fresko, auf dem Götter aus allen möglichen Mythologien um die Gestirne und wattebauschige Wolken tanzten. Da war ein Meister am Werk gewesen, dessen Liebe zum Detail ihn sicherlich einige Rückenschmerzen gekostet hatte. So gerne er jeden Zentimeter dieses Meisterwerks erkundet hätte, so sehr musste er sich wieder zurück in die Wirklichkeit reißen. Er war nicht hier, um Malereien zu bewundern.

BUMM!

Dakota wandte sich mit pochendem Herzen um und erwartete schon einen Menschen, der sie entdeckt hatte.

Doch es war bloß Leo, der mit seinem langen Schwanz an eine der hüfthohen Säulen gestoßen war, auf der die Skulptur von zwei sich streitenden Putti stand.

Gestanden hatte.

Beim Fall zu Boden war einem der beiden Engel ein Flügel abgebrochen, dessen marmorne Überreste sich über den Teppich verteilten.

›Ganz hervorragend gemacht, Trottelkater‹, dachte sich der Gestaltwandler.

Dakota sandte dem Kater einen bösen Blick zu, doch das änderte nichts an der Tatsache, dass sie sich verstecken sollten.

Locksmith wäre nur eine gute Tarnung, wenn sie einem der Menschen auf dem Gang begegnen würden. Nach einem verräterischen Krachen mitten in der Nacht würde ihm wohl niemand abnehmen, dass es sich hierbei um den echten handelte.

Deshalb scheuchte Dakota den Schneeleoparden weiter nach hinten in einen der abgedunkelten Bereiche. Er legte ein Buch neben den Egel, damit es so aussah, als wäre es heruntergefallen und hätte die Skulptur mitgerissen.

Ein verdammt mieser Plan, auf den wohl nur jemand hereinfallen würde, der tatsächlich dumm war.

Keinen Augenblick zu früh verbargen sie sich in der Dunkelheit, da schwang die Tür auf und eilige Schritte näherten sich.

Ein Seufzen erklang und Dakota war sich sicher, dass es sich bei dem Eintretenden um einen Mann handeln musste.

Er hörte, wie ein Gelenk knackte und das Buch hochgehoben wurde.

»Und deshalb wurde ich hier rauf geschickt?«, knurrte der Mann. »Wehe, ich habe den Pudding verpasst …«

Dakota hätte zu gern das Gesicht des Mannes gesehen, der wohl lieber einen Eindringling riskierte als das Verpassen des Desserts. Er konnte sich gerade noch davon abhalten, zu kichern, und schlug sich schnell die Hand vor den Mund.

Seine Haut juckte und von Minute zu Minute schien es schlimmer zu werden. Er hatte das bislang erst einmal erlebt und wusste, dass es daran lag, dass sein Körper diese Tarnung ablehnte. Was kein Wunder war, schließlich war es Locksmith, dessen Aussehen er trug. Aber noch wollte er sich nicht verwandeln. Falls er aus dem Schatten treten musste, um den Gefolgsmann wieder zurück nach unten zu schicken. Er hoffte, dass er so dumm war, wie er aussah und sich nicht darüber wundern würde, dass Locksmith vor ihm hier oben gewesen war. Oder überhaupt hier oben war.

Der Mann war noch nicht gegangen und sah sich bestimmt schon aufmerksam um. Hier hinten waren sie sicher. Vorerst.

Wenn er näher kommen würde, würde er sie unweigerlich entdecken. Und wenn von unten das Geräusch der fallenden Engel zu hören gewesen war, so war er sich sicher, dass ein Kampf nicht unbemerkt bleiben würde.

Sein Puls ging nach oben und so merkte er nicht einmal, dass er begonnen hatte, sich an der Hand zu kratzen. Schon nach kürzester Zeit hatte er sich blutig gekratzt.

Leo stupste ihn mit seinem massigen Kopf an und bedeutete ihm wohl, aufzuhören. Erst da bemerkte er, dass er bereits dicke Tropfen auf den Teppichboden geblutet hatte.

Er kniff die Augen zusammen und wischte sich das Blut an seiner Kleidung trocken, bevor er einen Blick zu der Säule wagte, vor der der Mann immer noch stand und sich umsah.

So ganz schien er das mit dem Buch nicht zu glauben, sonst wäre er längst wieder abgezogen.

Und da formte sich ein neuer Plan in Dakota.

Er konzentrierte sich auf die kleine Hexe, um sich in sie zu verwandeln, und bemerkte nicht, dass Leo aus ihrem Versteck geschlichen war. Geradewegs auf den Mann zu, der unschlüssig zwischen Pflicht und Pudding auf der Stelle trat.

Sie konnte ihn nicht mehr aufhalten, daher hoffte sie inständig, dass er die Sache unter einmal erledigen würde.

Bevor der Mann die riesige Raubkatze erblickte, was ein Wunder war, schließlich war Leo nicht gerade unscheinbar, hatte ihm dieser schon einen Hieb verpasst. Als hätte man eine Kerze ausgeblasen, verlor der Mann sein Bewusstsein und fiel.

Der Schneeleopard fing den Menschen geschickt mit seinem Rücken auf und legte ihn sanft auf den Teppichboden. Dann wandte er sich zu Dakota um, als würde er ihr zu verstehen geben wollen, dass man in so einer Situation nicht lange fackeln sollte, sondern handeln musste.

Sie wusste nicht, ob das angemessen war, aber als sie den Kater erreichte, kraulte sie ihn zwischen den Ohren und er ließ es geschehen. Vielleicht, weil sie so aussah wie Cassandra, vielleicht aber auch, weil er es mochte, für seine Einfälle belohnt zu werden.

So oder so hatte er sie gerettet und das gab der Gestaltwandlerin einiges zu denken.

Sie beugte sich zu dem Mann hinunter und vergewisserte sich, dass er atmete, bevor sie ihn an den Schultern packte und dorthin schleifte, wo sie sich zuvor versteckt hatten.

Erst, als sie wieder vor Leo stand, verwandelte sie sich in den Mann, der nun im hinteren Teil der Bibliothek lag und wohl seinen Pudding nicht mehr bekommen würde.

»So können wir sicher sein, dass niemand zu großen Verdacht schöpft. Und jetzt lass uns die Bibliothek durchforsten!«, flüsterte Dakota und fragte sich im nächsten Moment, warum er das getan hatte. Verwirrt schüttelte er den Kopf, während der Kater ihm nach trottete und nun peinlich darauf achtete, dass er nicht noch einmal etwas umwarf.

Weit vor ihnen öffnete sich eine Tür, hinter der flackerndes Licht auf den Korridor floss. Lautes Gelächter und die Geräusche von klirrendem Besteck und hungrigen Mäulern drangen an ihr Ohr.

Sosanna konnte Cassandra gerade noch packen und in eine Nische zerren, in der sie verharrten. Keine von beiden traute sich zu atmen. Das Mädchen zitterte in Sosannas Umarmung, doch schon nach einer Weile beruhigte sie sich.

Als sich Schritte entfernten und die Tür wieder zuflog, spähte die Ältere um die Ecke den Gang entlang und fand ihn leer vor. Dort drin waren also die Feierlichkeiten und mit Sicherheit auch Locksmith. Sie fragte sich, ob sich das Artefakt, wenn es denn hier war, in dem Raum befand.

Mit ihren Adleraugen suchte sie den Korridor ab und fand eine Nische weiter hinten. Dorthin würden sie sich stehlen und auf die Rückkehr der Person warten, die den Raum gerade verlassen hatte. Vielleicht würden sie von ihr etwas Nützliches erfahren.

Sosanna gab der Kleinen zu verstehen, was nun passieren würde, und war überrascht, dass diese ihren Blick so fest erwiderte. Das Kind war widerstandsfähiger, als sie gedacht hatte. Und auch wenn sie das in einer Weise beruhigte, wusste sie nicht, ob dieser Tatendrang nicht doch noch zu ihrem Verhängnis werden konnte.

Sie atmeten tief ein, bevor sie ihre Deckung aufgaben und den Korridor entlangliefen. Unweit der Tür blieben sie stehen. Die Geräusche dahinter machten es unmöglich, zu erahnen, ob jemand herauskommen würde. Sie mussten es wagen.

Sosanna holte tief Luft, duckte sich und zerrte Cassandra mit sich.

Gerade, als sie zwei Schritte hinter der Tür waren, drückte sich die Klinke nach unten und Sosanna das Mädchen an die Wand.

Ein paar Herzschläge vergingen, in der die Tür halb geöffnet war und die Geräusche des rauschenden Fests auf den Korridor plätscherten. Doch was auch immer die Person gewollt hatte, sie hatte in der Bewegung innegehalten und war wieder in den Raum zurückgekehrt.

Lautlos atmete Sosanna auf, wartete noch einen Moment und zog Cassandra weiter. Erst, als sie in der Nische angekommen waren, traute sie sich wieder, normal zu atmen. Das aufgestaute Bedürfnis, Luft zu holen, brach mit einem Mal über sie herein.

Ein Seitenblick auf Cassandra zeigte ihr, dass es dem Mädchen gut ging. Sie lächelte.

Und plötzlich waren da Schritte, die viel zu nah waren!

Immer noch war nichts zu hören außer dem kläglichen Wimmern, das lauter wurde, je näher Bane den hintersten Zellen kam. Waren die vorigen vergitterten Räume denn alle leer? Oder lauerten in ihnen jene, die vorerst abwarten wollten, um zu sehen, auf welcher Seite er stand?

So oder so musste er herausfinden, wer da so jammerte und warum. Die letzten paar Meter nahm er im Laufschritt und stellte sich vor das Gitter.

Augenblicklich verklangen die Geräusche und eine Stille drückte sich abermals auf seine Ohren. Noch konnte er in den Schatten nichts erkennen. Er näherte sich und versuchte, zwischen den Gittern hindurch etwas zu erspähen. Doch dahinter lauerte nur Dunkelheit.

Eine Weile geschah nichts. Bane fragte sich gar, ob er sich das Wimmern eingebildet hatte, aber da tapsten Schritte auf das Gitter zu. Feingliedrige Finger schlossen sich um einen der Gitterstäbe. Plötzlich erschien ein Gesicht inmitten der Finsternis. Ausgemergelt, nur wenige Zentimeter von ihm entfernt.

Die Augen der jungen Frau waren eingesunken und thronten über dunklen Ringen, die ihr das Aussehen eines Totenschädels verliehen. Ihre aufgesprungenen Lippen bebten, als würde sie ihm etwas sagen wollen, doch es kam kein Ton heraus. Er war sich sicher, dass sie weder genug zu essen noch zu trinken bekam.

Ihre unschuldige Miene rief in ihm einen Beschützerinstinkt hervor, den er sonst nur bei Cassandra kannte. Vielleicht war es die Art, wie sie ihn ansah, aber er wollte ihr helfen. Musste ihr helfen. Wut wallte in ihm hoch, weil er nicht verstehen konnte, warum man jemandem so etwas antat.

Bane hatte zwar keine Hoffnung darauf, dass sie ihn verstand, dennoch zeigte er ihr eine kurze Abfolge an Zeichen, um sie nach ihrem Namen zu fragen. Doch sie schüttelte nur den Kopf.

»Wa-«, ihre Stimme, hervorgedrängt durch aufgeplatzte, aber volle Lippen, klang, als hätte sie sie seit Jahren nicht benutzt. »Ich kenne dich nicht, aber du siehst auch nicht aus wie einer der Männer, die sonst hierher kommen. Bist du hier, um mir zu helfen?« Sie kaute kurz auf ihrer Unterlippe und schien zu überlegen, ob sie doch nichts hätte sagen sollen.

Er nickte.

Die Augen der jungen Frau glitzerten, doch so ganz schien sie noch nicht daran glauben zu wollen, dass sie wirklich von diesem Ort fliehen würde. Ihre Hand ließ die Gitterstäbe los und sie trat einen Schritt nach hinten.

Doch bevor Bane seine Magie wirken lassen konnte, wurde eine Tür aufgezogen, viel näher als die, durch die er gekommen war.

Er sah sich um, doch es gab hier keine Nische, in die er sich zurückziehen hätte können. Daher blieb ihm nur eine Wahl. Ein Trick.

Der Anführer der Klaue stellte sich an die Wand und machte sich so schmal, wie er nur konnte, bevor er den Zauber wob. Augenblicklich verschwamm er mit dem grauen Backstein dahinter und die Augen der jungen Frau weiteten sich.

Doch dann war sie im Dunkel der Zelle verschwunden, das Wimmern erklang abermals.

»Mit Flennen lösen sich deine Probleme auch nicht in Luft auf«, schnarrte die ölige Stimme eines Mannes. Sein raubtierhafter Gang hatte etwas Gefährliches an sich und Bane vermutete, dass er dem Mädchen schon einige Male Verletzungen und schlimme Schmerzen zugefügt haben musste. Woher wusste er nicht, aber es war ihm klar, in dem Moment, als dieses Monster sich näherte.

Er hielt einen Teller mit Essen in der einen und den Schlüssel zur Zelle in der anderen Hand.

Da er nur eine Mahlzeit mitgebracht hatte, war sich Bane sicher, dass sie hier unten nur zu dritt waren. Gut.

»Wenn du noch ein bisschen nett zu mir bist, komme ich später und hole dir noch etwas Pudding«, sagte der Mann weiter und das Feixen, das ihm ins Gesicht stand, konnte man bereits seiner

Stimme entnehmen. »Oder ich kümmere mich um deinen dreckigen kleinen Teich, der dir ja so bedeutend ist.«

Auch wenn Bane versteckt war, legte sich seine Hand reflexartig an seine Waffe. Nein, den Revolver könnte er hier unten nicht gebrauchen. Und es wäre viel zu schnell vorbei für diese Kreatur.

Das Wimmern klang erstickt, wurde höher und erstarb. Doch das Mädchen rührte sich nicht.

Was wie eine Ewigkeit erschien, war vermutlich nur ein kurzer Augenblick. Dann wurde der Schlüssel endlich ins Schloss gerammt und herumgedreht. Ein metallisches Scheppern erklang, bevor die Gitter aufgezogen wurden.

Banes Hand wanderte ein wenig nach vorn und fand den Dolch, den er immer bei sich trug. Erst, als der Mann wieder mit der jungen Frau beschäftigt war, rührte er sich. Froh darüber, dass dessen Worte vom Rauschen des Blutes in seinen Ohren etwas gedämpft wurden, konzentrierte er sich auf die Antwort des Mädchens. Das, was er ihr anbot, war brechreizerregend und Bane war sich sicher, dass die Magische furchtbare Angst haben musste.

Jetzt oder nie!

Er passierte die Gitterstäbe und befand sich mit einem Mal hinter dem Mann, der über der kauernden Gestalt des Mädchens stand und sich gierig zu ihr beugte.

Bane musste kein Magier sein, um zu wissen, welches Gesicht der Mensch machte. Er friemelte am Bund seiner Hose. Doch zu mehr sollte er nicht kommen.

Banes linke Hand schoss um den Kopf des Mannes herum und hielt ihm den Mund zu. Seine Rechte hingegen rammte dem Opfer den Dolch in den Bauch und zog die Waffe ruckartig nach hinten. Scheppernd flogen sowohl der Teller mit dem Essen als auch die Schlüssel zu Boden. Zermatschte Kartoffeln in Sauce, die so aussahen, als hätte sie schon mal jemand zu kauen begonnen, bevor er es sich anders überlegt hatte, besprenkelten die Pflastersteine. Blitzschnell zerrte er ihn in eine der Ecken, ließ den blutenden

Mann einfach fallen und ging zurück zu dem Mädchen, das seine angezogenen Beine umklammert hielt und es vermied, aufzusehen.

Wie gerne hätte Bane ihr Worte des Trosts zugeraunt, doch das konnte er nicht. Seine Qualitäten lagen woanders. Auch wenn er sich nicht sicher war, ob sie ihm jetzt vertrauen würde. Nachdem er vor ihren Augen einen Mord begangen hatte.

Er tätschelte ihr den Arm und wartete, dass sie aufsah. Der Mann hinter ihm rührte sich nicht und wenn Bane alles richtig gemacht hatte – wovon er ausging –, dann würde er sich auch nicht mehr rühren. Das bescherte ihm ein grimmiges Grinsen, ausgerechnet in dem Augenblick, als das völlig verstörte Mädchen aufsah.

Ja, das war derselbe Ausdruck, den er auch in Cassandras Gesicht erkannt hatte, als sie sie aus dem Haus geholt hatten. Nachdem sie verstanden hatte, was die Menschen getan hatten. Nachdem sie begriffen hatte, dass sie Naheniel nicht mehr loswerden würde. Nachdem Henry …

Sie schrak im ersten Moment zurück. Doch ein Blick auf den Mann, der ihr viel Schlimmeres hatte antun wollen, beruhigte sie ein wenig. Ihre zartgliedrige Hand legte sich auf ihr Gesicht, dessen Schatten ihr mit einem Mal ein noch kränklicheres Aussehen gaben.

Bane bemühte sich um einen sanften Gesichtsausdruck, als er ihr die Hand reichte, um ihr aufzuhelfen. Sie nahm seine Hilfe dankbar an und da erst merkte er, wie schwach das Mädchen wirklich war. Wie ein Fohlen, das gerade zur Welt gekommen war, rang sie um Balance, bevor sie ihn aus großen Augen ansah, hinter denen der Glanz erloschen war. Sie mochte vielleicht noch atmen, aber der Wille zum Leben schien ihr genommen worden zu sein.

Er zeigte auf sie, dann auf sich und anschließend zur Tür.

»E-ein Fluchtweg?«

Wieder nickte er.

Das Lächeln, das sie ihm schenkte, straffte die Haut auf ihrem ausgemergelten Gesicht und verlieh ihr einmal mehr den Ausdruck eines Totenschädels. Wenigstens war ein bisschen Leben in ihre

Augen zurückgekehrt. Augen, die ihn an die tosende See vor seiner Heimatstadt erinnerten.

Bane sah sich um, doch er erblickte keinerlei persönliche Gegenstände. Das Einzige, das am Boden lag, war das verteilte Essen und die Schlüssel, die das Mädchen mit spitzen Fingern hochhob. Dann reichte sie ihm den Bund und sah ihn erwartungsvoll an.

Die Selterswasserflasche, die sie mithilfe eines Riemens um die Schulter geschlungen hatte, fiel ihm erst da auf. Er versuchte sich an einem Lächeln, bevor er ihr seinen Mantel und den Arm um die knochigen Schultern legte. Endlich führte er sie aus dieser verdammten Zelle raus.

Eigentlich hätte es ab da ein Spaziergang sein können. Bane hatte sich vorgestellt, wie er sie durch den Gang ins Gärtnerhaus führte und sie fliehen konnte. Auch wenn er sich zuvor noch gedacht hatte, dass er diesen Weg nicht zurücknehmen würde. Jetzt aber war alles anders.

Bücher, Artefakte hatte er sich erwartet. Nicht eine Gefangene, deren Zustand ihn rasend vor Wut machte. Doch so einfach wollten es ihm die Männer Locksmiths wohl nicht machen.

Als sie den Gang entlang hasteten, hörten sie plötzlich Stimmen. Sie grölten, lachten und knurrten Unverständliches aus rauen Kehlen.

Sie versteifte sich, als wäre das unweigerlich das Signal, dass etwas Schlimmes passieren würde. Und das war es in den letzten Wochen vielleicht auch gewesen. Er mochte sich gar nicht vorstellen, wie lange sie schon hier unten war.

Alarmiert packte Bane das Mädchen und warf es sich wenig zimperlich über die Schulter. Er wusste, dass er sich später dafür entschuldigen musste, doch jetzt war es nur wichtig, sie in Sicherheit zu bringen. Und auch ihr musste klar sein, dass sie in ihrem Zustand nicht schneller laufen konnte.

Als er einmal mehr an der Balustrade zu stehen kam, suchten seine Augen hektisch den Raum ab. Die Treppen links und rechts von ihm führten hinab in die Tiefe, zurück zu den Zellen.

Er wusste nicht, wieso, aber sein Instinkt sagte ihm, dass die Männer nicht hier waren, um die Kerker zu besichtigen. Es musste also von hier aus den verborgenen Zugang zum Schloss geben, von dem Florence immer gesprochen hatte. Je länger er aber suchte, desto weniger schien sich ihm ein solcher zu offenbaren.

Die Zeit lief davon. Immer lauter wurden die Stimmen, die sie bereits durch den Gang verfolgt hatten, auch wenn die Männer nicht wussten, dass sie hier waren.

Da!

Die Erleichterung, die Bane mit einem Mal spürte, wäre ihm fast peinlich gewesen. Er sprintete, so gut es eben mit dem Mädchen auf der Schulter ging, los, nahm immer drei Stufen auf einmal, und blieb auch unten nicht stehen.

Vor ihm öffnete sich ein schmaler, gewölbter Gang, der weiter hinten zum ersten Mal beleuchtet war. Deshalb hatte er ihn fast übersehen. Das Flackern der Fackel hatte er nur undeutlich wahrgenommen und gedacht, es würde von einer der Fackeln hier im Hauptraum kommen.

Bane achtete darauf, dass er nicht zu nah an die Wände kam, damit die junge Frau nicht irgendwo anstieß. Doch sie hielt sich tapfer.

Die Tür, durch die sie gerade gekommen waren, wurde aufgestoßen und Gelächter aus einer Vielzahl an Kehlen strömte in den Kerker. Das war das wohl unpassendste Geräusch, das man sich hier unten vorstellen konnte, inmitten dieser Trostlosigkeit. Aber darüber wollte Bane jetzt nicht nachdenken. Es war viel wichtiger, das Mädchen hier raus zu schaffen.

Die Stimmen wurden lauter und schienen mit einem Mal näher zu kommen, auch wenn das an der Akustik des Korridors liegen konnte. So oder so. Riskiert wurde während dieser Mission nichts.

13

Sosanna konnte nicht lange nachdenken. Sie musste handeln, um Cassandra nicht in Gefahr zu bringen.

Doch da war das Mädchen schon an ihr vorbeigeschlüpft und hatte sich dem sich nähernden Mann in den Weg gestellt.

Er war verdutzt, aber auch belustigt.

Und scheinbar war es ihm völlig egal, ein Mädchen, das ganz offenbar eingebrochen war, hier im Schloss vorzufinden. Er wirkte, als würde er sie nicht als Gefahr in Betracht ziehen.

Das Einhorn sah, dass Cassandra wütend war. Ihre kleinen Fäuste waren geballt und ihr ganzer Körper bebte. Auch wenn man das mit Angst verwechseln hätte können, Sosanna wusste, dass das Mädchen zornig war und die Wut in ihr höher loderte als das Kaminfeuer im Inn. Bestimmt dachte sie daran, dass Bane sie vor allem zu schützen versuchte. In …

»Na, Kleine, hast du dich verlaufen?«, fragte er mit einer Sanftheit in der Stimme, die weder Sosanna noch das Mädchen erwartet hatten. »Was willst du denn hier zu dieser späten Stunde?«

Noch immer war das Einhorn im Schatten verborgen, doch es würde nicht mehr allzu lange dauern, bis er sie entdeckte. Bis dahin brauchte sie einen Plan. Und zwar einen guten. Immerhin waren sie nur wenige Meter von dem rauschenden Fest entfernt und damit auch von den anderen Menschen, die den Magischen bloß Böses wollten.

Cassandra griff in ihre Tasche, ohne etwas zu antworten.

Sosanna konnte nicht sehen, was sie machte. Aber der Ausdruck im Gesicht des Mannes jagte ihr einen Schauer über den Rücken.

»Ich bin hier, um mich zu beweisen«, drang es aus der Kehle des Mädchens und für einen Moment war sich Sosanna nicht sicher, ob nicht Naheniel das Ruder übernommen hatte. »Bane wird sehen, dass ich auch wichtig bin.«

Cassandra hielt sich die Hand vors Gesicht und pustete etwas in die Richtung des Mannes, der mit einem Mal von waberndem weißem Rauch umgeben war. Er sah sich um, im ersten Moment belustigt, dann aber wurde sein Blick ernst.

Aufhalten ließ er sich davon nicht. Mit einer diabolischen Grimasse stürzte er auf das Mädchen los, das nach hinten stolperte und fiel.

Sosanna kam in dem Moment aus ihrem Versteck, doch war es zu spät: Der Mann hatte, während er auf Cassandra zugegangen war, seine Pistole gezückt und abgefeuert. Funken sprühten, Rauch ging auf und ein ohrenbetäubender Knall ertönte. Dem Einhorn war, als hätte er nur darauf gewartet.

Fast im selben Augenblick knallten im Inneren des Raums Korken. Würden sie merken, was hier draußen vorging, und sie gleich umzingeln? Sosanna kämpfte mit Mühe die Panik hinunter und drängte sich selbst zur Eile.

Der Moment, in dem er geschossen hatte, war der Moment, in dem auch Cassandras Pulver zu wirken begann: In der Bewegung erstarrte der Mann und klatschte mit dem Gesicht voran, unfähig, die Hände schützend vor sich zu halten, auf den Boden. Beim Aufprall knirschte es ein wenig, die Pistole segelte scheppernd davon, dann legte sich gespenstische Ruhe über den Korridor.

Der schwefelige Gestank des Vorderladers, der jetzt am Boden lag, zwängte sich in jede Ritze ihrer Kleidung und ihres Haars. Aber das kümmerte Sosanna in dem Augenblick wenig.

Die kleine Hexe war in sich zusammengesunken und drückte auf die Wunde in ihrem Bein. »Es war doch alles so gut geplant«, sagte sie schwach und biss die Zähne zusammen. »Bane sollte sehen, dass ich das auch kann …«

Das Blut quoll ihr durch die Finger und mit einem Mal sah sie so fehl am Platz aus. Klein und zerbrechlich wie eine Puppe, die man in der Eile liegen gelassen hatte, bevor auf derselben Stelle eine Schlacht zu wüten begonnen hatte.

»Ist er tot?«, fragte Sosanna, die sich neben Cassandra gekniet hatte.

»... So gut geplant. Ich wollte mich doch beweisen«, erwiderte Cassandra nun etwas atemlos. »Ich will doch auch kämpfen können und euch von Nutzen sein.«

»Sieh mich an!«, Sosanna hatte solche Wunden schon oft gesehen und sie wusste, dass ihnen nicht viel Zeit bleiben würde. »Sieh mich an! Ist er tot?« Ihre Stimme war lauter geworden, doch das tat nun nichts zur Sache. Sie musste Cassandra retten. Sie durfte nicht zulassen, dass – nein, daran wollte sie gar nicht denken!

Cassandra schüttelte schwach den Kopf.

Das war alles, was Sosanna wissen musste.

»Es wird wehtun«, sagte sie knapp.

»Das tut es doch jetzt schon, auch wenn es langsam weniger wird«, meinte Cassandra und ihre Stimme war mit einem Mal nur noch ein kraftloses Flüstern, das die Stille zerriss. Der Druck auf ihren Oberschenkel wurde geringer, das Blut strömte nun schneller daraus hervor.

Sosanna packte all ihr Werkzeug aus, band den Fuß ab und suchte nach der Kugel, die zuerst raus musste. Es dauerte eine gefühlte Ewigkeit, in der sie immer wieder zu der vermaledeiten Tür sah, durch die der Mann gehen hatte wollen.

»Wie lange wird er bewusstlos sein?«, fragte Sosanna mit dem Blick auf die Wunde und ihre Hände, die inmitten all des Blutes noch viel heller zu leuchten schienen. Es war keine Zeit gewesen, Cassandra von hier wegzuschaffen. Bevor sie ein geeignetes Versteck gefunden hätten, wäre es vielleicht ... Nein, daran wollte sie nicht denken!

Das Mädchen antwortete nicht und Sosannas Puls raste. Sie sah der kleinen Hexe ins Gesicht. Ausdruckslos starrten deren große braune Augen in die Dunkelheit, als hätten sie dort etwas gesehen, das interessanter war als das eigene Überleben.

»Cassandra.« Sosannas Stimme wurde drängender und das Mädchen wurde zurück in die Wirklichkeit geholt. »Wie lange wird er bewusstlos sein?«

Erst, als das Mädchen wieder zu sprechen begann, senkte das Einhorn ihren Blick: »Das ist ein Gemisch aus Trockeneis, Stechpalme und anderen Kräutern. Er wird noch länger hier liegen.«

»Wie lange?«, fragte Sosanna beinahe hysterisch. Nicht, weil ihr die Antwort nicht genügte, sondern weil sie das Mädchen weitersprechen lassen wollte, um sie bei Bewusstsein zu halten.

»Sicherlich noch eine Stunde. Die Pflanzen werden durch das Trockeneis ein wenig verbrannt und wirken dadurch stärker.«

Ein Blick auf die Hände der kleinen Hexe zeigte Sosanna, dass sie es ernst gemeint hatte. Ihre Hände verfärbten sich von einem blassen weißlichen Ton zu einem unnatürlich aussehenden Blaugrau, das die Haut aufwarf. Sobald sie sich um das Bein gekümmert hatte, musste sie also nicht nur dieses heilen. Sondern auch die Hand der Kleinen, die nun am Marmorboden lag, als würde sie nicht zum Rest des Körpers gehören.

Sie wollte sich nicht ausmalen, was dem Mann passiert war, der das gesamte Gemisch eingeatmet hatte, doch es war ihr egal, solange sie von seiner Lebensenergie zapfen konnte. Endlich fand sie mit der Pinzette die kleine Kugel.

Cassandra stöhnte, als das Einhorn diese herauszog, abwischte und einsteckte. Ihre Augenlider flatterten und fast fürchtete Sosanna, dass das Mädchen nun endgültig das Bewusstsein verloren hatte. Doch da schlug sie die Augen wieder auf. Sie biss sich auf die Lippen, öffnete den Mund, um etwas zu sagen. Es schien, als würde ihr die Kraft zu sprechen fehlen.

Ein weiteres Mal blinzelte das Mädchen. Und als sich ihre Augen wieder öffneten, wusste Sosanna, dass Cassandra nicht länger anwesend war. Der Blick, den sie ihr zuwarf, war hart und gehörte nicht zu der unschuldigen Art, die sie sonst zeigte.

»Bevor du etwas sagst: Lass mich arbeiten, ich höre dich danach an.«

Das Mädchen nickte.

Sosanna begann zu leuchten und zu rauchen, beinahe wie der Mond, den man hinter dem Trockeneis versteckt hatte. Die Fäden des wabernden Nebels, der von ihr aufstieg, strömten nach und nach auf den bewusstlosen Mann zu. Als er vollständig von dem seltsamen Nebel eingehüllt war, hob und senkte sich mit einem Mal sein gesamter Körper, als würde er atmen.

Auch wenn Cassandra es noch nie gesehen hatte, wusste zumindest Bane um die grausame Kraft des Einhorns, die nicht jedermann zu Gesicht bekam.

Stück für Stück entzog sie dem Mann das Leben, es schien, als würde der Nebel ihm den Lebenssaft aussaugen und ihn ausgetrocknet wie Dörrobst liegen lassen. Als kein Tropfen mehr in ihm war, wirbelte der Nebel umher, angereichert mit einer Vielzahl an Farben, die sich ständig zu ändern schienen. Über Cassandra blieb er schweben.

»Vertrau mir«, sagte Sosanna und abermals nickte das Mädchen.

Was wäre ihr auch anderes übriggeblieben?

Beinah gespenstisch senkte sich der Nebel auf sie ab, hüllte sie in sein farbiges Lichtspiel und plötzlich war es, als würde sich der Körper der kleinen Hexe ausdehnen. Lebenskraft strömte in sie zurück, gestohlen von dem Mann, der ohnehin nicht mehr lange gehabt hatte, wenn er das vermaledeite Pulver von Cassandra eingeatmet hatte. Das konnte kein Mensch überleben. Selbst Magischen konnte sie damit gefährlich werden.

Erleichtert atmete Sosanna auf, als sie sah, dass sich die Wunde am Bein geschlossen hatte. Auch ihre Haut hatte endlich wieder den rosigen Ton, den sie von Cassandra gewohnt war.

Sie reichte dem Mädchen die Hand, doch diese winkte ab und stand von selbst auf. Wackelig zuerst, aber dann funkelte in ihren Augen plötzlich Wut.

»Du hättest vorangehen müssen. Du hättest sie nicht kämpfen lassen dürfen!«, knurrte die Stimme Naheniels, düster und dumpf.

»Ich weiß«, erwiderte Sosanna zerknirscht und stand auch auf. Sie rieb die Hände zusammen, um zumindest einen Teil des Blutes zu zerklumpen.

»Ich will doch auch nur leben«, hauchte der Dämon mit einem Mal sanfter als erwartet. Sein Ton war so verletzt, dass sie sich im ersten Moment nicht sicher war, ob diese Worte auch von ihm kamen. »Ich will Cassandra nichts Böses. Immerhin schütze ich uns, wenn ich hier bin, oder? Warum will niemand verstehen, dass ich ihr nichts tun will?«

Sosanna seufzte. »Es tut mir leid.« Sie wusste, wie oft Cassandra versucht hatte, den Plagegeist loszuwerden. Dabei hatte keiner von ihnen auch nur einmal daran gedacht, dass er ihr nichts Böses tat. Was er ja wirklich nicht getan hatte. Aber das rüttelte kein Stück an der Tatsache, dass es ihre Entscheidung bleiben würde. Es war ihr Körper und nicht seiner.

»Was machen wir überhaupt hier?«, fragte der Dämon.

»Wir suchen nach einem Artefakt«, antwortete Sosanna und sah sich um. Wenn sie es nicht fänden, wäre das alles hier umsonst gewesen. Verdammte Menschen! Bane konnte sagen, was er wollte. Sie waren alle gleich. Gleich furchtbar, gleich grausam und gleich engstirnig. Wenn sie intelligent waren, würden sie sich irgendwo an einer abgelegenen Stelle ein Häuschen nehmen und dort in Frieden leben. Ohne Menschen. Und ohne den Fanatismus der Regentin, deren Hass auf die Menschen ja beinah religiös war.

»Schon wieder«, erwiderte Naheniel und riss sie damit aus ihren Gedanken. Er grinste. Auch er wusste, dass die Suche der Klaue nicht immer von Erfolg gekrönt war.

Als die beiden den Gang weiter entlanggehen wollten, stutzte Naheniel und bückte sich zu dem Mann, der Cassandra angeschossen hatte. Der Dämon trat nach seinem leblosen Körper, von dem nun Staub aufging. Ausgedörrt lag er da und erinnerte an die Mumien, die manche dieser englischen Lords auf ihren Partys präsentierten.

Während sie überlegte, wie viel man für so eine falsche Mumie wohl verlangen konnte und ob es für ein abgeschiedenes Häuschen reichen würde, trat der Dämon weiter auf ihn ein.

»Sucht ihr etwa so etwas wie das hier?« Er zog grinsend einen Gegenstand aus dem Mantel des Mannes, der Sosanna zuvor schon hätte auffallen müssen. Immerhin hatte er sich, nachdem der Lebenssaft des Mannes ausgesaugt war, sehr deutlich abgezeichnet.

Sosanna nahm den Gegenstand, einen Spiegel, entgegen. Sie achtete nicht auf das diabolische Grinsen, das den Dämon einmal mehr offenbarte. Die dünnen Lippen spannten sich über die Zähne, die Augenlider waren nach oben gezogen. Das war der Ausdruck eines Wahnsinnigen. Oder eines Dämons, der am Leben hing.

Als die Finger des Einhorns den Spiegel berührten, wusste sie, dass sie gefunden hatten, wonach sie gesucht hatten. Dieses Mal hatten sie Erfolg gehabt.

Auch wenn er Preis hoch gewesen war. Viel zu hoch.

Der Gang endete abrupt und ging in eine Wendeltreppe über, die Bane im Laufschritt nahm.

Irgendwann schlängelte sie sich nicht mehr in die Höhe, sondern gerade nach oben. Zumindest aber war sie nicht weiter so steil. Schließlich lief dieses eigenartige Treppengeflecht in einem Raum aus, der ausschließlich aus Treppen zu bestehen schien.

Überall, wo man hinsah, führten Stufen nach oben oder unten und in unterschiedliche Richtungen.

Bane dachte nicht länger darüber nach. Er musste den Ausgang suchen. Seinen Teil des Hauses hatte er abgesucht ohne Ergebnis, wenn man von dem Mädchen absah, das er immer noch über die Schulter geworfen hatte.

Fast hätte er sie vergessen, so leicht war sie.

Er entschied sich für einen der Gänge, der von diesem Treppenhaus fortführte, und war erleichtert, als er nach draußen sah. Hinter den dick vergitterten Fenstern lag der mondbeschienene Garten.

Weit vor sich sah er etwas milchig-silbernes aufblitzen.

Das Herz wäre ihm fast stehen geblieben und reflexartig drückte er sich daher an die Wand, um nicht entdeckt zu werden. Doch dann erkannte er Sosanna.

Rasch schloss er zu den beiden auf, die ihn noch nicht gesehen hatten. Er würde ihnen einbläuen müssen, dass sie nicht so unvorsichtig ihre Deckung von hinten vernachlässigen durften. Vor allem nicht, wenn sie zu zweit waren und es möglich gewesen wäre.

Doch das war eine Sache für einen anderen Tag. Über den Körper eines Mannes darübersteigend, der vermutlich tot war, folgte er ihnen.

Er wollte sie nicht erschrecken, aber wusste er, dass es unweigerlich geschehen würde. Bevor er jedoch dazu kam, sich bemerkbar zu machen, flog hinter ihm die Tür auf und die Geräusche eines Fests drangen an sein Ohr.

Stimmen plätscherten heraus und plötzlich brach ein Tumult los.

Die Freude verwandelte sich in Geschrei und mit einem Mal schien sich jeder Muskel in Bane anzuspannen. Sosanna und Cassandra drehten sich schneller zu ihm um, erschraken, weil er so nah war. Einen Augenblick lang blitzte Erleichterung in ihnen auf, als sie Bane erkannten, gefror und wurde zu blanker Panik. Zumindest Sosannas Züge ließen das vermuten. Dass Cassandras Gesichtsausdruck immer noch derselbe war, musste dem Umstand geschuldet sein, dass nun Naheniel vor ihm stand.

Der Mann, der mitten im Korridor lag und offenbar von Sosanna niedergestreckt worden war, war der Grund für den Aufruhr, der immer lauter wurde. Und ein Schrei, der Bane schließlich herumfahren ließ, zeigte, dass die Menschen sie nun auch entdeckt hatten. Sanft ließ er das Mädchen zu Boden gleiten.

Er erklärte Sosanna knapp über den Transmitter, der aufgrund der Entfernung endlich wieder funktionierte, dass sie sich das Mädchen und Naheniel schnappen sollte, um zu verschwinden. Er würde das hier schon allein schaffen. Zumindest hoffte er das.

Als er eine Bewegung hinter sich vernahm, wusste er, dass sie seiner Anweisung gefolgt war. An ihm würde so schnell niemand vorbeikommen, um den anderen zu folgen. Das war er ihnen als Anführer schuldig. Er musste sie schützen.

Irgendwo im unteren Stockwerk, wo sich zuvor ein Schuss gelöst hatte, war nun die Hölle los. Stimmen schrien durcheinander, es krachte und rumpelte.

Aber er wusste, dass sie das Stockwerk erst verlassen durften, wenn sie ihre Aufgabe erledigt hatten. Dann, wenn sie sich auf den Rückweg machten.

Auch Leo wurde unruhig und stupste Dakota an. Sein Kopf ruckte in Richtung des Regals und erst, nachdem er dem Gestaltwandler eine Kopfnuss in die empfindliche Stelle an seinem Oberschenkel gegeben hatte, sah er genauer hin.

»Allerlei über Dämonen«, stand da in Frakturschrift gedruckt. Darunter die wohl hässlichste Fratze, die Dakota je gesehen hatte. Artefakt schienen sie hier vermutlich keines mehr zu finden, also griff er nach dem Buch und sah sich noch einmal um.

Weit hinten in der Bibliothek fanden sich Aufzeichnungen über die letzten Jahrhunderte hinweg. Berichte von Menschen, die friedlich mit Magischen zusammengelebt hatten. Vielleicht konnte Bane sie ja benutzen, um seine Argumente zu untermauern. Auch wenn Dakota kaum daran glaubte, der Hass war schon zu tief verwachsen.

Er steckte die schweren Wälzer in seine Tasche und war froh darum, dass Bane sie magisch verändert hatte, um mehr Platz darin zu schaffen und sie gleichzeitig nicht zu schwer zu machen. Auch wenn er keine Ahnung von Magie hatte, aber der Mann wusste, was er tat, und hatte einen Sinn fürs Praktische.

Als er das halbe Regal leer geräumt hatte, wandte er sich zu Leo um, der sich immer noch nervös umwandte und ständig die Ohren spitzte.

»Lass uns gehen.«

Noch nie schien die Raubkatze so erleichtert gewesen zu sein wie in diesem Moment.

Gemeinsam verließen sie das Stockwerk über den Weg, den sie

gekommen waren. Sie atmeten erst auf, als ihnen eine kühle Brise um die Nase strich und Dakota sich zurückverwandeln konnte.

Die drei Frauen verließen das Anwesen rasch. Der Aufruhr im Schloss war noch nicht bis zu den Wächtern vorgedrungen. Diese standen nämlich unbehelligt auf ihren Posten.

Dem Einhorn war es egal, dass sie später dafür bestraft werden würden, weil jemand eingebrochen war, das Artefakt gestohlen und die Gefangene befreit hatte.

Ein voller Erfolg für die Klaue.

Sosanna konnte nicht umhin, als breit zu grinsen, auch wenn es ihr einen Dämpfer versetzte, dass sie Bane zurücklassen mussten. Doch seine Entscheidung als Anführer stellte sie nicht infrage. Zumindest nicht während einer Mission.

Endlich spürten sie das vor Kälte harte Gras unter ihren Schuhen und da war es Zeit für eine höchst ungewöhnliche Tat.

»Wenn ich mich verwandelt habe, möchte ich, dass ihr auf meinen Rücken springt«, sagte Sosanna und sah die beiden anderen an. Die Magische war nicht viel größer oder gar schwerer als Cassandra, wobei Letzteres wohl auf ihre Gefangenschaft zurückzuführen war.

Das Einhorn verwandelte sich. Man hätte annehmen können, dass sie wie der Mond glitzerte, wenn sie sich in ihre wahre Form begab, doch nichts. Auf dem ganzen Körper wuchsen ihr mit einem Mal kurze Härchen, während ihre Arme und Beine kräftiger wurden und sich in die Länge zogen. Sie warf ihren Kopf zurück, ihre Mähne sauste durch die Luft und plötzlich stand da ein Einhorn. Das Horn, das aus ihrer Stirn hervorgebrochen war, war kunstvoll gedreht und wies, wie auch der Rest ihres Körpers, keinen Makel auf.

Ein Mensch wäre bei diesem Anblick vielleicht vergangen und hätte sich sein Leben lang nach dieser Schönheit verzehrt. Doch sie waren Magische und selbst an ihren Augen konnte Sosanna sehen, dass es einiges aufgerührt hatte.

»Jetzt«, sagte Sosanna mit einer sanften Stimme. Ihre blassblauen Augen flogen zum Anwesen, das sie schon ein wenig hinter sich gelassen hatten. Doch Grund zum Aufatmen hatten sie noch nicht. Erst, wenn die Klaue und das Mädchen in Sicherheit waren, würden sie sich entspannen können.

Sie spürte, wie die beiden aufsaßen, und lief los. Aus einem entspannten Trab wurde ein wilder Galopp, der ihnen den Wind um die Ohren peitschte.

Sosanna fühlte sich mit einem Mal so lebendig wie schon lange nicht mehr. Am Rande des Portals waren die Möglichkeiten, über eine weite Wiese zu laufen, nicht so gegeben wie hier. Der peitschende, heulende Wind, der an ihrer Mähne zerrte und gegen den sie sich stets durchsetzen musste, erinnerte sie an ihre Zeit an Bord der Hævner. Auch dort hatte sie sich äußerst lebendig gefühlt. Salzige Gischt hatte ihr in gleichem Maße ums Gesicht geweht wie der Wind, unbarmherzig wie sie es sein wollte. Die raue See und sie. Daher auch der Name, den Bane ihr gegeben hatte. Zeigefinger und Mittelfinger der rechten Hand zeigten dabei auf ihren Mund, bevor beide Hände auf Höhe ihres Bauchs die Wellen des Ozeans mit einer fließenden Bewegung nachempfanden. Der Wind peitschte ihr um die Ohren, doch den salzigen Geruch vermisste sie nach all diesen Jahren immer noch.

Die zwei Mädchen klammerten sich an sie und erst da bemerkte sie, dass es für deren Geschmack wohl etwas zu rasant über die Wiese ging. Doch darauf konnte sie nun keine Rücksicht nehmen. Wenn die Menschen aus dem Schloss an Bane vorbeikommen würden, wären sie in weitaus größerer Gefahr.

Als der Wald in Sicht kam, atmete sie erleichtert auf. Auch wenn sie wusste, dass sie dort drin nicht mehr in diesem Maße galoppieren konnte, ohne die anderen beiden in Gefahr zu bringen. Herabhängende Äste oder zu nah beieinanderstehende Bäume könnten äußerst riskant sein.

Schon bald verschluckte der Wald um sie herum jegliche Geräusche, die vom Schloss her kamen. Bereits zuvor hatten sie bloß Sosannas Hufe auf dem Feld wahrgenommen, die dumpf und warm klangen und immer wieder Gras aufspritzen ließen. Doch hier im Wald, wo es nun etwas langsamer voranging, wurden selbst die Tritte gedämpft.

Und endlich waren sie an dem vereinbarten Platz, von den anderen Mitgliedern der Klaue weit und breit keine Spur.

Cassandra und die junge Frau saßen ab, dann verwandelte sich Sosanna wieder.

Als sie ihr Wort an die Magische richtete, schrak diese zurück: »Wie heißt du?«

Das war wohl nicht die Frage, die das Mädchen erwartet hatte. Sie kaute nervös auf ihrer Unterlippe und griff den zerfetzten Saum ihres Kleides, das dieselbe Farbe wie ihre Augen haben sollte. Auch wenn der Stoff verdreckt und ihre Augen seltsam leblos wirkten, war das Sosanna in dem Augenblick klar, als das Mondlicht zwischen den Bäumen hervor auf das Mädchen traf.

Sosanna lächelte.

»Da-Daphne«, erwiderte sie mit heiserer Stimme und es schien, als hätte sie diese eine lange Zeit nicht benutzt.

»Wie fühlst du dich? Ist mit dir alles in Ordnung?«, fragte sie weiter.

Das Mädchen nickte.

»Es wird alles gut. In dieser Richtung liegt Salisbury. Wir bringen dich zu Florence ins ›Ye Blushing Lily‹. Sie wird dich aufnehmen und erst einmal pflegen, dort bist du in Sicherheit vor Locksmith und seinen Männern«, erklärte Sosanna und zeigte in die Richtung, in der der Ort lag.

Bei der Nennung Locksmiths zuckte das Mädchen zusammen. Das Einhorn wollte sich nicht ausmalen, was diese Menschen mit ihr getan hatten, und fletschte die Zähne, bevor sie sich wieder zusammennahm. Daphne sollte ihnen vertrauen. Und in Sicherheit sein.

Daphne sah in die Richtung, in die das Einhorn gezeigt hatte, und erkannte nur undurchdringlichen Wald. Sie ging ein, zwei Schritte, bevor sie sich zu ihnen umwandte.

»Was wollten die eigentlich von dir?«

»Sie haben mich gefangen genommen, weil sie dachten, ich könnte ihnen dabei helfen, das Artefakt zu bedienen. Aber i-« Ihre Stimme klang erstickt, bevor sie in Tränen ausbrach. »Ich bin eine Najade, ich weiß nichts darüber. Und e-egal, w-wie oft ich ihnen das ge-ge-gesagt habe, s-sie haben mir einfach ni-hicht geglaubt.«

Sosanna konnte sich vorstellen, was sie mit ihr angestellt hatten. Ein Schauer überkam sie, bevor sie die Distanz zu dem Mädchen überwand. Erst da fiel ihr auf, wie weit sie Daphne überragte. Ihren Arm um die Schulter der Frau legend, zog sie diese in eine Umarmung. Sie spürte, wie sich Daphne an ihre Brust lehnte. Anfänglich etwas steif, schmiegte sie sich dann an die große bleiche Frau und weinte, bis keine Tränen mehr kamen.

»Du bist bald in Sicherheit. Florence wird dich aufnehmen. Dafür sorgen wir schon.«

Als Daphne aufsah, nickte sie mit einer bestimmten Miene.

»Das Artefakt befindet sich auch in unseren Händen.«

Die junge Najade atmete erlöst und gab der Erleichterung der Klaue einen Ton.

»Ich rieche Blut an dir«, sagte sie mit einem Mal und blickte Sosanna ernst an. Sie griff nach dem Selterswasserkrug, den sie an einem Gurt um die Schulter trug. »Wo bist du verletzt? Eine Heilung ist das Mindeste, das ich euch für meine Rettung anbieten kann.«

Aber Sosanna winkte ab. Die Reste des Blutes, das an ihren Händen klebte, waren von Cassandra, die sie bereits selbst geheilt hatte.

Daphne sah beinah ein wenig traurig aus, dass sie sich nicht auf diese Art bei ihnen bedanken konnte. »Dann nehmt zumindest meinen Dank und das Versprechen, dass ich euch bei unserer nächsten Begegnung mit aller Kraft unterstützen werde. Du meintest, der Mann, der mich gerettet hat, hört auf den Namen Bane?« Und als Sosanna nickte, fügte sie hinzu: »Ich bin ihm zu ewigem Dank verpflichtet. Er hat nicht nur mich, sondern auch meinen Quell davor bewahrt, vom Antlitz der Erde getilgt zu werden.« Sie streichelte über den Selterswasserkrug, verträumt und etwas abwesend, bevor ein entschlossenes Glimmen in ihre Augen zurückkehrte. »Gebt auf euch Acht.«

Sie sah ins Dickicht des Waldes. Doch alles, was man hörte, war das Plätschern des Baches nebenbei.

In der Dunkelheit sah Leo gut genug, um die beiden zu dirigieren. Auf Dakotas Augen war nicht viel Verlass.

Er hatte wieder sein männliches Aussehen angenommen und fragte sich einmal mehr, ob dies seine wahre Gestalt war. Zwar fühlte er sich in beiden Erscheinungen, die er am meisten bevorzugte, nicht gerade unwohl, aber irgendwie trotzdem nicht ganz richtig. Wie wenn man Kleidung trug, die einen zwar warmhielt, doch nicht recht passen wollte. Woran das lag, vermochte er nicht zu sagen.

Leo schlug einen Haken und Dakota konnte gerade noch schnell genug folgen. Dieser verdammte Kater war zu flink, um ihm nachzujagen. Aber Dakota wollte sich nicht geschlagen geben.

Und als er noch ein wenig beschleunigte, übersah er, dass der Wald mit einem Mal ein jähes Ende nahm, worauf ein kurzes Wiesenstück folgte und dann schon der Fluss anschloss. In den er mit einem lauten Platschen augenblicklich segelte.

Völlig durchgenässt und verärgert saß er im flachen Uferbereich und verfluchte die Raubkatze.

Er stemmte sich hoch und schüttelte sich den Uferschlamm von der Kleidung.

»Vielen Dank auch«, knurrte er den Schneeleoparden an, der plötzlich ein wenig kleiner zu werden schien.

Als Dakota seinen Blick schweifen ließ, erkannte er, dass sie am Treffpunkt waren und Sosanna und Cassandra bereits hier. Das

Einhorn nickte ihm knapp zu. Sie waren wohlauf. Und bei ihnen stand ein Mädchen.

Sein Ärger verflog ein wenig.

»Und nun zu dir!«, hörte er eine tiefe Stimme von Cassandra kommen und wusste, dass einmal mehr der Dämon anwesend war.

Leo näherte sich nur zaghaft und blieb in einigen Metern Abstand stehen.

»Ich weiß«, erwiderte Sosanna und ließ den Kopf hängen. »Verdammt, es tut mir leid!«

»Das ist nicht genug! Du hättest sie ernsthaft in Gefahr bringen können«, sagte Naheniel, unheilvoll und ruhig, doch auch ihm schien klar zu sein, dass sie nicht zu laut sein durften. Sie waren zwar vorerst in Sicherheit, aber immer noch am Schlossgelände. Dennoch war die Wut in seiner Stimme unüberhörbar. »Und Bane werde ich das auch noch sagen! Er muss sie verdammt nochmal besser ausrüsten! Nur mit ihren Pulvern allein kann sie sich nicht verteidigen! Nicht gegen Pistolen! Nicht jeder Mensch kann so schlecht zielen wie der heute.«

Sosanna wollte etwas erwidern, ihm sagen, dass es nicht daran gelegen hatte, sondern dass er gezögert hatte, weil sie ein Kind war. Doch stimmte sie ihm insgeheim zu.

Bane hatte ihr verboten, zu schießen. Niemand wusste warum. Vermutlich, weil er nicht wollte, dass sie mit solchen Waffen hantierte. Vielleicht, weil er dachte, sie wäre noch zu klein. Aber dann dürfte er sie auch auf Missionen nicht mitnehmen. Wenn sie sich nur auf ihre Pulver verlassen musste, würde das nicht ewig gutgehen. Heute hatten sie Glück gehabt. Das würde aber nicht immer der Fall sein.

»Beruhige dich. Ich werde mit Bane sprechen«, versuchte sie, den Dämon zu besänftigen.

»Nein. Ich kläre das selbst.«

»Wenn Bane nicht bald zurückkommt, wird Cassandra wieder wach sein«, stellte Sosanna fest und sah in die Richtung, aus der Dakota und Leo gekommen waren. Doch das Dickicht war immer noch undurchdringlich und düster.

»Wir werden sehen«, erwiderte Naheniel und setzte sich demonstrativ auf den Waldboden. Dass er den Körper eines kleinen Mädchens hatte und dabei äußerst bockig aussah, schien ihn nicht weiter zu stören. Sein düsterer Blick flog über die Anwesenden, wobei man es ihm lassen musste, dass er das Mädchen aussparte.

Der Blick des Einhorns flog zu Dakota, der aussah, als würde er gerne etwas fragen, aber dennoch erkannte, dass er jetzt besser den Mund halten sollte. Dann trat er einen Schritt auf sie zu.

Sosanna rang sich ein kleines Lächeln ab, als sie sah, dass er klatschnass war. Schließlich lockerte sich ihre Anspannung ein wenig.

Wo zur Hölle blieb Bane?

14

Die Männer feixten und kesselten ihn ein. Offenbar meinten sie wirklich, dass sie im Vorteil wären. Beinah hätte Bane gelacht.

Sie hatten keine Ahnung, was kommen würde. Und das war gut so.

»Du bist allein auf feindlichem Gebiet. Lass dich lieber gleich in den Kerker abführen, du Abnormität«, knurrte einer der Männer in Banes Richtung, was von den Umstehenden mit rauem Gelächter quittiert wurde.

Bane hob eine Braue und griff in seinen Beutel.

»Er will kämpfen!«, sagte ein anderer mit hoher, gackernder Stimme, nicht im Mindesten beunruhigt, und hüpfte aufgeregt auf und ab.

Erneut lachten die Männer.

Endlich ertastete Bane das, wonach er gesucht hatte. Noch wollte er den Menschen nicht zeigen, was er in Händen hielt. Auch wenn es eine Erfindung seinerseits war und er nicht fürchten musste, dass sie so etwas schon einmal gesehen hatten, wollte er dennoch kein Risiko eingehen.

Er atmete langsam ein und aus.

Nun hatte er die nötige Ruhe. Er umschloss die Kugel, deren glatte Oberfläche sich kühl an seine Finger schmiegte, fester und hob sie aus der Tasche.

Die Kugel war nicht groß, gerade so, dass sie in seine Hand passte, und glänzte silbrig im Licht des einfallenden Mondes.

Seine Finger fanden den versteckten Kippschalter und er warf sie zwischen die verdutzten Männer.

»Granate!«, schrie einer von ihnen und sie wollten alle gleichzeitig in Deckung gehen, doch da zeigte sich die Wirkung seiner Erfindung. Das Gas, das er mit Cassandra entwickelt hatte, wurde freigesetzt und die Menschen erstarrten mitten in der Bewegung. Die wenigen, die noch in seine Richtung sahen, hatten die Augen geweitet und fragten sich wohl, was passierte.

Es hatte ihn einige Versuche gekostet, seine Bannkugel zu perfektionieren. Aber sie wirkte genau so, wie sie sollte: Menschen erstarrten, Magische konnten sich jederzeit aus dem Bannkreis wegbewegen. Er hatte einen Schuss gehabt, aber mehr brauchte er nicht, um zu flüchten.

Bane hob die Finger an die Schläfe und salutierte vor den Männern, bevor er am Absatz kehrtmachte und den Gang entlanglief.

Gerade als er am Eingang war, hörte er hinter sich Schritte. Das konnte nicht sein.

Er wandte sich um.

Jemand rannte ihm hinterher. Jemand, der ebenso ausgemergelt erschien wie das Mädchen aus dem Kerker, wenn auch seine Kleidung nicht zerfetzt oder heruntergekommen war. Er war gekleidet wie einer der Männer.

Ein verzweifelter Ausdruck prangte in seinem Gesicht.

»Halte ihn auf! Du weißt, was sonst passiert!«, rief einer der Männer, der im Bannkreis steckte.

Ein Magischer. Ein Sklave. Gefangener. Und er war gekommen, um ihm den Weg abzuschneiden. Banes Blick wurde starr und er wusste, dass er nicht viel Spielraum hatte.

Er kam näher. Nur noch wenige Meter trennten die beiden Magischen. Bane auf der einen Seite, mit einem harten, kalten Blick. Was hatten sie gegen sein Gegenüber in der Hand? Warum beugte er sich ihrem Willen?

Der Magische auf der anderen Seite, dessen verzweifelter Blick tränenverschleiert war. Rotz lief ihm aus der Nase und in dem Moment war Bane klar, dass der Mann wusste, dass er seinem Ende entgegenlief.

»Mach es schnell, töte mich. Das, was mich von ihnen erwartet, wird schlimmer sein als alles, was du dir vorstellen kannst. Bitte«, flehte der Magische flüsternd und blieb stehen. Sein Körper zeigte eine Angriffshaltung, die den Schein für die Männer dort hinten wahren sollte. Doch Bane sah in die Augen des Magischen. Gebrochen und tot. Trotzdem fürchtete er das, was diese Männer ihm antun könnten. »Bitte, bereite dem ein Ende. Lass sie mich nicht haben. Ich will lieber durch die Hand eines Magischen sterben, als weitere Jahre dahinzusiechen, bis sie meiner endlich überdrüssig werden. Bitte. Ich werde dich angreifen müssen. Bitte.«

Dass er mit ihm hätte fliehen können, kam ihm offenbar nicht in den Sinn. Vielleicht, weil er ohnehin davon ausging, dass ihn die Menschen ein weiteres Mal erwischen würden. Und was ihn dann erwartete, würde viel schlimmer sein. Obwohl Bane sich nicht vorstellen konnte, dass irgendetwas furchtbarer war als das, was sich ihm hier geboten hatte.

Seine Lippen bebten, benetzt mit Nasenschleim und Tränen, die er sich mit dem Ärmel aus dem Gesicht wischte. »Bitte.«

Bane griff nach seinem Dolch. Langsam, äußerst langsam. Wie gern hätte er dem Mann einige Worte des Trosts gesagt. Hätte ihm mitgeteilt, dass es ihm leidtat. Offenbar konnte er ihn nicht retten, sonst hätte der Mann danach gefragt. Und er selbst hatte nicht die Möglichkeit, ihn darauf hinzuweisen. Der Tod schien für ihn der einzige Ausweg zu sein.

Natürlich hätte er ihn packen und mit sich reißen können. Aber wer wusste schon, was dann passierte.

Der Magische ließ ihn nicht aus den Augen. Ein anderer hätte sie vielleicht geschlossen, um nicht mit ansehen zu müssen, wie der Schwertstreich vollzogen wurde. Doch dieser schien, auch wenn er offensichtlich gebrochen worden war, ein Kämpfer gewesen zu sein. Und als solcher ließ er es sich nicht nehmen, dem Tod mutig ins Auge zu blicken.

Bane würde seinem Wunsch nachkommen.

Von einem Augenblick auf den anderen war er bei dem Mann,

den Dolch an seiner Kehle. Die dunklen Augen blitzten noch einmal auf, bevor die Waffe in seinen Hals fuhr.

Bane wurde schlecht.

Er hatte schon einige Male das Leben seiner Gegner beenden müssen. Auch wenn es niemals eine schöne Angelegenheit war, war es nicht wie in diesem Moment. Hier beendete er nicht das Leben von jemandem, der ihn bedroht hatte, sondern von jemandem, der keinen anderen Ausweg wusste. Dem er durch diese Tat half. Ihm war in dem Moment, als auch noch das letzte Leben aus den Augen des Mannes schwand, klar, dass er das nie vergessen würde. Niemals.

Eine Kerze im Wind, die ihr letztes Flackern tat, bevor ihr Licht für immer erlosch.

Noch einmal wandte er sich zu den verdutzten Männern um, die das offenbar nicht kommen gesehen hatten. Sie hätten vielleicht erwartet, dass er Gnade oder Mitleid und damit so eine Blöße zeigte, die ihrem Sklaven im Kampf nützlich sein könnte.

Die Männer fluchten, doch das würde ihnen nicht helfen. Sie würden noch eine ganze Weile dort festsitzen.

Bane bückte sich. Auch wenn der Mann blutete, so würde er ihn nicht hier inmitten der Feinde der Magischen liegen lassen. Er würde ihn mitnehmen. Das war das Mindeste.

Er hob ihn hoch und warf sich den Leichnam über die Schulter. Sein Kopf wackelte bedrohlich hin und her, woraufhin er ihn stabilisierte. Wie schon bei dem Mädchen stellte Bane fest, dass der Mann nicht besonders schwer war. Es würde ein Leichtes sein, ihn von hier fortzuschaffen.

Er kam, trotz des geringen Gewichts des Mannes, nicht so schnell voran, wie er gehofft hatte. Unablässig blutete die Wunde auf seine Schulter und benetzte den Stoff. Der durchdringende metallische Geruch von Blut und Tod erfüllte seine Sinne.

Schließlich erreichte er den Treffpunkt und stellte erleichtert fest, dass bereits alle da waren. Auch das Mädchen.

Bane ließ den Mann zu Boden gleiten und richtete sich auf.

Auch wenn sein Umhang metallisch und ein wenig säuerlich stank, so war es ihm das wert gewesen.

»Wer ist das?«, fragte Sosanna.

Doch dafür war keine Zeit. Er schüttelte den Kopf und winkte ab, womit sich die anderen zufriedengaben.

›Später.‹

Nicht jedoch Cassandra. Sie baute sich vor ihm auf.

Bane sah sie an und erkannte, dass es Naheniel war, der vor ihm stand.

»Du wirst mir jetzt zuhören und mich nicht unterbrechen.«

Bane nickte. Mit dem Dämon war nicht zu verhandeln. Er würde sich anhören, was er zu sagen hatte. Selbst wenn das hieße, dass sie ein paar wertvolle Minuten verloren.

»Cassandra hätte heute ihr Leben lassen können. Für die genauen Details solltest du Sosanna fragen.«

Das Einhorn gab einen gequälten Laut von sich. Natürlich hätte Bane einen Bericht von ihr erwartet. Aber vermutlich hatte sie nicht gedacht, dass der Dämon sie hier vor allen bloßstellte.

Ein weiteres Mal nickte Bane, sein Blick war starr auf den Dämon vor ihm gerichtet, der zum ersten Mal keine Grimasse aufgesetzt hatte, sondern bitterböse dem Anführer der Klaue ins Angesicht sah.

»Rüste sie, verdammt nochmal, aus. Und zwar richtig. Zeig ihr das Kämpfen«, bellte der Dämon und seine Mundwinkel zuckten.

Bane seufzte. Er hatte sich gewünscht, dass dieser Tag nie kommen möge. Hatte immer zugesehen, dass Cassandra in Begleitung eines anderen Bandenmitglieds sicher war. Doch das Abschirmen würde mit dem heutigen Tag wohl ein Ende finden.

Als er wieder aufsah, hatte der Dämon die Nase kraus gezogen. »Hast du mir zugehört? Verdammt, das ist kein Spaß! Ich will nicht, dass sie stirbt!«

Beinah war ihm, als hätte er eine Spur von Mitgefühl in der Stimme des Dämons gehört. Dann nickte er, bevor er antwortete. Die Zeit drängte, doch diese Unterhaltung war wichtig. Für Naheniel, aber auch für Cassandra.

»Er wird sich darum kümmern«, übersetzte Sosanna für ihn.

Naheniel nickte. »Auch wenn ihr denkt, ich wäre ein Parasit und auch wenn ich gerne Scherze darüber mache. Ich bin genauso ein Magischer wie ihr alle. Nur, dass ihr eine größere Daseinsberechtigung habt als ich. Euch lehnen bloß die Menschen ab. Mich sogar meine eigenen Leute. Denk drüber nach.« Der Dämon ballte die Fäuste. »Und jetzt fangt mich verdammt noch mal auf.«

Sosanna fing Cassandras Körper auf, bevor sie auf den Waldboden krachte. Die Unterhaltung war beendet.

Er nickte Sosanna zu, die sich um die kleine Hexe kümmerte, die gerade wieder ein wenig zu Bewusstsein kam.

Leo tapste näher und beschnüffelte mit seinem massiven Kopf das Mädchen, das in diesem Moment noch etwas zierlicher wirkte als sonst.

Auch Dakota näherte sich. »Was werden wir jetzt tun?«, fragte er.

»Bane bittet dich um einen Gefallen«, übersetzte Sosanna mit Blick auf den Anführer. »Er möchte, dass du einen der umgeknickten Bäume dort drüben gemeinsam mit ihm herschaffst.«

Bane wies an den Uferrand, an dem einige Bäume dem Wind nicht mehr standgehalten hatten. Sie waren umgeknickt und lagen nun traurig, immer noch halb an ihren Stämmen hängend, tief in die Wiese gebeugt.

Es dauerte eine Weile und sogar Leo half mit, während Sosanna sich um die erwachende Cassandra kümmerte.

Als der Baumstamm neben dem Ufer lag, kratzte sich Dakota, schweißnass und außer Atem, am Kinn.

Das Mädchen hatte in der Zwischenzeit daneben gestanden und stumm zugesehen. Nicht, dass ihr das jemand verübelt hätte. Aber sie war wie einer der Bäume. Still und starr, während die Klaue sich an die Arbeit gemacht hatte.

Bane fasste mit beiden Händen den Stamm, der sich augenblicklich ausweitete. Innerhalb weniger Minuten, in denen nur das Knacken des Holzes zu hören war, stand plötzlich ein prächtiges kleines Boot vor ihnen. Schwer atmend betrachtete er sein Werk und stemmte dabei die Arme in die Hüften.

Der Anführer wandte sich um und wankte auf den Mann zu, den er vorhin am Boden liegengelassen hatte. Sosanna hatte sich gerade darüber gebeugt, aber den Kopf geschüttelt.

Er war tot, doch das überraschte Bane nicht weiter.

Der Anführer schnappte sich den Mann und hatte einige Schwierigkeiten damit. Seine Kraft neigte sich dem Ende zu und er wusste, dass er nicht mehr lange von Nutzen sein würde, bevor er den Kampf gegen den Schlaf verlor.

Sosanna stützte ihn, während er den Mann zum Boot trug. Die beiden wandten sich um und erkannten, dass die Klaue näher kam. Nur das Mädchen stand noch wie ein scheues Reh unter den Bäumen.

Bane streckte seine Hand nach ihr aus. Sein müder Blick kreuzte den ihren, der so voller Furcht und Hoffnung zugleich war, dass es ihm schier das Herz zerriss. Das war der Blick, den er bei Cassandra gesehen hatte. Und als er die kleine Hexe nun betrachtete, die ihm mit entschlossener Miene entgegensah, wusste er, dass es besser werden konnte. Auch für das Mädchen, das seine ausgestreckte Hand zögerlich ergriff.

Jeder von ihnen fand seinen Platz in dem kleinen Boot, das Dakota ins Wasser schob. Bane hatte sich inzwischen gesetzt und seine letzten Befehle gegeben, bevor er erschöpft einschlief.

Es würde also noch einmal zurück nach Salisbury gehen. Über den Wasserweg, denn das hier war einer der Zuflüsse zum Avon. Unter der Brücke, die Dakota bereits bekannt war, würde er sich auf den Weg zurück ins Inn begeben und den Mann, das Mädchen sowie das Artefakt mit sich führen. Banes Anweisungen nach sollte Florence den Magischen begraben und das Artefakt verstecken. Wenn ein wenig Gras über die Sache gewachsen war, würden sie zurückkehren und sich damit auseinandersetzen, was das Artefakt zu tun vermochte.

Dem Gestaltwandler war nicht klar, warum sie das Ding nicht sofort ans Portal brachten. Darüber hatte sich Bane ausgeschwiegen, aber der Mann wusste, was er tat. Also vertraute er ihm. Auch wenn das mehr Fragen als Antworten aufwarf.

»Warum glaubt er ausgerechnet, dass Florence das Artefakt verstecken soll? Wäre es bei der Gilde nicht besser aufgehoben?«, fragte er in die Dunkelheit hinein, deren Stille begleitet war von den rhythmischen Schlägen der Paddel.

Sosanna, die auch ruderte, ließ sich Zeit, um zu antworten. »Bane weiß um die Macht, die dieses Artefakt birgt. Und um den Groll, den die Regentin den Menschen gegenüber hegt.«

Von Dakota kam ein grunzendes Geräusch. »Mit dem ›Groll‹, wie du ihn nennst, hat sie ja wohl nicht ganz unrecht.«

Er unterbrach sein Rudern nicht, dennoch wies er mit dem Kopf auf den Leichnam, der mittlerweile etwas streng roch.

»Nicht alle Menschen sind so«, zitierte Sosanna den schlafenden Bane und warf ihm einen Blick zu. »Klar, ich lasse mich über diese grausamen Kreaturen oft genug aus und ich habe die Ansichten des Anführers gerade anfangs nicht geteilt. Doch er hat einen Punkt. Wir lernen nur jene kennen, die uns jagen, uns tot sehen wollen. Nicht aber die Menschen, die gerne friedlich mit uns zusammenleben würden.«

»Gibt es davon viele?«, fragte Cassandra und zerriss damit die Stille, die sich für eine Weile über sie gesenkt hatte. »Meinst du wirklich, die wollen was mit uns zu tun haben?« Ihre Augen waren groß geworden. Der Wind pfiff ihnen um die Ohren und sie kuschelte sich näher an Leo, während sie auf eine Antwort wartete. »Denkt ihr, ich werde irgendwann einmal mit Menschen spielen? Oder zur Schule gehen?«

Dakota fielen die Bücher ein, doch die würde er der Klaue erst präsentieren, wenn Bane nicht mehr schlief. Auch wenn er die anderen noch nicht sehr gut kannte, wollte er den Anführer stolz machen. Vielleicht, weil er ihm weniger wie ein Vater, sondern mehr wie ein großer Bruder vorkam, den er beeindrucken wollte.

Nach einer gefühlten Ewigkeit kamen sie schließlich unter einer Brücke nahe dem Inn an. Dakota sprang aus dem Boot und vertäute es, bevor er sich den Spiegel in den Mantel steckte und den Mann schulterte, wie es zuvor Bane getan hatte. Dann ergriff er mit der freien Hand die des Mädchens und half ihr aus dem Boot.

»Stütze seinen Kopf. Andernfalls könnte er dir beim Gehen abhanden kommen«, riet ihm Sosanna und wies auf das gefährlich hin und her baumelnde Haupt.

Dakota nickte, bevor er ihnen den Rücken kehrte und über die Böschung hinauf auf die Straße kletterte. Die ersten Strahlen der Sonne krochen bereits über den Horizont und färbten das königsblaue Band des Himmels zunehmend zartrosa.

Die Straßen waren menschenleer, aber das konnte sich jederzeit ändern. Für gewöhnlich waren die Ersten um diese Zeit bereits auf dem Weg, ihre Arbeit zu verrichten. Da würde er als Magischer mit einer Leiche auf der Schulter sicherlich auffallen. Er wollte nicht daran denken, sondern sich beeilen.

»Wie konnte das passieren?« Conrad Locksmith legte so viel Ruhe in seine Stimme, dass es seine Untergebenen bereits zu frösteln begann. Das lag nicht am Klima im Schloss. Auch nicht daran, dass er sie alle hier im Kerker antanzen hatte lassen, wo es nach Exkrementen und Fäulnis stank.

Einige der Männer sahen schuldbewusst umher. Er wusste genau, wer sie waren, wie sie hießen und wo er ihre Familien finden konnte. Sie waren offenbar daran beteiligt gewesen, dass nicht nur das mutmaßliche Artefakt, sondern auch die Najade ihren Weg aus seinen Fängen gefunden hatte.

Einer von ihnen, der in der Gunst von Lord Winterburn stand, wie Locksmith wusste, räusperte sich.

Locksmiths kühler Blick legte sich wie ein eisiger Mantel auf ihn, der ihm zusehends die Luft abzuschnüren drohte. »Ja?«

»Diese Magischen ...«

»Kreaturen waren sie!«

»Ja, genau! Ihre Kräfte waren den unseren überlegen, Sir!«, pflichteten ihm andere bei.

Der Erfinder strich sich über sein Kinn und wartete einen Moment länger. Doch seine Männer schwiegen. Bloß anhand seines Blicks bemerkten sie, dass etwas schief gelaufen war. Und damit meinte er nicht etwa den Fluchtversuch der verdammten Magischen. Oder den Spiegel, von dem er nun endgültig wusste, was er war.

»Diese verdammten Ungeheuer haben also den Spiegel, von dem wir annehmen können, dass er tatsächlich das ist, von dem das Langohr gesprochen hat, und auch die Najade in ihrer Gewalt?« Seine Stimme klang gefährlich und schien den Männern eine Gänsehaut den Rücken hinunterzujagen. Manche von ihnen wichen einen Schritt zurück und dachten wohl, dass es ihm nicht auffallen würde.

»Obwohl ich euch mit meinen Erfindungen ausgestattet habe, an denen ich ein Jahrzehnt lang gearbeitet habe, wollt ihr mir sagen, dass ihr es nicht geschafft habt, sie einzusetzen? Vielleicht sollte ich zukünftig Waschweiber und Kinder unter meiner Führung anstellen, die würden im Angesicht des Teufels wenigstens nicht so schnell das Weite suchen wie ihr!« Er schaffte es kaum, seinen Ärger in Zaum zu halten. Was dachten sich diese Idioten?

Gütiger Vater im Himmel! Was hatte es geholfen, dass die Gefangenen von Artefakten gesprochen hatten, von denen er tatsächlich eines gefunden hatte? Er hätte nur herausfinden müssen, wie der Spiegel funktionierte, und hätte so weitere seiner Art erfinden können. Dann wäre der Sieg sein gewesen.

»Wie lange sind sie schon fort?«

»Genau kann ich es nicht sagen, aber –«

»Ungefähr«, unterbrach Locksmith den Mann ungehalten. Er hatte keine Zeit!

»Wir saßen etwa eine Dreiviertelstunde in dieser Falle fest.« Der Mann wimmerte. Vielleicht war es die Erinnerung daran, obwohl keiner von ihnen verletzt aussah. Vielleicht fürchtete er sich aber auch vor Locksmiths Reaktion. Und wie er sich vor dieser fürchten sollte!

Die Mundwinkel des Erfinders kräuselten sich zu einem grausamen Lächeln. »Jagt ihnen nach. Findet sie und nehmt ihnen alles ab, was wir verwenden können. Ich will sie lebend. Alle. Aber falls ihnen ein paar Gliedmaßen fehlen, werde ich euch dafür auch nicht bestrafen. Schließlich sollen diese Kreaturen dafür büßen, was sie mir angetan haben.«

Er ballte die Faust und sah die Männer an, die erleichtert aufatmeten. Heute würde er keinen von ihnen foltern. Heute würde er keiner ihrer Familien auch nur ein Haar krümmen. Aber sie sollten sich besser nicht in Sicherheit wiegen. Gottes Segen lag auf ihm und der schien ihm gerade zuzuflüstern, dass er die Männer dafür bestrafen musste, dass sie sein Werk so liederlich in die Tat umsetzten.

Als er schließlich, ohne dass ihn jemand gesehen hatte, bei der Tür des Inns hereinstolperte, erschrak Florence so sehr, dass sie ihren Besen klappernd fallen ließ.

»Dakota!«, rief sie aus und stürzte zu ihm.

»Es ist alles gut gegangen. Er ist tot, aber Bane hofft darauf, dass du ihm ein anständiges Begräbnis verschaffen kannst«, erwiderte er, während er sich von ihr dabei helfen ließ, den Mann von seinem Rücken gleiten zu lassen.

Florence betrachtete den Magischen mit einem mitleidigen Blick. Sie schien nicht angewidert zu sein von dem, was sich ihr da bot.

»Kennst du ihn?«, fragte der Gestaltwandler, als ihm wieder einfiel, dass sie ja angedeutet hatte, Lord Winterburn besser zu kennen. Vielleicht war sie auch öfters im Schloss gewesen.

Langsam nickte sie und zwischen ihren langen Wimpern konnte er eine Träne erkennen, die sich ihren Weg auf ihre rosigen Wangen bahnte. »Das ist … war Will, ein Elf. Früher war er oft zu Gast hier. Aber ich habe ihn schon eine Weile nicht mehr gesehen«, antwortete sie. »Ich –« Florence hielt die Tränen nun nicht länger zurück und begann, in der Stube herumzugehen. »Ich dachte, er sei von hier fortgegangen und hätte sich einen besseren Platz zum Leben gesucht. Fort von all den Menschen, die Magische verfolgen und versklaven.«

Will ruhte am Boden zwischen ihnen, angelehnt an einen Stuhl, und verbreitete keinen angenehmen Geruch. Das Mädchen schob sich näher an ihn heran.

Dakota durchmaß den Raum zwischen ihm und ihr, um sie in den Arm zu nehmen. Die Frau schmiegte sich an ihn und weinte. Dabei war ihm, als weinte sie nicht nur um Will, der nun endlich erlöst war, sondern auch um die Situation der Magischen in der Welt. Vielleicht ebenso wegen des Mädchens, deren Zustand sie mittlerweile schon erkannt haben musste. Sie schien gern hier zu leben, wie viele von ihnen. Doch machten es ihnen die Menschen nicht leicht. Inständig hoffte er, dass es sich eines Tages ändern würde und sie ihren Teil dazu beitragen könnten.

Als sie sich all das Leid, das sie in sich verborgen hatte, hinausgeweint hatte, löste sie sich von ihm und sah ihn entschlossen an. »Ich werde mich um Will kümmern.«

»Und um das Mädchen hier.« Dakota wandte sich zu ihr um und bedeutete ihr, näher zu kommen, als er sich wieder Florence zuwandte. »Bane bittet dich um noch eine Sache.« Er wartete ab, presste seine Kiefer aufeinander, bevor er weitersprach. »Er möchte, dass du das Artefakt an dich nimmst.«

Florences Augen weiteten sich. »Ihr habt es gefunden?«

Der Gestaltwandler nickte.

»Aber warum nehmt ihr es nicht mit zum Portal?«, wollte sie wissen und schüttelte kaum merklich den Kopf.

»Bane hat Angst, dass die Regentin sich ebenso verhält wie die Menschen, die Jagd auf uns machen. Und mit dem Artefakt ist ein Gegenschlag sehr wahrscheinlich«, erklärte Dakota und war überrascht, wie sein Denken sich, seit Sosanna mit ihm gesprochen hatte, geändert hatte. Auch er schien tief drinnen zu wissen, dass der Anführer recht hatte. Dass Gewalt nur zu mehr Gewalt führen würde, niemals zu Frieden. Einem Frieden, von dem er nicht gewusst hatte, dass er ihn brauchte. Aber was wusste er denn generell schon? Seine Vergangenheit war aus seiner Erinnerung getilgt und gerade jetzt, nach dieser Nacht, wünschte er sich nichts sehnlicher als Ruhe, um sich ins süße Nichts gleiten zu lassen.

Innerlich machte er sich darauf gefasst, mit Florence diskutieren zu müssen. Doch dann lächelte sie. »Das ist der Bane, in den … Den ich kenne.«

Beiden war klar, dass sie etwas Anderes hatte sagen wollen, aber das tat nun nichts zur Sache.

»Ich werde es verwahren. Wenn ihr wiederkommt, wird es hier auf euch warten. Auch das Mädchen ist bei mir sicher«, erklärte sie.

Er nickte dankbar.

Schließlich war es Zeit, sich zu verabschieden.

»Nimm das hier mit. Ich dachte mir schon, dass ihr noch einmal bei mir vorbeischauen würdet«, schnurrte Florence nun wieder wie von ihr gewohnt und bückte sich hinter dem Tresen nach einem Beutel, der bis zum Rand gefüllt war. »Außerdem steht mein Zeppelin draußen vor den Toren Salisburys in Hangar 9. Nimm den Schlüssel zu meiner *Jolly* und bringt euch in Sicherheit. Es wird nicht lange dauern, bis Locksmith hier auftaucht und dann will ich von euch keine Spur mehr sehen.« Sie sah ihn eindringlich an. »Passt auf euch auf.«

Florence gab ihm einen weiteren Gegenstand in die Hand, die sie sanft drückte.

Der Gestaltwandler dankte ihr, bevor er abermals sein Aussehen veränderte.

»Daran werde ich mich wohl nie gewöhnen.« Florence lachte, als sie ihr winkte, als Dakota das Inn verließ.

15

Als sie schließlich wieder beim Boot war, war die Sonne vollends aufgegangen. Ihre Verbündeten verbargen sich vor Blicken in der Dunkelheit der Brücke.

»Wir haben uns schon Sorgen gemacht«, sagte Sosanna, die ihre Hand an der Waffe an ihrem Gürtel ruhen hatte, bevor sie erkannte, dass es sich um Dakota handelte.

»Ich habe alles erledigt, das muss genügen«, erwiderte sie, woraufhin das Einhorn versöhnlich nickte. »Wie geht's Bane?« Sie ließ ihren Blick schweifen und sah auf die schlafende Gestalt des Anführers. Wie sehr hatte er sich verausgabt und wie lange würde er schlafen?

»Unverändert, aber ich glaube, er erholt sich schnell«, war alles, was Sosanna dazu zu sagen hatte, ohne den Blick von Bane zu lösen. Cassandra und sie mussten das Boot ein wenig gesäubert haben während ihrer Abwesenheit, denn von dem Blut war nichts mehr zu sehen.

Die Gestaltwandlerin schüttelte den Kopf, bevor sie den Beutel von Florence ins Boot gleiten ließ. Als sie hineinlugte, stellte sie schmunzelnd fest, dass Florence ihnen Essen und Getränke eingepackt hatte. Während Dakota noch den Inhalt inspizierte, merkte sie gar nicht, dass auch Cassandra und Sosanna wieder einstiegen.

»Wir werden von hier abhauen müssen«, sagte Sosanna langsam und griff nach den Rudern.

»Wir müssen nur aus Salisbury raus zum Hangar. Florence hat uns ihren Zeppelin zur Verfügung gestellt«, erwiderte Dakota verschmitzt grinsend und hielt den Schlüssel zu dem Luftschiff hoch, den ihr die Besitzerin des Inns in die Hand gedrückt hatte. Sie hoffte inständig, dass der Hangar nicht zu weit von hier entfernt war.

»Sobald wir in sicherem Abstand sind, können wir die Regentin kontaktieren, damit sie uns ans Portal holt. Das kann nur er, ich hab das noch nie gemacht«, sagte Sosanna schließlich.

Der Wind pfiff unbarmherzig über die Ebene, als sie auf den Hangar zu gingen. Noch war niemand zu sehen und sie hofften, dass es auch so bleiben würde. Das Mädchen war bei Florence in Sicherheit. Nicht zuletzt deshalb, weil die Menschen die Klaue bestimmt jagen würden. Und das, obwohl sie weder das Mädchen noch das Artefakt bei sich trugen. Aber das konnten diese grausamen Monster ja nicht wissen.

Sosanna schüttelte den Kopf und ging weiterhin voran, den anderen den Weg weisend, auch wenn sie sich in der Rolle als Banes Stellvertreterin immer noch nicht zurechtgefunden hatte. Ein Seitenblick auf ihn genügte, um zu wissen, dass er weiterhin selig vor sich hin döste, während Dakota und Cassandra ihn auf Leos Rücken stabilisierten.

Ohne Zwischenfälle erreichten sie den Hangar, den Florence ihnen genannt hatte, und luden alles ein. Bane wollten sie gerade im hinteren Bereich auf eine der weich gepolsterten Samtsitzbänke legen, als er sich regte.

»Wir sind im Zeppelin von Florence und werden jetzt erst einmal das Weite suchen, Bane«, sagte Dakota sanft und drückte ihn in das Kissen zurück. »Ruh dich noch ein wenig aus.«

Sosanna, die alles im Blick behalten hatte, meinte bloß drängend: »Da kommt jemand. Ich weiß nicht, wer das ist, aber ich hab auch keinen Bock, es rauszufinden. Helft mir, den Zeppelin nach draußen zu ziehen. Wir haben keine Zeit mehr, das Mastfahrzeug zu bedienen, um ihn nach draußen zu bringen. Das steht irgendwo hinten und … ach, keine Ahnung! Beeilt euch mal!«

Der nervöse Ton in ihrer Stimme ließ Dakota zusammenfahren und, ohne einen weiteren Blick auf Bane zu werfen, sprang sie gemeinsam mit Leo und dem Einhorn aus dem Zeppelin, an dem sie nun zogen. Und es wunderte sie, wie leicht das war. Stück für Stück zerrten sie ihn nach draußen in die aufgehende Sonne, während der Wind noch immer blies, als würde sein Leben davon abhängen.

Die Gestalten näherten sich im Laufschritt und irgendetwas sagte Sosanna, dass sie diese unbedingt meiden sollten. Wie froh war sie, dass sie zu Fuß unterwegs waren und nicht etwa mit Pferden. Andernfalls hätten sie sie ohnehin schon lange erreicht!

Heftig atmend zogen sie an den Seilen und das Luftschiff damit immer weiter ins Freie. Alle paar Schritte warf einer von ihnen einen Blick nach hinten, wo die Menschen stetig deutlicher sichtbar wurden. Als sie nur noch etwa hundert Meter entfernt waren, war der Zeppelin endlich weit genug aus dem Hangar heraus, um zu starten.

Grinsend wandte sie sich an Dakota. »Wir können los.«

Fast gleichzeitig sprinteten die drei zurück zur Kabine und starteten die Motoren, vor denen Bane bereits Stellung bezogen hatte. Er sah aus, als wäre er gerade aufgewacht und sich nicht im Klaren darüber, was passiert war. Aber dafür war Zeit. Später.

Die Gestalten kamen näher.

»Weiß irgendjemand, wie man sowas fliegt?«, fragte Dakota und suchte hektisch das Pult ab, um den richtigen Hebel zu finden.

»Sch-, nein«, fluchte Sosanna und ballte die Hände zu Fäusten. Ihr Blick glitt aus dem Fenster zu den näherkommenden Menschen. Weit waren sie nicht mehr entfernt. Sobald sie das Weiße in ihren Augen sehen konnte, war es vorbei. Oder?

Bane regte sich und sah mit einem Mal viel wacher aus. Er unterhielt sich mit Sosanna, die im Gegensatz zu Dakota den Transmitter trug.

»Er ist offenbar schon einige Male mit Florence geflogen und wird uns sagen, was zu tun ist. Er vertraut uns und hofft, dass auch du ihm vertrauen kannst«, sagte Sosanna an Dakota gewandt und das Lächeln, das in ihrer Stimme mitschwang, war echt.

Auch auf Banes Gesicht zeigte es sich.

»Wenn er uns heil hier rausbringen kann, würde ich ihm mein erstes Kind anvertrauen«, erwiderte Dakota und lachte nervös. Doch weder der Witz noch das halbherzige Lachen verdrängte die aufkeimende Panik in ihnen.

Cassandra schien sich der Gefahr nicht so recht bewusst zu sein. Vielleicht hatte sie auch die sich schnellen Schrittes nähernden Menschen nicht bemerkt. Einige davon waren stehen geblieben und legten an.

Sosanna fluchte innerlich. Die Luft war erfüllt von dem knatternden Rotieren des Motors, der sie nun endlich zum Abheben brachte.

Schüsse lösten sich und es war ein Wunder, dass keiner den Zeppelin durchschlug.

Bane erklärte Sosanna die Handhabung der Maschine, während Cassandra es sich zur Aufgabe machte, Dakota ein paar der Zeichen zu lehren.

Leo entspannte sich in der Sonne und Dakota fragte sich ernsthaft, warum sie es der Raubkatze nicht einfach gleichtun konnte.

»Zeig es mir nochmal«, forderte Cassandra, die eine strengere Lehrerin war, als es den Anschein machte. Ihre Brauen zogen sich zusammen.

Dakota, die nicht gut aufgepasst hatte, weil sie kurz davor waren, die Wolkendecke zu durchbrechen, machte ein Gesicht, als hätte sie in eine Zitrone gebissen. »Entschuldige«, flüsterte sie.

Cassandra schüttelte mit düsterer Miene den Kopf. »Wenn er dich schimpft, weil du fluchst, statt eine Unterhaltung zu führen, ist das nicht meine Schuld.« Sie warf die Arme in die Luft, bevor sie erneut begann, die Zeichen zu wiederholen.

Kam es Dakota nur so vor oder flogen sie schneller? Sie drehte sich zurück zu Sosanna und Bane. Letzterer schlief erneut, während das Einhorn das Steuer bediente.

Hatte er seine restliche Energie dafür aufgewandt, dass der Zeppelin schneller flog? Selig lächelnd schnarchte er vor sich hin.

Erneut gellten Schüsse durch die Luft, doch auch diese knallten bloß auf die metallene Unterseite des Zeppelins.

»So wirst du das nie lernen«, grummelte Cassandra und zog an Dakotas Ärmel.

»Entschuldige, ich kam nur nicht umhin, zu bemerken, dass wir nun mehr Platz haben.« Dakota wies mit einem Arm herum und machte ein erstauntes Gesicht. Als sie wieder zu Cassandra sah, lächelte diese.

»Daran gewöhnst du dich auch.« Das Mädchen zwinkerte ihr zu, bevor sie sich wiederholte.

Dakota ermahnte sich, dieses Mal alles im Kopf zu behalten, und nachdem sie eine Weile geflogen waren, war sie sicher, dass es geklappt hatte.

Mittlerweile waren keine Schüsse mehr zu hören. Vielleicht hatten die Menschen endlich eingesehen, dass sie sie nicht erreichen würden. Oder?

Cassandra hatte sich später an Leo gekuschelt. Die beiden lagen auf den Holzplanken in der Sonne und genossen den Flug.

Die Gestaltwandlerin ging ans Fenster und sah nach draußen. Sie flogen auf einer angenehmen Höhe, auch wenn ein Seitenblick auf Sosanna genügte, um zu erkennen, dass das nicht jeder hier drin so empfand. Sie hatte sich nicht getäuscht, als sie am Portal erkannt hatte, dass das Einhorn unter Höhenangst litt. So schön die Aussicht auch war, Sosanna würde sich vermutlich nie daran gewöhnen.

Frühlingsgrüne Hügel schmiegten sich aneinander und ließen das Land unter ihnen wie ein Strom aus satten Weiden und gelben Feldern dahingleiten. Hier und da gruppierten sich buschige kleine

Bäume und Sträucher auf Hügelkuppen zusammen und reckten sich der Sonne entgegen. Dann wiederum gab es Reihen von Bäumchen, die sich durch die Ebene schlängelten, als wollten sie ihnen den Weg weisen.

Ein einsamer Bach bahnte sich seinen Lauf durch die Felder und Wiesen, der weiter im Norden zu einem Fluss wuchs.

Dakota war so gebannt von der Landschaft, dass sie zu spät erkannte, was passierte.

Mit einem Mal ging ein Ruck durch den Zeppelin und er schaukelte wild hin und her.

Leo und Cassandra knallten an die Bordwand und konnten gerade noch so verhindern, dass sie sich verletzten.

Von irgendwoher quoll Rauch und Dakota stellte entsetzt fest, dass es wohl von ihrem Zeppelin kam.

»Scheiße, verdammt!«, brüllte sie und reichte Cassandra im Vorbeigehen ein Tau, um sich und Leo festzuhängen. Sie kämpfte ihre Angst zurück, die war jetzt fehl am Platz. Auch wenn das Ungetüm sie innerlich anschrie und ihr eine Gänsehaut nach der anderen über den Rücken jagte, ihr schlottrige Knie machte, und sich jeder Muskel in ihrem Körper dagegen zu stemmen schien. Dakota ging dennoch auf Sosanna zu und blickte an ihr vorbei. »Ich glaube, das sind Locksmiths Männer!«

Dakota steckte sich den Transmitter an und obwohl zuvor das Chaos um sie herum getobt hatte, war das nichts im Vergleich zu dem, was sie in ihren Gedanken erwartete. Aber zumindest konnte sie die anderen dadurch über das Knattern des Luftschiffs hören.

Sosanna fluchte unentwegt vor sich hin, Cassandra jammerte und betete zu allen Göttern, die ihr einfielen, dass sie sicher ankamen. Sie hatte auch das Gefühl, dass Cassandra ab und an den Namen der Regentin fallen ließ. Und trotzdem war Dakota verdammt froh, dass Bane schlief und sie seine Gedanken nicht auch noch hören konnte. Das wäre zu viel gewesen.

Sie hatte ein Luftschiff entdeckt, größer und schneller als das ihre, das ihnen folgte und eine weitere Salve auf sie abfeuerte. Die

Männer standen am Fenster des Zeppelins und legten ihre Mehrlader wieder an. Es waren zu viele, als dass sie dagegen etwas hätten machen können. Aus den Fenstern des anderen Zeppelins rauchte es, aber das war wohl nur den Schüssen geschuldet.

»Wir müssen landen! Die holen uns aus der Luft!«, schrie Dakota und wedelte mit den Armen.

»Schieß zurück, verdammt!«, rief Sosanna mit verbissenem Gesichtsausdruck und wandte sich nicht um. Sie wusste, dass sie dafür zuständig war, dass dieses Luftschiff sicher ankam, wo auch immer.

Dakota suchte die Taschen nach einer geeigneten Waffe ab, doch sie fand nichts. Die Luft war indes erfüllt von dem schwefeligen Rauch der Gewehre, die sie noch kein weiteres Mal getroffen hatten. Bereits jetzt bemerkte Dakota, dass sie an Höhe verloren.

»In meiner Tasche, aaaah!«

Ein weiterer Ruck ging durch das Luftschiff und sie sackten ab.

»In der Tasche zu meinen Füßen findest du ein Gewehr. Hol es raus und schieß. Schieß, wie du noch nie in deinem Leben geschossen hast!«

Dass Dakota nicht wusste, ob sie in ihrem Leben tatsächlich schon einmal geschossen hatte, behielt sie für sich. Weil es gerade schlichtweg egal war.

Sosanna nahm ihren Blick nicht vom Horizont, steuerte verbissen weiter und sah zu, dass sie all die verlorenen Höhenmeter wieder ausglich. Zumindest glaubte das Dakota. Aber schließlich hatte Bane ihr das Kommando über das Steuer übertragen, sie wusste, was sie tat.

Bane, der immer noch schlief, war ebenfalls an die Bordkante gerutscht.

Dakota fluchte vor sich hin, als sie auf Sosanna zu stolperte und in der Tasche nach dem Gewehr suchte.

»Scheiße, Bane, wach doch endlich auf!«, schimpfte Dakota, als sie es gefunden hatte und neben ihn an die Reling trat. »Scheiße!«

›Wir fluchen nicht vor Kindern.‹ Bane öffnete langsam die Augen. Der Schalk in seinen Worten war unüberhörbar, dennoch war die Gestaltwandlerin sich sicher, dass der Anführer ob der gefährlichen Situation wusste.

»Gerade rechtzeitig!«, sagte Dakota erleichtert und wollte ihm schon das Gewehr überreichen, doch Bane schüttelte grinsend den Kopf.

›Ich hab mein eigenes. Außerdem muss ich einen Notruf abgeben‹, erwiderte er und wandte sich um.

Dakota konnte nicht sehen, was er tat, aber das war auch egal.

Sie legte an und zielte auf die Verfolger. Was nützte es, auf den Zeppelin zu schießen, wenn die Häscher Locksmiths jederzeit zurückfeuern konnten?

Dakota fluchte, als sie erkannte, dass sie daneben geschossen hatte, und legte erneut an. Zwei weitere Kugeln pfiffen an ihnen vorbei und streiften ihr Luftschiff, das daraufhin noch tiefer sank.

Ein weiteres Mal schoss sie, der Rückstoß schlug ihr hart an die Schulter. Sie wusste, dass sie davon etliche blaue Flecken davontragen würde, aber wenn sie sicher fliehen konnten, war es ihr das allemal wert.

Aus dem Augenwinkel konnte sie Bane wahrnehmen, der neben ihr Stellung bezogen hatte. Er war ein weitaus besserer Schütze als Dakota. Sie wusste nicht viel aus ihrem Leben zuvor, aber das Gefühl ließ sie nicht los, dass sie mit versteckten Nahkampfwaffen besser umgehen konnte als mit solchen Dingern.

Endlich hatte sie getroffen! Einer der Männer Locksmiths ging zu Boden. Doch die Freude war nur von kurzer Dauer, denn seinen Platz nahm augenblicklich ein Anderer ein.

»Was tun wir jetzt, Bane?!«, fragte Dakota mehr sich selbst als ihren Anführer. Sie lud nach und legte an. ›Was, wenn sie uns erwischen?‹, ließ sie unausgesprochen, aber er konnte sie ja trotzdem hören. Seinen Blick wollte sie nicht sehen.

Zielen, schießen, treffen, hätte wohl seine Antwort gelautet. Wenn Dakota denn gut hätte zielen können. Aber sie hatte keine Erfahrung damit und das ließ ihre Wut in die Höhe schnellen. Deshalb donnerten Kugeln wild auf Locksmiths Zeppelin, auch

wenn nicht jede davon ihr Ziel traf, sondern Menschen. Für jeden Mann, den sie trafen, trat wieder einer an seinen Platz. Und für jeden Schuss feuerten ihre Verfolger mindestens drei hinterher.

Sie sackten immer weiter ab.

»Was zur Hölle macht ihr da hinten? Ihr sollt sie abschießen, nicht mit euren Schüssen streicheln!«, schrie Sosanna und die Panik war nicht zu überhören.

›Wir fluchen nicht!‹, gellte Banes Stimme abermals durch die Gedanken aller.

Ob Cassandra überhaupt mitbekam, dass hier so manches Wort in den Mund genommen wurde, das sie nicht verwenden sollte, war Dakota nicht klar. Aber vielleicht war das auch egal.

Der Rauch stank und stach in ihren Augen. So hatte sich Dakota das bei Gott nicht vorgestellt, als Florence von dem Zeppelin erzählt hatte. Der Moment schien eine Ewigkeit zurückzuliegen. Und verdammt, war es heiß hier.

Schweiß rann Dakota über die Stirn und lief in ihre Augen. Ihre Haut klebte und brannte höllisch, als sie sich bewegte.

Ihre Schüsse waren begleitet von Schreien, Husten, dem Knacken des Schiffs und einem Rauschen, das ihr durch Mark und Bein ging.

Als sie sich umsah, erkannte sie zum ersten Mal, dass sie weitaus tiefer gesunken waren, als sie erwartet hatte. Der Boden war schon nah.

»Bane, wir müssen abspringen!«, kreischte Sosannas Stimme und schnitt durch all die Geräusche.

Neben sich erkannte Dakota, dass Bane nickte. Sie musste sich nicht umdrehen, um zu wissen, dass Sosanna zu Cassandra und Leo stapfte.

Sie atmete einmal tief, feuerte einen letzten Schuss ab und wischte sich den Schweiß aus der Stirn. Ein Blick auf Bane genügte, um zu wissen, dass es keinerlei Worte bedurfte. Denn sie wusste nicht, ob dies ihre letzten sein würden. Da wollte sie nicht riskieren, etwas Dummes zu sagen, für das sie sich im Leben danach schämen müsste. Also grinste sie, griff nach ihrer Tasche und sprang.

16

Eine lange Zeit war da nichts. Einfach nichts. Manches Mal hörte es sich an, als wären Stimmen um sie, aber hier in diesem Raum, der endlos schien, von Licht erfüllt, da war für Stimmen kein Platz.

Ob dieser Zustand als Frieden bezeichnet werden konnte, wusste sie nicht. Aber mit dem Erwachen kamen große Schmerzen, die vermutlich nie vergehen würden.

Ein Schrei löste sich von Dakotas Lippen, als sie zu Bewusstsein gelangte und mit einem Mal alles über ihr hereinbrach. Die Schmerzen und die Bilder vom abstürzenden Luftschiff, ihre Verbündeten, die sie …

Dakota wandte den Kopf, um zu sehen, wer hier war. Eine Welle der Übelkeit erfasste sie und als sie den Magensaft in ihrem Mund schmeckte, spuckte sie.

»Alles wird gut«, hörte sie die leise Stimme Cassandras. Dakota war sich nicht sicher, ob das Mädchen sich selbst gut zureden wollte beim Anblick der Gestaltwandlerin oder ob die Worte tatsächlich Letzterer galten.

Sie versuchte, sich auf das Mädchen zu konzentrieren, doch immer wieder verschwamm sie mit dem Hintergrund. Erst nach ein paar Minuten erkannte sie, dass es Cassandra gut ging und ihr nichts fehlte. Erstaunt, wie erleichtert sie darüber war, ließ sie ihren Blick noch einmal über das Krankenzimmer schweifen.

Doch da war niemand. Natürlich konnten sie nicht wissen, wann Dakota erwachen würde, aber die Erkenntnis stach ein wenig in ihrer Brust.

Sie sah zur Tür und wieder zurück zu Cassandra.

»Ich hole die anderen!« Ein Lächeln breitete sich auf ihrem Gesicht aus und es wirkte, als würde es niemals aufhören zu wachsen, bevor sie sich am Absatz umwandte und zur Tür raus lief. »Leo, bleib hier und halte Wache!«, hörte Dakota sie draußen sagen, gefolgt von einem Schnurren der Raubkatze.

Die Gestaltwandlerin trug ebenfalls ein Lächeln auf den Lippen, doch es gefror, als sich ein schmerzverzerrtes Seufzen davon löste. Hoffentlich konnten die anderen etwas dagegen machen.

Nach einer halben Ewigkeit kehrte das Mädchen zurück. Im Schlepptau hatte sie einen arg lädierten Bane und die Regentin. Mit einem Mal schien es einige Grad kälter zu werden.

»Du bist wach«, sagte sie da, als hätte es sonst noch niemand bemerkt.

Doch Dakota antwortete nichts. Dafür fehlte ihr die Kraft.

»Bane hat mich bereits darüber informiert, dass eure Mission nicht erfolgreich gewesen ist«, erklärte sie mit dem grausamen Lächeln, das um ihren Mund spielte. Wie immer.

Die Szene verschwamm vor ihren Augen.

»Wasser«, sagte sie bloß und war erschrocken darüber, wie schwach ihre Stimme klang. Natürlich hätte sie einen vollständigen Satz bilden können. Doch ihre Kräfte ließen es gerade einmal zu, dass sie der Unterhaltung halbwegs folgen konnte und nicht wieder in dieses Nichts abglitt, das sich so sehr unterschied von dem, das das Süße Nichts ihr bot.

Was hätte sie nun nicht alles gegeben für einen Moment im Süßen Nichts, einem Augenblick, der sie ihre Schmerzen vergessen ließ. Schmerzen, die ihr den Schweiß aus allen Poren trieben und sie mit einer lähmenden Übelkeit zurückließen.

Wasser, ja, das brauchte sie jetzt. Vielleicht konnte sie damit alles wegspülen, das nicht sein sollte.

»Gleich«, erwiderte die Regentin und es schien, als wäre Dakota nicht die Einzige, die überrascht war über ihre Reaktion.

Die Elfe, die offenbar nicht damit gerechnet hatte, dass sich eine erstaunte Atemlosigkeit über die Anwesenheit senkte, lächelte beschwichtigend. Doch die Grausamkeit war nicht aus ihren Zügen verschwunden. Sie mochte viele darüber hinwegtäuschen, aber Dakota war sich sicher, dass sie sich das nicht nur einbildete.

»Sobald alle wieder genesen sind, werdet ihr erneut in die Welt der Menschen geschickt. Doch dieses Mal bekommt ihr mehr Zeit, um euch darauf vorzubereiten. Damit Bane nicht wieder im letzten Moment einen Notruf abschicken muss.«

Aller Augen flogen ihm zu, doch er schüttelte bloß unmerklich den Kopf. Dann setzte die Regentin wieder zum Sprechen an: »Euer Weg wird euch zuerst zu einer Freundin führen.«

Mehr sagte sie nicht dazu.

Bane, der zu wissen schien, was sie für die Klaue geplant hatte, nickte knapp.

»Ich wünsche keine weiteren Rückschläge. Locksmith gewinnt immer mehr Macht und stürzt mögliche zukünftige Verbündete in die Finsternis«, herrschte sie die Klaue an.

Die Temperatur sank noch einmal spürbar. Dann, als hätte es diesen Moment nie gegeben, stahl sich wieder ein Lächeln auf ihre Lippen, das ihre Augen jedoch nicht erreichte. Sie sah Dakota an, als wäre es ihre Schuld, dass die Mission keinen Erfolg gehabt hatte.

Dakota indes betete, dass dieser Moment endlich vorbei war. Sie spürte, wie das Nichts nach ihr griff und sie immer wieder in die Bewusstlosigkeit zu ziehen versuchte. Der Unterhaltung zu folgen war schon anstrengend genug, auch ohne diese Anschuldigungen.

Bane war auf eine Krücke gestützt und tat sich schwer damit, der Regentin auszuweichen, die sich nun mit einem Nicken verabschiedete. Sie hingegen nahm keinerlei Rücksicht auf ihn, der beinah gestürzt wäre, hätte ihn nicht Cassandra im letzten Moment gestützt.

Erst als die klackernden Schritte der Regentin allmählich verklungen waren, kam wieder Bewegung in die Klaue.

Die kleine Hexe beeilte sich um ein Glas Wasser, das sie Dakota an die Lippen führte, damit diese trinken konnte.

Eine Welle der Dankbarkeit überkam die Gestaltwandlerin.

»Danke«, hauchte sie, als Cassandra das Glas auf den Tisch neben dem Bett stellte. Sie fühlte sich zwar noch nicht viel kräftiger, aber der Nebel, der sich in ihrem Kopf gebildet hatte, lichtete sich allmählich. »Der Erdbeergeschmack in deinem Pulver … War das Absicht?«

Das Mädchen sah sie mit großen Augen an und erst nach einigen Momenten ging ihr ein Licht auf. Man konnte es förmlich sehen. Und dann lächelte sie breit. »Ja. Ich liebe Erdbeeren. Die sind mein allerliebstes Lieblingsobst. Wenn es irgendwie geht, lasse ich alle meine Pulver danach schmecken!«, erwiderte sie. »Ich freue mich, dass du es bemerkt hast! Aber …« Cassandra machte eine kurze Pause, in der sie angestrengt nachzudenken schien und Bane einmal hilfesuchend ansah. »I-ist das deine letzte Erinnerung?«

Die beiden sahen Dakota an, als wären sie in höchstem Maße besorgt.

Die Gestaltwandlerin schüttelte den Kopf. »Nein. Aber ich habe mich gerade daran erinnert, dass ich dich danach fragen wollte«, sagte sie und hielt sich die Hand an die Stirn. Schnelle Bewegungen, vor allem mit dem Kopf, schienen ihr noch nicht gutzutun. Eine weitere Welle der Übelkeit überrollte sie. Dakota konnte sich nicht mehr davon abhalten und übergab sich auf ihre Bettdecke.

Sie hatte offenbar länger keine Mahlzeit gegessen, denn außer übelriechender Flüssigkeit war nichts zu sehen. Nicht, dass das nicht genug gewesen wäre. Der saure Gestank raubte ihr den Atem und sorgte für Kopfschmerzen.

Cassandra griff beherzt nach der Bettdecke und brachte sie nach draußen.

Nun war Dakota mit Bane allein, doch diesen nahm sie gar nicht wahr. Sie sah auf ihre Beine, die violett und geschwollen waren. Ihr Krankenhauskittel schien sich dadurch nur noch weißer davon abzuzeichnen. Schnell wandte sie den Blick ab und fand Bane, der sie mitleidig ansah.

Er begann, mit einer Hand etwas zu zeigen, doch man sah, dass er sich deutlich schwertat, das Gleichgewicht zu halten.

Dakota, deren Bewusstsein wieder abglitt, bekam nur die Hälfte mit und war sich nicht sicher, was sie sah. Den Transmitter hätte sie nicht tragen können. Sie hatte so schon das Gefühl, dass ihr Kopf gleich platzen müsste.

Trotzdem versuchte sie, sich an alles zu erinnern. Florence hatte ihnen den Zeppelin geliehen, sie waren verfolgt und beschossen worden. Dann war das Luftschiff langsam abgesunken und sie hatten sich mit einem Sprung …

Cassandra war wieder im Raum erschienen – mit einer frischen Decke, über die Dakota sehr froh war, als sie sich hineinkuschelte.

Wenn sie das richtig verstand, waren sie alle gesprungen. Leo hatte dafür gesorgt, dass Cassandra als Einzige von ihnen – abgesehen von ihm selbst – unverletzt davon gekommen war.

Bane hatte sich das linke Handgelenk verstaucht und einen Fuß gebrochen. Bei der unsanften Landung, die er im englischen Flachland hingelegt hatte, hatte er sich außerdem noch ein paar Zähne ausgeschlagen, die ihn zugegebenermaßen etwas verwegen und vielleicht auch ein bisschen kriminell aussehen ließen. Obwohl schon seine Narbe, die er im Gesicht trug, genug gewesen wäre.

Sosanna hatte sich beide Beine gebrochen, weshalb Dakota sie noch nicht gesehen hatte. Sie war zwar in einer besseren Verfassung als die Gestaltwandlerin, aber trotzdem zu kraftlos.

Und da waren die Verletzungen Dakotas. Bane musste ihr nicht viel erklären, als dass sie wusste, dass sie diejenige war, die am schlechtesten weggekommen war. Auch sie hatte sich beide Beine gebrochen und noch dazu einen Schädelbasisbruch erlitten.

Cassandra erklärte, dass Bane sehr froh sei, dass die Regentin sie direkt nach dem Absturz ans Portal geholt hatte. Andernfalls wäre die Sache nicht so glimpflich ausgegangen.

Als Dakota den eisernen Griff um das Bewusstsein schließlich lockerte, weil sie der Versuchung nicht länger widerstehen konnte, galten ihre letzten Gedanken der Tatsache, dass sie anders dachte. Natürlich waren sie immer noch besser dran, als wenn sie Locksmith in die Finger gegangen wären, doch von glimpflich konnte nicht die Rede sein.

Mit einer Wut auf die Regentin und ihre grausame Art driftete sie schließlich ab. Und die Welt versank abermals in diesem süßen Nichts.

Selbst wenn Sosanna bei Kräften gewesen wäre, hätte sie ihre besondere Gabe nicht einsetzen können, deshalb wusste sie, dass Dakota bei Cassandra in ebenso guten Händen war.

Ihre Gabe, die sie nur in äußersten Notfällen anwandte, funktionierte letztlich nur, wenn sie die Energie von jemand anderem transferieren konnte. Ein Leben zu retten, vor allem, wenn es am seidenen Faden hing wie das Dakotas, als sie zurück ans Portal gekommen waren, hieß, eines zu nehmen. Und von ihren Verbündeten, auch aus den anderen Banden, hätte sie niemals ein Gildenmitglied geopfert. Was Menschen anbelangte, sah die Sache anders aus. Vor allem nach ihrer letzten Begegnung mit ihnen. Die konnten sterben wie die Fliegen, wenn sie dadurch jemanden der ihren retten konnte.

Der Hass auf Locksmith war ins Unendliche gewachsen. Jedes Mal, wenn auch nur jemand seinen Namen erwähnte oder sie an ihn denken musste, flammte unbändige Wut in ihr auf, dass sie am liebsten schreiend aufgesprungen wäre. Dass sie das nicht konnte, war auch seine Schuld und sie wusste, dass sie ihn das eines Tages büßen lassen würde. Deshalb versperrte sie all ihren Zorn auf die Menschen in einem kleinen Kästchen, das sie sorgfältig zuschloss. Der Tag, an dem sie Locksmith oder einem seiner Männer gegenüber stehen würde, wäre der Tag, an dem sie dieses Schloss aufschließen würde.

»Bist du wach?«, fragte Cassandra, die ihre Rolle als Heilerin sehr ernst nahm.

Sosanna schrak aus ihren gedanklichen Hasstiraden hoch und sah zur Tür, wo das Mädchen unschlüssig stand. Sie nickte.

»Ich komme später mit deinem Essen, ich wollte nur nach deinen Verletzungen sehen«, erklärte Cassandra.

»Du machst das wirklich gut.« Das Einhorn lächelte. Sie beobachtete die Kleine, wie sie ihre Verletzungen inspizierte, und war auch aufmerksam, als das Mädchen begann, vor sich hin zu singen.

Erst als sie geendet hatte, fragte sie: »Wie geht es Dakota?«

Sie versuchte, sich aufzusetzen, und sah das Mädchen eindringlich an.

Cassandra legte die Hände in den Schoß und blickte auf. An ihren Augen konnte man ablesen, dass zu den Ereignissen mit ihrer Familie nun auch der Absturz mit dem Luftschiff dazugekommen war. Das Mädchen hatte dafür, dass sie noch so jung an Jahren war, schon vieles ertragen müssen.

»Es geht ihr langsam besser. Aber bis sie wieder so ist wie vorher ...«, antwortete das Mädchen und musste den Satz nicht zu Ende sprechen. Sosanna wusste auch so, dass es Dakota am schlimmsten getroffen hatte.

Das Einhorn nickte. Als sie all ihre Sinne auf ihre Verletzungen ausrichtete, erkannte sie, dass Cassandra mit ihrem Lied einen Heilungszauber verwoben hatte.

Als Dakota erwachte, war sie allein. Ächzend richtete sie sich auf, doch sank augenblicklich zurück in ihr Kissen. Die Realität fühlte sich an wie Granit, der unablässig in ihr Gesicht drückte.

Auch wenn sie es besser wusste, wünschte sie sich nichts sehnlicher als die Betäubung all ihrer Sinne. Ihr Blick flog umher und suchte den Raum ab, auf der Suche nach etwas ganz Bestimmtem.

Unter Aufgebot all ihrer Kräfte stemmte sie sich noch einmal hoch und entdeckte endlich ihre Tasche. Nun durfte sie nichts überstürzen, andernfalls würde ihr Versuch sicherlich scheitern.

Eine Weile saß sie da und starrte die Tasche an, als könnte sie sie durch bloße Kraft der Gedanken zu sich ziehen. Der Wunsch, das zu können, vielleicht aber auch nur das Verlangen danach, was sich im Inneren der Tasche befand, brannte heiß in ihr. Für einen kurzen Augenblick hätte sie beinah vergessen, dass sie sich noch immer in ihrem geplagten Körper befand, hier irgendwo auf einer Krankenstation, vermutlich am Portal.

»Fokussiere dich!«, mahnte sie sich selbst und packte mit beiden Händen fest das Laken. »Versuch es einfach.«

Sie wusste, dass ihr nicht viel Zeit blieb, bevor die Kraft ihren Körper verlassen würde. Schnell verwandelte sie sich in eine Frau, die Florence zum Verwechseln ähnlich sah. Sie wusste nicht, warum es ausgerechnet dieses Aussehen war, aber das war in dem Moment egal. Wichtig war, dass diese Frau keinerlei Gebrechen hatte. Keinerlei Einschränkungen durch ein abgestürztes Luftschiff.

In Windeseile stemmte sie sich hoch, stürzte zu ihrer Tasche, kramte darin herum und fand schließlich, wonach sie gesucht hatte. Als sie zu ihrem Bett zurück wankte, merkte sie, dass sie die Kraft zu verlassen drohte. Sie hechtete sich aufs Bett, ohne dabei das kleine Säckchen fallen zu lassen, das sie bei sich trug.

Als sie wieder in ihrem Bett lag, glücklich aber völlig erschöpft, drückte sie das Säckchen.

Dakota sah an sich herunter und erkannte, dass sie sich zurückverwandelte. Statt ebenmäßiger, glatter Haut, konnte sie nun wieder deutlich ihre Verletzungen ausmachen, die sie schnell unter der Decke verbarg. Sie wollte das nicht sehen, wollte nichts mehr von alledem sehen. Und auch nichts mehr fühlen. Die Gewissheit, dass sie dadurch schneller heilen würde, brannte in ihrem Geist heller als alles andere.

Dieses lähmende Gefühl, nicht genug gewesen zu sein, nichts ausrichten zu können, das kannte sie. Es vibrierte tief in ihr und ihr war klar, dass das ein Gefühl war, das zu ihrem Leben gehörte, an das sie sich nicht erinnern konnte.

Hatte sie jemanden im Stich gelassen? Hatte sie sich davon gemacht und jemanden zurückgelassen, der ihre Hilfe benötigte? Wer war sie? War sie überhaupt eine Frau? Oder ein Mann? Wie alt war sie?

Die Gedanken zerrten an ihr, schubsten sie von einer Ecke in die andere. So lange hatte sie diese nun schon versperrt, weil sie sich auf die Mission konzentrieren wollte. Aber nun wusste sie es besser. Sie hätte sich viel früher damit auseinandersetzen müssen. Denn jetzt war sie zu kraftlos. Zu schwach, um herauszufinden, wer sie eigentlich war. Zu geschlagen, um sich zu erinnern. Und zu ausgezehrt, um mit all dem klarzukommen.

Mit bebenden Fingern griff sie nach den Bändern, die das Säckchen verschlossen, und hielt den Atem an. Es fühlte sich an wie eine Ewigkeit, in der sie daran herumnestelte, doch dann war es endlich geschafft.

Die sich dort drin befindlichen weichen Kügelchen waren voller Verheißung. Sie versprachen ihr eine Linderung ihrer Schmerzen. Vor allem aber den Ausstieg aus diesen nie endenden, dunklen Gedanken.

Dakota legte sich eines der Kügelchen in den Mund und versteckte den Beutel unter dem Kissen. Erst dann erlaubte sie es sich, das Kügelchen zu kauen, und schmeckte die ersten Bitterstoffe, die sich auf ihre Zunge legten. Das war der unangenehme Teil, alles, was danach kam, würde pure Entspannung sein.

Sie schluckte und spürte, wie eine Wärme an ihr hoch krabbelte und sie in eine Decke hüllte.

Der Raum um sie herum schien nach und nach an Schärfe zu verlieren. Die Kanten liefen ineinander über und bildeten eine Masse, die sich ebenso an Dakota schmiegte wie die unsichtbare Decke.

Ein Lächeln breitete sich auf ihrem Gesicht aus, das sich langsam, aber sicher über ihren gesamten Körper streckte.

Endlich war sie an dem Ort, an dem ihre Probleme keine mehr waren. Ein Ort, an dem es egal war, wer sie war und woher sie kam. Ein Ort, an dem ihre verlorene Erinnerung mit der Umgebung verschmolz und sich für den Moment gut anfühlte, als gehörte sie dort hin. Dort war egal, dass sie sich nicht erinnern konnte. Hier war sie ein Teil davon, ein Teil von allem und von nichts, dem wattigen Nichts, in das sie nun versank.

»Heilige Scheiße, genauso muss das sein.«

Mit der Zeit fiel ihr das Blinzeln schwer und sie ließ es bleiben. Die zerlaufene Masse des Zimmers wurde dunkel. Alles, was sie sehen konnte, waren warme Lichtflecke, die inmitten der Finsternis ihrer Augenlider auftauchten und nur für sie leuchteten.

Als Bane nach Dakota sah, wusste er, dass etwas falsch war. Sie schien zu schlafen, doch es sah anders aus als die anderen Male, als er hier gewesen war, um nach ihr zu sehen.

In ungeahnter Geschwindigkeit humpelte er auf seinen Krücken zu ihr und vergewisserte sich, dass sie noch schlief.

Nein, das war es nicht, auch wenn sich ihr Brustkorb langsamer hob und senkte als gewöhnlich.

Er rückte näher. Woher kam dieser Geruch? Bitter und …

Bane atmete tief durch die Nase ein. Der Geruch kam von ihrem Gesicht, das ihm ein so breites Grinsen entgegenwarf, dass es ihn fast schon schüttelte. Irgendetwas daran war seltsam und er würde noch herausfinden, was es war.

Mit einem Mal würgte Dakota so heftig, dass sie zur Seite rollte und am Rücken liegen blieb. Sie übergab sich.

Auch wenn er selbst kaum ohne Hilfe stehen konnte, packte Bane die Gestaltwandlerin mit kräftigen Armen und rollte sie zur Seite, sodass sie nicht an ihrem eigenen Erbrochenen erstickte. Dabei ging er so unsanft und hektisch vor, dass das Kissen vom Bett flog und das Säckchen preisgab, das Dakota offenbar zu verstecken versuchte. Er nahm es sicherheitshalber an sich. Denn das, was sich dort drin befand, schien genauso zu riechen wie das Gesicht der Gestaltwandlerin.

Die Kräfte verließen ihn und er sank neben der sich bewusstlos übergebenden Dakota zusammen. Sein Handgelenk schmerzte. Der Bruch und die Belastung gerade eben hatten ihm weiter zugesetzt, aber das war es wert gewesen. Immerhin hatte der Anführer der

Klaue es nicht geschafft, seine Bande sicher wieder zurück zum Portal zu bringen. Nein, vielmehr hatte er es zugelassen, dass sie ihn und seine Leute abgeschossen hatten und sie nur dank der Regentin dem Tod entkommen waren.

Er schämte sich dafür. Mehr noch als seine Verletzungen, die nun ihren Tribut für die letzten paar Minuten forderten, brannte die Reue in ihm, kein besserer Anführer gewesen zu sein.

Das Bild eines blondgelockten Mannes, der breit grinste, erschien vor seinem inneren Auge. Henry.

Seufzend versuchte Bane, den Gedanken an den Menschen zu vertreiben, dessen Leben nicht allein durch die Hand eines anderen Menschen sein Ende gefunden hatte. Henry, mit dem er im Haus von dessen Eltern gewohnt hatte. Henry, der ihn immer als ebenbürtig betrachtet hatte. Henry, der womöglich noch leben würde, hätte Bane ihn nicht als inoffizielles Ehrenmitglied in die Bande aufgenommen, ohne dass die Regentin davon wusste. Bane war klar, dass seine Schuld in der Sache eine große war, und die würde er mit sich herumschleppen, bis er eines Tages selbst ein Ende fand, das wusste er.

Er war am Boden zusammengesunken und versuchte, sich mit dem bemitleidenswerten Anblick Dakotas abzulenken. Das Bild Henrys schwirrte um ihn herum, als wollte es ihn daran erinnern, dass so etwas niemals wieder passieren durfte.

Auch wenn ihm das klar war, war es ihm in dem Moment erst tatsächlich aufgefallen, dass die Geschichte einige Parallelen hatte. Damals jedoch war es nicht seine eigene Bewusstlosigkeit gewesen, die ihn daran gehindert hatte, etwas zu tun, sondern seine Unfähigkeit als Anführer. Als Henry und Sosanna seine einzigen beiden Bandenmitglieder waren, war er noch so unerfahren gewesen, dass es beinah schmerzte. Und trotzdem hatte er sich in diesen Jahren so lebendig gefühlt. Was nicht zuletzt an den anderen beiden gelegen hatte.

Er hatte stets bis zum letzten Moment gewartet, um eine Entscheidung zu fällen, aus Angst davor, die falsche zu treffen. Aber genau das war schließlich der Fehler gewesen und hatte Henry den Tod gebracht, der nun wie ein Mahnmal gedanklich über Dakota schwebte. Auch wenn Naheniel schlussendlich für sein Ende gesorgt hatte, war es Banes Schuld gewesen, der gezögert und sich nicht entschieden hatte.

Verdammt.

Bane schüttelte den Kopf. Er musste sich auf das Hier und Jetzt konzentrieren.

Seine immer noch stechende Hand, die mittlerweile unangenehm pulsierte, griff nach dem Rücken der Gestaltwandlerin. Sanft tätschelte er ihr über das Kreuz und fragte sich, ob sie das in ihrem Zustand überhaupt mitbekam.

Vor dem Zimmer machte er eine Bewegung aus, und da Leo sich nun, wie er sehen konnte, aufrechter hinstellte, war ihm klar, dass die gleich Eintretende nur Cassandra sein konnte.

Bane verstaute das Säckchen in seiner Hosentasche und versuchte, einen möglichst unschuldigen Blick aufzusetzen. Das, was hier passiert war, würde er mit Dakota klären. Cassandra musste das nicht wissen, zumal er selbst noch nicht wusste, welche Ausmaße die Geschichte hatte.

Als das Mädchen eintrat, war ihre Überraschung groß.

»Bane!«, rief sie erschrocken aus und stürzte augenblicklich auf ihn zu, um ihm aufzuhelfen.

Erst danach entdeckte sie Dakota.

»Was … i-ist mit ihr?«, fragte Cassandra und trat unschlüssig näher. All das Blut und die Zerstörung ihrer Körper hatte sie weniger aus der Fassung bringen können als eine sich übergebende Dakota. Vermutlich weil sie nicht wusste, warum.

Bane, der eine Ahnung davon hatte, humpelte auf den Krücken einen Schritt zurück, um Cassandra durchzulassen.

Sie kümmerte sich um die Gestaltwandlerin, während Bane es sich auf einem Stuhl gemütlich machte.

Er wusste, dass sie alle in besten Händen waren.

Als sich das Mädchen schließlich umwandte, kam sie auf Bane

mit einem strengen Ausdruck im Gesicht zu. »Was ist passiert, als du reingekommen bist?«, fragte sie.

›Sie hat gerade angefangen, sich zu übergeben‹, erklärte er, ohne auf seine schmerzende Hand zu achten. ›Ich hab sie zur Seite gerollt, damit sie nicht erstickt.‹

»Danke, Bane«, sagte Cassandra und ein dünnlippiges Lächeln erschien auf ihrem Gesicht.

Manches Mal fragte er sich, ob sie ihr zu viel aufhalsten, wenn sie sich um ihre Heilung kümmerte. Doch der Moment war vergangen, so schnell wie er gekommen war. Ihr Lächeln zog sich nun etwas weiter über ihr Gesicht und sah wieder genauso aus wie sonst. Strahlend und unvoreingenommen.

Bane wagte einen Blick auf Dakota, die noch nicht erwacht zu sein schien, bevor er zeigte. ›Ich wollte etwas mit dir besprechen.‹

Cassandra runzelte die Stirn, sagte aber nichts.

›Als wir aus Marshwood Castle geflohen sind …‹, begann Bane.

Der Gesichtsausdruck des Mädchens veränderte sich. Mit einem Mal war er steinern und nicht mehr zu deuten.

›Naheniel hat mit mir gesprochen.‹

»Ich will nicht wissen, was er gesagt hat«, erwiderte Cassandra augenblicklich und verschränkte die Arme. Das Mädchen sah verstimmt aus und er konnte es ihr gar nicht verübeln. Aber etwas hatte sich verändert und das sollte sie auch wissen.

›Ich werde es dir trotzdem sagen‹, erklärte Bane und sah sie so verständnisvoll wie möglich an. Wenn sie sich abwandte, konnte er ihr erzählen, was er wollte, sie würde es dennoch ausblenden. Nachschreien hätte nicht denselben Effekt, wie es bei anderen der Fall wäre. ›Naheniel hat mich gebeten, dich auszurüsten und dir das Kämpfen beizubringen.‹

Was auch immer sie erwartet hatte, das war es offenbar nicht gewesen. Ihr Gesicht hellte sich mit einem Mal auf und es war sogar der Hauch eines Lächelns darauf zu entdecken.

»Das hat er gesagt?«

Bane nickte langsam. ›Er möchte, dass ich dich unterrichte.

Naheniel meinte, dass er doch auch nur leben will.‹ Den Rest des Gesprächs gab er beinah Wort für Wort wieder, denn er fand, dass es wichtig war, dass Cassandra davon wusste.

Ihre Flucht war hektisch gewesen, doch der Anführer der Klaue hatte das Gefühl, dass er den Dämon nun besser verstand. Er und das Mädchen waren durch einen unglücklichen Zufall miteinander verbunden und seither hatte sie alles daran gesetzt, ihn loszuwerden. Doch wenn man erst einmal darüber nachdachte, fiel einem auf, dass Naheniel bislang nie etwas getan hatte, das Cassandra geschadet hätte.

Der Trickster wusste zwar, dass er dem Dämon im Falle, dass er Cassandra schadete, nichts antun könnte, ohne dass er nicht auch dem Mädchen Schaden zufügte. Aber bislang war nichts dergleichen passiert, was ihn doch zum Nachdenken gebracht hatte.

»Und das hat er wirklich gesagt?«, wollte das Mädchen wissen und riss Bane aus seinen Gedanken.

Er nickte. ›Er will, dass ich dich schütze. Und ich gebe ihm recht. Das kann ich nur, indem ich dich im Kampf mit den Waffen ausbilde. So sehr es mir widerstrebt, dich damit zu sehen …‹ Bane seufzte. ›Naheniel hat recht. Lieber bringe ich dir den Umgang mit den Waffen bei und rette dir damit das Leben, als dich noch einmal so unvorbereitet in einen Feind laufen zu lassen. Auch wenn Sosanna dabei war.‹

Das Mädchen strahlte, was Bane nicht so behagte. Immer noch nagte etwas an ihm, das er nicht zu benennen wusste. In ihm hatte sich ein Widerstand gebildet, Cassandra den Umgang mit den Waffen beizubringen, weil er innerlich nicht davon abgehen wollte, dass sie ein kleines Mädchen war. Auch wenn er nicht ihr Vater war, für ihn war die Klaue seine Familie, die sich gegenseitig ausgesucht hatte. Sie alle waren Teil der Bande, weil sie es wollten, und als diese mussten sie aufeinander achten. Er als Anführer hatte sie so lange von den Kämpfen abschirmen wollen, bis es beinah zu spät gewesen war. Und vielleicht, dachte er jetzt so bei sich, hätte das auch irgendwann zu einem ähnlich schlechten Ausgang wie bei Henry geführt.

›Es tut mir leid, dass ich dich in solche Gefahr gebracht habe. Ich bin längst kein so guter Anführer, wie ich sein sollte‹, gab er zu und presste die Kiefer aufeinander. Geschlagen senkte er den Kopf und schloss die Augen.

»Bane!«, herrschte Cassandra plötzlich.

Er sah wieder auf.

»Du bist der beste Anführer, den man sich wünschen kann … Den ich mir wünschen kann«, sagte sie und hatte Tränen in den Augen. »Seit ich m-meine Fa-fam-il-ie verlo-ho-horen hab –« Sie wischte sich die Tränen weg und schniefte geräuschvoll. »– warst du immer für mich da und hast auf mich aufgepasst. Du hast mir das Gefühl gegeben, ein gleichwertiges Mitglied dieser Bande zu sein! Hör auf, böse auf dich selbst zu sein!«

Bane wartete nicht lange, sondern zog das kleine Mädchen in eine feste Umarmung, die sie augenblicklich erwiderte. Er versprach sich, aber auch ihr, sein Bestes zu geben, sie den Umgang mit Waffen zu lehren. Niemals wieder würde er es zulassen, dass sie einem Feind derart ausgeliefert war wie in Marshwood Castle.

Sie schien sein Versprechen zu spüren, denn sie lächelte.

Auch wenn die Bemühungen der kleinen Hexe ein Gros ihrer Kräfte erforderte, war sie unermüdlich und kümmerte sich pflichtbewusst um ihre Patienten.

Die Regentin sahen die Mitglieder der Klaue einige Zeit nicht mehr. Erst an dem Tag, an dem sie endlich auf ihre nächste Mission geschickt wurden.

17

Auch wenn ihre Verletzungen endlich verheilt waren, spürten die Mitglieder der Klaue an diesem Morgen eine Steifheit in ihren Knochen, die nicht nur davon herrührte. Keiner von ihnen hätte es zugegeben, aber die Rückkehr in die Welt der Menschen fühlte sich ein wenig an wie das Springen von einer Klippe ins Meer. So genau wusste man nicht, ob man richtig ins Wasser eintauchen würde, ohne sich zu verletzen. Ebenso war nicht ganz klar, ob der Wind nicht mit einem Mal heftig peitschte und ihre hilflosen Körper, die sich im freien Fall befanden, gegen die Felsen klatschen ließ. Und selbst wenn man es schaffte, im Wasser einzutauchen, wusste man nicht, ob in den Tiefen gefährliche Tiere lauerten.

Cassandra fröstelte und sah trotzdem glücklich aus. Er musste sie nicht fragen, um zu wissen, dass sie sich auf das Training mit ihm freute.

Waffen. Innerlich seufzte er. Davor hatte er sie bewahren wollen.

Aber die Regentin bestand weiterhin darauf, dass Cassandra mit auf Missionen ging, weil sie Artefakte sehen konnte. Dass sie das Kind dabei in unnötige Gefahr brachte, war ihr egal. Und Bane hatte sich zu beugen.

Vielleicht konnte er sie dadurch schützen. Wenn sie sich nicht mehr länger bloß auf ihre Magie verlassen musste. Auch wenn es ihm nicht passte.

Aus dem Augenwinkel erkannte er, dass sie einen Seitenblick auf ihn riskierte, während er weiterhin in seinen Gedanken hing und nach vorn sah. Seit ihrem Gespräch hatte er nicht mehr viel dazu gesagt. Was daran lag, dass er sich Sorgen um Dakota machte.

Denn auch mit ihr hatte er noch nicht gesprochen. Sie stand zitternd da und sah dem sich öffnenden Portal entgegen. Der Wind aus der Welt der Menschen fuhr hindurch und zerstrubbelte ihr langes, nussbraunes Haar, das wild herumgewirbelt wurde. Aber das würde er noch. Vielleicht fragte sie sich bereits, wo ihr Säckchen abgeblieben war. Vielleicht auch nicht. Das war eindeutig etwas, worüber die beiden sprechen mussten, nachdem Sosanna ihm seinen Verdacht bestätigt hatte.

Die Gestaltwandlerin stand etwas von ihm entfernt und sah aus, als wäre sie kurz davor, sich zu übergeben.

Cassandra, die ihr in den letzten Wochen zur Seite gestanden hatte, kannte die ersten Anzeichen für einen Schub und legte beschwichtigend die Hand auf ihren Arm. Sie hatte zwar keinen Namen für das, was mit Dakota los war, und die anderen würden einen Teufel tun, ihr zu erzählen, was es war. Aber es war klar, dass sie ihr Handwerk gut genug beherrschte, um Zeichen zu erkennen.

»Das wird schon wieder«, sagte sie mehrere Male hintereinander, aber Dakota sah nicht danach aus, als ob sie ihr glauben würde.

Die Kiefer aufeinanderpressend trat Bane einen Schritt nach vorn und sah ins Auge des Portals. Hier auf der steinernen Plattform inmitten des unterirdischen Sees hatte die Rückkehr beinah etwas Magisches. Auch wenn sie sich ganz und gar nicht danach fühlten.

Vor allem der Anführer der Dunklen Klaue war in den letzten Wochen von Schuldgefühlen zerfressen worden. Er hätte es nicht zugegeben, weil er Verantwortung über die anderen hatte, aber eigentlich fragte er sich schon seit einiger Zeit, ob er die Bande weiterhin anführen sollte.

Das Portal, das mehr aussah wie ein enormer, goldener Reifen, zeigte auf der anderen Seite nicht den Rest der unterirdischen Höhle, sondern eine völlig fremde Landschaft. Der Ring franste an den Rändern ein wenig aus, schien mit dem Wind zu peitschen.

Obwohl Bane den Anblick schon oft gesehen hatte, nahm er ihn zum ersten Mal als etwas Furchterregendes wahr. Doch wenn er ehrlich mit sich selbst war, hatte das nichts mit dem Portal zu tun, sondern mit der Angst, die tief in ihm saß. Furcht, zu versagen und seine Bande ein weiteres Mal in Gefahr zu bringen.

Er atmete tief ein und schmeckte salzige Luft. Es würde also ans Meer gehen. Ein Lächeln stahl sich auf seine Lippen. Auch wenn die Welt oft angsteinflößend war, so war sie dennoch wunderschön. Und sie würden den Magischen einen Platz darin zurückerkämpfen. Friedlich.

Banes Blick flog zur Regentin, die ihre Lippen hart aufeinandergepresst hatte und nichts sagte. Sie sah die Mitglieder der Bande an und zum ersten Mal erschien ihr Gesicht nicht grausam. Vielleicht weil das Lächeln darin fehlte.

»Niamh wird euch erwarten«, sagte die Regentin knapp, nickte und verstummte. Mehr wollte sie dazu offenbar nicht sagen. Die Zeit würde vermutlich kommen, da sie sich erneut an die Klaue wenden würde. Wenn sie der Meinung war, die Mission müsse wieder aufgenommen werden.

Bane versuchte, so normal wie möglich dreinzusehen. Er hatte die Regentin angelogen und war sich immer noch nicht sicher, ob sie nicht doch Gedanken lesen konnte. Deshalb verbot er sich einen solchen an das Artefakt, das sie gefunden hatten.

Auch die anderen waren standhaft geblieben und hatten weder etwas gesagt noch daran gedacht – zumindest ging Bane davon aus. Denn sonst hätte die Regentin sicherlich schon …

Oder sie hätte gewartet und dann überraschend davon gesprochen. Letztere Möglichkeit, dachte Bane nun so bei sich, wäre wohl eher etwas, das dem Charakter der Regentin entsprach. Sie würde zuschlagen, wenn sie es nicht erwarteten.

Der erste Schritt hinter dem Portal führte direkt in knirschenden, frischen Schnee.

Die Umhänge der Klaue wurden vom Wind mitgerissen und zerrten an ihren Hälsen. Keine besonders angenehme Angelegenheit. Bane wandte sich um und erkannte, dass sich das Portal bereits geschlossen hatte.

Vor ihnen befand sich eine eigenartig schroffe, steile Felsformation, die in den Himmel ragte. Dabei sah sie so aus, als wäre sie einst ein Schloss gewesen, das im Laufe der Zeit von Steinen überwuchert worden war.

Bane schüttelte den Kopf über diesen Gedanken und ließ seinen Blick rundum schweifen. Zu ihren Füßen befand sich ein lang gedehnter See, der im Licht der von Nebel verhangenen gelblich-orangen Sonne beinah etwas Romantisches hatte.

Bane sog tief den Duft der Landschaft ein und nahm einen schwachen, salzigen Geruch wahr, der vom Wind herangetragen wurde. Das Meer konnte nicht weit sein.

»Willkommen«, sagte mit einem Mal eine ätherische Stimme, die wirkte, als würde sie nicht mehr viel hier in der irdischen Welt halten.

Zwischen der Felsformation schob sich ein schmaler Körper hervor, der völlig in Weiß gekleidet war und mit dem frisch gefallenen Schnee zu verschmelzen schien.

Die Klaue wartete ab, bereit zum Kampf, auch wenn das nicht notwendig war. Die junge Frau, die da hervortrat, war völlig unbewaffnet. Ihr aus Naturfasern gewobenes Kleid war viel zu leicht, um länger in dieser verschneiten Landschaft zu verharren, trotzdem lief sie barfuß über den Schnee, als wäre dies das Normalste auf der Welt.

Bane schüttelte den Kopf und beobachtete weiterhin ihren tänzerischen Gang, der wirkte, als wäre sie eins mit ihrer Umgebung.

Sie strich sich das wallende rote Haar aus dem Gesicht, als sie die Bande erreicht hatte, und setzte ein keckes Lächeln auf. Den knorrigen Stab, den sie bei sich führte, rammte sie in die Erde. Auch wenn sie freundlich gesinnt zu sein schien, vergingen einige Momente, in denen die Atmosphäre zum Zerreißen gespannt war.

Die junge Frau nahm eine selbstbewusste Pose ein, legte sich eine Hand auf die Hüfte und musterte die Mitglieder der Klaue. »Wir werden viel Spaß miteinander haben«, verkündete sie und verzog ihren wohlgeformten Mund zu einem Lächeln, das ihre perlweißen, aber spitzen Zähne zeigte.

»Bist du jeden Tag so geschminkt?«, fragte Cassandra und deutete auf das Gesicht der Frau, die eine Art Kriegsbemalung in Erdfarben trug.

Ihr ganzes Erscheinungsbild war harmonisch, all die Farben vervollständigten sich gegenseitig. Dadurch schienen ihre gelben Augen, die weder Pupille noch Augenweiß hatten, heller zu leuchten, als sie es ohnehin schon taten.

Die Frau lächelte ein wenig breiter. »Das ist meine Art zu zeigen, dass sich niemand mit mir anlegen sollte«, erklärte sie. »Wenn du möchtest, bemale ich dich auch.«

Cassandra schien völlig aus dem Häuschen zu sein und grabschte augenblicklich nach der Hand der Frau, die sich bereits umgedreht hatte, um sie zurück zu den Felsen zu führen.

Bane griff geistesgegenwärtig nach der anderen Hand des Mädchens und hielt sie zurück. Die eigenartige Prozession kam zum Stehen und die Frau wandte sich um.

Sie runzelte die Stirn und war drauf und dran, sich ein Blickduell mit dem Anführer der Klaue zu liefern, bevor sie sich eines Besseren besann und sich räusperte. »Warum so misstrauisch, Bane?«

Es überraschte ihn nicht, dass sie seinen Namen kannte. Die Vertrautheit, mit der sie ihn allerdings aussprach, verdutzte ihn.

»Für gewöhnlich stellen sich Personen bei uns vor, bevor sie uns irgendwohin führen«, knurrte Sosanna, die nicht im Mindesten beeindruckt von der Freundlichkeit der Frau zu sein schien. Sie hatte sich nicht bewegt, seit sie eine defensive Haltung eingenommen hatte, als die Frau erschienen war. Sie blendete sich so gut in die Umgebung ein, dass man sie in einem Schneesturm wohl verloren hätte. »Du scheinst unsere Namen zu kennen, wir den deinen aber noch nicht.«

»Die Regentin hat euch zu mir geschickt, um euch auf eine weitere Mission vorzubereiten.« Die Frau kicherte und strich sich eine Haarsträhne hinter das spitze Ohr, das so lang war, dass es fast höher war als ihr Kopf.

»Deswegen wüssten wir trotzdem gerne, mit wem wir es zu tun

haben«, sagte nun auch Dakota und verschränkte die Arme. Bane konnte sehen, dass sie so schnell als möglich ins Warme wollte. In letzter Zeit hatte sie sich ständig jegliches Kleidungsstück umgeworfen, das sie finden konnte, und hatte trotzdem immerfort gefroren.

Außerdem flog ihr Blick permanent hin und her. Wonach sie suchte, musste er nicht fragen, denn er kannte die Antwort. Immerhin trug er sie jetzt bei sich, immer nah am Körper.

»Ich bin Niamh«, antwortete sie knapp, warf einen letzten Blick auf Bane, der noch nicht völlig überzeugt war. »Kommt.«

Während er ihr folgte, überprüfte Bane den Sitz seiner Waffen und hielt zur Sicherheit eine seiner Hände in der Nähe davon. Sicher war sicher, vor allem, da sie Cassandra an der Hand hielt.

Er schloss auf, um die Kleine schützen zu können.

Die anderen beiden setzten sich in Bewegung, Sosanna jedoch nicht, ohne sich ständig umzuwenden und nach Feinden Ausschau zu halten, während Leo hinterher trottete. Bane war stolz auf sie, auch wenn sein Blick starr auf Niamh lag.

»Warum trägst du eigentlich nur so dünne Kleidung? Ist dir nicht kalt?«, fragte Cassandra, kurz bevor sie die Steine erreicht hatten.

Von Niamh kam ein heiteres Lachen. »Ich bin ein Kind der Natur, die uns umgibt. Wenn sie beschließt, die Welt mit Kälte zu beschenken, dann ziehen sich meine Kräfte in mein Innerstes zurück. Ich bin wie meine Schwestern die Kräuter. Auch sie ziehen sich keine Mäntel an, um den Winter zu überdauern«, erklärte sie und trat wieder zwischen die Steine, dicht gefolgt von Cassandra und Bane, der noch näher gekommen war.

Doch da war nichts, das auf ein Versteck Magischer hingewiesen hätte. Nichts. Kahler, nackter Stein, der ihnen schroff entgegenblickte und sie beinah zu verhöhnen schien.

Vor allem Dakota fror erbärmlich. Die Arme um sich selbst schlingend und nervös auf und ab hüpfend. Als würde es etwas verändern, stand sie da und versuchte ganz offensichtlich, ihren Ärger unter Kontrolle zu halten.

Niamh blieb vor einem der größten Steine stehen und begann zu summen. Wind kam auf und es stoben einige Schneeflocken zwischen den scharfkantigen Felsen herein.

Dabei bemerkte niemand der Gildenmitglieder, dass mit dem Wind auch ein Nebel gekommen war, der immer dichter wurde.

Banes Griff um die Hand der kleinen Hexe wurde enger und auch Sosanna kam näher.

Das Lied, das Niahm sang, wurde mit einem Mal lauter, bis Bane bemerkte, dass es ihn erfasst hatte und nun aus ihm heraus zu schwingen schien. War es noch die Stimme der Frau, die sang, oder war es bereits seine eigene? Er wusste es nicht, doch es war ihm egal. Er verstand die Worte nicht, aber der Sinn des Liedes war ihm von Anfang an klar. Die Welt der Magischen, ähnlich wie beim Portal, war hier vor den Augen der Menschen verschlossen und versteckt.

Ihm war, als würde eine Vielzahl an Kehlen mit in das Lied einstimmen und all ihre Verzweiflung und ihren Hass darüber, dass sie gezwungen waren, sich zu verstecken, aus sich heraussingen.

Selbst die Welt um ihn herum, die von Nebel verschluckt und vor neugierigen Blicken verborgen war, schien sich dem Rhythmus des Liedes gebeugt zu haben und schwang in dieser Melodie mit.

Alles war eins.

Und dann verstummte Niamh abrupt und mit ihr legte sich eine eigenartige Stille über die Umgebung, die die Mitglieder der Klaue zurückließ, als würde ihnen mit einem Mal etwas fehlen. Als wäre dieses Lied das Einzige, das sie im Leben je komplett fühlen hatte lassen.

Bane sah sich um. Der Nebel hatte sich gelegt. Die Natur um sie herum hatte sich nicht geändert. Noch immer ragten die Felsen scharfkantig und schroff auf, noch immer lag der See still unter ihnen und noch immer trug der Wind eine salzige Note mit sich, die sie umspülte.

Es dauerte eine Weile, bis die Gestaltwandlerin erkannte, dass der Schnee verschwunden war. Er war nicht geschmolzen, denn dann hätte er zusammengedrücktes, matschig braunes Gras hinterlassen. Nein, die Wiesen erstrahlten in ihrem schönsten, sattesten Grün.

Auch die Luft schmeckte warm, nach Sonne und Freiheit. Gerade so, als hätten sie all die Sorgen um das Zusammenleben mit den Menschen hinter sich gelassen. Als würde diese andere Realität nicht existieren.

Niamh lächelte sie an, denn sie war sich sehr wohl gewahr darüber, dass die Klaue nach und nach verstand, was passiert war.

»Hier können wir uns frei bewegen. Es ist kein großes Areal, aber es reicht aus, um euch auszubilden. Leider wächst es nicht mit wie das Portal. Aber das hier –« Sie wies mit dem Arm über die Wiesen und Hügel. »– entstammt der Magie des Portals.«

Die Bandenmitglieder sahen sich um. Auch wenn alles aussah wie zuvor, wirkte es dennoch merkwürdig verzerrt. Die Pflanzen schienen höher zu wachsen, vielleicht war das aber auch nur eine Illusion. Die Luft war ungewohnt stickig, als würden sie sich in einem dicht bewachsenen Wald befinden und auch der Geruch erinnerte an einen solchen.

Cassandra staunte ungeniert mit offenem Mund und schnappte immer wieder aufgeregt nach Luft. Offenbar sah sie etwas, das Dakota ganz und gar entging.

»Die Magie hier ist …«, begann das Mädchen und wandte sich ein weiteres Mal um, ohne ihren Satz zu beenden.

Bane runzelte bloß die Stirn.

Niamh führte sie die steile Wiese hinab zu dem See, den man Loch Leathan nannte, wie sie sagte. Über die satten Wiesen gelangten sie nach unten ans Wasser und bemerkten zuerst die Farbenvielfalt, die sich ihnen bot. Der strahlend blaue Himmel wurde an der Oberfläche des Sees reflektiert und harmonierte mit dem Grün und dem Braun, welche das Umland zu bieten hatte.

Als Niamh schließlich das Ufer des Sees erreichte, wich das Wasser vor ihr zurück. Zumindest machte es zuerst den Anschein.

Doch je mehr es von dem kieseligen Ufer preisgab, desto eher fiel vor allem Cassandra auf, dass das Wasser nicht zurückwich, sondern nach unten abfloss. Das rief die kleine Hexe nämlich mehrmals völlig begeistert aus. Sie hatte sogar zu hüpfen begonnen.

In der Mitte des Sees hatte sich ein unheimlich tiefes Loch gebildet, an dessen Wänden sich Wege nach unten schlängelten. Doch war es dort nicht etwa dunkel und düster, sondern hell und mindestens genauso farbenprächtig wie hier oben.

Die Wege, die nach unten führten, beherbergten kleine Häuser mit Vorgärten, Bäche, die von dem Wasser, das der See zuvor geführt hatte, gespeist wurden, und hypnotisierend leuchtendes Gras, das statt karger Felsen in die Tiefe führte.

»Was ist das für ein Ort?«, fragte Cassandra wissbegierig und stellte sich auf die Zehenspitzen, als könnte sie dadurch etwas mehr sehen.

»Er nennt sich Weltenglanz. Die Alten hatten einen anderen Namen dafür, doch ist er längst verschollen«, erklärte Niamh und setzte einen Fuß nach vorn. »Hier haben wir unsere Heimat. Hier sind wir sicher und können unsere Magie leben.«

»Warum haben wir Magischen nicht überall auf der Welt solche Orte?«, wollte Cassandra wissen. »Warum müssen wir mit den Menschen um unseren Platz kämpfen, wenn es so etwas gibt?«

»Weil dieserlei Magie viel Geschick erfordert und viele der Meinung sind, dass es nicht nur die Welt der Menschen, sondern auch die unsere ist, aus der sie uns vertrieben haben.«

Danach verfiel Niamh in ein eigenartiges Schweigen und führte sie in die Tiefe.

Schon nach den ersten paar Metern auf dem spiralförmigen Weg wurde die Luft kühler. Beinah war ihnen, als würden sie die in der Hitze zuvor verlorene Feuchtigkeit allein durch die Bewegung hier unten wieder aufnehmen. Auch die Echos, die ihre Schuhe an den steilen, mit Moos bewachsenen Fels warfen, gaben ihnen mehr und mehr das Gefühl, in eine riesige, unterirdische Höhle zu gehen.

Es dauerte nicht lange, da öffnete sich der längliche Schlund, durch den sie hereingekommen waren, tatsächlich einer weiten

Höhle. Das Wasser plätscherte hier unten munter vor sich hin, in Bächen und Flüssen, und trennte kleine Häuser oder Siedlungen voneinander. Über moosbehangene Brücken ging es nun von einer zur anderen, immer weiter fort auf dem Weg durch dieses Labyrinth an kleinen Inseln.

Hier und da ragten Bäume in die Höhe, die sich beim genaueren Hinsehen als Büsche herausstellten und damit zeigten, wie gut Pflanzen hier unten gediehen.

Von Cassandra, die an Banes Hand ging, hörte man seit einigen Minuten nur noch Laute des Erstaunens.

Die gelbäugige Niamh trug ein breites Lächeln im Gesicht. Vielleicht freute sie sich über Gesellschaft, denn bislang hatte sich außer ihr niemand gezeigt. Vielleicht gefiel ihr aber auch nur die Reaktion der kleinen Hexe, die den Ort zu lieben schien.

Bane drückte Cassandras Hand und sie sah auf. Nach einer Weile, in der die beiden sich unterhalten hatten, richtete das Mädchen das Wort an die Elfe, die sie durch das Labyrinth an winzigen Häuserinseln lotste, in denen niemand wohnte.

»Niamh …« Cassandra wartete, bis die Angesprochene stehen geblieben war und sich umgedreht hatte. »Bane möchte gerne wissen, warum es dort oben keine Wachen gibt. Sollte je ein Mensch, warum auch immer, hierherkommen, dann wird's brenzlig.«

Cassandra war stolz. Auch wenn die kleine Hexe ein umfangreiches Wissen über Kräuter und Pflanzen angesammelt hatte, kam es ihr manchmal so vor, als würde sie viele Begriffe, die die Erwachsenen verwendeten, nicht kennen. Vor einiger Zeit hatte Sosanna das Wort brenzlig benutzt und ihr erklärt, was es bedeutete. Seither hatte das Mädchen darauf gebrannt, das Wort endlich im richtigen Moment einzusetzen.

Bane schenkte ihr ein Lächeln, das auf sie so wirkte, als verstünde er, was in ihr vorging.

»Wir haben keine Wachen hier.«

Sosanna und Dakota, die die Nachhut gebildet hatten, blieben abrupt stehen. Das Einhorn sah skeptisch in die Runde. »Du willst mir erzählen, dass ihr hier ohne Wachen lebt?«

»Nicht wir. Ich«, hauchte die Elfe und sah zu Boden. Sie scharrte ein wenig mit den Füßen, was so fehl am Platz wirkte, dass sich Cassandra noch verwunderter umsah.

»Du sagtest doch vorher, dass *ihr* hier eure Heimat haben würdet«, fragte Dakota zweiflerisch und trat einen Schritt auf die Elfe zu.

»Andere Magische schlagen hier oftmals ihre Zelte auf, um wieder in Form zu gelangen oder sich auf eine Mission vorzubereiten. Doch meistens bin ich allein. Selbst wenn ich ab und an Gesellschaft bekomme, bin ich den größten Teil meines Lebens allein und das wird auch immer so bleiben.«

Die Gelbäugige wirkte mit einem Mal traurig, so traurig, dass es sich anfühlte, als würde selbst die Erde ihre Wehmut in sich aufnehmen.

»Das hättest du gleich sagen können«, brummte Dakota und rieb sich die Arme. »Sind wir denn bald da? Ich muss mich hinlegen. Völlig auf der Höhe bin ich noch nicht.«

Sie handelte sich dadurch einen Blick von Bane ein, den sie nicht sehen konnte, weil sie sich Niamh zugewandt hatte.

Cassandra fragte sich, warum sie es plötzlich so eilig hatte, doch ein Seitenblick auf das finstere Gesicht Banes sagte ihr, dass er sich darüber im Klaren war. Und es auch noch ansprechen würde.

18

Der Weg durch die schönen kleinen Häuserinseln war auf einmal zu Ende gewesen und eine Höhle hatte sich vor ihnen erstreckt. Darin konnte Cassandra einen schwarz glitzernden See erkennen, der ihr Herz ein wenig schneller schlagen ließ.

Immer wieder brachen Steinsäulen durch seine Oberfläche und streckten sich bis ganz an die von Blättern verhangene Decke. Wie steinerne Riesen, die gerade aufgestanden waren.

Das schummrige Licht, das den See beleuchtete, war keineswegs einladend oder freundlich, aber mystisch schön.

Cassandra wunderte es daher gar nicht, dass die Magischen es immer recht eilig hatten, von hier fortzukommen.

Einmal mehr drückte sie Banes Hand, die sich wie ein Anker um die ihre schmiegte und ihr das Gefühl von Sicherheit gab.

Sie konnte sehen, wie Dakota zitterte, und fragte sich, ob die Gestaltwandlerin so große Angst hatte wie sie selbst. Betreten sah sie zur Seite und fühlte sich ein wenig schuldig, dass sie Bane so sehr in Beschlag nahm, dass er nicht auch Dakota beruhigen konnte.

Dakota riskierte einen Seitenblick auf die anderen. Cassandra klammerte sich an Bane und sie war sich fast sicher, dass das Mädchen Angst hatte. Alles, was die Gestaltwandlerin wahrnahm, war die innere Unruhe und die hämmernden Kopfschmerzen, die sie nicht losließen, seit sie ihren Beutel in der Krankenstation verloren hatte.

Sie sah nach vorn und überblickte den riesigen, unterirdischen See. Ihr wurde schlecht. So, wie das hier aussah, konnte es noch länger dauern, bis sie sich endlich ausruhen konnte.

»Keine Sorge, wir sind gleich da«, erklärte Niamh, die offenbar bemerkt hatte, dass Dakota genervt war.

Je näher sie an den Rand kamen, desto eher fragte sich die Gestaltwandlerin, wie sie wohl an das Ufer des Sees gelangen würden.

Doch da präsentierte Niamh schon eine Kabine, die dort auf sie wartete, wo der Fels plötzlich steil abfiel.

Sie öffnete elegant eine hüfthohe Tür und wies die Klaue an, einzutreten.

Skeptisch betrachtete Dakota die nach oben offene Kabine, die nur mit dünnen Fäden an jeder der Ecken an der fernen Decke befestigt war, und lugte über den Rand der Klippe.

Beinah sah es so aus, als würde Bane seufzen. Da sich sonst niemand bewegen wollte, machte er den Anfang und damit auch Cassandra, die er an der Hand hinter sich herzog.

»Wie funktioniert dieses Ding eigentlich?«, fragte Dakota und Casandra drehte sich zu ihr um.

Ein Lächeln trat auf das Gesicht der Elfe, deren gelbe Augen in der Dunkelheit zu leuchten schienen wie die Lichtquellen oben an der Decke. »Hier unten verlassen wir uns auf unsere Helfer«, erklärte Niamh und grinste schelmisch, ohne weiter darauf einzugehen. Offenbar schien sie es nicht für nötig zu halten, mehr dazu zu sagen.

Als die Klaue, etwas nervös dreinschauend, aber immerhin, endlich in der Kabine war, schloss sie die Tür hinter sich und klopfte dreimal mit dem Stab auf den Boden.

Ein eigenartiges Zittern ging durch die Kabine und Dakota konnte sehen, dass die kleine Hexe sich eng an Bane drückte, der ihr, sich wachsam umsehend, den Kopf tätschelte.

Sosanna hatte sich in der Mitte zusammengekauert. Die sonst so stoische Frau wagte es nun nicht, aufzusehen.

Und dann begann sich die Kabine langsam abzusenken. Die

Gestaltwandlerin warf einen Blick über die Wände hinaus und wäre beinah über Sosanna gestolpert, als diese erschrocken zurückwich.

Die Kabine wurde von einer Spinne in die Tiefe getragen, die sich in den Abgrund abseilte.

Es war nicht so, als hätte sich Dakota vor Spinnen gefürchtet. Sie wusste es nicht, zugegebenermaßen, aber ein ungutes Gefühl blieb.

Sosanna runzelte die Stirn und sagte nichts. Sie schien ebenso bleich zu sein wie die Fäden der Spinne, als die sich die Seile der Kabine herausgestellt hatten.

Endlich unten angekommen atmete Dakota auf und folgte den anderen, ohne sich noch einmal umzudrehen.

Niamh tänzelte über die steinerne Plattform, die sich weit hinaus in den See zog. Dakota fragte sich, ob der Grund, warum die Magischen selten hierblieben, der war, dass man eine halbe Ewigkeit benötigte, um vom Eingang zu seiner Unterkunft zu gelangen.

Ihre Gedanken wurden jäh unterbrochen, als Niamhs Schritte verklangen und die Gestaltwandlerin beinah in sie hineingelaufen wäre.

»Dies hier ist das Herz von Weltenglanz«, erklärte Niamh mit Stolz in der Stimme und wies über den unterirdischen See.

Aus der Wasseroberfläche ragten hohe Säulen empor, die sich bei näherer Betrachtung als Bäume herausstellten und wie auch schon am Portal eine Vielzahl an Behausungen auf sich trugen.

Unten schwammen die Wohnstätten und waren bloß am Baum befestigt. Weiter oben, in schwindelerregender Höhe, thronten sie über dem Wasser und waren durch unzählige Hängebrücken miteinander verbunden. Obwohl die Klaue das bereits vom Portal kannte, machte es den Anblick nicht weniger atemberaubend.

Dakota schniefte und versuchte einmal mehr, die Kälte durch Bewegung aus ihren Knochen zu vertreiben, doch sie hätte sich vorher schon denken können, dass das nichts nützte.

Munter plätscherte das Wasser an den Stein der Plattform und bescherte der Gestaltwandlerin einen weiteren Schub Kopfschmerzen.

»Kommst du?«, hörte sie Sosanna sagen und der Ärger in ihrer Stimme war kaum zu überhören.

Dabei trödelte Dakota bei Gott nicht absichtlich, aber die Entzugserscheinungen wurden von Minute zu Minute schlimmer.

Sie hüpfte in das Boot, in das die anderen bereits gestiegen waren. Plötzlich schossen Muskelkrämpfe durch ihre Beine und sie biss sich gerade noch so auf die Lippen, um nicht laut aufzuschreien.

Während die anderen abgelenkt waren von den riesigen Schlangenleibern, die auf sie zugeschwommen kamen und nun das Boot manövrierten, kämpfte Dakota mit den Krämpfen, war aber nicht sonderlich erfolgreich. Irgendwann gab sie es schließlich auf und ließ sich auf den Hintern fallen.

Als sie wieder aufsah, kreuzte Sosannas Blick den ihren und ihr wurde mit einem Mal bewusst, dass das Einhorn sie schon die ganze Zeit über angesehen haben musste.

»Wenn du Schmerzen hast, dann sag doch etwas«, wisperte Sosanna, ohne den Blick von ihr zu nehmen. »Ich komme nachher und sehe mir das mal an.« Damit wandte sie sich wieder nach vorn.

Dakota sah sie erstaunt an, war ihr aber zutiefst dankbar, dass sie diese Sache unter ihnen beiden behalten wollte.

An einem der Bäume angekommen, vertäute Niamh mithilfe von Bane das Boot. Sie betraten den hölzernen Steg, an den sanft Wellen stießen und so eine eigenartige, aber hypnotisierend schöne Melodie bildeten.

Eine unscheinbare seetanggrüne Tür führte ins Innere des Baums und offenbarte ein Treppenhaus, das sich bis nach oben wand.

Dakota wurde bei dem Anblick ein weiteres Mal schlecht und während sie all ihre Kräfte mobilisierte, um den Aufstieg hinter sich zu bringen, hätte sie fast überhört, was Niamh sagte.

»Es ist euch natürlich freigestellt, die oberen Räumlichkeiten zu wählen, aber hier unten habt ihr einen schnelleren Zugang zur Umgebung. Sucht euch einfach aus, wo ihr schlafen wollt, ich komme in ein paar Stunden zurück.«

Damit ließ sie die Klaue stehen.

Etwas verdutzt sahen die vier sich an und selbst Leo schien völlig überrumpelt zu sein.

Bane atmete tief ein und aus, bevor er den anderen ein Zeichen gab, dass sie sich ein Zimmer suchen sollten.

Es klopfte.

Ohne auf eine Antwort zu warten, trat Sosanna ein und schloss die Tür hinter sich. Dakota lag auf dem Bett und fror erbärmlich. Auch wenn die leichte Decke ihr keine Wärme schenkte, klammerte sie sich daran, als würde ihr Leben davon abhängen.

Stumm stellte Sosanna ihre Tasche neben das Bett und begann damit, einige Dinge auszuräumen. Als ihr Blick wieder auf die Gestaltwandlerin fiel, sagte sie bloß: »Du hättest ruhig etwas sagen können.«

Dakota erwiderte nichts, sondern starrte weiter vor sich hin. Ihre Stirn war von Schweißperlen überzogen und ihre Augen glänzten fiebrig.

»Entzug ist nichts, das man auf die leichte Schulter nehmen sollte. Außerdem sind wir in der Klaue füreinander da. Auch in so einem Fall. Wenn Bane …«

»Bane darf hiervon gar nichts erfahren!«, schnitt Dakotas Stimme dazwischen. Sie schlug die Decke zurück und setzte sich auf, nur um augenblicklich wieder ins Kissen zu fallen. »Und ich … also das ist kein …«

Sosanna hielt inne und runzelte die Stirn.

»Bitte«, flehte Dakota und sah noch einmal auf. Ihre Lippen zitterten, doch ihr Blick war hart. In dem Zimmer war es mit einem Mal unfassbar still geworden. »Bitte.«

»Von mir wird er kein Sterbenswort erfahren. Auch wenn ich mir sicher bin, dass er es längst weiß. Ihm entgeht nichts«, erklärte Sosanna und hielt eine Hand auf die Stirn der Gestaltwandlerin.

»Das ist auch der Grund, warum ich manches Mal das Ding abgenommen habe«, gestand Dakota. »Nicht nur wegen der Kopfschmerzen.«

»Was meinst du?« Ein weiteres Mal runzelte Sosanna die Stirn.

Dakota wies auf den Transmitter. Sie hatte ihn von sich gerissen und achtlos auf das Nachtkästchen geworfen.

»Und deshalb wird er es auch wissen«, murmelte Sosanna kopfschüttelnd und besah sich die blasse Gestaltwandlerin, deren Stirn schweißnass war. »Oder denkst du etwa, dass er sich keine Gedanken macht, wenn du plötzlich vom Radar verschwindest?«

Langsam hob und senkte sich Dakotas Brust, während diese bleich wie Knochen im Mondlicht dalag. »Keine Ahnung.«

Eine Weile schwieg sie, doch das Einhorn schien zu spüren, dass da mehr war. Deshalb blieb auch sie stumm und wartete darauf, dass Dakota das aussprach, was sie zurückhielt.

»Ich …« Für einen Moment herrschte Stille zwischen ihnen beiden und man hätte sie beinahe zerschneiden können. »Ihr seid mir wichtig, verstehst du? Ich möchte weiterhin Teil dieser Gruppe sein. Viel von meinem vorigen Leben weiß ich nicht. Ob ich jemals Freunde wie euch hatte. Und selbst wenn, ich kann mich ja ohnehin nicht daran erinnern. Aber eines weiß ich. Sollte ich jemals wieder meine Erinnerung verlieren, dann werde ich euch nicht vergessen.«

Sosanna sah für einen Moment aus, als wollte sie widersprechen. Doch sie ließ es bleiben, vielleicht, weil sie die Tränen in Dakotas Augen aufwallen sah.

Die Gestaltwandlerin holte tief Luft, als wollte sie noch etwas anfügen.

Doch da wurde die Tür aufgestoßen und Bane stand im Rahmen, eine giggelnde Cassandra mit neugierig aufgerissenen Augen hinter sich.

Dakotas Blick flog zu den beiden und sie war sich nicht sicher, ob Bane das Mädchen davon abhalten wollte, in den Raum zu stürzen oder zu viel von hier drin zu sehen. In dem Moment schämte sich die Gestaltwandlerin. Es war eine Sache, sich ihrer Sucht hinzugeben und nur für sich selbst verantwortlich zu sein. Eine völlig andere, wenn sie in Gefahr waren. Vor allem Cassandra.

Bei dem Gedanken daran schauderte ihr.

Banes Blick lag auf ihnen und es schien, als würde er gerne Löcher in die Decke starren, unter der sich die Gestaltwandlerin zusammenkauerte. Immer noch fror sie.

Mit einem Ruck erhob sich Sosanna, das Gesicht sorgsam hinter einem Vorhang bleicher Haare verborgen.

Dakota sah ihr hinterher und wartete darauf, dass sie sich noch einmal umdrehte und ihr einen hoffnungsvollen Blick zuwarf, der ihr das Gefühl gab, dass alles gut werden würde.

Als das Einhorn jedoch Cassandra den Arm um die Schultern legte und sie fortführte, während sich die Tür geräuschlos schloss, sank Dakotas Mut. Bane würde sie jetzt aus der Klaue werfen. Das hier war der Moment.

Banes Hand schnellte hervor und instinktiv schloss sie die Augen.

Nichts.

Langsam öffnete sie ein Lid und erkannte, dass er ihr etwas hinhielt.

Zögerlich ergriff sie den Transmitter und legte ihn sich an.

›Besser so‹, sagte Bane und setzte sich. Er seufzte schwer und faltete die Hände.

So, wie er da saß, erinnerte er Dakota an ein unangenehmes Gefühl aus ihrer Kindheit. Sie konnte sich nicht erinnern, was geschehen war. Sie wusste nicht, was der Inhalt des Gesprächs gewesen war. Aber sie kannte das Gefühl, das sich nun ein weiteres Mal seinen Weg in ihr Bewusstsein bahnte. Brennende Schuld, die jegliches Glücksgefühl, das man zuvor erlebt hatte, zu Asche verglühen ließ.

Das Gefühl sagte ihr auch, sie solle sich lieber gleich entschuldigen. Dass es dann besser werden würde. Aber jedes Mal, wenn sie zum Sprechen ansetzte, war ihre Stimme wie gelähmt.

›Wann wolltest du es mir erzählen?‹ Bane hatte sich weit genug von Dakota weggesetzt, um das Säckchen, das ihr wohl bekannt war, auf die Decke fallen zu lassen.

Einem ersten Impuls folgend, wollte sie schon danach greifen, auch wenn es viel zu weit weg war. Doch hatte sie seinen Blick aus Argusaugen noch rechtzeitig erkannt und so zuckte bloß ihre Hand.

Hatte er es bemerkt? Wenn ja, dann ließ er es sie nicht spüren. Er hob lediglich eine Braue.

›Antworte mir gefälligst! Wann?‹

Auch wenn es Schwachsinn war, aber seine Worte fühlten sich an, als würde er in ihrem Kopf schreien.

Doch immer noch war ihre Zunge nicht in der Lage, die Worte zu bilden, die sie ihm gerne gesagt hätte. Sie biss sich auf die Lippe. Das sollte anders laufen. Anders. Warum konnte sie ihm nicht sagen, was sie dachte?

›Verdammt, Dakota, rede mit mir! Ich will nicht schon wieder jemanden verlieren, nur weil ich nicht in der Lage war, die Dinge beim Namen zu nennen!‹

Sie sah auf. Und sah den Schmerz, der in ihrem Brustkorb grausam stechend erzitterte, auch in seinem Gesicht ruhen.

»Warte.«

Der Zauber begann zu wirken und sie spürte das Netz der Magie, das sie veränderte. Auch wenn er es nicht gerne zugab, aber er fühlte sich in seiner männlichen Erscheinung wohler, um über seine Sucht zu sprechen.

Bane sah ihm stirnrunzelnd zu. Er sagte nichts, aber in seinem Blick lag so viel. Kalte Wut, die an die Oberfläche empor schäumte und überlaufen zu drohte. Doch er hatte sich unter Kontrolle, anders als Dakota, dessen Hände ungezügelt zitterten. Das war nicht nur die Sucht. Vor allem war es die Angst, die den Kloß in seinem Hals weiter nach oben schob.

Enttäuschung. Die Quintessenz seines Blicks, der immer noch bohrend auf ihm lag, traf ihn wie ein Dolchstoß.

»Ich wollte mit dir darüber sprechen.« Er sah nicht mehr auf. Schließlich waren seine Augen immer wieder zu dem Säckchen gewandert, das er eigentlich ignorieren wollte. Beinah spürte er die Kügelchen auf der Zunge, die langsam zerliefen und Frieden versprachen. Wie gerne hätte er jetzt danach gegriffen. Er wollte dieser Situation entfliehen, aber ihm war klar, dass er sie damit nur aufschieben würde.

›Wann?‹ Die Stimme in seinen Gedanken war ebenso bohrend wie Banes Blick.

Dakota zögerte. »Ich möchte nicht, dass Cassandra das hört.«

›Die beiden haben die Transmitter schon längst abgenommen‹, erwiderte Bane knapp. Er verschränkte die Arme, als Dakota aufsah. ›Außerdem verkraftet die kleine Hexe mehr, als du ihr zutraust.‹

Dass er ihr selbst nicht viel zutraute, weil er sie für ein Kind hielt, konnte Dakota gedanklich nicht mehr aufhalten.

Banes verärgertes Grunzen hörte er tief aus sich schwingen. ›Ich mag sie beschützen, sie von vielem fernhalten, aber ich traue ihr genug zu. Jedoch bin ich für sie verantwortlich. Wie auch für dich.‹

»Du bist doch nicht –«

›Und ob ich das bin. Du bist meinem Kommando unterstellt und mein Freund. Deshalb gebe ich auf dich acht. Doch darüber sprechen wir nicht. Jetzt zumindest nicht. Erzähl mir, was wir tun können, um dir zu helfen.‹

Dakota sah auf. Die Tränen, die er in seinem Augenwinkel spürte, wollte er dieses Mal nicht wegwischen. Sollte Bane sie doch sehen, waren sie schließlich nichts, wofür man sich schämen musste. Ein tiefgehendes Gefühl von Geborgenheit erfasste den Gestaltwandler und die Erinnerung an die ersten Tage mit dem Süßen Nichts kamen hoch. So hatte es sich angefühlt. Friedlich und geborgen, als könnte nichts auf der Welt ihm etwas anhaben. So sollte es sich immer noch anfühlen, doch die grausame Realität war an den Platz der Idylle getreten, die es nie wirklich gegeben hatte.

»Vielleicht hilft es, wenn ich darüber reden kann«, sagte Dakota langsam, ohne zu wissen, ob er bereit dazu war. Er strich die Decke glatt und ärgerte sich, dass ihn sein kränklicher Körper ans Bett fesselte. Zur Hölle damit. Das war die Sucht, keine Krankheit. Auch wenn sein Zustand etwas von beidem hatte.

›Wenn du bereit bist, höre ich zu.‹ Bane sah ihm in die Augen.

Die Unbarmherzigkeit war einem Verständnis gewichen, das irgendwie fehl am Platz wirkte. Und da fasste sich Dakota ein Herz, einen letzten Blick auf das Säckchen werfend, das immer noch zu nah an Bane lag, als dass er es sich schnappen hätte können.

»Ich –«

Ein lautes Rumpeln vor der Tür ließ ihn jäh abbrechen, bevor ebenjene aufflog und Cassandra dicht gefolgt von Leo hereinstürzte. Es krachte und da lagen beide schon auf dem Boden, völlig erschrocken davon, sich plötzlich mitten im Zimmer zu befinden.

Nun kamen auch Sosannas lange Beine zum Vorschein, die lässig hereinstolzierten. »Tut mir leid, die beiden waren einfach nicht zu bremsen«, sagte sie mit gleichgültiger Miene und es schien nicht, als hätte sie sich besondere Mühe gegeben, das Gespann aufzuhalten.

Wenn Dakota es nicht besser gewusst hätte, hätte er angenommen, dass sie es darauf ankommen hatte lassen, um nicht lauschen zu müssen.

Bane sah aus, als wollte er zum Sprechen ansetzen, da hob der Gestaltwandler die Hand. »Schon gut. Vielleicht ist es besser so.«

Noch bevor er fertig gesprochen hatte, hatte sich Cassandra schon aufs Bett gesetzt und klopfte auf die Decke, bis Leo sich fügte und mit einem Satz dazu sprang.

Dakota spürte, wie das Bett sich merklich senkte, und ließ den Blick durch das Zimmer schweifen. Sosanna, die sich etwas abseits an die Wand lehnte, bemühte sich um einen gleichgültigen Gesichtsausdruck, doch er konnte wahrnehmen, wie aufgewühlt auch sie war.

»Es ist ja eh besser, wenn wir dabei sind. Bane ist nicht so gut darin, andere zu trösten, auch wenn er es schon besser kann als früher«, sagte Cassandra und lachte glockenhell auf.

Der Gestaltwandler fragte sich, ob das Mädchen überhaupt verstanden hatte, worum es ging.

»Warum bist du jetzt eigentlich kein Mädchen mehr? Und warum bist du manchmal so wie jetzt?«, löcherte sie ihn weiterhin mit

Fragen, während Leo sich an ihrer Schulter rieb und glücklich schnurrte.

Bane sah die kleine Hexe finster an und verschränkte die Arme. Er sah aus, als hätte er ihr schon mehr als ein Mal gesagt, dass sie solche Fragen nicht stellen sollte, und trotzdem hatte sie sich nicht aufhalten lassen.

Dakota war klar, dass er die Frage lieber gleich beantworten sollte, denn sie würde nicht zögern, sie ein zweites Mal zu stellen.

»Wie du weißt, habe ich meine Erinnerung verloren und weiß nicht, wer ich einmal war, aber ich spüre, in welchen Situationen ich mich als Mann oder Frau wohler fühle. Diese Situation ist eine, der ich als Frau nicht gewachsen wäre«, erwiderte Dakota langsam und wählte seine Worte mit Bedacht.

»Das ist schön. Vielleicht probiere ich das auch mal aus«, sagte sie und kicherte, während sie sich eine Haarsträhne unter die Nase hielt. »Jetzt schau ich bestimmt aus wie Bane!«

Sosanna presste die Lippen aufeinander, um nicht lauthals loszulachen, und auch Dakota bemühte sich um Fassung. Einzig Bane schienen seine Gesichtszüge für einen Moment zu entgleisen, bevor seine erschrockene Miene einem breiten Grinsen wich.

›Als wärst du mein eigen Fleisch und Blut.‹

Die Temperatur im Raum veränderte sich und als Dakota einen Blick auf Cassandra warf, war sie wie erstarrt. Die Locke entglitt ihren bebenden Fingern, während ihre Augen sich mit Tränen füllten.

Ohne einen Moment zu zögern, hatte Sosanna den Raum durchquert und ihre bleichen Arme schützend um das Mädchen gelegt, die sofort anfing zu weinen.

»Schh, schh, ist ja gut. Ich bin hier. Wir alle sind hier«, versuchte das Einhorn sie zu beruhigen und streichelte ihr übers Haar. Leo indes hatte sich von seinem Platz erhoben und war umständlich um sie herumgegangen, um nun noch viel umständlicher zurück aufs Bett zu klettern und sich zwischen die Hexe und das Einhorn zu schieben.

Wäre Dakota, der die kleine Hexe noch nie weinen gesehen hatte, nicht derart klamm ums Herz, er hätte laut losgeprustet. Leos buschiger, dicker Schwanz wedelte umher und peitschte Sosanna einige Male ins Gesicht, während er einen angenehmeren Sitzplatz suchte, um Cassandra über das Gesicht zu lecken.

»Sag deinem fetten Kater, er soll von mir runtergehen!«, hörte man das Einhorn irgendwann hervorpressen.

Cassandra entfuhr ein letztes Schluchzen, bevor ihr Weinen von einem Schluckauf abgelöst wurde. »Danke, Leo-cks, aber Sos-cks-anna braucht ein bissch-cks-en mehr Platz. Sie – cks - mag das nicht so-cks!«

Schniefend fuhr sich das Mädchen mit dem Ärmel über die geschwollenen Augen und rang sich ein Lächeln ab, das aber niemanden davon überzeugte, dass es ihr tatsächlich besserging.

›Es tut mir leid.‹ Bane hatte die Hände ineinander gelegt und sah sie aus ehrlichen Augen an, als gäbe es nur die beiden hier im Raum. ›Ich habe nicht nachgedacht, als ich das gesagt habe, ich wollte dich nicht verletzen. Für mich bist du meine Familie. Ihr alle.‹ Er schien zu überlegen, ob er noch etwas hinzufügen sollte, während er auf seiner Unterlippe kaute, doch dann entschied er sich, abzuwarten, und sah Cassandra erwartungsvoll an.

»Das muss es nicht, Bane. Ihr seid doch auch für mich mei-« Ihre Augen füllten sich abermals mit Tränen und jeder von ihnen wusste, dass sie sich für ihren Versprecher gerade selbst bestrafte.

Bane rutschte ein Stück näher. ›Ich kann und will niemanden ersetzen. Aber ich verspreche dir, bis zu meinem letzten Atemzug auf dich aufzupassen.‹

Cassandra stieß einen erstickten Schrei aus, bevor die Tränen in Sturzbächen über ihre Wangen liefen.

Auch wenn er danach aussah, als wüsste er nicht recht, wie man jemanden beruhigte, schien es ihm allmählich zu gelingen. Das Beben, das Cassandras Körper erfasst hatte, ebbte ab, nachdem er sie von Sosanna weg in eine enge Umarmung gezogen hatte und bloß noch ihr blonder Schopf hervorlugte.

»Aufpassen heißt aber auch, mir beizubringen, wie ich selber auf mich aufpassen kann ...«, sagte sie schließlich mit schwacher Stimme.

Dakota indes hatte auf seine Symptome völlig vergessen und selbst der kalte Schweiß, der sich wie ein Film über seinen Körper gelegt hatte, kümmerte ihn fürs Erste nicht mehr. Vielmehr war er gefangen von der Szene, die sich ihm bot. Vergessen war das Säckchen, das sich nun, ohne Banes wachem Blick, völlig schutzlos auf der Decke befand. Aber für Dakota gab es gerade Wichtigeres.

Bevor Bane etwas erwidern konnte – und anhand seines Blickes war klar, dass er eine Menge erwidern wollte –, meldete sich Sosanna zu Wort. »Sie hat recht. Du kannst sie nicht in solchen Situationen behandeln wie ein rohes Ei und es in Kauf nehmen, dass sie für einige Zeit erblindet, wenn sie für uns ein Artefakt finden soll.«

Der Anführer der Dunklen Klaue schürzte die Lippen und ein unheimlicher Ausdruck trat in seine Augen.

Dakota rutschte ein wenig weiter zurück, doch Sosanna blickte ihn unverwandt an.

Nicht einmal Cassandra bewegte sich. In Banes Umarmung war sie plötzlich ganz still und regungslos geworden. Wie ein Tier, das sich tot stellte, um einen Angreifer zu täuschen.

›Nein.‹

»Was heißt hier ›Nein‹?«, fragte Sosanna aufgebracht und stand auf. Von der plötzlichen Bewegung überrascht sprang auch Leo auf und sah sich um.

›Nein. Ich bin für euch alle verantwortlich und ich entscheide mich dagegen. Cassandra ist zu jung, um mit Waffen zu hantieren und –‹

»Das klang bei unserer letzten Unterhaltung aber anders.«

Alle sahen auf und wandten sich dem Mädchen zu, das nun wieder mit Naheniels tiefer Stimme sprach.

»Als wir uns das letzte Mal unterhielten, hast du versprochen, sie auszurüsten. Dich darum zu kümmern.« Der Dämon in Mädchengestalt machte sich von Bane los und kletterte vom Bett. Hätte Dakota nicht gewusst, was sich hinter der engelsgleichen Erscheinung verbarg, so hätte er sich von dem Anblick täuschen lassen. »Du hast es mir versprochen!«

›Manchmal kommt man im Nachgang drauf, dass man ein Versprechen gegeben hat, das man nicht halten kann.‹ Bane zuckte die Schultern, sah dabei aber aus, als hätte er in eine besonders saure Zitrone gebissen. So wirklich schien es ihm nicht zu behagen, sein Wort nicht zu halten.

»Dann werde ich das einzig Richtige tun.« Naheniel zuckte die Schultern und sah den Anführer der Klaue für einen Augenblick starr an.

›Und das wäre?‹ Bane erhob sich, gefährlich ruhig.

Dakota spürte, dass die Situation kurz davor war, zu eskalieren. Die beiden sahen sich an und keiner schien von seinem Standpunkt abgehen zu wollen. Jeden von ihnen verstand Dakota, so viel war klar. Aber wenn er nichts unternahm, dann würde das hier unschön enden.

»Bane, ich finde, der Dämon hat recht.« Die Worte waren aus seinem Mund gepurzelt, bevor er sie aufhalten konnte. Erschrocken stellte Dakota fest, dass ihn nun alle ansahen – selbst der Dämon, dessen Mund aufgeklappt war.

Wie in Zeitlupe drehte sich Bane zu ihm, immer noch diesen gefährlich ruhigen Gesichtsausdruck tragend, und wartete ab.

Dakota scannte sein Gesicht ab, in der Hoffnung, dort eine Antwort auf die Frage zu finden, ob er weitersprechen durfte. Als sich der Trickster aber keinen Millimeter rührte, fasste sich Dakota ein Herz und fuhr fort: »Der Dämon und Sosanna haben recht. Cassandra kann vielleicht sehr viel, aber sie muss lernen, sich auch mit Waffen zu verteidigen.«

›Sie ist noch ein Kind.‹ In seiner Stimme lag etwas Flehendes. Etwas, das ihn mit seinen Schrammen von dem Absturz viel verletzlicher erscheinen ließ, als er es vielleicht beabsichtigte.

»Dann dürften wir sie auf Missionen ebenfalls nicht mitnehmen, das ist dir schon klar, oder?«, erwiderte Dakota stur und verschränkte die Arme. »Was für ein Anführer bist du, dass du das nicht sehen kannst?«

Banes Schultern sackten hinunter. ›Vielleicht war ich nie einer und vielleicht sollte ich auch keiner sein.‹

Er griff nach dem Säckchen und humpelte nach draußen, ein unheimliches Gefühl der Leere im Raum hinterlassend.

»Ich –« Dakota wandte sich zu den anderen um und erwartete schon das Schlimmste. Dass sie ihn finster anfunkeln, ihm sagen würden, dass das nun der letzte Strohhalm war und er da hingehen solle, wo der Pfeffer wächst. Aber die beiden sahen ihn ausdruckslos an. Beinah kraftlos wirkten ihre Mienen, als hätte sie das Gespräch gerade ebenso viel Energie gekostet wie ihn.

»Lass stecken. Das hat er vielleicht mal gebraucht. Cassandra mag ein Kind sein, aber in den meisten Fällen verhält sie sich nicht wie eines«, sagte der Dämon und fast schien es, als würde er sich um ein ehrliches Lächeln bemühen. Cassandra konnte so etwas, Naheniel hingegen nicht. Bei ihm sah alles aus wie eine merkwürdige Verzerrung der Wirklichkeit. Etwas, das eigentlich gar keine Berechtigung hatte, hier zu sein. Doch seine Worte beruhigten Dakota ein wenig. Und als wäre er sich selbst nicht sicher, dass er zu solchen Aussagen fähig war, konnte man ein geflüstertes »Danke« von Naheniel vernehmen.

Dakota blinzelte. Hatte sich der Dämon gerade wirklich bei ihm bedankt? Der Dämon? Bei ihm? Ungläubig sah er zwischen der kleinen Hexengestalt und Sosanna hin und her, als erwartete er eine Bestätigung von ihr, dass auch sie es gehört hatte.

»Ja, ich hab mich bedankt, mach jetzt keinen Wind darum, sonst geschieht das nie wieder, hast du mich verstanden?« Das Lächeln war wie weggeblasen und Ärger breitete sich auf dem Gesicht aus, das eigentlich das eines kleinen Mädchens war.

Sosanna seufzte und es klang nach so viel mehr als nur dem Ärger über die Situation, die sie alle gerade erlebt hatten. »Aber was nun? Bane hat das gebraucht, gleichzeitig frage ich mich, ob er sich und alles, was er bisher erreicht hat, infrage stellen wird.«

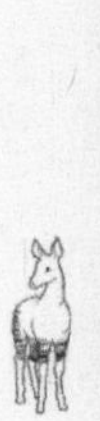

»Das wird er nicht … Er ist der beste Anführer, den ich mir vorstellen könnte. Und das weiß er doch sicher auch.« Dakota zuckte die Schultern, als wäre die Angelegenheit damit erledigt, erkannte aber dann, dass Sosanna ihn mit einem Stirnrunzeln bedachte.

»So einfach ist die Sache nicht. Nicht, nachdem Henry –«

»Ja, ja, die leidige Geschichte, dass ich den kleinen Henry in die Luft gesprengt hab! Ich weiß, ich bin der Furchtbarste der Furchtbaren und sollte an einem ganz ungemütlichen Ort ganz, ganz weit weg von allen anderen eingesperrt werden!« Naheniel warf die Hände in die Luft und stampfte durchs Zimmer. »Scheiß Naheniel, dummer Dämon, immer macht er alles kaputt! Scheiß Naheniel, vertraut ihm bloß nicht, er will euch alle nur ans Messer liefern. Nur ein toter Magischer ist ein guter Magischer. Kommt, lasst uns abhauen, Naheniel ist wieder da!«

Der Dämon hatte Tränen in den Augen. Dakota konnte kaum glauben, was er da vor sich sah. Tränen. Er.

Dakota schüttelte den Kopf und sah erneut hin. Nein, immer noch glitzerten sie in den Augenwinkeln der kleinen Hexe.

Sosanna war es, die sich schließlich mit einer fließenden Bewegung auf die Knie niederließ und Naheniel in die Arme zog. »Ich habe viele meiner Kinder sterben sehen, viele von ihnen brutal gerichtet aufgefunden, deshalb spüre ich in dir einen ähnlichen Schmerz, wie ich ihn auch in mir selbst spüre.«

»Ich habe keinen Schmerz.« Seine Stimme klang für einen Moment so wie die eines bockigen Kindes. Nur eben viel tiefer. Er verschränkte die Arme. »Ich bin ein Dämon, ich verspüre keine Schmerzen.«

»Vielleicht keine körperlichen. Aber du hast eine Seele und die kann sehr wohl wehtun.« Sosannas Oberkörper wich ein wenig zurück, als wollte sie sehen, was ihre Worte in dem Dämon bewirkten.

Dann erkannte Dakota, dass Naheniel sich an die Brust fasste und ungläubig auf das Stück Stoff sah, das er zwischen den Fingern zwirbelte. Für einen Moment war nicht mehr viel Unterschied zwischen Naheniel und Cassandra.

»Egal, was ab jetzt passiert, wir müssen auf jeden Fall auf drei Dinge ganz besonders achtgeben.« Das Einhorn straffte die Schultern und richtete sich auf. Wieder eine fließende Bewegung mit einer Eleganz, die ihresgleichen suchte. Ihr Strahlen schien den gesamten Raum zu erfassen, der mit einem Mal nicht mehr so einfach wirkte wie noch zuvor.

»Die da wären?«, fragte nun Dakota, um auch endlich mal wieder etwas gesagt zu haben. Er fühlte sich wie ein Voyeur, der die Unterhaltungen der letzten Minuten bloß mit angesehen, aber nichts dazu beigesteuert hatte, obwohl ihn all das mehr als nur ein bisschen etwas anging.

Sosanna hob ihre bleiche Hand und zeigte den ausgestreckten Zeigefinger. »Bane dazu bringen, Cassandra mit den Waffen auszubilden, oder es selbst machen. Dass ihm das nicht passen wird, ist mir klar, aber die Zeit müssen wir jetzt nutzen.«

Dakota seufzte schwer. »Das wird keine leichte Aufgabe.«

Zustimmendes Gemurmel umspülte ihn wie von der Sonne aufgewärmtes Meerwasser in den Buchten im Süden.

Südengland! Die Erkenntnis traf Dakota wie ein Blitz. Offenbar kannte er die Gegend und auch wenn es lange dauern würde, alle Orte an der Küste abzuklappern, würde er Bane dennoch fragen, ob es nach dieser Mission möglich war, seiner Vergangenheit auf die Spur zu kommen.

»Bane einbläuen, dass wir niemand anderen als Anführer haben wollen und können.«

Dakota hatte beinah vergessen, dass sich das Einhorn noch mitten in seiner Aufzählung befand, hatte er schließlich gerade etwas Bahnbrechendes für sich entdeckt. Daher war es nun an ihm, zustimmend zu murmeln, ohne sich von seinen wirbelnden Gedanken lösen zu können.

»Hat die dritte Aufgabe mal ausnahmsweise nichts mit unserem hochwohlgeborenen Bane zu tun?«, meldete sich Naheniel, düster wie eh und je, mit verschränkten Armen zu Wort. Er ging noch ein wenig durch den Raum und hinterließ das melodische Quietschen der Holzbohlen, auch wenn Cassandras Füße nach wie vor nicht in Schuhen steckten.

Auf Sosannas Gesicht breitete sich ein Lächeln aus. »Gut, dass ausgerechnet du das fragst.« Sie durchmaß das Zimmer mit langen Schritten und baute sich ein weiteres Mal vor dem Dämon auf. »Wir werden dafür sorgen, dass dich endlich alle akzeptieren. Du hattest recht und hast es immer noch. Wir kämpfen für Toleranz und ein Leben hier in der Welt. Und trotzdem schaffen wir es selbst nicht, dich zu akzeptieren.«

Die beiden sahen sich einen Moment lang bloß an. Dakota hatte schon erwartet, dass Naheniel ein weiteres Mal Tränen in den Augen haben würde, aber offenbar hatte der Dämon nur einmal die Fassung verloren.

Mit fester Miene sah er zurück. »Dann lasst uns keine Zeit verlieren.«

Sosanna und er schienen motiviert zu sein, sofort loszuspringen und ihre Vorhaben in die Tat umzusetzen, als Dakota sich mit einem Räuspern Aufmerksamkeit verschaffte. Sie wandten sich um, nicht jedoch, ohne ihm denselben etwas genervten Blick zuzuwerfen, als wollten sie ihm damit bedeuten, dass sie nicht verstanden, warum er nicht dieselbe Motivation an den Tag legte wie sie.

»Und jetzt sollten wir uns noch darum kümmern, wieder zu Kräften zu kommen. Die Regentin hat uns sicherlich nicht nur hierhergeschickt, um uns um unsere mentalen Probleme zu kümmern.« Dakota sah sich um, als hätten die Wände Augen und Ohren. Und vielleicht hatten sie das auch, wissen konnte man es bei jemandem wie der Regentin nie. Sie war nicht an die Macht gekommen und hatte so viele Gleichgesinnte um sich geschart, ohne Schutzmechanismen aufzustellen. Bei dem Gedanken schauderte ihm.

»Mach dir keine Sorgen, Cassandra und ich werden das schon hinbiegen. Du wirst bald von deiner Sucht loskommen. Ganz bestimmt.«

Sie hatte es beim Namen genannt und ein kalter Schauer durchzuckte ihn. Ja, er musste seine Abhängigkeit loswerden.

19

Conrad Locksmith drehte das Glas, das er in der Hand hielt, von links nach rechts und wieder zurück. Er genoss es, den kalten Schauer der Angst im Zimmer zu verspüren, der trotz des Kamins, den man angefacht hatte, in jede Ritze zog.

Eine Weile kostete er das Gefühl aus, dass seine Männer von derselben Kälte erfasst waren wie der Rest des Raums, denn sie warteten auf seine richtenden Worte. Ebenso wusste er aber auch, dass er nicht zu hart mit ihnen ins Gericht gehen durfte. Schließlich hatten sie in bestem Wissen und Gewissen alles getan, um die magischen Missgeburten zum Absturz zu bringen. Was ihnen auch gelungen war. Und sie hätten ihr Ziel erreicht, wenn nicht ihr ganzes Schiff in ein Loch gefallen wäre, das sich mitten im Himmel aufgetan hatte, kurz bevor sie am Boden aufgekommen wären.

Wie er diese Magischen hasste. Immer und überall konnten sie dem von Gott geplanten Schicksal ein Schnippchen schlagen. So war das Leben nicht. So war es für niemanden.

Es klopfte sacht, aber Locksmith wusste genau, wer da vor der Tür stand.

»Komm nur herein, George, in diese illustre Runde.« Er bemühte sich um einen ungezwungenen, ja fast plauderhaften Ton, doch Locksmith und auch seine Männer wussten, dass er tief in sich eine Unzufriedenheit spürte, wie er sie schon lange nicht mehr gefühlt hatte. In den letzten Jahren hatte er einen Aufstieg erlebt, hatte zahlreiche Menschen von seiner Sache überzeugen können und viele von ihnen hatten ihm immer wieder berichtet, wie viel Gutes sie getan hatten. Für die Menschen. Für sie alle. Und dennoch hatte er es nie geschafft, einen gesunden Umgang mit Niederlagen zu erlangen. Vielleicht gerade deshalb.

George, sein Sohn, stand unschlüssig in der Tür, denn auch er musste die Kälte gespürt haben, die sich über die Köpfe der Anwesenden gelegt hatte.

Der Junge wagte ein paar Schritte herein, den Blick auf seinen Vater geheftet. »War Eure Mission erfolgreich, Vater?«, fragte der Junge, auch wenn er anhand von dessen Blick schon erahnen hätte können, was geschehen sein musste.

Locksmith schnalzte mit der Zunge. Das Geräusch hallte im gesamten Raum wider. »Törichter Junge. Aber ich schätze es, dass du aus Höflichkeit dennoch danach gefragt hast, auch wenn das Ergebnis offensichtlich war.«

Er setzte sich auf und stellte das Glas zurück auf den Tisch. Wenn Conrad Locksmith es gekonnt hätte, er hätte ihnen allen am liebsten Löcher in ihre dämlichen Schädel gebrannt mit seinem Blick, aber das war nun einmal nichts, was ein Mensch konnte. Oder können wollen sollte. Gott würde ihn für diesen Gedanken allein richten. Himmel, er musste unbedingt an etwas Anderes denken. Daran, dass er Gottes Werkzeug war und seine Männer für ihr fehlbares Verhalten bestrafen musste. Das war schließlich sein Auftrag in dieser Welt.

Bedächtig wandte er sich an seine Männer. »Wie ihr wisst, war unsere Mission nicht erfolgreich. Wir hätten sie gleich unserem Schöpfer gegenüberstellen sollen, als wir die Möglichkeit dazu hatten. Was also gedenkt ihr, nun zu tun?«

Mit einem Grinsen auf den Lippen lehnte er sich wieder in seinen Sessel zurück und gab seinem Sohn mit einem Nicken zu verstehen, dass er den Platz hinter ihm einnehmen durfte. Im Schatten seines mächtigen, aus Eiche gezimmerten Stuhls war der Junge fast unsichtbar, aber er wusste, dass der kleine Quälgeist da war. Wusste, dass er anwesend sein musste, um zu lernen, seine eigene Rasse ebenso abzulehnen und zu hassen wie Locksmith selbst.

Wenn seine Männer jemals herausfinden würden, was George war, dann konnte er all das, was er sich aufgebaut hatte, getrost vergessen. Aber wie schon viele weise Männer vor ihm gesagt hatten, sollte man seine Freunde nah bei sich, seine Feinde jedoch noch näher behalten. Und das tat er.

»Wir werden über das Feld patrouillieren, auf dem die Missgeburten abgestürzt wären, wenn –«

Mit einer schnellen Handbewegung brachte Conrad den Mann links von der Tür zum Schweigen. Der hässliche, fette Knopf, der sich nun den Schweiß von der Stirn wischte und aussah wie ein Stück triefenden Specks, das darauf wartete, von Locksmith geröstet zu werden.

»Sie werden wohl nicht so hohl sein und am selben Fleck wieder auftauchen. Nein, da müssen wir strategischer vorgehen.« Seine Stimme, die den wohlvertrauten, doppeltönigen Klang ein weiteres Mal anschlug, ließ den Raum erschaudern.

Der Nächste, der sich meldete, hatte ein Zittern in der Stimme, dass Locksmith zuerst gar nicht verstand, worauf der Mann hinauswollte.

»Bitte wiederhole deinen Vorschlag, Malone.«

Nun war es der gesamte Körper des Mannes, der von dem Zittern erfasst war. Locksmith wartete ab. Diese Geste würde ihn gönnerhaft erscheinen lassen, selbst wenn er seine Ungeduld kaum zügeln konnte. Doch auch das sollte er lernen, um Gott gefällig zu sein.

Er atmete tief ein und aus. Der Mann schien sich langsam zu beruhigen.

»Ich denke, es wäre ratsam, Eure Verbündeten im ganzen Land zu kontaktieren und ihnen Beschreibungen der Magischen zukommen zu lassen. Wenn sie alle aufmerksam sind, können wir sie vielleicht finden.« Als der Mann geendet hatte, schien er sichtlich erleichtert, nur um einen Moment später abermals von diesem lästigen Zittern erfasst zu werden.

Wenn Locksmith es nicht besser gewusst hätte, hätte er in Malone mit seinen breiten Schultern ein Weib vermutet.

»Ein guter Plan, doch etwas viel Aufwand für die Gruppe, nicht?«

Malone sah weniger verstimmt aus als der fette Kerl, dessen Name sich Conrad nicht gemerkt hatte und es auch nicht vorhatte. Die himmlischen Kräfte mochten ihm beistehen in dieser Schlacht gegen das Böse.

»Was denkt Ihr, was wir machen sollten, Mr Locksmith?«, fragte nun eine der wenigen Frauen in der Runde. Margaret Beans. Sie sprach deutlicher als Malone vor ihr und schien sich auch vor seiner Antwort nicht zu fürchten. Das war jemand, den er in seinen Reihen haben wollte, um diese gottlosen Bastarde zu bekämpfen.

»Ich wollte meinen Männern –« Er bedachte die anderen mit einem Seitenblick. »– und Frauen die Möglichkeit geben, meine Entscheidungsfindung zu beeinflussen. Doch wie es scheint, muss ich selbst eine Lösung finden. Wir werden, wie Malone vorgeschlagen hat, unsere Verbündeten informieren. Sie sollen vor allem auf Luftschiffe achtgeben, die in nächster Zeit durch den Himmel geistern. In der Zwischenzeit werden wir Wachen beim Inn aufstellen. Diese Florence scheint mir ein wenig zu vertraut mit ihnen zu sein. Ich bin mir sicher, sie werden zurückkehren.«

Er sah sie alle an, einen nach dem anderen, und wartete auf ein Zeichen des Widerspruchs. Doch sie schienen seine Lösung als die beste anzuerkennen. Wenigstens darauf konnte er sich verlassen.

»Und wenn wir sie als Druckmittel benutzen?« Die Stimme des fetten Mannes kam unerwartet und Ärger wallte in Locksmith hoch. Würde er diesen Dummkopf vor allen zurechtstutzen müssen?

»An welche Adresse würdest du den Brief über ihre Gefangenschaft denn schreiben?«, war alles, was er dazu sagte.

Nun errötete er auch noch und Locksmith hätte es nicht gewundert, wenn es verführerisch nach Speck zu duften begonnen hätte. Nein! Solche Gedanken wollte er einem anderen Mann gegenüber nicht hegen! Auch wenn es sich hierbei nur um Essen handelte. Oder? Waren diese Gedanken denn verwerflich?

Der Tag hatte Locksmith zu sehr ausgelaugt und er wollte seine Zeit nicht länger mit ihnen verschwenden.

»Malone wird sich um die Benachrichtigung kümmern. Ihr anderen meldet euch morgen Früh bei mir, um die weitere Vorgehensweise zu besprechen. Wir kriegen sie dran für diese Schmach, die wir durch sie erleiden mussten!«

Locksmith spürte erneut den Ärger in sich aufwallen, den er aber unterdrückte. Nein, er durfte sich nun nicht von kindischen Rachefantasien leiten lassen. Gott würde seine Hand führen und den Missgeburten die gerechte Strafe zuführen. Er war nur das Schwert, das sie vollstrecken würde.

Während sich der Saal langsam leerte, kroch auch George aus seinem nicht ganz so versteckten Eck hervor. Der Schatten, den der Kamin über das Gesicht des Jungen legte, war lang und von Besorgnis durchpflügt.

»Sprich, mein Sohn.« Locksmith bedeutete ihm, sich zu setzen.

Als der Junge sich umständlich hingesetzt und mit einem Seitenblick zur Tür versichert hatte, dass sie allein waren, begann er zögerlich zu sprechen: »Ich wünschte, ich hätte etwas tun können, um Eure Mission zu unterstützen, Vater.«

»Löblich. Dennoch vergeudete Müh. Glaubst du denn, du wärst besser als meine Männer?« Locksmith sandte seinem Sohn einen scharfen Blick über den Rand seiner Brille zu. Er genoss es nicht, seinem Sohn zuzusetzen, sehr wohl aber der Bestie, die dahinter lauerte. Nur so konnte er sie in Schach halten und das Wesen, das hier vor ihm saß, zu einem rein menschlichen Leben erziehen. Eines, in dem er seine ihm innewohnende Monstrosität nicht der Welt preisgab.

»N-nein, Vater«, stammelte der Junge und kratzte sich über die nackten Unterarme. Bereits jetzt zeichneten sich rote Striemen ab. Ein Blick aus wasserblauen Augen traf Locksmith und beinah hätte es ihm das Herz zerrissen, seinen einzigen Sohn so zu sehen.

Doch er ließ sich nicht täuschen. Diese Ungeheuer aus der Flasche versprachen alles, was es auf der Welt gab und mehr, nur damit man sie endlich hervorholte. So wie seine Frau, die sich darauf einließ, weil sie frei sein wollte. Frei wie ein Vogel … Georges richtiger Vater hatte ihr diesen Wunsch erfüllt, Freiheit hatte sie bekommen, als sie sich einen Tag später mit seinem Kind im Bauch von der Klippe von Somerset ins Meer gestürzt hatte. Und auch wenn er sich geschworen hatte, ihre eigenen Mittel gegen sie zu verwenden, verging kein einziger Tag, ohne dass er an sie dachte. An das, was er hätte haben können. Viele Jahre waren seither ins Land gezogen und dieser Junge erinnerte ihn jeden Tag aufs Neue, dass er seinen Kampf nicht aufgeben durfte.

»I-ich würde mir nie anmaßen, b-besser als Eure –«

»Ein Widerspruch dem Vater gegenüber ist eine Sünde gegen unseren Herrn.« Locksmith stand auf und schlug zum ersten Mal an diesem Abend einen versöhnlichen Ton an. »Ich möchte eines Tages neben dir an der Tafel unseres Herrn sitzen und in das Antlitz deiner Mutter blicken, die sich freut, welch wunderbarer Christenmensch doch aus dir geworden ist.«

Dass Adelaide nicht Georges Mutter war, musste er nicht wissen. Zumal Locksmith ohnehin nicht glaubte, dass eine magische Missgeburt im Himmel Eintritt erhalten würde. Eher würden sie sofort zur Hölle fahren.

Er bedauerte diesen Gedanken sehr. Schließlich war ein Teil von George seit jeher sein Sohn, egal, was in ihm steckte.

»Ja, Vater«, sagte der Junge nur und ließ den Kopf hängen wie eine vertrocknete Blume.

Locksmith legte ihm die Hand auf die Schulter und sah ihn ein weiteres Mal über den Rand seiner Brille hinweg an. »Ich weiß, dass ein guter Christ in dir steckt und dass deine Mutter stolz auf dich wäre, George. Es ist an mir, dich zu führen und zu leiten und gerade im Kampf gegen diese Ungeheuer ist es mir ein Anliegen, dass du erkennst, wie gefährlich sie werden können. Deshalb möchte ich dich nicht immer an vorderster Front dabeihaben, verstehst du das denn nicht?«

Sein Sohn sah geknickt aus, doch als er nickte, schien er es verstanden zu haben. »Ja, Vater.«

Locksmith war die Enttäuschung in der Stimme seines Sohnes

nicht entgangen. Doch musste er seine Familie schützen. Er hatte den Jungen liebgewonnen, auch wenn sich in diesem etwas verbarg, das er vor allen anderen zu verstecken versuchte, selbst vor George. Noch schwerer wog der Gedanke, der Junge könnte in einer offenen Begegnung mit seinesgleichen erkennen, wer er wirklich war und alles, was Locksmith aufgebaut hatte, gefährden.

»Ich möchte nicht noch jemanden an sie verlieren.« Das war nicht einmal gelogen und Georges Miene erhellte sich mit einem Mal.

20

Dakota hatte die letzte Nacht über nicht sehr viel geschlafen. Wenn er je zu einem Gott gebetet hatte, hatte dieser ihn wohl längst vergessen. Als schließlich Sosanna, ohne zu klopfen, die Tür öffnete, war er gerade dabei, seine schweißnassen Sachen abzustreifen.

»Verdammt, Sosanna!«, rief der Gestaltwandler erschrocken aus und versuchte, seinen blanken Hintern zu bedecken. Dass er noch nicht ganz munter war, erkannte er erst, als er ihrem Blick zu seiner ebenso nackten Vorderseite folgte, die er ihr gezeigt hatte, um seine Hinteransicht vor ihr zu verbergen. Großartig, dachte er bloß bei sich.

»Mach dir nicht ins Hemd, ich habe eine Menge Kinder geboren und auch mal das ein oder andere nackt gesehen«, erwiderte sie mit einer wegwerfenden Handbewegung und kicherte gackernd. »Cassandra kommt auch gleich, also zieh dir besser jetzt was an. Sie ist den Anblick von männlichen Genitalien nicht so sehr gewöhnt wie ich.« Ihr Blick schweifte von seinem Gesicht in seinen Schoß und wieder retour, bevor sie eine Augenbraue hob. »Und du weißt auch, was Bane übers Fluchen vor ihr gesagt hat.«

Dakota konnte sich gerade noch so zurückhalten, die Augen zu verdrehen, und suchte im Schrank nach frischen Sachen.

»Seid ihr auch alle so gut gelaunt?«, rief Cassandra viel zu laut und viel zu fröhlich, als auch sie, ohne zu klopfen, in das Zimmer stürmte. Auf leisen Pfoten folgte ihr Leo, den sie aber zu bemerken schien, denn sie wandte sich so abrupt am Absatz um, dass die Raubkatze in sie hineinschlitterte. »Leo, ich hab dir doch gesagt, ich muss erst fragen, ob das in Ordnung ist, wenn du dabei bist.«

»Wobei?«, fragte Dakota und kam sich mit einem Mal sehr klein vor.

»Deiner Behandlung, natürlich!«, antwortete das Mädchen ebenso fröhlich wie zuvor und es schien, als wäre das für alle offensichtlich gewesen – außer für ihn.

»O-okay, er kann gern bleiben.« Es störte ihn nicht, dass der Kater da war. Anders als bei Naheniel fühlte er sich von ihm nicht verurteilt.

Doch als sich der Kater in einiger Entfernung setzte und ihn mit gleichgültiger Miene ansah, hätte er das nochmals revidieren sollen. Er konnte sehr wohl verurteilend dreinblicken. Und das nicht zu knapp!

Arrogante Scheißkatze, dachte Dakota und unterdrückte nur mit Mühe ein Augenrollen.

»Wie fühlst du dich?«, fragte das Einhorn und stellte eine große Tasche auf den Tisch neben Dakotas Bett. Während sie darin kramte, schien sie auf eine Antwort zu warten, denn im gesamten Zimmer wurde es mit einem Mal still.

»Wie sehe ich denn aus?« Dakota dachte, mit einer Gegenfrage hätte sich die Sache erledigt.

Cassandras Gesicht tauchte viel zu nahe vor ihm auf und musterte ihn, bevor sie einen Finger in den Mund steckte und darauf herumlutschte. Als sie ihn freigab, ertönte ein lautes, schmatzendes Geräusch. »Müde. Ja, müde siehst du aus. Hast du nicht gut geschlafen?«

Sie ist ein Kind, erinnerte sich Dakota einmal mehr, um nicht völlig aus der Haut zu fahren. Und wie knapp er dran war, all das einfach zu ignorieren und drauf loszubrüllen. Aber was konnte das Mädchen dafür, dass er sich selbst mit Pillen ruinierte?

»Da hast du wohl recht. Die letzte Nacht war besch-«

Sosanna wandte sich mitten in der Bewegung um und hob eine Augenbraue. Die erste Warnung hatte er ja bereits vorher bekommen.

Ach ja. Nicht vor dem Kind schimpfen. Hatte Bane das irgendwann mal gesagt oder hatte er die Regel einfach unausgesprochen übernommen?

»-eiden. Bescheiden.«

»Ich weiß, was du sagen wolltest, und es war nichts Nettes!«, erwiderte Cassandra lachend und drehte sich ihrerseits zu Sosanna um, die sich schnell um einen möglichst harmlosen Gesichtsausdruck bemühte. »Ihr müsst mich nicht behandeln wie ein rohes Ei.«

Nein, aber deshalb sollten wir dir trotzdem nicht zu viel Blödsinn beibringen. Du hast offenbar schon genug Schlimmes in deinem Leben gesehen, dachte Dakota und mahnte sich, in Zukunft aufmerksamer zu sein.

»Was genau macht ihr jetzt mit mir?«

»Du wirst einen Entzug machen.«

»Also dasselbe wie in der letzten Zeit?«, fragte Dakota nach und spürte schon einen kalten Schauer, der über seinen Rücken glitt. Schweißperlen sammelten sich auf seiner Stirn und das, obwohl es im Zimmer recht kühl war.

»Wir haben dir immer wieder ein bisschen was davon gegeben.«

»Seid ihr eigentlich bescheuert?« Die Intensität, mit welcher der Gestaltwandler aus dem Bett hochfuhr, war fast schon ein wenig beängstigend. »Ihr wollt, dass ich von dem Zeug loskomme, und gebt es mir dann erst recht?«

Cassandra hatte sich zu Boden geworfen und zitterte wie Espenlaub.

Mit einem Mal erfasste Dakota eine Welle der Reue und er beugte sich zu ihr hinunter. »Es tut mir leid, ich wollte nicht so ausrasten.«

Doch das Mädchen rührte sich kein Stück, sah auch nicht auf. Sie hatte die Hände auf ihre Ohren gepresst und schien ein Schluchzen nur mit Mühe zu unterdrücken.

»Es tut mir leid.«

Doch da war sie schon aufgesprungen und zur Tür hinaus, gefolgt von Leo, der ihn nicht einmal mehr eines arroganten Blickes würdigte.

Cassandra fand sich in der Dunkelheit ihres Zimmers wieder, Leo neben ihr, der sie behutsam mit der Nase anstupste.

»Ich kann jetzt nicht mit dir spielen.« Sie sah ihn nicht an, denn sie schämte sich. Wenn sie Bane beweisen wollte, dass sie bereit war für die Waffen, dann konnte sie sich doch nicht wie ein kleines Kind verkriechen, sobald jemand in ihrer Nähe laut wurde!

In ihrem Innersten fühlte sie plötzlich etwas zupfen. So als würde jemand an ihrem Kleid zerren. Nur, dass es eben in ihr war.

»Cassandra?«, sprach ihre eigene Stimme, doch so viel tiefer, als sie es von sich selbst gewohnt war. Und sie hatte ihrer Stimme nicht den Befehl gegeben!

Sie sprang auf. Was war hier los? Hilfesuchend sah sie sich nach Leo um, der nicht im Mindesten beunruhigt, aber verärgert dreinsah. Wenn das für einen Schneeleoparden überhaupt möglich war.

»Leo, was ist hier los?«, wisperte sie, ohne darauf zu achten, dass es in ihrem Innersten nun nicht mehr zog. Hatte sich diese unsichtbare Kraft zurückgezogen? Irgendwie erinnerte sie dieses Gefühl an etwas. An etwas, das sie schon lange nicht mehr gefühlt, ja, vergessen hatte.

Für einen Moment sah Leo aus, als wüsste er nicht, was er tun sollte. Sie wusste es ja selber nicht. Bis er eine unschuldige Miene aufsetzte und durchs Zimmer hopste. Bevor sie ihn fragen konnte, ob er sie verstanden hatte, legte er sich auf den Boden und tat so, als würde er schlafen. Nur um dann aufzuschrecken und mit einem gefährlichen Gesichtsausdruck, gefletschten Zähnen und einem mordlustigen Blitzen in den Augen auf sie zuzukommen.

Jeden anderen hätte dieser Ausdruck vermutlich in Panik versetzt. Nicht aber Cassandra, die sich auf ihr Gefühl verließ, das ihr sagte, dass Leo ihr etwas mitteilen wollte. Er stellte keine Bedrohung dar. Auch jetzt nicht.

»Naheniel?«, fragte sie zaghaft, als ihr eine Idee kam.

In dem Augenblick, als Leo nickte, zupfte es erneut in ihr und ihr Mund begann ein weiteres Mal tief zu sprechen: »Du kennst das bereits, du kannst dich nur nicht daran erinnern.«

Die Erkenntnis traf sie wie ein Blitzschlag. Das war am Anfang auch öfter passiert. Nur Naheniel hatte sich zurückgenommen.

»Hast du dich auf die Zeiten, in denen ich nicht bei Bewusstsein war, beschränkt, weil du …?« Sie wollte den Gedanken nicht aussprechen.

»Weil ich dich nicht bedrängen wollte, ja. Ich habe bemerkt, wie wenig du mich da haben wolltest«, erwiderte er und faltete nun ihre Hände. Seine Hände. Götter, wie kompliziert konnte eine Situation eigentlich sein? »Für mich ist das genauso schwer wie für dich.«

»Ach.«

»Für dein Alter bist du ganz schön sarkastisch.«

»Für mein Alter habe ich aber auch ganz schön viele Dinge gesehen«, erwiderte sie und verschränkte die Arme.

»Kein Grund, dich wie ein bockiges Kind zu verhalten.«

»Ich bin ein Kind!« Cassandra warf ihre Arme in die Luft und stand auf. Am liebsten wäre sie gegangen, aber diesen lästigen Gesprächspartner nahm man ja überall hin mit! Zur Hölle damit, man konnte nicht einmal wütend den Raum verlassen!

»Ich weiß.« Mit einem Mal klang seine tiefe Stimme versöhnlich, ohne den scharfen Ton, den er sonst so anschlug. »Deshalb habe ich auch alles daran gesetzt, dass du überlebst.«

Bevor sie ihn fragen konnte, was er denn damit schon wieder meinte, holte er sie an einen dunklen Ort. Eine Erinnerung, die sie jeden Abend zu verdrängen versuchte. Sie hatte schon lange nicht mehr davon geträumt und war froh darum gewesen. Doch jetzt – in wachem Zustand dorthin zurückzukehren – schmerzte sie umso mehr. Vor allem, weil nur er da war. Und sie.

Cassandra sprang auf und lief durchs Zimmer. Sie wollte fort von dieser Erinnerung, doch so sehr sie flehte, so sehr sie versuchte, davonzukommen, es gelang ihr nicht.

Sie sah sich selbst, wie sie gefesselt in diesem Wohnzimmer lag. Die Menschen hatten alle Möbel an die Wände gerückt und in der Mitte des Raums ein Zeichen auf den Boden gemalt. Ein Zeichen, das sie kannte und das ihre Großmutter stets mit größter Ehrfurcht betrachtet hatte. Wer auch immer es den Menschen beigebracht hatte, hatte sicher nicht geahnt, welch schwerwiegende Folgen es haben würde.

Cassandra zitterte dort am Boden, denn sie spürte die Bosheit, die von den Menschen ausging. Aber auch ihre Neugier.

»Nein!« Mit einem lauten Schrei riss sie sich aus der Erinnerung und spürte heiße Tränen auf ihren Wangen. »Ich will das nicht sehen!«

»Aber du musst –«

Sie fuchtelte wild mit den Armen, als würde ihn das daran hindern, weiterzusprechen. »Gar nichts muss ich!«

Einen Augenblick lang herrschte Stille.

»Ich will dich nicht mehr hier haben, solange ich es fühle! Ich kann nichts machen, wenn es Nacht wird, aber ich will dich nicht mehr spüren, solange ich wach bin! Kapiert?«, schrie Cassandra und spürte, wie ihre Worte hart und rau über ihre Kehle kratzten. Auch Naheniel fühlte diesen Schmerz und sie wollte, dass er ihn erfuhr. Sie wollte ihn nicht hier haben – nicht jetzt und auch damals nicht.

»Eines Tages werden wir reden müssen.«

»Lieber sterbe ich.«

Aber das würde er nicht zulassen und das wussten sie beide.

Bane sah lange auf den unterirdischen See hinaus. Völlig in Gedanken versunken hatte er das Einhorn nicht gehört. Es war auch nicht weiter verwunderlich, schließlich dachte er unentwegt an Cassandra. Sein kleines Mädchen, das doch nicht das seine war. Lange hatte er gedacht, er könnte den notwendigen Abstand, den er als Anführer brauchte, wahren, doch wenn er ehrlich mit sich und ihnen war, dann waren sie ihm wichtiger als alles andere auf der Welt.

»Ich sehe die Sorge in deinem Gesicht.« Sosanna setzte sich, ohne auf seine Antwort zu warten. Das liebte er an ihr. Und hasste es. Sie schien immer genau zu wissen, was ihn bedrückte. Und wenn sie es nicht wusste, dann war sie nie verlegen darum, einfach nachzufragen.

›In meinem Gesicht, in meiner Stimme und wenn du Gedanken lesen könntest, würdest du das auch dort sehen.‹

»Dafür muss ich keine Gedanken lesen können, Bane. Außerdem kann ich durch deinen Transmitter sowieso alles hören. Du verbirgst dein wahres Innerstes nicht unbedingt«, erklärte sie düster und reichte ihm einen Kanten Brot.

Dankbar nahm er es an. Während er kaute, hing er weiterhin seinen Gedanken nach. Er spürte, dass sich etwas in ihm verändert hatte. Noch wollte – nein, konnte – er es sich aber nicht eingestehen.

Sosanna räusperte sich.

Ein wenig verloren sah er auf und blickte in ein Gesicht, das zum ersten Mal alt wirkte. Ein Gesicht, das er zum ersten Mal fast nicht wiedererkannte. Auch wenn er jede Linie darin kannte, oder dachte zu kennen, schien sie ihm nun wie das ätherische Wesen vorzukommen, das sie eigentlich war. Ihre mondhellen Strähnen hingen ihr wie gespenstische Spinnenweben ins Gesicht.

Ein weiteres Mal räusperte sie sich, als müsste sie sich davon überzeugen, dass sie nun sprechen sollte. Musste. »Bane, du musst Cassandra unterrichten. Daran führt kein Weg vorbei! Eines Tages wird sie in eine Situation kommen, in der sie deinen Beistand gebraucht hätte. Willst du ihn ihr wirklich verwehren? Ihre Seele wurde schon einmal beschmutzt.«

Die Wut kochte so schnell in ihm hoch, dass er das Brot von sich warf und es erst realisierte, als es mit einem lauten Platschen im dunklen Wasser versank. Dann spürte er einen heißen Schmerz, der seinen Arm durchzuckte. Er hatte sich an den Steinen offenbar die Haut aufgerissen. ›Sie will den Dämon doch schon lange loswerden.‹

»Ich spreche nicht von dem Dämon. Den Makel auf ihrer Seele haben sich die Menschen zuzuschreiben. Sie allein sind es, die die

Dunkelheit über dieses Mädchen gebracht haben.« Für einen Moment kramte sie in ihrer Tasche und Bane hoffte, sie hätte noch ein Stück Brot dabei. Doch als sie bloß eine Salbe hervorzog, spürte er eine Enttäuschung, die viel zu groß war, um sich nur um Essen zu drehen.

Fast ein wenig ruppig hätte er ihr seinen Arm entzogen, doch der Griff der schlanken Frau war zu stark. Ebenso wie ihr Blick, der ihn zu durchbohren schien.

»Was ist das wirklich, das dich daran hindert, Sie zu unterrichten?«

Er vermied es, ihr in die Augen zu sehen, denn er glaubte, dass er ihr dadurch nur bestätigte, was sie ohnehin schon dachte. Aber vielleicht würde es guttun, mit ihr darüber zu sprechen. Schließlich war sie seine älteste Freundin und Henry nur noch der Hauch einer Erinnerung, an die er sich verzweifelt klammerte. Denn so sehr er sich in mancher ruhigen Stunde in das Gedenken an seinen besten Freund versenkte, so schmerzvoll war es, weil er wusste, dass es diesem nie gerecht werden würde.

»Bane!« Die Ungeduld in Sosannas Stimme war unüberhörbar. »Verdammt, rede mit mir!«

›Schon gut, schon gut.‹ Er hob abwehrend die Arme und seufzte schwer. ›Henry –‹

Der Anführer der dunklen Klaue wurde jäh von einem Schnauben unterbrochen. Noch nie hatte sie sich ihm gegenüber so respektlos verhalten. »Cassandra ist nicht Henry.«

Keine Anklage. Nur eine Feststellung. Doch Banes Wut wurde dadurch nur noch mehr angefacht.

›Wenn du mich ausreden lässt, könnte ich dir erklären, warum ich den Satz mit meinem toten besten Freund beginne.‹ Der Gedanke schmerzte ihn, vermied er es schließlich, das auszusprechen, was wahr war. Als ihn das Einhorn ohne Widerwort unverwandt ansah, fuhr er fort: ›Bei Henry habe ich alles falsch gemacht, was man nur irgendwie falsch machen kann.‹

»Das war nicht deine Schuld.«

Nun, da er langsam zur Ruhe kam, begann sie, den Arm einzusalben, den er sich vorher aufgerissen hatte. Es hätte brennen müssen, aber in seinem Inneren tobte es so sehr, dass er den Schmerz gar nicht spürte.

›Hätte ich Henry damals nicht erlaubt, dabei zu sein, wäre er heute noch unter uns. Ich hätte ihn nicht in Gefahr gebracht, er wäre nicht auf dieser Mission dabei gewesen …‹ Bane raufte sich die Haare und vergrub den Kopf in den Händen. Dabei erhaschte er die Andeutung des Geruchs der Salbe, die ihn an seine Kindheit erinnerte. Aufgerissene Knie, der Duft von Brennnesseln und Henrys Lachen in seinem Ohr waren für einen Moment wieder Wirklichkeit. Er wollte sich in dieser Erinnerung fallen lassen, sie gleichzeitig aber tief in sich verschließen. Ohne sie anzusehen. Ohne den Schmerz spüren zu müssen, der sich anbahnte und drohte, wie eine gefährliche Welle über ihm zusammenzuschlagen.

Sosanna schüttelte energisch ihren Kopf. »Bane, bitte. Du hättest nichts daran ändern können.«

Doch davon wollte er nichts hören. ›Er war noch nicht einmal ein Magischer, das war nicht sein Krieg, nicht seine Schlacht, trotzdem hat er für unsere Seite gekämpft.‹

»Er hat es deinetwegen getan.«

›Ja, meinetwegen hat er sich in Gefahr gebracht und ist in den Tod gegangen.‹

Immer noch sah er nicht auf, aber er spürte heiße Tränen, die auf seinen Wangen brannten und ein Echo dessen hinterließen, was in seinem Innersten vorging.

»Nein, deinetwegen hat er erkannt, dass es zwischen uns keine Unterschiede gibt. Er ist – war – einer der Ersten, die verstanden haben, warum wir das alles machen.« Sosanna griff nach seinen Händen. Die ihren schlangen sich kühl um die seinen und vermittelten ihm einen Hauch von Sicherheit.

›Vielleicht solltest du die Klaue übernehmen.‹

»Vielleicht«, erwiderte sie, »sollte ich dir einfach eins überziehen.«

Überrascht von ihren harschen Worten hielt er inne und sah sie für einen langen Moment bloß an. Dann seufzte sie und der Augenblick war vergangen.

»Bane, niemand will dir deine Rolle streitig machen. Keiner von uns könnte das besser als du. Aber manches Mal haben auch wir eine Meinung zu den Dingen. Und in diesem Fall bist du der Einzige, der es anders sieht, sogar der Dämon ist mit an Bord.«

›Ich wollte nie ein Anführer sein!‹

»Möglicherweise ist genau das der Grund, warum du es so gut machst.«

Nun war es an Bane, zu schnauben. Verarschte ihn das Einhorn? Wenn er ehrlich mit sich selbst war, dann fühlte sich seine Mission so oft an, als würde er gegen eine starke Strömung anpaddeln, ohne wirklich schwimmen zu können.

Mit Wehmut dachte er daran zurück, als Henrys Familie ihn aufgenommen hatte, als seine Mutter gestorben war. Nicht einmal an ihr Gesicht konnte er sich erinnern. Aber an die Liebe, die sie ihm geschenkt hatte, obwohl sie jeden Tag hart im Haus von Henrys Familie gearbeitet hatte.

»Woran denkst du?«, unterbrach Sosanna jäh seine Gedanken.

›Daran, dass Momente nicht für immer sind, aber sie in unserer Erinnerung andauern. Manche Details vergisst man, aber das, was man dabei gespürt hat, bleibt‹, erwiderte er düster und kauerte sich etwas tiefer in sich zusammen.

»Mhm«, machte sie und erlaubte ihm, weiterhin in seinen Gedanken zu hängen, indem sie nichts mehr sagte.

Bane erinnerte sich gut an das Gefühl, als Mrs Wade ihn im Wohnzimmer hingesetzt und zum ersten Mal versucht hatte, selbst warme Milch mit Honig zu machen. Er hatte vernommen, wie sie in der Küche rumorte, Töpfe klappernd und leise fluchend. Offenbar hatte sie gedacht, dass er sie nicht hörte. Nicht, dass es ihn gestört hätte oder es das erste Mal gewesen war, dass er solche Ausdrücke gehört hatte. Aber in diesem Moment wusste er, dass etwas nicht stimmte. Selbst jetzt, wenn er sich daran erinnerte, wuchs der Kloß in ihm von Neuem, als hätte er nur darauf gewartet, wieder aktiviert zu werden. Auch damals hatte er versucht, die aufsteigende Übelkeit niederzukämpfen, während er hoffte, dass Mrs Wade noch lange, lange Zeit in der Küche brauchen würde. Aber es war dasselbe Gefühl wie jetzt als Anführer. Schwimmen, ohne schwimmen zu können. Im Grunde genommen hatte er gegen die düstere Gedankenspirale, die seine Gefühle antrieb, noch nie eine Chance gehabt.

›Es hilft nichts. Du wirst die Klaue übernehmen müssen‹, sagte er schließlich mit einer Endgültigkeit, die selbst ihn bestürzte. Er verschränkte die Hände ineinander und sah dem Einhorn lange in die Augen.

»Nein.« Sie schüttelte bestimmt den Kopf. »Jeder von uns hat seine Rolle zu spielen und sein Kreuz zu tragen. Ich bin die Heilerin unserer Bande. Weißt du, wie sehr ich dich gehasst habe, als du anfangs ständig davon geschwafelt hast, dass nicht alle Menschen schlecht sind?«

Bane schnitt eine Grimasse.

»Ja, ja, du redest immer noch denselben Blödsinn wie damals. Nur, dass ich durch dich erkannt habe, dass du recht hast mit diesem Blödsinn. Deshalb brauchen wir dich als Anführer. Genau deshalb. Also schließ endlich Frieden mit deinen inneren Dämonen, ich denke nämlich, dass Cassandra dasselbe tun wird.«

Und damit stand sie abrupt auf und ließ ihn dort sitzen, wo er war.

Er dachte über ihre Worte nach und verlor sich ein weiteres Mal in Erinnerungen an Henry. Waren sie von etwas Schönem zu etwas geworden, das ihn heimsuchte und ihn quälte? Ja.

Vielleicht hatte Sosanna recht und er musste langsam anfangen, darüber hinwegzukommen, dass seine Entscheidung den endgültigen Schlussstrich gezogen hatte. Vielleicht sollte er sich nicht alleinig die Schuld geben für das, was passiert war. Oder zumindest nicht nur die negativen Seiten dieser Mission sehen.

Auch wenn sie Henry das Leben gekostet hatte.

Henry, der sich selbst dazu entschieden hatte, mitzukommen,

und Bane sich bloß eingestehen konnte, dass er es zugelassen hatte. Sie hatten dadurch Cassandra befreien können und das war wohl etwas wert. Auch wenn der Preis dafür hoch gewesen war. Und das schmeckte selbst nach all der Zeit noch bitter.

Dakota wachte schweißgebadet aus einem wirren Traum auf. Als er langsam zur Besinnung kam, war er sich nicht mal sicher, ob er geträumt oder ihm seine Sucht einen Streich gespielt hatte. Süßes Nichts, wie er es nannte, ja, er wünschte es sich gerade so sehnlich herbei. Es zerging sofort auf der Zunge und zerrte ihn in einen Zustand, in dem er sich nicht mit seinem Leben oder seinen Verfehlungen befassen musste.

Cassandra saß auf einem Stuhl vor seinem Bett und wackelte mit den Beinen, die ein gutes Stück über dem Holzboden baumelten. Noch hatte sie nicht bemerkt, dass er wach war, und so konnte er das Kind für eine Weile betrachten. Sie sah so unschuldig aus und hätte er es nicht gewusst, hätte er niemals angenommen, dass in ihr ein Dämon wohnte, der – wenn man ehrlich war – gar nicht so übel war.

Sie sah auf und kreuzte seinen Blick.

Er konnte ihr ansehen, dass ihr eine Frage unter den Nägeln brannte, doch zum ersten Mal behielt sie diese für sich. Und gerade das machte ihn stutzig.

»Was ist los?«

Überrascht zog sie die Brauen hoch, dass sie fast in ihrer wilden Lockenmähne verschwanden. »Was meinst du?«

Viel mit Kindern hatte Dakota nicht zu tun gehabt, seit er aus diesem verdammten Keller entkommen war. Aber dass sie so schlecht darin war, etwas zu verbergen, zauberte ihm ein Schmunzeln ins Gesicht.

»Du siehst aus, als müsstest du dringend mit jemandem reden.«

»Nein, danke.«

Dakota fühlte sich fast ein wenig vor den Kopf gestoßen. »Wenn du reden willst, bin ich da, okay? Du bist ja sowieso bei mir und kümmerst dich um mich. Dann kann ich dir zumindest dasselbe für dein Seelenheil anbieten.« Er fühlte das Lächeln über sein Gesicht spannen und fragte sich, wie lange er das schon nicht mehr gemacht hatte. Überhaupt fragte er sich, wie viel Zeit vergangen war, seit sie hier waren.

»Danke, aber ich mag nicht. Naheniel will auch ständig reden. Und ich kann einfach nicht mehr.«

Das machte den Gestaltwandler stutzig. »Naheniel will mit dir reden? Ich dachte, er kommt immer nur dann zum Vorschein, wenn du schläfst?« Etwas umständlich setzte sich Dakota auf und ignorierte den Schweißfilm auf seinem Körper, der seine Kleidung klebrig machte und ihn langsam, aber sicher frösteln ließ.

Einen Blick wagte er zum Fenster, vor dem die Höhle in ihrem gewohnt düsteren Licht dalag. Düster wie die Stimmung, die sich über die Klaue gelegt hatte seit dem Absturz.

Als er sich ihr wieder zuwandte, erkannte er, dass sie seinem Blick gefolgt war und ihren nun starr nach draußen richtete.

»Er hat es nur aus Respekt getan, weil es immerhin noch mein Körper ist. Aber er kann sich auch zeigen, wenn ich wach bin. Und er will reden. So viel reden.« Wie eine Schlafwandlerin stand sie auf und ging zum Fenster, als gerade eine riesige Motte mit irisierendem Muster auf ihren Flügeln daran vorbeiflog.

»Ich will nu-«, hörte Dakota die tiefe Stimme Naheniels protestieren.

»Nein, hör auf zu reden, ich will mich gerade über die schöne Motte freuen!«, unterbrach ihn Cassandra scharf und jauchzte, als die Motte eine Ehrenrunde drehte, als würde sie es nur für die kleine Hexe tun.

Naheniel blieb tatsächlich still, während Cassandra das Fenster öffnete.

Der Gestaltwandler betrachtete das bläulich-lila Muster auf den Flügeln der Motte, das sich mit jedem Wimpernschlag veränderte.

Ihre Augen blickten unverwandt in das Zimmer herein und blieben schließlich an der kleinen Hexe hängen.

Was für ein hässliches Tier, dachte sich Dakota.

»Du bist aber wunderschön.« Cassandra streckte die Hände nach dem Insekt aus und tatsächlich flatterte es ein wenig näher. Wie groß die Motte doch war im Vergleich zu …

Warte, was fraßen diese Viecher eigentlich? Die Frage traf Dakota härter als erwartet.

»Geh vom Fenster weg.« Er sprang auf, doch sein von der Sucht gepeinigter Körper war unfähig, sich großartig zu bewegen. Oder schnell. Er krachte unschön mit der Nase voran auf den Holzboden und konnte sich nur noch die Tränen aus den Augen wischen, bevor eine verschwommene Cassandra auf einer verwackelten Motte in die Weite der Höhle davonflog.

21

Bane war mittlerweile ins Haus gegangen und sann in der Küche seinen trüben Gedanken nach. Nicht, dass es etwas geändert hätte, aber hier hatte er wenigstens Kaffee. Und mehr Brot. Und wer wusste es schon, vielleicht würde er hier ein wenig Frieden vor seiner Vergangenheit finden.

Die Tür sprang auf und Dakota polterte herein.

Der Mann sah erbärmlich aus. Schweißnass und völlig bleich stand er in der Tür und hätte er nicht geschnauft wie eine Dampflokomotive, hätte man meinen können, der leibhaftige Tod würde vor einem stehen.

»Cass-« Dakota würgte und rang mit Worten und Atem gleichermaßen. »Cass-«

›Setz dich erst einmal‹, sagte Bane und wies auf den Platz neben sich.

Doch Dakota sah drein, als hätte er nichts gesagt. Als hätte er ihn nicht –

»Ich hab das Ding in der Eile vergessen«, sagte er nun, als er Banes Blick offenbar gefolgt war. »Ich denke, du willst wissen, was los ist.«

Mehr oder weniger, ja … Aber zuerst sollte sich der Junge mal beruhigen. So wie er aussah, würde er schneller zusammenklappen, als Bane nach Sosanna rufen konnte. Wenn sie den Transmitter überhaupt trug.

»Cassandra ist auf einer Motte aus dem Fenster geflogen.«

Bane versuchte, im Gesicht des Gestaltwandlers zu erkennen, ob er halluziniert hatte oder ob es der Wahrheit entsprach. Vermutlich saß die kleine Hexe irgendwo im Haus und spielte mit Leo, der mit der Umgebung der Höhle mehr als glücklich war.

Doch Dakota starrte ihn unverwandt an, ernst und fordernd. Wenn es ihm *wirklich* ernst war, dann –

Bane durchmaß mit wenigen langen Schritten den Raum und holte dermaßen aus, dass es draußen am Gang ein lautes Echo klatschte, als er Dakota eine Ohrfeige verpasste.

Sosanna hatte sich ins Halbdunkel des Flurs geschlichen und blickte stumm auf die Szene vor ihr. Bane hätte große Lust gehabt, noch einmal zuzuhauen, doch er hielt sich zurück. Verdammt!

Aber der Gestaltwandler schien sich das nicht gefallen lassen zu wollen und rang den Anführer der Dunklen Klaue nieder, bis die beiden nur noch ein Knäuel aus Kleidung und Schmerzenslauten waren. Bane hielt sich nicht länger zurück und auch wenn er einiges einstecken musste, fühlte er sich von Moment zu Moment ein wenig freier.

›Verdammt, Dakota, du hättest auf sie aufpassen müssen!‹, schrie er sich von der Seele, obwohl er wusste, dass dieser ihn nicht hören konnte. ›Sie ist zwar ein Mitglied, aber noch so jung und klein und wir müssen sie beschützen! Verstehst du das denn nicht?‹ Jedes seiner Worte war mit einem Hieb gespickt, doch nur Letzteres registrierte der Gestaltwandler auch.

»Schluss jetzt!«, brüllte Sosanna und zerrte die beiden auseinander, gerade als Bane ein weiteres Mal ausholen wollte. »Es reicht! Ihr verhaltet euch wie kleine Kinder!«

So stand nun Bane auf der einen und Dakota auf der anderen Seite, beide schwer atmend und schweißnass.

Der Anführer der Klaue fühlte die Hitze in sich hochsteigen und wusste, dass er sich seit Langem nicht mehr so lebendig gefühlt hatte, während Dakota immer noch wie der Tod aussah. Er rieb sich die Knöchel.

»Schluss damit. Wenn das wirklich stimmt, dann ist Cassandra vielleicht in Gefahr.«

»Ist nicht sie es, die immer davon schwärmt, welch einzigartige

Verbindung sie zu Tieren hat? Wo ist überhaupt *das* Tier?«, fragte Dakota und sah sich offenbar nach Leo um.

›Er ist sich also sicher, dass er das nicht halluziniert hat?‹, wollte Bane von Sosanna wissen, die die Frage augenblicklich an den Gestaltwandler weiterreichte.

Dieser seufzte. »Ich wünschte es. Aber seien wir ehrlich, wenn sie hier wäre, wäre sie spätestens bei unserer Rangelei in die Küche gestürzt, um nachzusehen, was da passiert.«

Bane senkte den Blick. Ja, das hatte er gut erkannt.

›Ich denke, wir sollten nach ihr Ausschau –‹

»Bane, du musst meinen neuen Freund treffen!«, schallte es jäh durch den Flur. Der Stein, der auf seiner Brust gelastet hatte, war mit einem Mal weg und er drängte sich beinahe gewalttätig an den anderen beiden Mitgliedern der Klaue vorbei, um Cassandra in Empfang zu nehmen.

Unschuldig stand sie in der Tür, die nach draußen führte, und wiegte sich im Wind, der an ihrem Kleid zerrte. Für einen Moment war vergessen, dass er sich solche Sorgen gemacht hatte, dass er sogar mit Dakota eine Prügelei angefangen hatte.

Zögernd verharrte er und betrachtete sie, bevor er mit einer einzigen Bewegung auf sie zu stürzte und sie in seine Arme zog.

›Was hast du dir dabei gedacht, einfach auf einer Motte davonzufliegen?‹

Heiß fühlten sich die Tränen an, die über seine Wangen in ihr Haar tropften und all seine Sorgen hinfort spülten.

»Aber Monty ist mein Freund«, erklärte Cassandra und versuchte, ihn anzusehen. »Bane, du erdrückst mich und warum weinst du? Hör auf zu weinen, sonst muss ich auch weinen!«

Mit einem Mal war die Luft erfüllt von ihrem Schluchzen und ihre Wiederkehr, die für ihn so erleichternd gewesen war, legte sich schwer auf seine Schultern.

›Ich bin nur froh, dass du wohlbehalten wieder hergekommen bist.‹

»Freunde geben aufeinander acht. Denkst du wirklich, Monty

hätte mich einfach entführt und ertrinken lassen? Er weiß, dass ich noch nicht gut schwimmen kann.«

In dem Moment war Bane nur froh, dass er an den Fakt, dass das Mädchen noch nicht sehr lange schwimmen konnte, gar nicht gedacht hatte. Sondern eher damit beschäftigt gewesen war, sich Sorgen zu machen, dass sie von dem Rücken auf den nackten Stein stürzte oder das Vieh sie auffressen würde.

»Bane, du erdrückst mich!«, quengelte Cassandra und machte sich von ihm los. Zumindest versuchte sie das.

›Versprich mir, dass du nicht mehr einfach so mit Fremden mitgehst.‹ Dass er das überhaupt sagen musste. Hatte das Kind denn gar nichts von ihm gelernt?

»Monty ist kein Fremder.«

Bane unterdrückte ein Augenrollen. ›Er hat sich bei mir nicht vorgestellt.‹

»Das kann ich machen.« Entschlossen griff sie nach seiner Hand. Er konnte gar nicht anders, als sich von ihr zu der Motte zerren zu lassen, die da saß und aussah wie ein junger Mann, der zum ersten Mal bei der Familie der Braut vorstellig wurde. Bei dem Gedanken daran fröstelte es ihn. Würde es bei Cassandra auch irgendwann einmal so weit sein?

»Du musst ihn nur mal anfassen. Er ist sehr flauschig. Aber nicht bei den Fühlern, da ist er empfindlich! Lieber dahinter. Ja, genau, da wo sein Kopf so schön weich ist«, leitete sie ihn an und zeigte ihm genau, was sie meinte.

Bane fand, das Tier fühlte sich scheußlich an. Richtig eklig. Aber Cassandra schien da anderer Meinung zu sein. Wenn man sie sich so ansah, dann konnte man fast meinen, dass sie noch nie ein schöneres Tier gesehen hatte. Gut, dass Leo nirgends zu sehen war.

Just in dem Moment vernahm er eine Bewegung im Augenwinkel. Der Kater war wie auf ein Stichwort erschienen und besah sich die Szene. Cassandra, die sich der Motte widmete und noch gar nicht bemerkt hatte, dass er hier war.

›Ich glaube, dein Freund Leo möchte Monty vielleicht auch kennenlernen‹, sagte Bane und zeigte auf Leo. Der war so offensichtlich eifersüchtig, dass sich der Anführer der Klaue ein Lachen verkneifen musste.

Leo, der Dakota gegenüber nie eine großartige Zuneigung gezeigt hatte, rieb sich nun an dessen bleichen, zitternden Körper. Ja, er tat so, als wäre dies das Normalste überhaupt. Bane war fast, als würde der Kater arrogant und bewusst in eine völlig andere Richtung als Cassandras schauen.

»Du bist so warm«, schwärmte Dakota und rückte ein wenig näher an das Tier heran, das seine Annäherungsversuche sofort mit einem halbherzigen Fluchtversuch quittierte. Er wollte Cassandra eifersüchtig machen, aber sicherlich nicht zu dem Preis, dass ihm der Gestaltwandler auf die Pelle rückte. Schon gar nicht in dem lädierten Zustand.

»Leo scheint Monty nicht sehr zu mögen«, sagte Cassandra plötzlich mit einer ätherischen Stimme, ohne sich auch nur nach ihrem Freund umgedreht zu haben.

›Woher willst du das wissen?‹, fragte der Trickster und warf ihr einen Seitenblick aus zusammengekniffenen Augen zu.

»Ich spüre es. Er ist verletzt, weil ich einfach mit jemand anderem weggegangen bin. Ich glaube, da gibt es ein Wort dafür, aber es fällt mir nicht ein.«

›Eifersucht.‹

Sie nickte, als wüsste sie ganz genau, was er meinte. »Ist es auch das, was du gespürt hast?«, fragte sie und sah endlich aus ihren großen braunen Augen zu ihm auf. Eine verirrte Locke hing ihr in die Stirn und gab ihrem Blick damit etwas Verlorenes.

›Nein, aber darüber sprechen wir ein anderes Mal.‹ Er konnte die Gefühle, die in seiner Stimme mitschwangen, weder benennen noch verbergen. Das hier war einfach zu viel für ihn.

»Sprechen wir auch darüber, dass du mich mit Waffen ausbilden wolltest?«

Ein Seufzen hätte nicht ausdrücken können, was er in dem Moment fühlte. Verdammt, dieses Mädchen konnte einem so viel Gutes geben, aber manchmal konnte sie so unsäglich nervig sein, dass es ihm fast körperlich zusetzte. Vielleicht war es gerade das, was Familie ausmachte. Oder?

›Ich denke schon.‹

»Gut!«, sagte sie und beugte sich vor zu Monty, dem sie – wenn Bane das richtig erkannte – etwas ins Ohr flüsterte. Falls da sein Ohr war. Bevor er aber weiter darüber nachdenken konnte, hatte die Motte abgehoben und flog davon.

Cassandra winkte ihm, bis er irgendwo oben zwischen herunterhängenden Pflanzen und Stalaktiten verschwunden war. Dann drehte sie sich zu Bane um und griff nach seiner Hand. Sie wartete, bis auch er bereit war, zurück ins Haus zu gehen.

Er wusste jetzt schon, dass sie nicht aufgeben würde. Na gut, wenn er ganz ehrlich mit sich selbst war, hatte er das vorher gewusst. Und auch der Quälgeist Naheniel würde nicht ruhen, bevor er nicht erreicht hatte, was Bane ihm in einem Anfall von Leichtsinnigkeit versprochen hatte.

»Aufwachen!«

Bane wollte Cassandra gerade wecken, als Naheniels dunkle Stimme durch ihr Zimmer gellte. Als er die Tür öffnete, erkannte er, dass sogar Leo die Schnauze unter den Pfoten versteckt hatte.

»Ja, ja … Bane ist noch nicht einmal –« Cassandras Haare standen in alle Richtungen weg, während sie verzweifelt versuchte, sich das Kissen über die Ohren zu ziehen. Was aber nicht viel half, denn schon im nächsten Moment plapperte der Dämon aus ihrem Mund wieder munter drauf los.

Den Sinn konnte Bane allerdings nicht verstehen, schließlich sprachen beide gleichzeitig. Aus einem Mund. Schon beim bloßen Hinhören bekam der Anführer der Dunklen Klaue Kopfschmerzen. Wenn das den ganzen Tag über so gehen würde, würde jemand anderes die kleine Hexe ausbilden müssen.

»Oh, Bane!«, sagte Cassandra, während Naheniel weniger enthusiastisch hinzufügte: »Du bist es bloß …«

›Herzlichen Dank. Wenn du keine Lust hast, endlich Waffen zu benutzen, kann ich auch wieder gehen.‹

Nicht, dass er das tatsächlich vorgehabt hätte. Aber dem Dämon musste man das dumme Grinsen aus dem Gesicht wischen. Auch wenn sich Bane manchmal schuldig fühlte, solche Gedanken zu haben, schließlich war es immer noch Cassandras Gesicht. Und ihr Grinsen. Dennoch war da etwas, das unmissverständlich nicht von ihr kam. Er konnte es nicht benennen, aber der Dämon hatte Spuren an und in ihr hinterlassen. Gespielt verärgert wandte er sich um und musste ein Grinsen unterdrücken.

»Nein, nein, Bane! Komm zurück! Ich – Naheniel, entschuldige dich, aber dalli!« Das Mädchen sprach nun leiser auf den Dämon ein, der sich offenbar nur weigerte, bis Bane die Tür erreicht hatte und die Hand schon an der Klinke hatte. Und das, obwohl er sich endlos lange Zeit gelassen hatte.

»Fein!« Ein tiefes Seufzen, bei dem sich Bane auf die Lippen beißen musste, um nicht loszuprusten. »Entschuldige.«

»Du musst ihm noch sagen wofür. Sonst gilt das nicht.«

Der Trickster fand zwar, dass sie es übertrieb, aber der Dämon hatte schließlich keine bis wenig Manieren und da schadete es ihm nicht, sich auch mal zu einer Nettigkeit zwingen zu müssen.

»Ihr zieht mir den letzten Nerv, ihr Quallen, und ihr wisst das.« Cassandras Arme schossen in die Höhe, als wollte der Dämon damit zeigen, wie sehr es ihn ärgerte. Dann aber setzte er eine diplomatische Miene auf. »Tut mir leid, dass ich dir das Gefühl gegeben habe, unerwünscht zu sein.« Darauf folgte noch etwas Genuscheltes und Bane war sich sicher, dass er unterdrückt fluchte.

›Danke, dass du dich entschuldigt hast.‹

Der Anführer der Klaue wandte sich mit einer gönnerhaften Miene um und er hätte schwören können, dass Naheniel kurz davor war, noch etwas hinzuzufügen, doch der Moment war ebenso schnell vergangen, wie er gekommen war.

›Wir werden nach dem Frühstück starten. Also seht zu, dass ihr genug esst, um bei Kräften zu sein, aber nicht zu viel, um nicht zu träge zu sein.‹

Cassandra nickte und lächelte selig. Immer noch stand ihr Haar in alle Richtungen.

›Lass mich dir helfen.‹

Er hatte zwar keine Ahnung, wie man das machte, aber er hatte oft genug zugesehen, wenn Sosanna sich um das kaum zu bändigende Haar der kleinen Hexe gekümmert hatte. Bane setzte sich zu Cassandra aufs Bett und ließ sich die Bürste geben. Dann teilte er vorsichtig ihr Haar und begann damit, behutsam durchzukämmen.

»Du hast mir noch nie die Haare gekämmt.« Keine Frage, einfach nur eine Feststellung, die aus ihrem Mund nicht einmal wie eine Anklage klang. Sondern bloß wie die ehrlichen Gedanken eines Kindes, das es gewöhnt war, viel auf sich selbst zu achten.

›Vielleicht hörst du eher auf mich, wenn ich mich mehr um dich kümmere.‹

War das die Wahrheit?

Bevor Bane in seine Gedanken versinken konnte, erwiderte sie: »Aber du kümmerst dich um mich.« Sie wandte sich so schnell um, dass die Bürste, die er gerade noch gehalten hatte, in ihrem Haar stecken blieb und munter hinter ihr baumelte, während sie ihn mit einem breiten Grinsen bedachte. »Immer.«

›Manchmal habe ich das Gefühl, dass es nicht genug ist.‹

Das hier war die Wahrheit. Die ganze ungeschönte Wahrheit, die aus seinem tiefsten Inneren troff wie eine stinkende, zähflüssige Masse, die alles vergiften wollte, was ihm lieb war.

»Aber … du sorgst dich um mich. Bist immer da, wenn es brenzlig wird. Für uns alle. Was gibt es denn noch?« Sie legte die Stirn in Falten und sah mit einem Mal so viel älter aus als zuvor.

Wie gern hätte er ihr erklärt, was es da noch alles gab. Er hatte sie bislang immer auf Abstand gehalten, doch der Vorfall mit der Motte hatte ihn zum Nachdenken gebracht. Die halbe Nacht hatte er wachgelegen und darüber sinniert.

Henry hatte er in sein Herz geschlossen und nachdem er ihn verloren hatte, sich geschworen, niemals wieder jemanden so nah an sich heranzulassen. Weil er ihn nicht retten hatte können. Weil er nicht in dem Moment da gewesen war, in dem es darauf angekommen war. Und dann war die kleine Hexe auf der Motte davongeflogen und er hatte gefürchtet, dass er noch einmal jemanden verlieren würde. Dieses Mal aber in dem Wissen, diese Person die ganze Zeit über auf einer kühlen Distanz gehalten zu haben. Trotzdem hatte sie sich in sein Herz geschlichen. Er sprach es nicht aus, weil er nicht wollte, dass sie ein weiteres Mal traurig wurde, aber er fühlte sich wie ihr Vater. Ein Vater, der eine schwere Entscheidung zu treffen hatte und immer noch nicht wusste, ob seine Wahl richtig gewesen war.

»Huhu, Bane!« Sie wedelte vor seinem Gesicht herum und holte ihn damit in die Wirklichkeit zurück.

›J-ja.‹ Er unterdrückte ein Seufzen. ›Es gibt noch so viel mehr im Leben, das du eines Tages erleben wirst. Aber ich möchte, dass du weißt, dass du mir sehr wichtig bist und dass ich immer auf dich achtgeben werde.‹

Cassandra kicherte. »Das weiß ich doch. Du liebst uns alle, auch wenn du es nicht zugeben willst.« Sie sah ihm herausfordernd in die Augen, bevor sie mit einem triumphierenden Glimmen darin auf ihn zeigte. »Siehst du, ich wusste es! Du wirst ganz rot.«

Er spürte tatsächlich die Hitze in sich aufwallen und wollte sie schnellstmöglich unterdrücken. Wann war ihm zuletzt etwas unangenehm gewesen? Er konnte sich nicht daran erinnern.

›Das siehst du … äh. Falsch. Ich mag euch, ich gebe auf euch acht, ihr seid mir wichtig. Weil ich euer Anführer bin.‹

Zum Teil war das ja nicht einmal gelogen. Er war für sie alle verantwortlich. Dass sie ihm alle einmal so wichtig werden würden, war weder geplant noch von ihm gewollt gewesen. Und doch war es passiert.

»Ich verrate es niemandem. Das bleibt unser kleines Geheimnis.« Sie hielt ihm den kleinen Finger hin, in den er mit einem schiefen Lächeln einhakte.

»Aber ich hab nichts versprochen!« Da war er wieder, dieser verdammte Dämon. Als er jedoch Banes Blick sah, der ihm noch ein Stück näherkam, revidierte er. »Äh, nein, nein. Dein Geheimnis ist bei mir sicher. Gott, dass keiner von euch einen kleinen Spaß versteht.«

›Ich verstehe Spaß. Aber wenn du irgendwem erzählst, dass ich nicht so hart bin, wie ich tue, dann werde ich –‹

»Gar nichts wirst du tun, weil du Cassandra nicht verletzen willst. Aber dein Geheimnis ist trotzdem sicher bei mir. Immerhin habe ich ja auch was davon, wenn wir gut auskommen.« Er machte eine ausladende Geste um den Körper der kleinen Hexe herum. »Schutz für meine Hülle, Schutz für mich.«

»He!«

»Dein Körper ist auch nur eine Hülle für deine Seele, reg dich mal nicht so auf. So unbedeutend dieser kleine Fleischsack auch ist, müssen wir beide gut darauf aufpassen. Immerhin ist es der einzige, den wir haben.«

»Hat jeder eine Seele?«, fragte Cassandra an Bane gewandt und machte große Augen. Ob es wegen des Konzepts einer Seele war, bei dem sich Bane nicht sicher war, ob sie es verstanden hatte, oder ob es um die ekelerregende Bezeichnung des Fleischsacks ging, konnte er nicht sagen.

›Ja. Und besondere Personen haben sogar zwei in sich.‹

Bane hätte schwören können, dass ihm der Dämon einen dankbaren Blick zugeworfen hatte.

Dakota streckte sich in seinem Bett. Sosanna war vor einer halben Stunde gekommen und hatte ihm irgendein echt scheußliches Getränk gegeben. Bis jetzt war er sich nicht sicher, warum er es nicht sofort wieder heraufgewürgt hatte. Aber auf wundersame Art und Weise war es ihm erspart geblieben, das Zeug noch einmal in einer viel widerwärtigeren Form zu schmecken.

»Was ist?« Sosanna sah von ihren Sachen auf.

Er wusste nicht, was genau sie vorhatte, aber seit einiger Zeit kramte sie in ihrer Tasche, murmelte vor sich hin, stellte die Fläschchen mal auf die eine, mal auf die andere Seite und beachtete ihn nicht groß. Erst jetzt schien sie ihre Aufmerksamkeit wieder auf ihn zu lenken.

»Ich frage mich nur gerade, ob du mir nochmal so ein Getränk mixen wirst.«

»Selbst wenn, ist es absolut notwendig. Sei keine Mimose.«

Selber Mimose, dachte sich Dakota, aber er würde einen Teufel tun, das laut auszusprechen. Auch wenn Sosanna auf seiner Seite und meistens nett war, so war sie in manchen Situationen dennoch das ein oder andere Mal sehr furchteinflößend. Gerade wenn er daran dachte, dass Cassandra und Naheniel ihm vor Kurzem erst von ihrer Rettung in Marshwood Castle erzählt hatten.

Er erschauderte.

»Wie fühlst du dich sonst?«

»Wie halb verdaut und ausgespuckt«, gab er wahrheitsgemäß wieder. Besonders gut fühlte er sich nicht, aber die Pflege von Sosanna und der kleinen Hexe schien Wirkung zu zeigen. Mittlerweile war ihm an manchen Tagen sogar ein wenig warm.

Wenn ihm die Wärme in die Knochen fuhr, abends unter der Bettdecke, fühlte er Erinnerungen in sich hochsteigen. Nichts Konkretes, aber Gefühle von Freundschaft und etwas, das er nicht beschreiben konnte. Wärme, die man spürte, wenn man zu zweit unter der Decke lag und ein Geheimnis teilte. Wärme, die man spürte, wenn man barfuß durch den lauen Sommerregen lief und dabei laut johlte. Doch immer, wenn er versuchte, das Gesicht der anderen Person in diesen Erinnerungsfetzen zu sehen, war da nichts als Verschwommenes. Wie wenn man etwas zu erkennen versuchte, wenn man durch eine dreckige Fensterscheibe starrte. Aber wer auch immer das war, er würde es herausfinden. Denn die Gefühle, die er dabei in der Brust verspürte, waren durchweg schöne. Selbst wenn es manchmal ein wenig zog, weil er sich im Klaren wurde, dass er so viele Gefühle nicht wahrgenommen hatte und sie mit einem Mal alle wiedergekehrt waren. Und ein kleiner Teil Schuld meldete sich, weil er noch immer nicht wusste, wer die Person war.

»Bist du langsam mal wieder im Jetzt?« Sosanna musterte ihn streng. »Cassandra wird bald hier sein, dann werden wir etwas ausprobieren.«

Dakota schluckte. Das klang nie gut. Vor allem nicht, wenn man etwas an ihm ausprobieren wollte. Er fühlte sich ohnehin schon schlecht. Aber er war dankbar, dass sie ihm überhaupt halfen.

»Wird es wehtun?« Es war keine Absicht, dass seine Stimme so zittrig klang.

»Ich hoffe nicht. Aber garantieren kann ich es dir leider nicht.«

»Ich vertraue euch.« Und das meinte er ernst. Auch wenn die Angst in ihm rumorte.

Just in dem Moment öffnete sich die Tür. Leo ging artig neben Cassandra her und setzte sich in eine Ecke, in der er sowohl das Fenster als auch die Tür und jegliche sich im Raum befindliche Personen im Blickfeld hatte. Eines musste man ihm lassen: Dieser Kater überließ nichts dem Zufall. Und seit dem Vorfall mit der Motte wich er ohnehin nicht mehr von ihrer Seite.

»Was also werden wir jetzt machen?«, fragte Dakota, dem noch nicht aus dem Kopf gegangen war, was Sosanna vorhin gesagt hatte. Die Angst vor dem Unbekannten kroch ihm in die Glieder und fast war ihm, als würde sie ihm ihren eiskalten Atem in den Nacken blasen.

»Wir werden kalt entziehen.«

»Ich dachte, das machen wir bereits.« Er runzelte die Stirn. Seit so langer Zeit, die ihm erschien wie Jahre, hatte er schon keines der Kügelchen mehr zu Gesicht bekommen. Alles davon hatte Bane unter Verschluss, da er sich davor fürchtete, dass Dakota es in einem rasenden Anfall Cassandra oder Sosanna abnehmen könnte. Und er hatte recht. Wenn der Gestaltwandler an die süße Droge dachte, dann überkam ihn ein derart aggressives Verlangen danach, dass er am liebsten aufgesprungen wäre und alle Schränke durchsucht hätte. Wenn er denn gewusst hätte, dass es irgendwo hier war. Aber ihm war klar, dass Bane es am Körper tragen musste.

»Wir haben immer weniger davon genommen, aber es klappt nicht so, wie wir das wollen.« Cassandra sah ihn mit großen Augen an. In ihrem Blick stand etwas, das er als eine Entschuldigung las. Und doch wusste er nicht, wie die dorthin gekommen war.

»Was sollte das denn überhaupt bewirken?«, hakte er nach. Sie wollten ihn von einer Substanz wegbringen und gaben ihm weiterhin davon? Er musste es nicht verstehen, aber er wollte.

»Indem wir die Dosis Schritt für Schritt verringern, wird es leichter für dich. Aber wir haben bemerkt, dass dein Körper trotzdem nicht damit klar kommt. Deshalb haben wir uns für die –« Sosanna schien zu überlegen. »– radikale Variante entschieden.«

Wenn sie es denn nett hatte verpacken wollen, so war das kläglich gescheitert. Mit einem Mal war er erfüllt von einem Schaudern.

»In Ordnung.«

»Keine Fragen?«

»Werden sich sicher stellen, sobald es so weit ist. Ich will mich nicht unnötig beunruhigen. Es wird sicher ohnehin schon schlimm genug.«

Wie recht er behalten sollte. Der Tag über war noch halbwegs zu ertragen. Doch sobald es dämmerte und die beiden ein weiteres Mal nach ihm sahen, war er schweißgebadet und fühlte sich wie der Tod selbst.

Er wand sich, als die beiden ihre Taschen abstellten. Der Schmerz krümmte ihn, dass er das Gefühl hatte, eines dieser französischen Croissants zu sein. Nur lange nicht so schmackhaft oder mit Gutem verbunden. Das hier war die Hölle! Verdammt.

Vor sich hin fluchend versuchte er, eine angenehmere Position zu finden, obwohl er wusste, dass es die nicht geben konnte. Erst, wenn er das alles überstanden hatte. Kalte Schweißperlen standen auf seiner kochend heißen Stirn.

»Ich schaffe das nicht.« Die Übelkeit übermannte ihn erneut und er würgte.

»Hier rein!« Cassandra hob einen Eimer hoch, den sie ihm reichte, doch als er ihn hielt, war der Brechreiz verklungen und nur noch der säuerliche Geschmack auf seiner Zunge erinnerte ihn daran, dass er kurz davor gewesen war, sich zu übergeben.

»Danke. Geht schon wieder.«

»Du hast eine unangenehme Nacht vor dir«, stellte Sosanna fest. »Ich kann dir nicht viel anbieten. In diesem Zustand könnte sich dein Körper an jegliche andere Substanz, die ich dir zur Linderung verabreichen könnte, stattdessen binden. Dann hättest du dasselbe Problem. Nur mit etwas Anderem.«

»Ich muss da jetzt durch«, erwiderte Dakota schwach und ließ sich geschlagen zurück ins Kissen sinken. Entweder er war stark genug, um das zu schaffen, oder er würde dabei draufgehen. So oder so, angenehm würde es nicht werden.

»Es gibt Studien, die besagen, dass Frauen schmerzresistenter sind als Männer.« Sosanna sah ihn eindringlich an. »Du hast das Privileg, beides sein zu können, wenn du willst. Ich würde es versuchen.«

Dakota nickte und wandelte.

»Wie fühlst du dich?«

»Ich kann nicht wirklich sagen, ob die Schmerzen jetzt weniger sind. Aber ich glaube, es ist vielleicht keine schlechte Idee, es auszuprobieren.«

Die beiden kontrollierten ihren Zustand, bevor sie wieder gingen und sie allein ließen.

Sie hatte ihnen schon vor Tagen gesagt, wenn es schlimmer werden würde, so wollte sie nicht, dass sie jemand in diesem Elend sah. Vor allem nicht Cassandra, der sie ohnehin zu viel zumutete.

Voller Vorfreude stellte die kleine Hexe nach verrichteter Arbeit ihre Tasche ins Zimmer und rannte los, so schnell sie ihre Füße trugen. Selbst Leo hatte Schwierigkeiten, in der engen Umgebung des Hauses mit ihr Schritt zu halten.

Sie rannte, als wäre der Teufel höchstpersönlich hinter ihr her, bis sie endlich Bane entdeckte und prompt in ihn hineinlief.

»Hab dich!« Sie kicherte und wurde ein weiteres Mal gegen den Anführer der Dunklen Klaue gedrückt, als Leo es ihr nachtat.

›Ihr beide …‹

»… bringt mich irgendwann noch ins Grab, ich weiß.« Ein kleines, unschuldiges Lächeln zupfte an ihren Mundwinkeln, während sie die Arme hinter dem Rücken verschränkte. »Aber dabei wollen wir doch nur Spaß haben mit dir.«

Darauf wusste er offenbar nichts zu erwidern, denn obwohl sich sein Gesichtsausdruck für einen Moment verfinsterte, schwieg er. Er setzte sich in Bewegung, während Cassandra immer noch sein Bein umklammert hielt. Nicht, dass ihn das davon abgehalten hätte, seinen Weg fortzusetzen.

»Du, Bane …«, begann Cassandra und sah zu ihm auf. »Womit fangen wir denn jetzt an?«

›Das wirst du sehen, wenn wir da sind.‹ Sein Blick traf den ihren. Streng, aber dennoch voller Wärme, und das bereitete ihr so ein schönes Gefühl in der Brust, dass sie weiter fragen wollte.

»Warum nicht jetzt?«

›Weil ich das sage.‹

War er verärgert? Sein Gesicht ließ nicht darauf schließen, aber sein Tonfall war deutlich schärfer geworden.

Während sie sich überlegte, ob sie noch mehr fragen sollte, meldete sich Naheniel.

»Du solltest ihn nicht weiter belästigen. Wir werden es schon sehen, wenn wir da sind.«

›Der Dämon hat recht.‹

»Und du solltest mir solche Sachen vielleicht im Geheimen sagen.« Sie war zornig darüber, dass die beiden sich scheinbar gegen sie verschworen hatten. Warum waren die zwei plötzlich einer Meinung? Nicht, dass das schlecht für sie wäre, aber sie stand mit einem Mal allein da und das fühlte sich nicht schön an.

»Wir teilen einen Körper, nicht ein Bewusstsein, Cassandra.«

»Was heißt das?«, wollte sie wissen und ein Seufzen Banes sagte ihr, dass er sich nun entspannte, weil sie den Dämon mit Fragen löcherte, während er ihren Weg weiter fortführte. Immer noch klammerte sie sich an sein Hosenbein und fand diese Art zu reisen wunderbar bequem. Obwohl sie sich auch genauso gut auf den Rücken Leos setzen hätte können.

»Dass ich zwar in deinem Körper lebe und sprechen kann, aber um in Gedanken mit dir zu sprechen, müsste ich dein Bewusstsein teilen.«

»Aber wenn ich mit Bane spreche, dann mach ich das doch auch so …«, sagte Cassandra und fühlte sich mit einem Mal verloren. Es gab so viel, das sie nicht verstand. Und noch so viel, das sie unbedingt wissen wollte. Würde ein Leben dafür reichen?

»Ich weiß nicht, wie er es gemacht hat, aber dieser erfinderische Bast-«

Bane blieb so abrupt stehen, dass Cassandra den Halt verlor und zu Boden fiel. Das wiederum hinderte den Dämon am Weitersprechen.

›Kein Fluchen. Das weißt du.‹

»Schon gut. Dieser erfinderische Basstubaspieler hat es geschafft, seine Gedanken in die der anderen einzuspeisen, sodass es möglich ist, sich nur durch sein Bewusstsein zu unterhalten. Wie auch immer er das geschafft hat!«

›Wenn du dich anständig verhältst, verrate ich es dir vielleicht eines Tages‹, sagte Bane und half Cassandra auf, bevor er sie auf Leos Rücken setzte.

»Was ist ein Basstubaspieler?«, wollte die stattdessen wissen und hörte Bane und den Dämon gleichermaßen auflachen. »He! Ich muss das wissen!«

›Ein Andermal‹, erwiderte Bane und endlich erreichten sie den kleinen Balkon, von dem er ihr erzählt hatte. Von dort aus konnten sie beinah die ganze Höhle überblicken.

›Es ist hier nicht so leicht wie draußen, da das Licht schlechter ist.‹

»Warum gehen wir nicht nach draußen?«

›Je schwieriger die Verhältnisse sind, wenn ich es dir beibringe, umso leichter wird es dir im Ernstfall fallen.‹

Das leuchtete ihr ein. Auch wenn es nach sehr viel harter Arbeit klang.

22

Die nächste Sekunde schien sich in die Unendlichkeit zu verzerren und während sich Dakota über diese merkwürdige Wahrnehmung der Zeit wunderte, überkamen sie erneut Schmerzen. Sie keuchte auf, krümmte sich und fiel dabei aus dem Bett. Doch selbst der Aufprall auf dem viel zu harten Boden war nichts im Vergleich zu dem, was ihr Innerstes hergab. All ihre Gedanken galten einem Ziel. Sie musste zu Bane und sich die Drogen schnappen.

Bevor sie auch nur einen Moment über die Konsequenzen nachdenken konnte, rannte sie schon nach draußen und war auf dem Weg zu ihm, ständig darauf bedacht, nicht zu viel Lärm zu machen. Das Blut pochte ihr in den Ohren und schien sie immer weiter anzutreiben. Das hier war ein Rausch, der nur übertroffen werden konnte von dem, wonach sie suchte. Dieser süßen Welle des Vergessens, der Schmerzlosigkeit.

Sie tauchte aus dem Strudel ihrer wirbelnden Gedanken hervor, als sie schon mitten in Banes Zimmer stand und sich über seinen schlafenden Körper beugte. Wie friedlich er aussehen konnte.

Dakota schüttelte den Kopf. Nun war keine Zeit für sowas! Sie griff nach ihm, doch erst da erkannte sie, was sie im Begriff war, zu tun.

Nein, stopp! Ihre Hand zuckte und verharrte in der Bewegung. Alles, was sie bislang ertragen hatte, würde nichtig gemacht werden, wenn sie sich der Versuchung hingab. Sie musste zurück in ihr Zimmer. Dort, wo sie weit weg war von dem hier. Sollte er es doch behalten. Sollte er es wegwerfen. Sie durfte nicht …

Oder doch?

Sie sah sich um. Was war schon dabei? Sie hatte ohnehin bereits Schmerzen. Dann würde sie es eben noch ein wenig länger aushalten müssen, aber für den Moment waren ihre Leiden gelindert. Oh, wie sehr sie sich nach dem Gefühl verzehrte, in die weichen Arme ihres Rauschs zu fallen.

Nein!

All die Anstrengungen – nicht nur ihre, sondern auch die von Cassandra und Sosanna – würden umsonst gewesen sein!

Die Übelkeit übermannte Dakota ein weiteres Mal. Verdammt, warum war das alles so schwer? Sie presste die Hand auf den Mund, die andere noch immer nach Bane ausgestreckt. Ihr Speichel wurde heiß und sie wusste, dass sie sich dieses Mal nicht davon abhalten können würde. Der Würgereiz übermannte sie und obwohl sie sich krümmte und auf die Knie ging, schmeckte sie sofort den heißen, säuerlichen Geschmack, der eine weitere Welle über sie hinweg spülte. Sie schluckte alles davon hinunter. Nein. Sie konnte nicht. Sie musste zurück. Sofort.

Das Licht ging an und ein nicht zu deutender Blick Banes traf sie. Er wirkte verärgert, enttäuscht, vielleicht auch traurig. Das konnte sie nicht sagen. Zumindest nicht direkt.

Dakota griff in ihre Hosentasche und holte den Transmitter hervor, um ihn mit zittrigen Fingern anzubringen. Dieses Gespräch würde unangenehm werden. Sehr, sehr unangenehm.

›Was machst du hier?‹

»Ich –«

›Du wolltest es …‹

»N-nein«, versuchte sie, sich aus der Situation zu retten und hätte sich schon im nächsten Moment ohrfeigen können. Natürlich wusste er, dass das eine glatte Lüge war. Die hätte jeder durchschaut. Selbst jemand, der gerade aus dem Tiefschlaf gerissen worden war.

›Ich kann es generell nicht leiden, von meinen Bandenmitgliedern belogen zu werden. Und schon gar nicht auf diese schamlose Art, Dakota.‹ Bane erhob sich und baute sich vor ihr auf.

»Das ist es nicht …« Dakota seufzte und holte tief Luft, darauf achtend, ihn nicht mit ihrem Todesatem zu treffen. »Ich wollte, deshalb war ich hier. Aber ich habe eingesehen, dass ich es nicht sollte. Und während ich mit mir selber gekämpft habe, was ich denn jetzt tun soll –«

›Ja, du siehst echt furchtbar aus.‹ Keine Beleidigung, so viel stand fest. Aber das machte es nicht unbedingt leichter.

»Du hast auch schon mal jünger ausgesehen, Banurr.«

Warum hatte sie das gesagt? Seit sie ihn kannte, sah er völlig gleich aus. Gut, bis auf die Spuren der Verfolgungsjagd, die mittlerweile immer mehr verblassten. Sie tat es damit ab, dass ihr gekränkter Stolz sie dazu brachte, ihn zu beleidigen. Auch wenn ihr im Nachgang vielleicht bessere Dinge eingefallen wären. Sie schüttelte den Kopf. »Tut mir leid. Ich sollte mich wohl schlafen legen.«

›Ja. Und …‹ Er sah sie für einen Moment an, der Ausdruck in seinen Augen wie der eines verlassenen Kindes. Selbst seine Narben konnten nichts daran ändern, dass er für diese Sekunde wirkte wie ein kleiner Junge, der ein Geheimnis mit einer Freundin teilte. ›Wir müssen den anderen hiervon nichts erzählen, solange es nicht noch einmal passiert. Du weißt, du kannst immer zu mir kommen, wenn du reden willst.‹

Ja, das wusste sie.

›Banurr …‹ Der Anführer der Klaue schien schon tief in Gedanken zu sein, während er sich wieder ins Kissen legte.

Dakota nickte halbherzig und winkte ihm, bevor sie sich umwandte und das Zimmer verließ. Sie wusste, dass er da sein würde, doch manche Dinge konnte man mit niemandem besprechen, die derjenige nicht auch durchgemacht hatte. Und so legte sie sich wieder ins Bett, die Gedanken an Bane beiseiteschiebend.

Für die meiste Zeit waren die Mitglieder der Dunklen Klaue auf sich gestellt. Niamh kehrte oft nur für eine gemeinsame Mahlzeit in ihrem Haus ein. Meist hatte sie etwas Köstliches wie einen Hasen dabei, auf den sogar Leo gierige Blicke warf. Doch ihnen allen war klar, dass er dadurch nicht satt werden würde, also machte er sich, während Bane Cassandra immer noch mit den Waffen unterwies, mit Niamh auf den Weg.

Viel wussten sie nicht darüber, was sie so tat, aber sie hatte ihnen bereits am Anfang erklärt, dass sie die Wächterin von Weltenglanz war und deshalb darauf achten müsse, dass alles erhalten blieb. Darum konnte sie auch nicht so einfach von hier fort, selbst wenn sie sich mehr als einmal gewünscht hätte, auf ein Abenteuer zu gehen.

»So toll ist das eigentlich gar nicht«, versuchte Sosanna sie eines Abends, als es Kanincheneintopf gab, zu besänftigen. Sie rührte gelassen in ihrem dampfenden Essen und warf ihrem Gegenüber ein freundliches Lächeln zu. »Manchmal kann es ganz schön anstrengend sein, wochenlang unterwegs zu sein ...«

»Aber meistens ist es sehr toll! Vor allem, wenn man mit euch reist!«, sagte Cassandra auf einmal äußerst aufgeregt und stellte sich auf ihren Stuhl. Dabei fiel ihr Löffel auf den Tisch und verteilte unschöne Spritzer auf dem Holz. Doch das schien das Mädchen, dessen Gesicht vor Aufregung leuchtete, in seiner Euphorie gar nicht zu bemerken. »Vielleicht kannst du ja mit uns gehen ...« Sie riskierte einen Seitenblick auf Bane, dessen Gesicht düster geworden war.

›Sie hat die Anweisung der Regentin, hierzubleiben, und daran sollte sie sich halten.‹

»Aber du tust doch auch nicht immer, was die –«

›Schluss!‹

Dakota bemerkte den schneidenden Unterton. Das Kind durfte nichts verraten, was andere nicht wissen sollten. Niamh war freundlich, aber es war klar, dass sie alles Verdächtige der Regentin erzählen würde. Und nachdem sie das Artefakt bei Florence versteckt hatten, mussten sie nicht unnötig auffällig werden.

Tränen wallten in den Augen der kleinen Hexe auf. »Du bist so gemein.«

Und damit kletterte sie von ihrem Sessel und ging.

»Ich sehe nach ihr.« Sosanna hatte sich lautlos erhoben und beeilte sich, dem Mädchen nachzugehen. Vielleicht war sie nicht immer die Netteste oder Fürsorglichste den anderen gegenüber, aber auf Cassandra schien sie stets besonders zu achten.

Bane wandte sich an Dakota, die als Einzige noch im Raum war. Abgesehen von Leo und Niamh. ›War ich zu streng?‹

Es schien ihm leidzutun.

Dakota, die ihm nicht so antworten wollte, dass Niamh es hören konnte, versuchte, ihre Gedanken zu bündeln. ›Ich – boah ist das schwer, sich zu konzentrieren. Nein, stopp! Okay, nochmal von vorn. Also, ich denke – was denke ich eigentlich? Hm … Scheiße verdammte, kannst du das alles hören?‹

Dakota blickte auf und Bane biss sich auf die Lippe, doch das Lachen konnte er trotzdem nicht unterbinden.

›Lach nicht, ich hab da drin noch keine Übung. Das ist gar nicht so leicht, wie es aussieht.‹

›Oh, erzähl mir etwas Neues. Sprechen ist nicht einfach, haha.‹ Bane rollte mit den Augen.

›Entschuldige.‹

›Schon okay. Was wolltest du sagen?‹

›Dass du nicht streng warst … Sondern … O Mann, das ist Knochenarbeit. Mein Hirn fühlt sich an, als würde es verbrennen.‹

›Hörst du eine Stimme in deinen Gedanken, wenn du über etwas nachdenkst, oder siehst du Bilder?‹, fragte Bane, ohne seinen Blick von ihr zu nehmen.

Die Frage überraschte Dakota dann doch. ›B-bilder.‹

›Zeig mir, was du denkst.‹

Und mit einem Mal fühlte es sich nicht mehr so schwer an. Es war sogar sehr leicht.

Gut, der Anführer kicherte, aber vielleicht nur deshalb, weil auf Dakotas Bildern jeder ein Partyhütchen trug und Banes Bart um ein Vielfaches buschiger war.

›So würde mir der Bart auch stehen.‹ Bane rieb sich das Kinn, als würde er ernsthaft darüber nachdenken, so einen gewaltigen

Walrossbart zu tragen. ›Aber ich glaube, Sosanna würde sich umso mehr über mich lustig machen.‹

Dakota sagte nichts. In ihrem Kopf hüpfte Sosanna auf und ab, während Bane sich Pomade in den Bart schmierte.

›Okay, hör jetzt auf, das ist zu lächerlich.‹ Bane standen sogar schon Tränen in den Augen und trotzdem unterdrückte er das Lachen.

»Ich weiß zwar nicht, was da gerade passiert ist, aber ich finde, du solltest dich entschuldigen.« Niamhs Stimme riss sie aus ihren Gedanken.

Dakota wusste nicht, wie lange das Gespräch gedauert hatte, das sie und Bane geführt hatten, aber Niamh hatte ihn wieder zurück in die Wirklichkeit gerissen. In der der Anführer der Klaue erneut einen düsteren Blick aufsetzte.

›Sag ihr bitte, dass ich das auf meine Art regeln werde und ich mich von ihr in dieser Sache nicht beraten lassen muss.‹

Dakota tat, wie geheißen. Doch hatte sie, nachdem sie sich so sehr an die Bilder gewöhnt hatte, einfach daran gedacht und sich schon gewundert, warum Niamh sie beide mit einem verwirrten Blick traf.

»Bane wird sich selbst um die Sache kümmern – so, wie er es für richtig hält.« Es klang harsch und als Dakota dies erkannte, fügte sie schnell hinzu: »Aber danke.«

Das schien Niamh nicht wirklich zu begeistern. Danach wurden ihre Besuche abends weniger, bis sie schließlich ganz ausblieben. Manchmal sahen sie sie tagelang nicht oder nur aus der Ferne über den unterirdischen See fahren.

Die Symptome schienen weniger zu werden, auch wenn Dakota oftmals nachts durchs Haus lief, um sich abzulenken. Zumindest war es das, was Bane zu erkennen dachte. Genau wusste er es nicht, denn sie hatte mit ihm über vieles gesprochen, doch nicht darüber. Kein Wort. Auch war sie kein einziges Mal während ihrer nächtlichen Streifzüge in die Nähe seines Schlafzimmers gekommen. Vielleicht, um sich selbst zu schützen. Vielleicht, um ihm zu beweisen, dass sie es wirklich wollte. Eines Nachts aber war sie dann doch gekommen.

Ein Klopfen riss ihn aus dem Schlaf.

»Du hast gesagt, ich kann jederzeit mit dir reden.«

›Schon gut, ich bin wach.‹ Bane kämpfte sich aus seinem Laken hervor. ›Gehen wir an die frische Luft.‹

Stumm folgte Dakota ihm auf den Balkon, auf dem er Cassandra täglich trainierte. Ein kühler Lufthauch umfing sie, als sie nach draußen traten und die Höhle in all ihrer düsteren Schönheit bewundern konnten.

»Ich glaube, ich bin nun bereit, dir alles zu erzählen, was ich weiß. Woran ich mich erinnern kann.«

›In Ordnung.‹ Bane lehnte sich lässig ans Geländer und ließ seinen Blick durch die Höhle schweifen. Er wusste, dass es Dakota leichter fallen würde, wenn er sie nicht erwartungsvoll ansah. Als sein Blick aber dennoch die Silhouette der Gestaltwandlerin streifte, erkannte er, dass aus Dakota wieder ein Mann geworden war.

»Ich ... Meine erste Erinnerung –« Dakota sog scharf Luft zwischen den Zähnen ein.

Selbst im Dunkel der Höhle, das bloß ein wenig erleuchtet wurde von all den fliegenden, nachtaktiven Tieren, die ein eigenartiges Licht abgaben, konnte Bane erkennen, dass Dakota zitterte. Er nahm seinen Mantel ab und legte ihn dem anderen Mann um die Schultern.

»Danke.« Der Ausdruck in Dakotas Augen wurde mit einem Mal sehr weich. »Ich bin in einem Keller aufgewacht. Einem ... Folterkeller.«

Bane ging die Art, wie der Gestaltwandler davon erzählte, durch Mark und Bein.

»Davor war ich ein Mensch. Ein Mensch, Bane! Sie haben ihre eigene Art gejagt und gefoltert, um an Informationen über Magische zu kommen! Das ist doch krank!«

So viele Fragen brannten unter seinen Nägeln, doch er würde sie nicht stellen – noch nicht.

»Als ich schließlich entkommen bin, hab ich mich gefragt, was ich jetzt tun sollte. Ich war allein, hatte keine Erinnerung und war offenbar eine gefragte Spezies für Hetzjagden.« Dakotas Atem ging plötzlich schneller und Tränen standen in seinen Augen. »Ich irrte durch die Stadt und versuchte, mir nichts anmerken zu lassen. Irgendwann war ich an dem Punkt, dass ich mit jemandem sprechen musste. Ich war so hungrig, hatte kein Geld und …« Ein zischendes Schluchzen durchbrach die Stille, die sich für einen Moment über sie gelegt hatte. »Scheiße, Bane … «

Bane überbrückte den Abstand zwischen ihnen und zog Dakota in seine Arme. Wie ein Ertrinkender schlang er die seinen um ihn und vergrub das Gesicht an seiner Schulter.

»Ich hab mich durch die Straßen geschleppt auf der Suche nach jemandem, dem ich mich anvertrauen kann. Und schließlich sah ich sie.« Dakotas Augen weiteten sich, als wäre er tatsächlich an dem Ort zurück.

›Willst du es mir zeigen?‹

Vielleicht machte es das für den Gestaltwandler einfacher. Vielleicht auch nicht. Als ihn schließlich die Bilder erreichten, keuchte Bane auf.

Dakota war die Straßen entlanggestolpert, den Schmerz in seinem tagelang leeren Magen ignorierend. Aus schmutzigen Pfützen und dem Fluss, der sich durch die Stadt schlängelte, hatte er Wasser getrunken, um zumindest etwas im Magen zu haben. Und ab und an hatte er am Markt gestohlen. Das Elend, das sich Bane bot, war keines, das er gern sah. Aber vielleicht musste er das sehen.

Irgendwann hatte Dakota beobachtet, wie eine Frau hysterisch kreischend um sich schlug und versuchte, von den Wachen loszukommen, die sie in einen Karren bugsierten. Sie hatte immer wieder geschrien, sie könne sich an nichts erinnern.

Ein Stich in Banes Herzen erinnerte ihn daran, dass er es nicht selbst erlebt hatte, sondern sein Freund. Das machte es aber um kein Stück besser.

Der Gestaltwandler war dem Wagen bis an die Tore des Irrenhauses gefolgt. Immer noch hungrig hatte er dagestanden, bis die Schreie der Frau irgendwann verstummt waren, nachdem sie ins Innere gebracht worden war.

»Ich hatte nichts zu essen, konnte mich niemandem anvertrauen und …« Dakotas zitternde Stimme brach einmal mehr ab, bevor er sich mit halb zusammengekniffenen Augen wieder an Bane wandte. »Ich hatte die Pillen in der Tasche. Keine Ahnung, wie sie dorthin gekommen sind, aber ich hab sie irgendwann einfach aus Verzweiflung genommen. Ich hätte weiterhin am Markt stehlen können, aber ich hatte zu große Angst.«

Bane nickte. Auch er hatte als Kind einige Male mit seinem Freund Henry am Markt beobachtet, wie ein Hungriger gestohlen hatte und dafür bestraft worden war. Es waren keine leichten Strafen, weshalb es nicht verwunderlich war, dass Dakota sich nicht hatte hinreißen lassen.

»Die Pillen haben mir Stunden geschenkt, in denen ich nicht an meine Lage denken musste. Stunden, in denen ich weder den Schmerz meiner Glieder noch den meines Magens spüren musste. Deshalb hab ich sie genommen. Und irgendwann bin ich nicht mehr losgekommen von dem Gefühl. Ich wollte nichts mehr spüren, doch für den Tod war ich zu feige. Ich wollte mich nicht mehr daran erinnern, dass ich mich nicht erinnern konnte. Der Schmerz, nicht zu wissen, wer man ist, ist so viel schlimmer als alles, was –« Seine Stimme brach erneut ab. Doch anders als zuvor hob er nicht noch einmal zum Sprechen an.

›Sag mir, was ich für dich tun kann.‹

»Es tat gut, sich all die Ängste von der Seele zu reden. Dir die Bilder zu zeigen, war einfacher, als zu sprechen. Fühlt sich an, als würde ich dieses Geheimnis nun nicht mehr allein tragen müssen. Danke, Bane.«

Der Gedanke, dass Dakota das so lange mit sich herumgetragen hatte, die Scham, die Pillen zu brauchen, versetzte ihm einen Stich. Er hätte schon viel früher mit ihm sprechen sollen. Aber – wenn er ehrlich war – wäre der Gestaltwandler vielleicht gar nicht bereit gewesen, das zu tun.

»Ihr werdet schon bald wieder in den Einsatz geschickt, hat mir die Regentin mitgeteilt.« Niamh war eines Abends gekommen. Sie hatte dieses Mal kein Essen dabei und schien auch sonst nicht dazu aufgelegt zu sein, länger als notwendig zu bleiben.

»Wann?« Sosanna schien ebenfalls nicht wirklich Lust zu haben, sich mit der einst freundlichen Magischen zu unterhalten. Sie pulte mit einem kleinen Messer den Dreck unter ihren Fingernägeln hervor und sah nicht einmal auf, als sie ihre Frage stellte.

»Das sagt sie euch noch. Ich sollte euch nur mal vorab Bescheid geben.« Und damit wandte sie sich wieder zur Tür. »Wisst ihr … ach, vergesst es.«

Sie war gegangen, bevor irgendjemand sie aufhalten konnte.

»Bane … Warum mag uns Niamh nicht mehr?«, wollte Cassandra wissen und machte große Augen. »Sie war doch mal richtig erfreut, dass wir da sind. Und jetzt kommt sie gar nicht mehr.«

»Ich glaube, dass sie sich ein wenig ausgeschlossen fühlt«, erklärte Dakota mit einer Sanftheit in der Stimme, die sogar Bane überraschen aufschauen ließ.

Er fühlte sich jetzt ausgeglichener. Entspannter. Irgendwie – so kam es ihm zumindest vor – wurde es langsam besser. Er lag nachts nicht mehr ständig wach oder wanderte umher, sondern hatte die letzten paar Nächte fast durchgeschlafen. Und tagsüber fühlte er sich sogar bereit, den Unterrichtsstunden, die Bane der kleinen Hexe gab, beizuwohnen, ohne sich ständig irgendwo hinsetzen zu müssen. Auch wenn er das meistens tat.

›Wir werden ohnehin nicht mehr lange hierbleiben. Also ist es nicht so schlimm, wenn Niamh uns nicht mag‹, fügte Bane an und bedeutete Cassandra, dass sie weiteressen sollte. ›Du musst essen, damit du eine große Kriegerin wirst.‹

Dakota grinste in sich hinein. Damit hatte Bane das Mädchen noch immer zu allem bewegen können, egal, worum es sich handelte.

»Und das werde ich sein!«

›Das wirst du.‹ Banes Stimme hatte den Klang von ehrlichem Stolz angenommen, der ihn förmlich strahlen ließ, als er die Kleine ansah. Selbst ein Fremder hätte bemerkt, dass er das Kind als sein eigenes betrachtete und es ihn jeden Tag aufs Neue freute, welche Fortschritte sie mit, aber auch ohne seine Hilfe machte.

Plötzlich durchzuckten wilde Blitze Dakotas Kopf und er sank stöhnend zu Boden.

›Was ist?‹ Mit einem Satz war Bane bei ihm und fühlte seinen Puls.

»Geht schon. Ich hab nur … solche Kopfschmerzen. Mein Schädel platzt.« Dakota rieb sich über die Schläfen, doch selbst das nützte nichts.

›Habt ihr etwas an den Mitteln geändert, die er bekommt?‹, wollte Bane wissen.

Offenbar musste der Gestaltwandler schlimmer aussehen, als er selbst erwartet hatte, denn die Panik in der Stimme des Anführers war unüberhörbar. Verdammt. Und er dachte noch, er sei auf dem Weg der Besserung …

Zurück im Keller. Nein. Bitte nicht … Der Mann, der sich am Leid anderer so ergötzte, kehrte wieder, mit dem Schurz voller Blutflecken und dem dreckigsten Grinsen, das er aufbringen konnte. Es würde kein guter Tag werden. Vielleicht würde Dakota am Ende ein Finger fehlen. Oder mehr. Immer, wenn der Kerl so dreinsah, verhieß das nichts Gutes. Zumindest nicht für Dakota.

Übelkeit stieg in ihm auf. Nicht schon wieder. Nein.

»Wirst du uns heute endlich verraten, was wir wissen wollen?« Der stinkende Atem des Mannes wehte zu ihm herüber und er musste ein weiteres Mal an sich halten, nicht zu würgen. Er hatte ihm seinen Namen nie verraten, aber er hatte ihn in Gedanken den Schinder genannt. Den stinkenden Schinder. Nicht, dass es ihm etwas genützt hätte. Aber er war froh, den Würgereiz zumindest unterdrückt zu haben. Der Schinder

mochte es nicht, wenn man in seiner Gegenwart etwas Anderes tat, als sich unter Schmerzen zu winden, zu betteln und zu flehen, während er sein grausiges Werk verrichtete.

Dakota schwieg. Jeder Satz hätte den Mann doch nur weiter angestachelt. Und selbst wenn er ihm etwas verraten hätte, er hätte es ihm sowieso nicht geglaubt. Er hatte ihm die Wahrheit gesagt, als er erwähnte, dass er sich nicht erinnern konnte. Trotzdem hatte er ihn weiter traktiert, mit all den Gerätschaften, die hier herumhingen. Manche hatte der Mann hereingebracht, als würde er solche Instrumente bei sich zu Hause bunkern und sie nur im äußersten Notfall verwenden. So wie jetzt.

Er wusste, dass er sterben würde, denn er konnte ihm nicht geben, wonach er fragte. Da war nichts. Buchstäblich nichts. Seine Erinnerung blieb selbst ihm verschlossen und nicht einmal durch das Schlüsselloch konnte er blicken.

Der Schinder holte aus und verpasste ihm eine Ohrfeige, die blutige Striemen hinterließ, dort, wo er Ringe trug. Und er trug viele Ringe. Genau für solche Momente.

Was er sagte, bekam Dakota schon nicht mehr mit, denn mit einem Mal war er in einem Haus, das ihm so fremd und doch auf eine eigenartige Weise bekannt vorkam. Eine Frau mit nussbraunem Haar hatte ihre Hand immer noch erhoben und sah ungläubig von dort zu ihm und wieder zurück.

»Was habe ich getan? Es tut mir leid, junger Master.«

Die Ohrfeige brannte überraschend, doch was ihn noch mehr überraschte, waren seine eigenen Worte, die er erwiderte: »Schon gut. Ich habe doch gesagt, dass ich es auch verdient habe. Nicht nur dein Sohn.«

Er wagte einen Seitenblick auf den dunkelhaarigen Jungen, der ihm gegenüberstand und sich die Backe rieb. Auch ihm standen Tränen in den Augen, doch auch ein dankbares Lächeln, das er im ersten Moment nicht deuten konnte.

Er dachte daran, dass es nicht nur sein Freund gewesen war, der die Erdbeeren aus dem nahegelegenen Waldstück gestohlen hatte, sondern auch er. Sie hatten sich gegenseitig dazu angestiftet, obwohl sie wussten, dass so etwas nicht gern gesehen wurde, vor allem, wenn sie erwischt wurden. Und natürlich waren sie prompt erwischt worden. Wie denn auch sonst?

Ihm, als Sohn des Earls, wurde das selbstverständlich nachgesehen. Doch was für ihn galt, galt nicht automatisch für den Sohn der Angestellten, mit dem er befreundet war.

»Geht euch jetzt waschen, es gibt bald Abendessen.«

Mit einem lauten Keuchen tauchte Dakota aus seiner Erinnerung hervor. »Scheiße.«

Die Übelkeit übermannte ihn und er konnte gerade noch den Kopf aus dem Fenster strecken und in den Garten reihern. Als er sich umwandte, sahen ihn die anderen mit kalkweißen Gesichtern an. So, wie sie aussahen, fühlte er sich.

»Was war das denn?«, fragte er, um sich selbst wieder in die Wirklichkeit zu holen. Weg von dem aufgeräumten Haus, das so von Licht durchflutet war. Weg von der Erinnerung, die ihn mehr verwirrte, als dass sie ihm Klarheit schenkte. Er hielt sich die Wange, als würde er die Ohrfeige noch immer spüren.

»Du bist plötzlich zusammengebrochen und hast dich am Boden gekrümmt. Nicht mal auf unsere Fragen hast du reagiert. Als wärst du –«

»– völlig woanders«, beendete Dakota den Satz für sie. »Ja. Ich habe mich an etwas erinnert.«

Er dachte nicht, dass es ihnen etwas nützen würde, von dieser kleinen Erinnerung zu hören, deshalb behielt er es für sich. Vielleicht würde er die Frau ja finden und den Jungen, mit dem er offenbar so gut befreundet gewesen war, dass er sich aus Solidarität eine Ohrfeige geben hatte lassen.

»Möglicherweise kommt deine Erinnerung nun Stück für Stück zurück«, sagte das Einhorn und überprüfte seinen Puls. »Dein Herz rast noch immer, aber es scheint schon besser zu werden.« Sie sah ihn eindringlich an. »Wenn es dir schlechter gehen sollte, sag uns sofort Bescheid.«

»Danke.« Er versuchte sich an einem Lächeln, doch seine Gesichtsmuskeln zuckten noch immer ein wenig, dass es sich einfach nur falsch anfühlte. »Vielleicht war das aber auch bloß die letzte Erinnerung, die mein Gedächtnis mir schenken wollte und konnte.«

»Die Erinnerungen kommen immer irgendwie zurück. Glaub mir.«

»Sosanna weiß das. Sie ist schon richtig alt.«

»Und du sehr vorlaut, kleiner Frosch. Iss jetzt endlich auf, du solltest langsam ins Bett!«, erwiderte das Einhorn lachend, aber streng, und ging mit langen Schritten zurück an den Tisch, um Cassandra im Auge zu behalten.

Als die kleine Hexe aufgegessen hatte, brachte Sosanna sie zu Bett. Zurück blieben nur Bane und Dakota, die sich gegenseitig mit Blicken taxierten.

›Willst du darüber sprechen, was du gesehen hast?‹

»Nur der Folterkeller, wie immer. Und eine Erinnerung, die ich nicht einordnen kann. Aber nichts Wichtiges. Nur etwas aus meiner Kindheit.« Lustlos stocherte Dakota in seinem Essen herum. Der Appetit war ihm gehörig vergangen.

›Nichts, das wir vielleicht verwenden können, um den Ort zu finden, an dem du aufgewachsen bist?‹, wollte Bane weiter wissen und senkte noch immer nicht seinen Blick.

»Nein. Nur das Innere eines Hauses. Nichts, was mir helfen würde.« Er versuchte sich daran zu erinnern, ob er vielleicht doch einen Blick aus dem Fenster erhascht hatte. Aber da war nichts. Nur das Innere des Hauses und die beiden Personen, die er nicht kannte. Nussbraunes Haar. Das hatte doch beinah jeder. Wenn er nur damit bewaffnet jemanden finden wollte, konnte er es gleich aufgeben. Die Mutter war vielleicht schon verstorben und der Sohn … Den würde er nie wieder finden.

Bane stützte den Arm auf das dunkle Holz des Tischs und verengte die Augen. ›Falls doch. Ich bin bereit, mich den Konsequenzen zu stellen, wenn wir nach dieser Mission aufbrechen sollten, um nach deiner Vergangenheit zu suchen.‹

»Verdammt, Bane, das meinst du ernst?« Dakota konnte nicht in Worte fassen, was es ihm bedeutete, dass der Anführer der Klaue sich dem Zorn der Regentin stellen würde, um nach der Vergangenheit des Gestaltwandlers zu suchen. »Ich kann dir gar nicht sagen, was mir das bedeutet.«

›Ich kann es sehen. Das reicht mir.‹

Bevor Dakota sentimental wurde, packte er harscher als notwendig das Brot vor ihm und zerbröckelte es, um es einzutunken. Das Essen hier hatte noch nie so gut geschmeckt wie an diesem Abend, obwohl sie schon zum siebten Mal in Folge einen Eichhörncheneintopf aßen, weil sie sonst nichts gefangen hatten.

23

Später an diesem Abend dachte Bane zum ersten Mal seit – wie es ihm erschien – einer Ewigkeit an Florence. Er lag hellwach in seinem Bett, während draußen die Motten ihre Gesänge anstimmten. Zumindest Cassandra hatte sie so genannt. Dabei waren es nur rhythmische Klickgeräusche, die vielleicht, vielleicht auch nicht, Weibchen anlocken sollten. Er konnte das nicht so genau sagen, schließlich interessierte er sich nicht für die ekligen Viecher.

Florence. Ja, zu gern hätte er sie bei sich gehabt. Er hätte es ihr gegenüber nie so gesagt, aber er mochte sie. Ihre Art zu sprechen und zu gehen, vor allem diese heitere Stimmung, die sie überall mit sich zu ziehen schien. Verfallen war er ihr schon lange. Aber immer hatte er ihre Avancen abgewehrt. Noch wollte er sich nicht auf sie einlassen. Nach allem, was er in den letzten Monaten gelernt hatte, würde seine Mission, für Frieden zu sorgen, ewig währen. Warum sollte er sich diese Chance auf ein kleines bisschen Glück nehmen lassen? Schließlich hatte er jetzt eingesehen, dass er seit Henrys Tod niemanden mehr an sich herangelassen hatte. Und dass das nicht unbedingt die beste Entscheidung gewesen war.

Unruhig wälzte er sich hin und her, bevor er aufstand, sich etwas zu schreiben holte und ansetzte. Was sollte er ihr schreiben?

Geliebte Florence, ich wünsche mir ein Leben mit dir. Dein dich lie-

Ach nein. Wenn sie das las, würde sie nicht mal bis zum Ende kommen und erkennen, dass der Brief von ihm war. Sondern ihn augenblicklich wegwerfen.

Meine Florence. Die letzten Monate haben mir gezeigt, dass –

Warum war das so schwer? Er war doch sonst nicht um Worte

verlegen?! Warum musste das so unendlich schwierig sein? Bevor er sich noch weiter über sich selbst ärgerte, war er aufgestanden und durchs Haus gelaufen, Tinte, Feder und Papier in Händen. Ohne es zu merken, hatten ihn seine Füße zu Dakotas Zimmer getragen. Nicht etwa zu Sosanna, die ihn länger kannte. Sie hatte wenig über für so etwas. Zumindest machte sie immer den Anschein.

Er hob die Hand, um anzuklopfen, hielt inne und überlegte noch einmal. Sollte er wirklich …? Ach, jetzt war er schon hier. Und vielleicht konnte Dakota nicht schlafen.

Als er schließlich ins Zimmer kam, empfing ihn gleichmäßiges Atmen und sonst nur stille Dunkelheit. Bane wandte sich bereits zum Gehen um, da hörte er eine Stimme: »Wolltest du mir vielleicht einen Gute-Nacht-Kuss geben?«

Er musste nicht hinsehen, um zu erkennen, dass Dakota übers ganze Gesicht grinste.

Bane antwortete nichts, denn bei dem Wort Kuss waren seine Gedanken automatisch zu Florence abgedriftet, deren süße, volle Lippen ihn schon lange nicht mehr berührt hatten. Er verlor sich ein wenig in seiner Erinnerung an sie.

An ihre zarte Haut und diesen Duft nach einem Abenteuer im Frühling, wenn die Sonne noch nicht genug Kraft hatte, um ständig Wärme zu spenden, aber der Winter schon weit aus dem Land vertrieben war. Man wusste nicht, was man bekam oder was einen erwartete, und genau das beschrieb Florence besser als alles andere.

»Bane?«

›Hm?‹

»Ich kann auch ganz gut ohne das schlafen, keine Sorge.«

›Ich bin wegen etwas Anderem hier.‹ Bane wurde ernst und musste an sich halten, das Papier, das er in Händen hielt, nicht zu zerknüllen.

»Wenn es mitten in der Nacht ist, muss es etwas Wichtiges sein.« Dakota setzte sich auf und rieb sich die Augen, bevor er Licht machte. »Ist es wegen Cassandra?«

›Nein. Ich …‹ Mit einem Mal fühlte er sich wie ein Trottel. Das hier war die dümmste Idee, die er jemals gehabt hatte. Florence einen Brief zu schreiben war ja schön und gut, aber dann Dakota um Hilfe zu bitten, der weder ihn kannte noch Florence, das war doch nur zum Scheitern verurteilt. Er war kurz davor, alles abzublasen, aufzustehen und das Zimmer zu verlassen, als ihn Dakotas Stimme zurück in die Wirklichkeit riss.

»Florence?«

›Woher weißt du das? War das so offensichtlich?‹ Banes Puls schoss in die Höhe und die Röte kroch ein wenig in seine Wangen. Aber hoffentlich nicht so weit, dass der Gestaltwandler seine Reaktion bemerken würde.

»Während du deine Gedanken gewälzt hast, hab ich auch Sosanna erwähnt, auf die du nicht eingegangen bist, meinen eigenen Namen und schließlich Florence. Die einzigen beiden, die noch übriggeblieben wären, wären die Regentin und dieses Arschloch von Locksmith gewesen.«

Oh.

Aus Dakotas Mund ertönte ein kehliges, raues Lachen, das auch Bane zu erfassen schien. Für einen Moment war nur sein Lachen zu hören und dieses euphorische, mitreißende Gefühl zu spüren, das den Anführer der Klaue erfasste, wenn er glücklich war.

»Jetzt erzähl schon, was ist los?« Dakota streckte sich auf seinem Bett aus und sah ihn erwartungsvoll an.

›Ich glaube, es war doch keine so gute Id-‹

»Hab dich nicht so, schieß los. Du hast mich aus dem Schlaf gerissen, das bist du mir schuldig. Immerhin war das die erste Nacht, in der ich endlich mal richtig geschlafen hab.«

Dass Dakota schon seit einigen Tagen gesünder aussah und dies sicherlich nicht die erste Nacht war, in der er richtig geschlafen hatte, erwiderte Bane nicht.

›Ich will ihr einen Brief schreiben.‹

»Du alter Romantiker.« Dakota lachte und setzte sich kurz auf, um Bane auf die Schulter zu klopfen.

›Hast du schon einmal einen Brief geschrieben? Also, an eine …‹

Gott, warum war das so schwer? Er war doch sonst nicht um

Worte verlegen! Aber wenn es um Florence ging, gerade jetzt, schien er alles zu vergessen.

»Ich kann mich nicht mal daran erinnern, ob ich überhaupt schreiben kann«, sagte Dakota und lachte ein weiteres Mal so donnernd auf, dass Bane meinte, die Decke würde gleich runterkrachen. Von seiner eigenen Begeisterung angestachelt, setzte sich Dakota schwungvoll auf und ließ ein siegessicheres Grinsen erstrahlen. »Wenn du eine Frau gewinnen willst, wirst du sie erobern müssen. Du musst zu ihr. Briefe sind schön und gut. Aber sag ihr das lieber persönlich, nimm sie in deinen Arm und –«

Bevor er weitersprechen konnte, flog die Tür auf und eine völlig schlaftrunkene Sosanna erschien im Schlepptau mit Leo und Cassandra.

»Sag mal, geht's euch eigentlich noch gut? Mitten in der Nacht so einen Radau zu machen!« Wenn sie gekonnt hätte, sie hätte wohl vor Wut geraucht.

Bane sah Dakota hilfesuchend an. Er hatte bei Gott schon seine Zweifel gehabt, ob er Dakota einweihen sollte, aber er hatte keine Lust, mit der gesamten Klaue sein Liebesleben zu besprechen. Zumal Cassandra sicher mit der ein oder anderen Frage aufwarten würde. Nein.

»Bane ist zu mir gekommen, nachdem ich nicht schlafen konnte. Er hat mir gerade eine echt lustige Geschichte erzählt. Entschuldigt, ich kann mich manchmal nicht beherrschen.«

Sosanna sah die beiden ungläubig an. »Natürlich.« Sie verschränkte die Arme und überkreuzte die Beine, bevor sie sich lässig an den Türrahmen lehnte und so Cassandra und Leo ein wenig mehr verdeckte. »Wenn ihr uns schon aus dem Schlaf gerissen habt, dann will ich die Geschichte wenigstens auch hören.«

›Nie verlegen um Worte, hm?‹, dachte Bane bei sich und hätte sich ohrfeigen können. Oder Dakota. Wobei dieser am wenigsten dafür konnte.

›Ich …‹ Und dann fiel ihm eine Geschichte ein, die ihn auch heute noch zum Lachen brachte. ›Ihr kennt mich als jemanden, der gerne Dinge erfindet, um uns das Leben zu erleichtern. Doch diese

Geschichte beginnt viel früher, in meiner Kindheit, als ich Dinge erfunden habe, um anderen das Leben schwer zu machen und sie zu ärgern.‹

»Warst du …« Cassandra gähnte ausgiebig und rieb sich die Augen. »… etwa kein artiges Kind?«

›Ganz und gar nicht.‹

Sosanna sandte ihm einen bösen Blick zu, der ihm offenbar zeigen sollte, dass er noch etwas hinzufügen sollte, um dem Kind nicht das falsche Bild zu vermitteln. Es wirkte, als würde sie die Geschichte gar nicht lustig finden und selbst wenn die Pointe kommen würde, würde sie nicht lachen. Aus Prinzip.

›Aber das sollte man nicht. Nein.‹ Er versuchte, an Sosanna vorbeizusehen, um Cassandras Gesicht im Halbschatten zu erkennen, doch keine Chance. ›Jedenfalls habe ich die Leute aus unserem Ort eines schönen Apriltages sehr erschreckt. Einige Wochen habe ich mich vorbereitet und viel ausprobiert und herumgetüftelt, bis ich sie schließlich hatte: Die Idee, wie ich das ganze Dorf erschrecken konnte.‹ Bane machte eine dramatische Pause, in der sich Cassandra an Leo festhielt und sich nicht traute zu atmen.

›In meiner Kindheit hatten die meisten schon von Sonnenfinsternissen gehört und dass sie in den entlegensten Teilen der Welt erforscht wurden. Ich dachte mir, eine ungeplante Sonnenfinsternis wäre genau das, was meine Heimat brauchte.‹

»Was ziemlich dämlich war …«, fügte Dakota hinzu, als hätte er die Geschichte tatsächlich schon einmal gehört. Wie wunderbar er mitspielte!

›Was ziemlich dämlich war …‹, wiederholte Bane. ›Aber auch verdammt lustig.‹ Er gönnte sich einen Moment, um über die Erinnerung zu grinsen wie ein kleiner Schuljunge, bevor er mit seiner Geschichte fortfuhr: ›Natürlich waren alle in hellem Aufruhr. Die alte Vettel vom Walls Hill hat mich und Henry jahrelang gepiesackt, wenn wir unten am Strand waren, bis die Sonne untergegangen war. Wie oft sie schaufelweise Kuhdung nach uns werfen hat lassen, bis wir gegangen sind, weil wir über und über mit –‹

Sosanna sandte ihm einen weiteren Blick zu, der ihm bedeutete, dass er nicht genauer werden musste, um mit der Geschichte fortzufahren.

›Jedenfalls haben wir ziemlich gelacht, als sie den Hügel heruntergelaufen kam und sich die Seele aus dem fetten Leib schrie, dass der Himmel einstürzen würde und wir alle sterben würden. In einem Flammenmeer verenden wie die armen Teufel, die dem Vulkan zum Opfer gefallen sind …‹

»Wie alt warst du, als du den Himmel einstürzen hast lassen?«, fragte Sosanna und biss sich auf die Lippen. Sie hatte schon viel zu oft Geschichten erzählt, in denen sie sich an den Menschen für ihr dummes Verhalten gerächt hatte, dass es ihr ganz augenscheinlich eine Genugtuung war, dass diese ihr unbekannte Walls-Hill-Vettel ihr Fett wegbekam.

›Ungefähr 16. Henry und ich haben uns wochenlang totgelacht, wie sie ihre Röcke gerafft hat, um schneller zu laufen, und trotzdem über Arties Hund gestolpert ist in ihrer Angst!‹ Bane schüttelte sich vor Lachen, das die anderen von innen heraus zum Wackeln zu bringen schien. Und bevor er sich's versah, war er aufgestanden, hatte unsichtbare Rocksäume gerafft und sie nachgemacht. Als er gerade so tun wollte, als würde er theatralisch über Leo stolpern, hielt ihn nur der Blick der Raubkatze zurück. Der war nämlich alles andere als amüsiert darüber.

Sosanna feixte. Ihr gefiel die Geschichte offenbar und die ursprüngliche Verwirrung schien sie vergessen zu haben. Aber was hatte er auch anderes erwartet? Selbst wenn sie ihre Ansichten über Menschen mehr und mehr abgelegt hatte, waren es gerade solche Geschichten, die ihr zeigten, dass trotz allem manche von ihnen schlecht waren.

Die alte Vettel hatte vielleicht niemanden verletzen wollen. Aber dass sie Henry und Bane ständig das Gefühl gegeben hatte, nicht erwünscht zu sein und sich genau dann die Menschen zum ersten Mal über die Magischen erhoben hatten, hatte ihr Übriges getan. Henry war ebenfalls ein Mensch gewesen, aber er hatte das immer verabscheut. Und das hatte ihn schließlich den Kopf gekostet.

»Wenn du Dakota den Rest der Nacht auch noch mit Geschichten von früher unterhalten willst, dann seht wenigstens zu, dass ihr dabei leise seid oder rausgeht. Cassandra soll nachts schlafen.« Damit packte Sosanna die Kleine um die Mitte, hob sie sanft hoch und trug sie fort.

Erst, als ihre Schritte verklungen waren, wandte sich Bane wieder an den Gestaltwandler.

›Also, was tun wir?‹

»So schnell als möglich das Lager abbrechen und zurück nach Salisbury fliegen, damit du ihr deine Liebe gestehen kannst, Mann.«

Einige Wochen später, als Bane endlich das Gefühl hatte, Cassandra wäre halbwegs sicher mit dem, was sie da tat, waren sie schließlich bereit, ihre Rückreise anzutreten.

Er hatte der Regentin eine glatte Lüge aufgetischt, dass er nochmal nach Salisbury zurückwollte, um einem weiteren Hinweis nachzugehen. Dass die Regentin das Luftschiff von Florence reparieren hatte lassen, sah ihr zwar nicht ähnlich, aber vermutlich dachte sie, der Succubus hätte es der Klaue geschenkt und war froh, dass sie einen fahrbaren Untersatz hatten.

Niamh geleitete sie nach draußen und obwohl Cassandra sich von ihr verabschiedete, als wäre sie die ganze Zeit über bei ihnen gewesen, regte sich ihr Gesicht keinen Millimeter.

»Macht's gut.« Sie hob die Hand, die andere fest um ihren Stock geklammert, und sah keinem von ihnen in die Augen. Offenbar war sie immer noch gekränkt.

Als sie schließlich ins Luftschiff einstiegen und den See, unter dem sie die letzten Wochen gehaust hatten, hinter sich gelassen hatten, seufzte Sosanna schwer auf. »Bin ich froh, dass wir nicht mehr da unten sind. Noch ein wenig länger und ich hätte vermutlich auch zu leuchten begonnen wie all die Motten.«

»Aber das wäre doch schön gewesen.« Cassandra machte große

Augen und schien mit einer frisch gewonnenen Neugier das Einhorn umso mehr zu inspizieren. »Meinst du, du hättest dieselben Farben gehabt wie Monty?« Dann wandte sie sich an den Anführer. »Können wir nicht noch ein wenig länger bleiben, damit Sosanna noch schöner wird?«

Dakota lachte donnernd auf und auch Bane stand ein Lächeln breit im Gesicht.

»Ich glaube, ich rieche schon etwas modrig hinter den Ohren.« Dakota knetete sein Ohr zwischen den Fingern und inspizierte es mit fachmännischer Miene.

›Ach kommt schon, so schlimm war es dort nicht.‹

Sosanna lehnte sich lässig ans Fenster. »Ich kann nur nie wieder ein Eichhörnchen ansehen und von der Laune gewisser Elfen hab ich auch die Nase gestrichen voll. Endlich können wir wieder frei reden.«

Alarmiert sah Bane sie an. Er hatte keine Ahnung, welche Möglichkeiten die Regentin besaß, aber wenn er eines mit ziemlicher Sicherheit wusste, dann dass sie immer einen Schritt voraus war. Jedem. Und wenn er sie richtig einschätzte, traute sie ihnen nach der Sache in Salisbury weniger über den Weg als vorher.

In der Zeit, in der er nun Gildenmitglied war, hatte er einiges gesehen. Und nach Verfehlungen von anderen war es meist dazu gekommen, dass die Regentin auf merkwürdige Art und Weise sehr schnell erkannt hatte, dass es nicht bei einer Verfehlung geblieben war.

Es schauderte ihn. Wenigstens hatte keiner von ihnen etwas –

Dakota räusperte sich. »Gehen wir jetzt das –«

›Ja, wir gehen jetzt nachsehen, ob wir das Artefakt doch noch finden können in Salisbury.‹ Er hatte ihnen unten in Weltenglanz nichts von seinem Plan erzählen können, daher hatte er die Einzelheiten für sich behalten. Was dumm von ihm gewesen war, aber was dort unten gegolten hatte, galt genauso hier in der Luft.

Sein Blick schien alles zu sagen, denn nicht einmal Cassandra stellte eine verfängliche Frage. Nach allem, was er über die Regentin wusste, hätte sie das Material des Luftschiffs verzaubern können, sodass es im Nachgang all ihre Gespräche genau wiedergeben konnte. Und darauf wollte er sich nicht einlassen.

»Au ja, ich hab Florence schon so vermisst!« Cassandra klatschte so abrupt in die Hände, dass Leo zusammenzuckte. Ihr Blick flog Bane zu und für einen Moment fragte er sich, ob sie etwas wusste. Doch da war nur dieses Leuchten, das sie immer in den Augen hatte, wenn ihr etwas einfiel, an das sie schon lange nicht mehr gedacht hatte.

›Sie dich mit Sicherheit auch.‹

Als sie schließlich in Salisbury ankamen, hatte sich nichts verändert. Immer noch ratterten dieselben Karren denselben Weg entlang, um am selben Markt ihre Waren an dieselben Menschen zu verkaufen.

Während Bane seine Bande möglichst ungesehen durch die Straßen manövrierte, drifteten seine Gedanken immer wieder ab. Er versuchte, die aufkommende Nervosität niederzukämpfen, doch jedes Mal, wenn er an etwas Anderes denken wollte, kam ihm Florence wieder in den Sinn. Überall sah er sie. Ein Lachen, das ertönte und an das ihre erinnerte. Raschelnde Röcke, die um Ecken huschten, um Erledigungen zu tätigen. Ein flüchtiges Aufblitzen von etwas Rotem, das in der Sonne glitzerte wie das Haar des Succubus, das das Licht schillernder und leuchtender zurückwarf als alles andere.

»Du bist heute so abwesend«, sagte Sosanna plötzlich. Ob sie gerade zu ihm aufgeschlossen hatte oder schon die längste Zeit neben ihm herging, konnte er nicht mit Sicherheit bestimmen.

›Entschuldige. Es ist eine große Überwindung für mich, euch noch einmal nach Salisbury zu lotsen, nach dem, was zuletzt passiert ist.‹

Die Schuldgefühle brannten in ihm, seit er sich dazu entschlossen hatte, und doch hatten sie ihn nicht davon abbringen können, zurückzukehren. Dafür war ihm Florence einfach zu wichtig. Auch wenn er das früher bemerken hätte können, wie Dakota bei mehr als einer Gelegenheit mit einem Lachen erwähnt hatte.

Sosanna griff an ihren Gürtel. »Sollen sie es nur versuchen, uns noch einmal zu nahe zu kommen, diese dreckigen –«

An ihnen drängte sich eine Frau vorbei, die just in dem Moment aufsah und den Schrecken im Gesicht trug.

»Menschen. Ja, ich meine auch Sie damit. Gehen Sie gefälligst weiter!« Das Einhorn hob die Faust und blickte der Verschreckten, die ihren Schritt sofort beschleunigte, nach.

›Was soll das? Ich dachte, wir wären uns einig, dass sie nicht alle so sind.‹ Bane legte seine Hand um Sosannas Faust.

»Reflex. Sowas legt man nicht vom einen auf den anderen Tag einfach so ab. Und sie hat ausgesehen, als würde sie uns gern an Locksmith verraten.«

Bane hätte gerne laut und jammernd geseufzt. ›Tut das in deiner Vorstellung nicht jeder?‹

»Auch wieder wahr.« Sosanna zuckte die Schultern. Sie griff nach Cassandras Hand, die schon im Begriff war, stehen zu bleiben, um das bunte Treiben auf der anderen Straßenseite zu beobachten. Dort hatte ein Gaukler sein Lager aufgeschlagen und hielt ahnungslose Passanten an, um ihnen seinen Trick vorzuführen und das Geld aus den Taschen zu locken.

›Wir sind gleich da. Lasst uns ein wenig schneller gehen.‹ Auch wenn es völlig unsinnig war, das zu sagen, denn die anderen wussten schließlich, wo sich das Gasthaus befand, hatte er es vor allem für sich selbst gesagt. Das beruhigte seinen Magen aber mitnichten.

»Entspann dich«, raunte ihm Dakota ins Ohr und ging vor, ohne dass die anderen etwas mitbekommen hatten.

Die Tür ging auf. War sie immer schon so laut gewesen? Nachmittagslicht flutete durch die Fenster herein und der Staub, der in der Luft aufgewirbelt wurde, wirkte fast ein wenig romantisch.

Ich muss mich verdammt nochmal zusammenreißen, dachte Bane bei sich und hätte sich am liebsten selbst geohrfeigt. Florence mochte ihn, weil er ein stoischer Anführer war, der immer das

Beste für alle um ihn herum wollte. Wenn er sich jetzt in zu viel Gefühlsduselei verlor, dann würde sie –

»Bane! Ich dachte schon, ihr seid –«

Genau das, was er hören wollte. Florence' Stimme, aufgeregt und erfreut, dass sie wieder zurückgekehrt waren. Während sie auf ihn zukam, drückte sie sich etwas ins Ohr und wischte sich über die Augen, die zuvor verräterisch geglitzert hatten. Er wusste, dass es der Transmitter war, den er ihr gegeben hatte, nachdem er bereits einige Male hier sein Lager aufgeschlagen hatte. Es hätte ihn nicht überraschen sollen, dennoch tat es das. Sie musste ihn immer mit sich herumtragen und das hieß schon etwas.

»Was ist, freust du dich nicht, mich zu sehen?«

O doch, o doch, Florence. Und das werde ich dir heute auch noch sagen, dachte Bane. Trotzdem sagte er nur: ›Natürlich freue ich mich. Wie geht es dir?‹

So nervös er war, verloren sich seine Worte beinah in einer Tonlosigkeit, die selbst ihn überraschte. Und Florence schien es nicht anders zu gehen.

›Hat es Schwierigkeiten gegeben?‹

Irrte er sich oder wirkte sie plötzlich enttäuscht? Vor den Kopf gestoßen?

»Später. Zimmer 1 und 2, wie immer. Wir treffen uns in einer halben Stunde im Kaminzimmer.«

Mit einem weiteren Rascheln ihres ausladenden, waldgrünen Rocks hatte sie den Schankraum zur Hälfte durchquert auf dem Weg zu den Magischen, die sich in den Ecken am Fenster tummelten. Einige davon sahen ihr lüstern nach, doch das schien sie genauso wenig zu bemerken wie den Blick, den Bane ihr zuwarf.

»Glaubst du, wir bekommen wieder heiße Schokolade?«, fragte Cassandra mit einem Leuchten in den Augen.

Sosanna sah zum Tresen, hinter dem Asla stand und fleißig Getränke machte. Als wäre seit ihrer Abreise kein Tag vergangen. »Davon bin ich überzeugt.«

Pünktlich wie die Uhr erschien Florence eine halbe Stunde später. Banes Magen hatte sich in der Zwischenzeit sicherlich schon dreimal selbst verdaut. Die Nervosität machte ihm mehr zu schaffen, als er gedacht hätte. Er hatte nicht einmal mitbekommen, was die anderen in der Zeit gemacht hatten, während sie auf den Succubus gewartet hatten.

»Seid ihr wegen des Artefakts zurückgekehrt?«, fragte Florence.

»Ja, genau!«, rief Cassandra aus und stand stürmisch auf.

Bane konnte sich gerade noch bremsen, bevor er genervt aufseufzte. Sie sollte doch nicht meinen, sie wären nur deshalb hier. Das Reden hätte er übernehmen sollen. Aber irgendwie, seit er beschlossen hatte, mit ihr zu sprechen, fiel ihm genau das so schwer.

Plötzlich druckste die kleine Hexe herum. »Mhm … Florence …«

Ihr grummelnder Magen verriet sie.

Florence quittierte das mit einem Kichern, das Banes Magen hüpfen ließ. »Das Essen ist auf dem Weg, ich habe euch natürlich nicht vergessen. Und ich hoffe, du hast noch etwas Platz für eine heiße Schokolade, meine Kleine.«

Cassandra hätte nicht erfreut »Juhuuu!« ausrufen müssen. Dass sie durchs Zimmer hüpfte, war Antwort genug.

Ein Blick auf Florence reichte Bane, damit ihm warm ums Herz wurde. Die Frau lächelte das schönste Lächeln, das er je an ihr oder jemand anderem gesehen hatte.

Dakota machte sich bemerkbar und sein Kopf ruckte in Richtung der Innbesitzerin.

›Da wäre noch etwas Anderes, das ich gerne mit dir besprechen würde.‹

Wenn es nicht gerade so unpassend wäre, hätte Bane über sein eigenes Verhalten die Augen gerollt. Tonlos und distanziert. Genau so sollte er das Gespräch beginnen, das er vorhatte, mit ihr zu führen.

»In Ordnung, worum geht es?« Sie ließ sich nicht in die Karten blicken.

›Auf ein Wort unter vier Augen?‹

Sie nickte und führte ihn in ein anderes Zimmer. Nur langsam schloss sie die Tür, als würde sie das Schlimmste erwarten.

Bane wartete ab, bis sie sich ihm gegenüber gesetzt hatte. ›Florence.‹

»Bane.« Sie lachte auf. »Wird das jetzt eine dieser Unterhaltungen, in denen man etwas Schlimmes beichtet?«

Erst da hörte er das Zittern in ihrer Stimme und sah das Flehen in ihren Augen. Sie trug die gleiche Nervosität in sich, die auch seinen Magen flattern ließ. Und vielleicht war es diese Erkenntnis, die ihn endlich zur Ruhe brachte. Fast schon ein wenig zu entspannt lächelte er plötzlich.

›Nein.‹ Er ließ sich Zeit, obwohl er die Worte, die er ihr sagen wollte, bereits die ganze Fahrt hierher über von einer Ecke seines Gehirns in die andere gewälzt hatte. Und wieder zurück. ›Ich hätte es dir schon längst sagen sollen. Das Leben ist zu kurz, um darauf zu warten, dass es perfekt wird. Die kleinen Momente, die es nicht sind, machen es perfekt. Ich will nicht länger warten, bis ich meine Missionen beendet habe, denn ich weiß nicht, wie lange ich dafür benötigen werde. Die Welt ist aus ihrem Innersten heraus verfault und es bedarf mehr als nur ein paar sanfter Worte, um die Gräben, die aufgeworfen wurden, wieder zu beseitigen. Ich will Frieden, ich will ihn wirklich. Aber was ich vor allem will, Florence, ist ein Leben mit dir. Eines, in dem ich der Mann sein kann, der ich bin, ohne mich zu verstellen, und dir die Welt bieten kann, von der ich träume. Eine, in der kein Magischer, aber auch kein Mensch mehr um sein Leben fürchten muss.‹

All das hatte er gesagt, ohne ein einziges Mal Luft zu holen.

»Heißt das, du –«

Ihm war klar, dass er sie unterbrochen hatte, doch er kannte sie gut genug, um zu wissen, dass sie den Satz ohnehin nie beendet hätte, um sich selbst nicht in eine verfängliche Situation zu manövrieren. Sie hätte ihn rätseln lassen, was sie meinte, um ihn dazu zu bringen, ihren Satz zu beenden. Aber daraus wurde vorerst nichts.

Er schlang seine Arme um sie, zog sie zu sich und sog ihren Duft ein wie ein Ertrinkender. Vanille, Bergamotte und Lavendel mischten sich unter den unverkennbaren Duft ihrer Haut und zum ersten Mal seit langer Zeit hatte Bane das Gefühl, endlich zu Hause zu sein.

›Ich liebe dich und ich bin ein Idiot, dass ich es dir nicht früher gesagt habe‹, raunte er zwischen Küssen auf die zarte Haut neben ihrem Mund. Als sich ihre Lippen berührten, spürte er ihren Zauber, der sich schwerer als ihr Parfum über sie legte. Die Luft war wie elektrisiert und schien den Moment in all seine Sinne zu brennen.

»Aber …«

Er löste sich von ihr. War es doch ein Fehler gewesen? ›Aber was?‹

»Nach eurer Abreise habe ich die Männer von Locksmith überall in der Stadt prahlen hören, dass sie euch in einem Luftschiff abgeschossen haben. Ich –« Auch wenn sie es versuchte, zu unterdrücken, ihre zitternde Unterlippe verriet sie. Und als sie augenblicklich in Tränen ausbrach, konnte er sie gar nicht schnell genug in die Arme ziehen.

›Alles ist gut.‹ Er streichelte ihr über den Kopf.

»Gar nichts ist gut! Ich dachte, ihr seid tot! Wochenlang habe ich nichts gehört und plötzlich stehst du mit deiner immer griesgrämigen Miene in meinem Schankraum, tust so als wäre nichts passiert und dann sagst du mir, dass du mich liebst. Sag mal, bist du eigentlich noch ganz dicht?«

Also, egal wie er sich das vorgestellt hatte, so jedenfalls nicht. Wo war er falsch abgebogen? Hätte er ihr doch einen Brief schreiben sollen? Da sollte noch mal jemand die Frauen verstehen.

›Ich dachte, es wäre einfacher, es dir persönlich zu erklären, anstatt –‹

»Pah! Persönlich! Ich habe um dich getrauert, Bane!« Sie warf die Arme in die Luft. »Locksmiths Männer haben sich einen Spaß daraus gemacht, jedes Mal davon anzufangen, wenn sie mich am Markt sahen! Das ging so weit, dass ich nicht mal mehr selbst hin gegangen bin, um die Einkäufe zu tätigen.«

›Es tut mir leid, ja? Es tut mir wirklich leid!‹ Tat es wirklich.

Aber ihm ging es doch gerade eigentlich um etwas Anderes. Seine Gefühle für sie. Hatte sie denn irgendwas davon gehört? ›Ich … wir haben uns erst von dem Absturz erholen müssen …‹

»Ihr seid also wirklich abgestürzt?«

›Ja, aber deinem Luftschiff geht es gut.‹

»Scheiß auf mein Luftschiff! Glaubst du wirklich, dass mir das wichtig ist? Dass es das Einzige ist, an das ich gerade denke? Ich will mir gar nicht ausmalen, wie ihr ausgesehen habt!«

Sie sprang auf und begann, auf und ab zu laufen. Mittlerweile mussten die anderen doch gehört haben, was hier im Nebenzimmer vor sich ging, trotzdem besaßen sie genug Rücksichtnahme, um nicht einfach hereinzuplatzen.

›N-nein …‹ Doch so wirklich überzeugt hatte er wohl nicht geklungen.

»Locksmith kann sich gerne den Kamin in seinem Anwesen damit beheizen, wenn er will. Das ist mir einerlei. Aber i-«

›Florence, beruhige dich. Uns geht es gut. Wir haben uns erholt und einige Zeit damit verbracht, wieder auf die Beine zu kommen. Was aber viel wichtiger ist, sind –‹

»Was?« Sie blieb stehen und wandte sich so abrupt um, dass es ihn nicht gewundert hätte, wenn sie eine ganze Drehung gemacht hätte.

›Ich will mit dir über unsere Zukunft sprechen.‹

Oder hatte er ihre Avancen immer falsch gelesen? War sie am Ende doch nicht so sehr an ihm interessiert, wie er gedacht hatte?

Verdutzt blinzelte sie ein paar Mal, als wäre sie nicht sicher, dass sie ihn richtig verstanden hatte.

›Auf dem ganzen Weg hierher habe ich mir überlegt, was ich dir sagen kann. Wie ich es dir sagen kann. Und dann überraschst du mich, indem du einfach die Frau bist, die du immer schon warst. Die Frau, die mich verzaubert hat, weil sie nicht so ist wie alle anderen. Was hätte ich denn anderes erwarten können?‹, fragte er und rieb sich den Hinterkopf. Ein Grinsen hatte sich in sein Gesicht geschlichen und zupfte an seinen Mundwinkeln. Ja, was hatte er sich dabei gedacht?

»Ich muss gestehen, ich bin etwas überfordert.«

›Warum?‹

»Jahrelang hab ich mich gefragt, was ich falsch mache, weil du dich so gar nicht für mich zu interessieren schienst, anders als alle anderen Männer, und jetzt das.«

›Heißt das, du mochtest mich immer nur, weil du mich nicht haben konntest? Weil ich die unerreichbare Frucht war, die du begehrt hast?‹

»Hör auf, so einen Blödsinn zu reden, Banurr, oder ich werf dich aus meinem Inn.«

Ihm entfuhr ein Lachen. ›Würde ich an deiner Stelle nicht tun.‹

»Ach, und warum?« Das Feuer, das mit einem Mal in ihren Augen brannte, verriet ihm, dass sie sich von ihm herausgefordert fühlte. Und so, wie er sie kannte, machte sie nie einen Rückzieher, wenn man sie provozierte.

Statt einer Antwort zog er sie erneut zu sich und küsste sie. Während er überlegte, ob er doch etwas sagen sollte, begann er, an ihrer Unterlippe zu knabbern, was ihr ein entspanntes »Mhmm« entlockte. Er hätte stundenlang so weitermachen können, doch irgendwann löste sie sich von ihm.

»Warum hast du bis jetzt gewartet, um es mir zu sagen?« Die Enttäuschung, die in ihrer Stimme mitschwang, ließ ihn alarmiert aufhorchen. Hatte sie in der Zwischenzeit jemand anderen gefunden, an den sie ihr Herz gehängt hatte? Der Gedanke daran versetzte ihm einen Stich. Augenblicklich wurde ihm unsäglich übel.

›Ich wollte die Welt zuerst ordnen, bevor ich mich um mich selbst sorge. Während ich mich um meine Missionen gekümmert habe, habe ich keine Gefühle zugelassen. Für niemanden. Ich konnte es nicht.‹ Dakota hatte ihm geraten, auch das zu sagen. An Florence' Gesichtsausdruck erkannte er, dass der Rat gut gewesen war.

»Wegen Henry?«

Selbst die Erwähnung schmerzte ihn mehr, als er zugeben würde. Bane senkte den Kopf und ballte die Hände zu Fäusten. ›Ja. Auch deshalb.‹

»Du weißt, dass es nicht deine Schuld war?«

›Jetzt schon. Trotzdem wollte ich niemanden an mich heranlassen, um anderen dasselbe Schicksal zu ersparen.‹

»Und jetzt denkst du anders?«

›Die Welt ist nicht perfekt und wird es nie sein. Egal, wie hart ich arbeite. Ich will nicht das Glück an mir vorübergehen sehen, nur weil ich blind meiner eigenen Mission folge, in der Hoffnung, doch irgendwann Erfolg damit zu haben. Und wenn auch du dich für mich entscheidest, werde ich alles daran setzen, dich zu beschützen. Obwohl ich weiß, dass du das ganz gut allein hinkriegst.‹

»Aber deine Mission ist wichtig.«

›Das bist du auch.‹

Sie schluckte und eine Träne bahnte sich einen Weg durch ihre langen Wimpern hindurch auf ihre Wangen. »Danke, Bane. Du weißt gar nicht, wie viel mir das bedeutet.« Sie schniefte und kam einen Schritt näher, ihre Arme um seinen Hals legend. »Trotzdem will ich deiner Mission nicht im Weg stehen. Ich werde auf dich warten, weil ich weiß, dass nicht mehr viel fehlt, um den Erfolg zu sehen, den du dir wünschst. Ich habe mich umgehört, die Menschen hier in Salisbury und überall in der Gegend beginnen langsam, umzudenken. Sie haben eingesehen, wie viel Leid Locksmiths Taten über uns alle bringen. Sie leiden mit uns.«

›Was willst du damit sagen?‹

»Dass ich an deiner Seite kämpfen werde für die Welt, die du schon in der Ferne sehen kannst. Ein neuer Morgen wird für uns alle anbrechen und dann bin ich bereit, in den Sonnenaufgang mit dir zu reiten.«

24

Als die beiden schließlich wieder ins Kaminzimmer zurückkamen, hatten die anderen schon zu essen begonnen.

»Tut unsch leid, dasch –« Dakota schluckte einen viel zu großen Bissen hinunter und ignorierte für einen Moment den Schmerz, der sich in seinem Hals auftat. Hastig klopfte er sich auf die Brust und hustete. »– wir schon angefangen haben zu essen. Aber wir wussten nicht, wann ihr da drüben fertig werdet mit eurem Gespräch und wir hatten Hunger.«

»Zieh mich nicht mit rein, ich hätte warten können.« Sosanna legte ihre Gabel weg und verschränkte die Arme, als hätte Dakota sie gekränkt.

Auch Cassandra senkte ihr Besteck auf den Tisch, griff mit beiden Händen nach der dampfenden Tasse Kakao und schlürfte lautstark, als sie daraus trank. »Also ich nicht.« Sie kicherte und offenbarte einen kleinen Kakaobart.

›Keine Sorge.‹ Bane sah entspannter aus, wie Dakota fand.

Er fragte sich, wie das Gespräch wohl gelaufen war. Nicht alles davon hatten sie gehört, denn Sosanna hatte ihnen gleich zu Beginn befohlen, die Transmitter abzunehmen. Also konnte er nur ahnen. Aber beide sahen zufrieden aus und standen viel näher zusammen, als sie es sonst taten.

Ein Lächeln trat auf das Gesicht des Gestaltwandlers. Nach allem, was Bane über Henry und sein Schicksal erzählt hatte, war es schön, zu sehen, dass der Anführer der Klaue auch einmal gute Momente erlebte.

»Ich komme später wieder, um über das Artefakt mit euch zu

sprechen. Daphne ist auch irgendwo hier. Aber ich sollte mich auch mal wieder um mein Inn kümmern. Ich kann Asla nicht ständig allein lassen, wenn ihr auftaucht.«

Und damit verschwand sie.

»Und?«, fragte Dakota und wackelte mit den Brauen, als Bane sich endlich setzte und die Schritte von Florence schließlich verklungen waren.

Der Trickster bedachte ihn mit einem verwirrten Blick. ›Was?‹

»Wie ist es gelaufen?«

›Äh …‹ Bane kratzte sich am Hals, als wäre ihm plötzlich etwas sehr unangenehm.

»Cassandra, halt dir mal kurz die Ohren zu.« Dakota sah weiterhin nur Bane an und merkte erst aus dem Augenwinkel, dass sich die kleine Hexe vor ihm aufgebaut hatte und nun aufplusterte. Als würde das irgendwas daran ändern, dass sie ihm trotzdem nur bis zum Bauchnabel reichte.

»Warum? Ich will nicht immer ausgeschlossen werden, nur weil ich ein Kind bin!«

›Keine Sorge, Cassandra, ich werde ohnehin nichts dazu erzählen.‹

»Warum?«, fragten plötzlich alle Anwesenden wie aus einem Munde. Selbst Leo schien überrascht zu sein.

›Weil das meine Angelegenheit ist.‹

»Das ist ziemlich lahm, Bane.«

»Ich bin dafür, dass wir dich als Anführer abwählen. Du kannst uns doch keine wichtigen Informationen vorenthalten.« Dakota grinste ihm zu, denn er wusste ganz genau, dass der Trickster ihm das nicht übel nehmen würde.

»Das kannst du doch nicht sagen!«, rief Sosanna und erhob sich ruckartig.

»Dakota!« Das Entsetzen in Cassandras sonst so fröhlichem Gesicht war derart groß, dass er sich für einen Augenblick nicht sicher war, ob er nicht Naheniel vor sich hatte.

›Du kannst den Job gern selbst übernehmen, Kleiner.‹ Bane grinste ebenso von einem Ohr zum anderen und wies durch den Raum.

›Glaubst du, du bist der Sache gewachsen? Ein menschenverachtendes Einhorn, eine kleine Hexe mit Mitbewohnerproblem im Körper und ein Trickster, der gerne verrückte Dinge ausprobiert.‹

»Klingt doch nach einer richtig tollen Herde für einen Gestaltwandler mit Erinnerungslücken.« Die beiden sahen sich einen Moment lang an. Nur um laut loszubrüllen vor Lachen.

»Ihr seid solche Trottel.« Sosanna lächelte schief und löste die Verschränkung ihrer Arme. »Vielleicht sollten wir uns noch ein wenig ausruhen, bevor Florence wiederkommt. Die Reise war doch sehr anstrengend.«

Ein Seitenblick auf Cassandra genügte, die bereits jetzt mit ihren zufallenden Augenlidern kämpfte.

Sie schlürfte noch ein wenig an ihrem Kakao, bevor Bane sie hochhob und auf eine der bequemeren Sitzgelegenheiten bettete. ›Schlaf ein bisschen, wir werden dich wecken, wenn Florence wiederkommt.‹

Die kleine Hexe gähnte ausgiebig. »Versprochen?«

›Versprochen.‹

»Gute Nacht, Bane.«

›Gute Nacht, Cassandra.‹

»Könnt ihr bitte aufhören, so ekelhaft liebevoll zueinander zu sein, oder muss ich mich erst ein bisschen aufführen, damit Ruhe ist?«, jammerte die dunkle Stimme Naheniels, ohne dass das Mädchen noch einmal die Augen öffnete.

Als es plötzlich knallte, schreckte Bane aus dem Schlaf hoch. Wie die anderen Mitglieder der Klaue war auch er im Kaminzimmer eingeschlafen, während sie auf die Rückkehr von Florence gewartet hatten.

»Habt ihr das gehört?«, fragte Dakota schlaftrunken und rieb sich die Augen.

Bevor Bane etwas antworten konnte, knallte es erneut, und dann war das ganze Haus von einem kolossalen Wackeln erfüllt.

›Raus hier!‹, schrie er, als ihm die Ohren klingelten und er aufsprang, um Cassandra zu packen.

Es bedurfte keiner Worte. Dakota packte Sosanna, die ebenfalls noch nicht ganz wach war, und zerrte sie mit sich, während Bane Cassandra im Laufschritt nach draußen trug, dicht gefolgt von Leo, der besorgt jammerte.

Hoffentlich ist Florence in Sicherheit, dachte Bane bei sich. Ein Teil der Decke stürzte vor ihm zu Boden und er konnte gerade noch so rückwärts stolpern, ohne dass sie getroffen wurden. Dabei sprang er Leo auf die Füße.

›Entschuldige.‹

Weiter.

Überall rieselte Staub und Putz von oben herab und machten es schwer, etwas zu sehen. Bane spürte, dass etwas fürchterlich schief lief und er seine Leute so schnell als möglich aus dem Haus rausbringen musste. Sie alle husteten, als weiterhin alles Mögliche von den Wänden herabrieselte und den Gang in ein Nebelmoor verwandelte.

»Bane!«

Florence! Ein tonnenschwerer Stein fiel ihm vom Herzen. Innerlich aufseufzend lief er einen Schritt schneller.

›Bist du verletzt?‹

»Nein. Aber offenbar will jemand das Haus zum Einsturz bringen. Nehmt den Gang durch den Keller, den Dakota bereits einmal genommen hat. Beeilt euch.«

›Wir gehen nicht ohne dich.‹

»Ich glaube, das sind Locksmiths Männer. Sie werden wohl erkannt haben, dass ihr zurück seid. Ich kann vorne raus, mir werden sie nichts tun. Aber ihr solltet verschwinden. Schnell jetzt!«

Sie duldete keinen Widerspruch, auch wenn Bane es den gesamten Weg über probierte.

»Ihr wollt uns durch einen engen Gang schicken, während das Haus über uns einstürzt?« Dakotas Augen wurden tellergroß und Bane wusste, dass er gerade versuchte, die Panik in sich niederzukämpfen.

›Der Gang ist sicher‹, sagte er deshalb, ohne zu wissen, ob das der Wahrheit entsprach. Augenblicklich beruhigte sich Dakotas Atem ein wenig, selbst wenn sein Blick immer noch starr nach vorn gerichtet war.

»Schnell jetzt.« Das Haus erzitterte erneut, als Florence ihm den Anhänger um den Hals legte. Sie ließ die Finger ihrer schlanken Hand auf seiner Brust ruhen und bedachte ihn mit einem bedeutungsschwangeren Blick aus langen Wimpern.

»Die Nacht ist immer am dunkelsten, bevor der Tag anbricht, Bane. Vergiss das nie.« Damit öffnete sie den geheimen Durchgang hinter ihm und bugsierte ihn unsanfter als erwartet in den Tunnel, in dem Totenstille herrschte.

›Versprich mir nur eines‹, sagte Bane, als die anderen in den Gang kletterten.

»Was?«

›Bring dich in Sicherheit, bevor das Gebäude einstürzt.‹

Sie lachte auf. »Ich mag diesen Gasthof sehr, aber nicht so sehr, als dass ich mit ihm begraben werden möchte.«

Als er sie immer noch unverwandt ansah und sich weigerte, den Weg fortzusetzen, fügte sie hinzu: »Natürlich bringe ich mich in Sicherheit. Wir sehen uns, wenn der Tag anbricht.«

Dann war die Tür zu und die Klaue fand sich in undurchdringlicher Dunkelheit wieder.

»Daran hätten wir auch denken können, bevor wir hier runter gekommen sind.«

›Es war ja schließlich so viel Zeit dafür.‹ Bane lachte und kramte in seiner Tasche. Er hatte das schon so oft gemacht, deshalb stellte es für ihn kein Problem dar, im Dunklen nach allen Dingen zu suchen, die er benötigte, um ein Feuer zu machen.

»Ah«, machte Dakota, als die kleine Flamme sein Gesicht erhellte und ihm die Fackel gereicht wurde.

Ihre Schritte hallten von den Wänden wider, als sie den Korridor entlang eilten und Bane sich fragte, wie lang sie wohl noch unterwegs waren. Das Wummern des Hauses wurde leiser, bis es schließ-

lich vollkommen verklungen war. Nichts mehr erinnerte an ihre überstürzte Flucht, bis auf ihren rasenden Puls und das stoßweise Atmen.

›Schnell raus hier. Mir ist nicht wohl bei dem Gedanken, dass das Gebäude jederzeit einstürzen könnte.‹ Bane beschleunigte seinen Schritt und war froh zu hören, dass die anderen es ihm nachtaten. ›Und jetzt?‹

Er war am Ende des Gangs angekommen.

»Lass mich mal her.« Dakota, der bislang stumm neben ihm hergelaufen war und den Weg ausgeleuchtet hatte, während Sosanna hinter ihnen wachsam blieb. Er reichte dieser die Fackel und nahm Bane die Halskette ab, mit der er die geheime Tür aufsperrte, die ins Freie führte.

Tief atmete Bane ein und sog genüsslich die frische Luft in sich auf. Er klopfte Cassandra den Staub ab, nur um zu merken, dass auch er völlig bedeckt davon war. Kalkweiß wie der Schnee.

Die kleine Hexe keuchte und endlich erwachte sie.

»Alles okay bei euch?« Naheniel.

»Mhm«, kam es von Dakota, der so heftig hustete, dass der Staub nur so von seinen Schultern rieselte.

›Wie geht es dir?‹

»Cassandra geht es soweit gut.«

›Ich habe aber von dir gesprochen. Naheniel.‹ Bane sah ihm bestimmt in die Augen und zog die Brauen zusammen.

»Alles in Ordnung.« Für einen Moment sah der Dämon aus, als wäre er sich nicht sicher, ob er gerade geträumt hatte. Doch dann schüttelte er sich und murmelte: »Danke, Bane.«

Der Anführer der Klaue nickte und sah sich um. Hier also waren sie gelandet. Unterhalb der Brücke, ein ganzes Stück weit weg vom Gasthof. ›Wie komme ich zurück?‹

Nun, da er seine Leute in Sicherheit gebracht hatte, galt es, nach Florence zu sehen.

»Wir sind nicht gerade aus dieser einstürzenden Hölle entkommen, um auf dem schnellsten Wege zurück in die Arme derer zu rennen, die das getan haben!« Sosanna warf die Arme in die Luft und für einen Moment sah er ein Feuer in ihren Augen lodern, das er schon seit einiger Zeit nicht mehr dort erblickt hatte. Hass. Hass auf die Menschen, und er konnte es ihr in dem Fall nicht einmal verübeln.

›Ich gehe allein. Ich muss wissen, ob es Florence gut geht.‹

Mit einem Mal war der Ärger aus ihr verschwunden, als wäre er nie da gewesen. »Ich verstehe dich. Nur zu gut.« Sie legte einen Arm auf seine Schulter und sah ihm tief in die Augen. »Aber du kannst da jetzt nicht zurück. Jedenfalls nicht sofort.«

›Ich muss.‹

Er hatte zwar nur mit Dakota darüber gesprochen und wusste, dass der Gestaltwandler nichts davon den anderen gegenüber erwähnt hatte, aber die Art, wie ihn das Einhorn ansah, sagte ihm, dass sie verstand. Vielleicht nicht alles, aber so viel, als dass ihr klar war, warum er dorthin musste.

»Warte zumindest ein paar Minuten.«

In dem Moment krachte es so ohrenbetäubend laut, als würden sie noch immer im Gasthof stehen. Bane hatte nicht einmal die Zeit, Cassandra die Ohren zuzuhalten, war aber froh, dass Naheniel es tat. Seine eigenen Ohren klingelten vor Schmerz, dass er sich setzen musste. Mit Cassandra im Arm nahm er auf dem steinigen Boden Platz und atmete tief durch.

Er spürte eine andere Hand auf seiner Schulter. Cassandra. »Bane?«

›Was ist?‹

In ihren Augen wallten Tränen auf. »Geht es Florence gut?«

Sie hielt seinem Blick stand, auch wenn es danach aussah, als würde es sie einiges kosten, tapfer zu bleiben und sich nicht ihren Tränen hinzugeben.

Doch derjenige, der diesen Kampf verlor, war dieses Mal nicht das Mädchen.

›Ich weiß es nicht.‹

»Du musst sie retten. Was auch immer da gerade passiert ist, du musst sie retten. Bitte, Bane.« In ihrer Stimme war ein Flehen, das er nicht ignorieren konnte, denn es war lauter noch als das, das in seiner Brust hämmerte und ihn anschrie, sofort loszulaufen.

Er legte sie behutsam hin und stand auf.

›Ihr bleibt hier. Folgt mir unter keinen Umständen. Habt ihr verstanden? Wenn ich nicht wiederkomme, will ich, dass ihr auf Cassandra und den kleinen Quälgeist aufpasst.‹

Sowohl Leo als auch Naheniel machten ihrem Unmut gleichermaßen Luft, denn sie schienen sich nicht ganz sicher zu sein, wer von ihnen gemeint war.

»Komm wieder. Bitte.« Dakotas Augen wurden für einen Moment honigbraun. Und er kannte diese Farbe zu gut, um sie zu ignorieren. Doch als er erneut hinsah, wurde ihm bewusst, dass ihm seine Sinne einen Streich gespielt hatten. Das war immer noch der Gestaltwandler.

›Ich kann euch doch nicht allein lassen.‹ Bane lachte, aber er wusste, selbst wenn er nicht zurückkehren würde, wären sie in besten Händen. Sie würden das schon regeln.

Und mit diesem Wissen lief er los, in die Kühle der Nacht hinein, die unheilschwanger über ihnen lag.

Als er um die nächste Ecke bog, erfasste ihn eine weitere Welle, die ihn fast zu Boden warf.

Obwohl seine Beine schon krampften und seine Lungen wie Feuer brannten, legte er nochmal an Geschwindigkeit zu. Es wäre ihm auch egal gewesen, wenn er in Locksmith persönlich gelaufen wäre, alles, was zählte, war die Sicherheit von Florence.

Vor ihm liefen Männer mit einem Wagen bewaffnet durch die Straßen. Offenbar war das die Feuerwehr, die dasselbe Ziel hatte wie er. Er beschleunigte ein weiteres Mal und überholte die Männer. Würden sie rechtzeitig kommen? Florence …

»Aus dem Weg!«

»Weg hier!«

»Feuer, es brennt!«

Verdammt!

›Florence! Kannst du mich hören?‹, rief er, aber er war zu weit weg. Die Transmitter funktionierten zwar einwandfrei, aber nicht über weite Distanzen hinweg. Dafür waren sie zu wenig ausgereift und er zu wenig erfahren mit so etwas.

›Florence!‹

Schweigen.

Noch zwei Straßen und die Hitze wurde hier schon unerträglich. Aber das spornte ihn bloß dazu an, schneller zu laufen.

Noch eine Straße. Je näher er kam, desto eher hatte er das Gefühl, dass seine Augäpfel zu schmelzen begannen. Es war so heiß hier und von Florence keine Spur. Vielleicht hatte sie den Transmitter verloren.

Endlich bog er um die Ecke und sah das Ausmaß des flammenden Infernos. Die Männer, die mit ihrem mickrigen Wagen hinter ihm ankamen, hätten gleich wieder umdrehen können. Der Gasthof stand so weit in Flammen, dass man das Feuer vermutlich in Schottland noch gesehen hätte.

Bane biss sich auf die Unterlippe.

Florence, wo bist du nur?

»Aus dem Weg!« Jemand stieß ihn unsanft zur Seite. Nun drängten sich die anderen Männer der Feuerwehr vor, auch wenn sie wussten, dass sie kaum etwas ausrichten konnten.

›Ich kann mich nicht einmal bemerkbar machen. Sie werden versuchen, das Feuer zu löschen und –‹

Da hatte er beschlossen, selbst ins Haus zu rennen. Florence war nirgends zu sehen. Irgendetwas musste ihr zugestoßen sein. Andernfalls wäre sie hier draußen. Sie würde dem Gasthof nicht einfach den Rücken kehren, nur weil er gerade abbrannte.

›Florence!‹

Er hätte es sich sparen können, aber er hatte es trotzdem versucht. Sein Hals war erfüllt von der rauchigen Luft und ein Hustenanfall schüttelte ihn. Mit Tränen in den Augen rannte er weiter und hoffte, er würde genug sehen, um sie ausfindig zu machen.

»Was tun Sie da?«

Doch da hatte er sich schon an einem der Männer vorbeigedrängt, hatte einen Teil seines Umhangsaums abgerissen und ins Wasser der Feuerwehr getaucht, um ihn sich vors Gesicht zu halten. Er würde Florence finden. Und retten.

Drinnen erfasste ihn die gesamte Hitze des Feuers und lähmte ihn für einen Moment. Nein, das konnte er sich nicht leisten! Die Zeit hatte er nicht und auch Florence nicht. Er zerrte sich energisch aus seinen eigenen Gedanken hervor, denn das war hier nicht brauchbar. So schnell, wie es ging, musste er sie finden und dann raus hier. Wer konnte schon wissen, wie lange das alles halten würde?

Der Schankraum hatte seine Schönheit verloren. Verkohlte Deckenbalken stürzten auf den Boden und begruben ihn unter Asche. Die Fenster waren gesprungen und zwischen Glassplittern und gebrochenem Holz erkannte er immer wieder Gestalten unter Trümmern, die von den Flammen zersetzt wurden.

Arme Teufel, dachte sich Bane und beschleunigte seinen Schritt, um nicht dasselbe Schicksal zu erleiden.

Im Korridor zu den Zimmern war der Rauch noch dichter. Er musste es nur ins Kaminzimmer schaffen. Dort war sie sicherlich und war gefangen, kam nicht heraus. Doch bevor er es erreichte, stürzte ein Teil des Gangs ein und begrub damit seine Chancen, in den fensterlosen Raum zu gelangen, in dem er sie vermutete.

›Florence, verdammt! Antworte, wenn du mich hören kannst!‹

Doch am anderen Ende blieb es still. Scheiße! War das das Ende? Die Hitze krümmte sich um ihn und zwang ihn zu Boden, während er völlig verzweifelt hustete. Es fühlte sich an, als würde er seine Lunge nach außen transportieren.

»Raus hier!« Einer der Feuerwehrmänner war ihm nachgelaufen und packte ihn unwirsch. Der Mann machte bloß seine Arbeit, aber Bane wehrte sich. Er wollte Florence retten und er konnte niemanden von ihnen darum bitten. Der Anführer der Klaue fühlte sich in diesem Moment so schwach und hilflos. Wie sollte er eine Bande anführen, wenn er nicht einmal Florence aus dem brennenden Gasthof retten konnte? Sie war hier irgendwo, er musste sich nur zusammenreißen und nach ihr suchen.

Nur ein paar Minuten noch.

Vielleicht auch ein paar Sekunden.

Er musste sie finden.

Nicht zulassen, dass sie ihm ebenso wie Henry damals durch die Finger glitt, ihr Leben verwirkte, weil er zu schwach und zu langsam war, um es zu retten.

Florence …

Bane spürte, wie der Mann versuchte, ihn nach draußen zu zerren.

Die feindliche Umgebung verlangte ihren Tribut. Hustend und mit tränenden Augen spürte Bane, wie die Kraft aus ihm wich. War das das Ende? Wenn ja, dann sollte er ihn gleich hierlassen.

Florence …

Er kämpfte gegen den eisernen Griff des Mannes an, wusste gleichzeitig, dass er sie beide das Leben kosten könnte. Es war eine Sache, sein eigenes Leben aufs Spiel zu setzen. Aber er hatte nicht so lange für Frieden gekämpft, um nun einem Unschuldigen, der sich mutig in die Flammen stürzte, um andere zu retten – egal ob es nun Magische oder Menschen waren –, das Leben zu kosten.

Bane, der nun alle Hoffnung hatte fahren lassen, ließ sich widerstandslos mitnehmen. Falls Florence im Inneren des Gasthofs war, wäre sie verloren. Auch wenn er versuchte, dem Feuerwehrmann klarzumachen, dass da noch jemand drin war, so sah ihn dieser nur mit einer verständnislosen Miene an.

Er hatte verloren.

Sie verloren.

Für immer.

›Wenn du mich hören kannst …‹ Er überlegte einen Moment. Seine Bandenmitglieder waren weit genug weg, um das, was folgte, nicht aufzuschnappen. ›Ich kann dich nicht finden, Florence. All die Jahre warst du da, all die Jahre warst du immer da – für mich, für die Bande. Ich kann dich nicht finden, Florence! Ich will dich retten, aber ich bin zu schwach! Verdammt, der Mann, den du dir ausgesucht hast, ist ein scheiß Schwächling! Hättest du dein Herz doch an jemanden gehängt, der in der Lage ist, dich zu beschützen. Immer.‹

Tränen liefen ihm in Sturzbächen über die Wangen. Es lag nicht am Rauch, der kratzte und ihn zum Husten brachte, es war das riesige schwarze Loch, das sich in ihm auftat und drohte, ihn zu verschlingen. Florence war verloren und es war seine Schuld. In Gedanken schrie er, schrie, bis er das Gefühl hatte, sein Kopf würde zerplatzen, während die Feuerwehrmänner mit verängstigten Mienen nach ihm sahen.

Der Schmerz in seiner Brust war ins Unendliche gewachsen. Während er ihn nach und nach zersetzte mit diesen ätzenden Gedanken, die ihm vor Augen führten, was er wirklich war, wollte er gleichsam aus ihm heraus, drängte an die Oberfläche, um auch seine Umgebung zu zerstören. Bane sackte in sich zusammen, während Welle über Welle über ihn hinwegspülte und ihm jegliches Glücksgefühl nahm. Zurück blieb der nackte Stein der grausamen Wahrheit. Ein weiteres Mal hatte er es nicht geschafft, jemanden zu retten, der ihm wichtig war.

Florence …

Dakota wurde übel. Sosanna war bei Cassandra und Leo geblieben, während er die Straßen entlanggelaufen war. Seine Instinkte hatten ihn nicht getäuscht, Bane brauchte seine Hilfe. Aber nicht so, wie er ursprünglich angenommen hatte.

Er fühlte sich wie ein Voyeur. Als er Banes Schrei gehört hatte, war er mitten auf der Straße erstarrt und lauschte. Auch wenn ihm ungut zumute war, er konnte sich keinen Schritt bewegen und am liebsten hätte er weggehört. Doch Banes Leid erfüllte sein gesamtes Bewusstsein und machte ihm klar, was der Mann gerade verloren hatte.

Scheiße …

Als ihn jemand anrempelte, der vom Feuer davonlief, kam endlich Leben in ihn. Er musste für seinen Freund da sein, so wie er für ihn dagewesen war.

Dakota sprintete los und machte sich auf das Schlimmste gefasst. Doch das war nichts im Vergleich zu dem, was ihn tatsächlich erwartete. Als er um die Ecke bog, konnte er die Feuerwehrmänner dabei beobachten, wie sie versuchten, den Gasthof trotzdem noch zu löschen, damit das Feuer nicht auf die umliegenden Gebäude übersprang.

»Bane!«

Dessen Kopf schoss nach oben, aber seine Augen waren leer. So leer, dass es Dakota im ersten Moment einen Stich versetzte. Waren das nur Minuten gewesen? Es wirkte, als wären Jahre vergangen, seit Bane zu dem Haus gelaufen war, der einstige Glanz in seinen dunklen Augen stumpf und verschwunden. Wie ein Himmel, der das Leuchten seiner Gestirne verloren hatte.

»Bane«, wiederholte Dakota noch einmal sanft, als er ihn erreichte und sich zu ihm kniete.

Der Anführer der Klaue saß am Boden, völlig rußverschmiert. Doch das schien er gar nicht zu bemerken, während er seine Finger mit einer Intensität knetete, dass Dakota meinte, er würde sie sich gleich selber abreißen. Vielleicht beruhigte ihn das ja. Aber der Gestaltwandler fand das gar nicht beruhigend.

»Bane …« Er nahm seine Hände und sah darin ein durchnässtes Stück Stoff, das er als Fetzen von Banes Umhang erkannte. In jeder ähnlichen Situation hätte er sich vermutlich wieder in eine Frau gewandelt. Es war so einfacher, andere zu unterstützen. Doch irgendetwas hinderte ihn daran. Er kannte diese Situation, auch wenn er sich nicht erinnern konnte, wo er sie schon einmal gesehen hatte.

Tief in sich drin fühlte er eine Erinnerung hochsteigen, langsam, konnte sie aber nicht greifen. Er meinte, dass auch damals, als diese Erinnerung noch frisch war, jemand gestorben war und er derjenige gewesen war, der Trost gespendet hatte. Dahinter hörte er die Wellen des Meeres, die an den Felsen weit unter ihnen klatschten. Das Rauschen des Wassers und das Kreischen der

Möwen hoch über ihren Köpfen schien für einen Augenblick lebendig zu werden.

Dann zwang er sich zurück in die Wirklichkeit und erblickte Bane, dessen Gesicht unter dem ganzen Ruß kalkweiß war. Er bewegte seine Lippen und Dakota konzentrierte sich darauf, ob er etwas hörte, doch da war nichts. Bloß Stille, die sich über sie gesenkt hatte und alle anderen Geräusche ausblendete, obwohl er wusste, dass sie da waren. Weder das Knacken und Zischen des Feuers konnte er hören oder das niederschmetternde Geräusch des einstürzenden Gasthofs, auch nicht die Schreie der Menschen, die um sie herumliefen und alles taten, um den Flammen Einhalt zu gebieten. Nichts. Sie hätten genauso gut weit weg sein können, allein auf einem Feld, mitten in der Nacht.

Ein gleißender Blitz durchdrang Dakotas Kopf und Schmerz zuckte in jeder Faser auf.

»Scheiße!«

Er kämpfte die Übelkeit nieder und auch die aufkeimende Hoffnung, dass seine Erinnerung Stück für Stück wiederkehren würde. Das hier war nicht der richtige Ort und nicht die richtige Zeit.

»Bane, sprich mit mir.«

Doch noch immer bewegte dieser seine Lippen, ohne irgendetwas von dem, was er sagte, in Gedanken auszuformulieren.

»Bane. Ich bin hier für dich, Mann, aber sprich mit mir.« Dakota wusste, wie verzweifelt und hilflos er sich anhörte, auch wenn er stark für ihn sein wollte. Aber er hatte Banes Schrei gehört und wusste, dass der Mann innerlich zerbrochen war. »Ist Florence noch da drin? Soll ich nachsehen? Sprich mit mir!«

Nichts. Zitternde Lippen, die Worte formten, die niemals gehört werden konnten. Von niemandem. Dakota wusste nicht einmal, ob Bane selbst irgendwas dachte oder ob sein Kopf sich wehrte, das anzunehmen, was er gesehen hatte, und bloß sein Körper reagierte. Weiterhin starrte der Anführer der Dunklen Klaue mit leblosen Augen nach vorn, als wäre er eine Leiche, die ihre letzten Bewegungen tat, bevor sie für immer erstarren würde.

Nein!

»Bane, ich geh jetzt da rein und hol sie raus. Warte hier. Es wird alles gut.« Es war schon zu viel Zeit verstrichen, aber er würde es schaffen. Er musste. Auch wenn ihm unwohl dabei war, Bane allein zu lassen, musste er trotzdem etwas tun. Dakota machte sich von ihm los und warf einen letzten Blick auf das Häufchen Elend, das Bane gerade war.

Er lief an den Feuerwehrmännern vorbei, tauchte den Stoff, den er immer noch in Händen hielt, in das Wasser ein und rannte ins Haus, auch wenn hinter ihm geschrien und getobt wurde. Dakota war jetzt auf sich allein gestellt, ihm würde niemand nachlaufen. Das wusste er und es war ihm egal. Er tat es für Bane, für den Mann, der stets an seiner Seite gewesen war. Der ihm immer ein guter Freund gewesen war.

Kinderlachen. Woher kam dieses Lachen? Er wandte sich um, doch hier drin war nichts außer Rauch und das Zischen und Knacken des Feuers.

Weiter.

Das Lachen musste seiner Fantasie entsprungen sein. Hier war nichts. Niemand.

Florence, wo bist du?

Hinter ihm krachte etwas zu Boden und verfehlte ihn nur um ein Haar. Schneller.

»Flo-« Husten. »-rence! Florence, wo bist du?«

Er wusste, dass er sich das auch sparen hätte können, zumal er nun mit einem Rachen voller Rauch kämpfen musste, aber vielleicht hörte sie ihn ja. Vielleicht war sie eingesperrt.

Dakota kämpfte sich seinen Weg zum Kaminzimmer durch, doch der Gang war eingestürzt. Oder? Wenn er sich den Raum richtig in Erinnerung rief, grenzte der Kamin an das nächste Zimmer. Vielleicht war es dort einfacher, durch die Wand zu brechen.

Dakota fand sich in einem Raum wieder, der beinah völlig leer war. Bis auf etwas Aufragendes, das von einem Tuch verdeckt war. Es war nicht die Zeit dafür, aber er wollte wissen, was Florence hier versteckte. Als er den Stoff zu sich zog, offenbarte sich ihm der Blick auf einen kunstvoll bearbeiteten Stein. Die Gesichter von Bane, Cassandra, Leo, Sosanna und einem Mann sahen ihm entgegen. Sie wirkten wie Helden, dass er beinah vergessen hätte, warum er hier war. Erst, als er die Flammen spürte, die nach ihm ausschlugen, holte ihn das wieder zurück in die Wirklichkeit. Das Zimmer wirkte wie der Geist einer Vergangenheit, die zu schön war, um real zu sein. Nein, er durfte sich jetzt nicht ablenken lassen.

Er sah sich um. Da! Ein Hammer, nach dem er sofort griff, um gegen die Wand zu schlagen. Wieder und wieder fuhr der Hammer auf die Wand nieder, die langsam bröckelte und nachgab.

Noch einmal ereilte ihn ein Hustenanfall. Er musste sich beeilen!

25

Locksmith beobachtete seinen Sohn, der ans Fenster getreten war.

»Die Stadt ist in Aufruhr.«

Beinahe hätte er laut aufgelacht. Das war eine Übertreibung, die ihresgleichen suchte. Die Schreie waren bis an sein Haus gedrungen und auch die Rauchsäule hatte er von Weitem gesehen, bevor er seine Männer hingeschickt hatte.

Ein Teil von ihnen war eine halbe Stunde später zurückgekehrt, um ihm zu sagen, dass der Gasthof der Magischen brannte. Für einen Moment hatte er gemischte Gefühle verspürt. Dann aber hatte er sich daran erinnert, dass nichts ohne Gottes Willen passierte und dies nun endlich die gerechte Strafe dafür war, dass sie sich in Salisbury zusammenrotteten, um ganz sicherlich zum Gegenschlag auszuholen.

Schließlich, nachdem immer wieder Männer ein und aus gegangen waren, um bei Locksmith zu fragen, was sie nun tun sollten, war auch George irgendwann aufgewacht. Im fahlen Licht des rosa angefärbten Himmels stand der Junge am Fenster und sah mit besorgtem Blick nach draußen.

»Sollen wir ihnen nicht helfen?«

»Wir wären nur im Weg. Es sind bereits Feuerwehrmänner vor Ort und tun ihr Bestes.« So zumindest hatte er es gehört und auch wenn es ihn ärgerte, dass Menschen ihr Leben riskierten, um ein paar dieser Missgeburten aus den Flammen zu retten, kam er nicht umhin, sie für ihren Mut zu bewundern.

»Glaubt Ihr, es schaffen alle raus?« Der Junge wandte sich am Absatz um. Auch wenn George wusste, dass sein Vater allergisch darauf reagierte, wenn er Mitleid mit diesen Kreaturen zeigte, hatte es ihn nicht abgehalten, diese Frage zu stellen.

Zu gerne hätte er geantwortet, dass er hoffte, dass so viele von ihnen als möglich sich zum Zeitpunkt des Feuers im Gasthof befunden hatten, aber hätte er sich dann noch reinen Gewissens als guter Christ im Spiegel ansehen können? Vermutlich nicht. Deshalb blieb er still und kaute auf seiner Unterlippe.

»Der Herr wird darüber entscheiden. Ich maße es mir nicht an, darüber zu sinnieren.«

Doch die Art, wie George die Fäuste geballt hatte, zeigte Locksmith, dass seinen Sohn etwas beschäftigte. Und so, wie er ihn kannte, würde er nicht lange darauf warten, nachzufragen. Selbst wenn das eine Rüge zur Folge haben würde.

»Vater ...«

Ah, da.

»Ja, mein Sohn?«

»Manchmal kommen mir Gedanken ...«

»Sind sie denn gottgefällig?« Just in dem Moment, da er nachhakte, war ihm klar, dass es nicht so war, aber vielleicht war gerade das für George wichtig. Selbst darüber nachzudenken und zu erkennen, was richtig war.

»Ich weiß es nicht. Manchmal frage ich mich, ob es den Magischen nicht so ergeht wie uns Menschen. Dass sie sich vielleicht nicht so sehr von uns unterscheiden, wie wir immer dachten.«

Locksmith spürte die Wut in sich aufkeimen. Hatte er seine Energie denn all die Jahre an diesen Wechselbalg verschwendet? Hätte er ihn vielleicht doch im Fluss ertränken sollen?

Herr, steh mir bei, dachte er so bei sich.

»Was meinst du damit?« Er war sich darüber im Klaren, dass sein Ton schneidend war und dass George schon beim ersten Wort merklich zusammenzuckte.

»Es gibt doch Menschen, die dem Herrn dienen und welche –«

»– die in die Hölle kommen für ihre Sünden, weil sie die Gebote Gottes missachten.«

»Ja, Vater …« Er druckste herum und knetete seine Finger, während er es nicht wagte, seinem Vater in die Augen zu sehen. »Es gibt gute und böse Menschen. Ist es denn nicht wahrscheinlich, dass es auch gute und böse Magische gibt?«

Bevor Locksmith bewusst wurde, was er da tat, hatte er den Raum durchquert und seinen Sohn am Kragen gepackt. »Merk dir eines, George. Gute und böse Menschen mag es geben, aber auf Magische trifft das nicht zu. Magische haben vor langer Zeit dem Herrn den Rücken gekehrt und wandeln auf den Pfaden des Teufels. Sie haben die verbotene Frucht gekostet und leben seither in Sünde. Ihr Ziel ist es, die Welt ins Verderben zu stürzen, dass wir unsere Gedanken von ihnen vergiften lassen und ihnen folgen. Willst du denn nicht eines Tages neben Vater und Mutter im Himmel sitzen und dich im Glanze Gottes sonnen?« Er schüttelte ihn energisch und hatte ihn versehentlich mit Spucke besprüht, doch das war Locksmith egal. Selbst seine Brille war ihm auf die Nasenspitze gerutscht und so kniff er die Augen zusammen, um das Gesicht des Jungen gut sehen zu können. Doch er wartete gar nicht auf die Antwort, die dieser gerade zu stammeln versuchte. »Hör mir genau zu, George. Diese Gedanken kommen von ihnen. Sie haben dich schon infiltriert. Geh auf dein Zimmer und bete 50 Ave Maria. Sobald es Tag ist, wirst du in die Kirche gehen und deine Beichte ablegen. Lass uns hoffen, dass der Herr gnädig ist mit dir.«

Nun, da er ihm so nah war, roch er den süßlichen Gestank, den Magie so an sich hatte. Auch über all die Jahre hinweg war ihm der Geruch anhaften geblieben, egal, wie oft man ihn gebürstet und geschrubbt hatte, bis seine Haut wund und rot war. War es denn tatsächlich so, dass man das Innerste eines Wesens nicht verändern konnte, egal, wie sehr man es im Außen doch versuchte? Selbst mit dem unerschütterlichsten Glauben nicht?

Es tat ihm in der Seele weh, dass seine Bemühungen offenbar umsonst gewesen waren. Er hatte gedacht, an George ein Exempel statuieren zu können. Wollte zeigen, dass man mit Gottes Hilfe selbst den Teufel überlisten konnte. Aber das alles war, so wie es aussah, vergeblich gewesen.

Der Junge war ein Magischer durch und durch, auch wenn er sich gab wie ein Mensch. Er würde ihn loswerden müssen, obwohl er ihn liebgewonnen hatte. Aber das hier war eine Sache, die seine Mission gefährdete. George würde über kurz oder lang seine Nachfolge antreten, und wenn er begann, mit den Magischen gemeinsame Sache zu machen, waren die letzten Jahrzehnte …

Nein, er wollte gar nicht darüber nachdenken. Der Junge musste verschwinden. Er hatte Verrat an ihm begangen.

George erwiderte nichts mehr, denn er kannte seinen Vater zu gut.

Die Verärgerung, die vermutlich seine ganze Miene verdunkelt hatte, sagte offenbar genug aus.

Der Junge verabschiedete sich kleinlaut und dankte seinem Vater dafür, dass er ihn zurück auf den richtigen Pfad geführt hatte.

26

»Bane?« Dakota wusste, wie schwach seine Stimme klang. Er wusste auch, dass er eigentlich gar nicht weitersprechen musste.

Der Anführer der Klaue hatte den Kopf gehoben und dem Gestaltwandler einen Blick zugeworfen, der ihm zu verstehen gab, dass er es wusste.

Auch wenn er Florence hinten bei den Feuerwehrmännern gelassen hatte, um mit Bane zu sprechen, sagte seine Haltung wohl mehr, als Worte es getan hätten.

›Konntest du ihren Körper aus den Flammen bergen?‹

Er hätte ihn genauso gut fragen können, ob der Himmel blau war. Die Art, wie er es sagte, ließ Dakota vermuten, dass Bane es tief in seinem Unterbewusstsein verstanden hatte, aber sich sein Bewusstsein gegen die Wahrheit weigerte. Noch kämpfte es an, doch es würde den Kampf auf kurz oder lang verlieren.

»Ja.«

›Danke. Dann kann ich mich zumindest von ihr verabschieden.‹ Bane erhob sich und ließ die Schultern hängen. Von dem stolzen Mann, der die Dunkle Klaue anführte und seiner Mission immer treu geblieben war, war in diesem Augenblick nicht mehr viel übrig. ›Lass mir einen Moment mit ihr allein.‹

Als würden ihn unsichtbare Fäden hierbehalten wollen, schlurfte er nur langsam auf die Feuerwehrmänner zu.

Dakota blieb hinter ihm, beobachtete ihn aber weiterhin. Der Moment würde kommen, da er der Wahrheit ins Auge blickte, und dann wollte er für ihn da sein. Auch wenn es ihm das Herz brechen würde, Banurr so zu sehen.

Als er die Männer erreichte, fiel er auf die Knie und riss ihren Körper an sich. ›Warum habe ich dich nicht einfach mitgezerrt, als ich noch die Möglichkeit dazu hatte?‹

Für alle Umstehenden musste es so aussehen, als würde er schweigend trauern. Doch Dakota hörte alles und fühlte seinen Schmerz, der auch ihn nun zu zerreißen drohte.

›Du wärst nicht mit mir gegangen …‹

Zärtlich strich Bane ihr über die Locken. Es war nicht das Feuer gewesen, das sie das Leben gekostet hatte, sondern ein herabstürzender Balken, der sie unter sich begraben hatte. Dakota hasste sich, dass er nicht schneller gewesen war. Vielleicht wäre sie dann noch am Leben.

›Du wolltest immer schon das tun, was du für richtig gehalten hast. Du und dein eigensinniger Sturkopf …‹ Bane schloss die Augen und vergrub sein Gesicht in ihrem Haar. ›Ich hätte früher etwas sagen sollen …‹ Dann biss er sich auf die Unterlippe. ›Hätte vielleicht auf Sosanna hören sollen. Manche Menschen sind schlecht, egal, wie sehr man sich bemüht …‹

»Bane …«

›Manche von ihnen verdienen den Tod vielleicht doch, wenn sie Unschuldige aus dem Leben reißen, als wäre es nichts.‹

»Bane …«

›Vielleicht war meine Mission, für Frieden zu sorgen, von Anfang an zum Scheitern verurteilt, weil sie es nicht anders wollen. Vielleicht müssen wir das Artefakt doch verwenden, um ihnen zu zei-‹

»Banurr, halt endlich deine scheiß Klappe!«, brüllte Dakota einmal quer über den ganzen Platz.

Auch wenn sich die Feuerwehrmänner zurückgehalten hatten, sahen sie nun in ihre Richtung. Für sie hatte es den Anschein gemacht, als hätte Bane nie etwas gesagt. Doch Dakota wusste, wenn er ihn jetzt nicht wachrüttelte, dann war alles verloren.

›Was soll ich deiner Meinung nach tun, hä, Dakota?‹ Bane starrte mit einem hasserfüllten Glimmen in den Augen zu ihm hoch. Den Griff enger um Florence schlingend, zitterte er bei jedem Atemzug.

»Wie wäre es damit, deine Ideale nicht zu verraten?«, erwiderte Dakota scharf, aber flüsternd, und presste die Kiefer aufeinander. Er spürte, wie etwas an ihm riss. Wie eine unsichtbare Kraft, die an seiner Haut zog und sie verzerrte. Aber dafür war keine Zeit. Jetzt nicht. Später!, schrie er seinem Innersten zu.

Etwas versöhnlicher fuhr er fort: »Bane, alles, was du aufgebaut hast, war gut. Aber selbst wenn du Rache übst, wird das Florence nicht zurückbringen.«

›Und wenn schon. Es ist nun das dritte Mal in meinem Leben, dass Menschen dafür verantwortlich sind, dass ich jemanden verloren habe, den ich liebe. Meine Mutter war eine herzensgute Frau, die die Menschen immer geliebt hat und ihre Gesellschaft schätzte. Und dann wurde sie eines Nachts einfach ermordet, gemeuchelt von einem Betrunkenen, der dachte, er könnte –‹ Bane hatte sich in Rage geredet und seine Stimme brach. Er senkte den Blick. ›In meiner dunkelsten Stunde war mein bester Freund Henry für mich da. Henry, dessen Familie mich als einen der ihren aufgenommen hat. Henry, der immer an meiner Seite war und nie einen Unterschied zwischen uns gemacht hat, auch wenn er ein Mensch war. Aber vielleicht hätte er mich eines Tages ebenso verraten, wie diese dreckigen –‹

Unbändiger Zorn wallte in ihm auf. Er ballte die Hände zu Fäusten und unterdrückte ein Knurren, das ihm tief in der Kehle saß. »Das hätte ich nicht.« Dakota spürte Tränen in seinen Augen aufwallen und doch wusste er nicht, wohin mit seinen Gefühlen. »Niemals hätte ich dich verraten oder dein Leben gefährdet, du Idiot.«

Er wusste es wieder. Wusste alles wieder. Er wollte für Bane da sein, aber er brach zusammen unter der Last seiner Erinnerungen, die ihm den Atem raubten. Jetzt wusste er auch, was an ihm gezogen hatte. Es musste seine wahre Gestalt sein, die er nun endlich kannte. Honigbraune Augen, in die er nun so viel Liebe für seinen besten Freund legte, um ihm zu zeigen, dass die Welt nicht schwarz und weiß war. Sondern in allen Farben des Regenbogens erstrahlte.

Henry kniff die Augen zusammen und betete inständig zu allen Göttern, Bane möge doch endlich aufsehen. Er möge in ihm die Wahrheit erkennen und sehen, dass seine Mission von Anfang an der einzig richtige Weg gewesen war.

›Was –‹ Banes Blick war tränenverschleiert und ungläubig, als er über Dakotas Züge flog.

Vielleicht dachte er, sein geplagter Geist spielte ihm einen letzten Streich, bevor er sich für immer verabschiedete.

»Ich … Ich wusste es nicht«, versuchte Henry zu sagen. »Ich … meine Erinnerung.«

Behutsam streifte Bane seinen Mantel ab, bevor er ihn zusammenrollte und Florence unter den Kopf legte. Es fühlte sich an wie eine Ewigkeit, in der er damit beschäftigt war, bevor er sich erhob und Henry tief in die Augen sah.

›Bist du es wirklich? Spielt mir mein Verstand einen Streich? Oder stehst du wirklich vor mir?‹

Henry versuchte, den Klumpen in seinem Hals hinunterzuschlucken. »Ich bin es wirklich. Ich … als der Dämon versucht hat, Cassandra vor den Menschen zu retten, hat er das halbe Haus in die Luft gejagt. Er hätte ja nicht wissen können, dass ich in eurem Namen unterwegs war.« Henry seufzte schwer. »Irgendwie muss ich dabei gegen die Wand geknallt sein und mein Gedächtnis verloren haben. Als ich aufwachte, war ich in diesem Keller gefangen und –« Er wusste, dass er nicht weitersprechen musste, denn den Rest der Geschichte kannte Bane bereits.

›Das erklärt, warum du mich Banurr genannt hast. Seit Langem hat mich niemand mehr so genannt. So lange schon …‹

Dann wurde Henry in eine Umarmung gezogen, die ihm die Luft aus den Lungen presste, doch er erwiderte sie mindestens genauso heftig.

›Gerade als ich mir eine Gebärde für deinen Namen zurecht gelegt habe.‹

So musste sich die Natur fühlen, wenn es nach langer Zeit der Trockenheit endlich regnete. Erlöst ließ sich Henry in die Umarmung Banes fallen und es war ihm, als hätte er ihn zum ersten Mal seit Langem gesehen.

»Bane …«

Tränen, die er bis dahin nie geweint hatte, weil sie ihm albern vorgekommen waren, flossen mit einem Mal über seine Wangen und es fühlte sich an wie eine Befreiung. Er weinte, weil er sich erinnerte, er weinte, weil er sich nicht erinnert hatte und er weinte, weil er das, was er verloren geglaubt hatte, endlich wiedergefunden hatte. Auch wenn es nicht das war, was er gedacht hatte.

Unter keinen Umständen durfte er zulassen, dass Bane seine Mission aufgab. Niemals! Dieser wunderbare, unerschütterliche Mann war alles, was die Magischen und Menschen benötigten, um friedlich miteinander leben zu können. Und doch … Florence' Tod hatte ihn erschüttert und es war an ihm, Henry, ihm in dieser dunklen Stunde beizustehen, bevor sie gemeinsam für ihre Sache eintraten und den Schatten Einhalt geboten.

»Du kannst sie mir ja immer noch zeigen.« Er lachte und spürte, dass die Wolken in seinem Verstand dadurch ein wenig aufbrachen. Die Sonne strahlte hindurch, auch wenn der Boden noch völlig durchnässt war.

Als die beiden sich voneinander lösten, sahen sie sich für einen Moment bloß an. Als hätten sie das für eine lange Zeit nicht getan. Doch das entsprach auch der Wahrheit, zumindest irgendwie.

Bane blinzelte eine Träne weg und ballte die Hände vor seinem Solarplexus zu Fäusten. Der Zeigefinger der oberen Faust war gekrümmt, der andere zeigte geradeaus. Dann schlug er mit der oberen auf die untere, bevor sie im Uhrzeigersinn die Plätze tauschten und sich nochmals anschlugen. ›Verwandlung.‹

»Als hättest du gewusst, dass das passiert.« Ein weiteres Lachen entwich Henrys Kehle und dieses Mal erfasste es auch Bane.

Da sahen sie Sosanna an der Ecke stehen, an ihrer Hand Cassandra. Das Einhorn nahm sich zusammen, auch wenn man an ihrer Körperhaltung erkennen konnte, dass sie nicht glauben konnte, was sie da sah. Der Blick aus geweiteten Augen flog zwischen den beiden und Florence umher, während es wirkte, als würde sie die Hand der kleinen Hexe etwas fester drücken.

Cassandra indes weinte Sturzbäche. Sie sah so aus, wie Bane sich innerlich fühlen musste.

Bevor einer von ihnen etwas sagen konnte, blieb Sosannas Blick an dem Gestaltwandler hängen.

»Henry …« Sie verlor den Griff um Cassandras Hand und zitterte nun mehr als zuvor. Und plötzlich stürzte sie auf ihn zu, krachte in ihn hinein und schlang ihre Arme um ihn wie eine Ertrinkende. »Henry …« Der Schrei, der sich aus ihrer Kehle löste, war einer, den niemand von ihnen gedacht hätte, je zu hören. Kehlig, rau und gar nicht passend zu ihrer filigranen, lichtgleichen Gestalt, die sich weinend an seine Brust lehnte und sein Hemd mit ihren Tränen befeuchtete. »Henry … D-du lebst.«

Er streichelte ihr sanft über den Rücken. »Lange Geschichte … 'n paar Finger dabei verloren.« Doch auch ihm waren die Tränen gekommen.

Als er noch Dakota gewesen war, hatte er sich nicht so gut mit ihr verstanden, jetzt vermutete er, zu wissen, warum. Vielleicht hatte er ihr das Gefühl gegeben, Henry zu ersetzen. Nun aber, da er sich erinnerte, erinnerte er sich auch an die vielen schönen Stunden, in denen er mit dem Einhorn und Bane gelacht hatte. Eine Bande, Freunde fürs Leben. Und darüber hinaus.

›Ich werde mich darum kümmern‹, brummte Bane und wies mit einem Kopfnicken auf Henrys Hand.

Sosanna, die sich von ihm losgemacht hatte und nachsehen wollte, was Bane meinte, zog die Brauen in die Höhe und legte ihre Stirn in Falten. »Das sieht ja furchtbar aus, was –«

»Nicht der Rede wert. Kann man jetzt sowieso nicht mehr ändern«, erwiderte Henry locker, aber ihm war klar, dass ihn das hier einschränken würde.

›Ich sagte, ich kümmere mich darum‹, wiederholte Bane und

wirkte beinah ein wenig verärgert, doch ein Blick auf Florence aus dem Augenwinkel genügte, um ihn wieder verstummen zu lassen.

Bevor Henry oder Sosanna etwas erwidern konnten, wurden sie von einer verloren aussehenden Gestalt unterbrochen, die sich im Schatten eines Baumes am Platz aufhielt.

»Bane ... Wer ist das?«, fragte Cassandra schüchtern. Sie stand nahe an Leo und blickte zu ihnen herüber. In ihrem Blick lag etwas so Verletzliches, dass es Henry beinah das Herz brach.

Er schob sich zur Seite und sah Bane an, der die Fassung wiedererlangt hatte. Der Anführer der Dunklen Klaue setzte sich – nach einem letzten Blick auf Florence, die dalag, als würde sie schlafen – in Bewegung und ging auf Cassandra zu. ›Ich möchte, dass du jemanden kennenlernst, der mir sehr wichtig ist.‹

Bane musste sich nicht nach ihm umsehen, Henry wusste, dass er ihm folgen sollte, wenn er sich auch zögerlich näherte. Das Mädchen kannte ihn schließlich als Dakota, nicht als der, der er wirklich war.

Cassandra blieb stumm und sah den beiden Männern zu, während sie näherkamen.

›Das ist Henry.‹

Ihre Augen wurden tellergroß. »*Der* Henry?«

Beinah hätte er laut losgelacht.

›Ja ... Er–‹

»Ist das ein Zauber? Wenn ja, dann ist das ein sehr, sehr guter, Bane!«, lobte sie ihn und ging um Henry herum. Sie begutachtete ihn, ließ ihn nicht aus den Augen. Als sie ihn einmal umrundet hatte, wandte sie sich wieder an Bane. »Kein Zauber. Ist er ... Ist er es wirklich? Hast du nicht gesagt, er ist ...« Ihre Augen flogen erneut Florence zu.

Vielleicht hatte Henry sich täuschen lassen, er hatte gedacht, dass das Mädchen darüber vergessen hatte. Aber das hatte sie nicht und ein Aufwallen der Tränen in ihren Augen bestätigte es ihm.

»Warum muss das alles so schwer sein? Warum könnt ihr nicht ewig leben? Muss ich euch eines Tages auch ...?« Bei dem Gedanken brach sie in ein Schluchzen aus, dass sogar die Feuerwehrmänner besorgt herübersahen.

»Sch, sch …« Henry und Bane waren gleichzeitig auf sie zugestürmt und hatten sie in eine enge Umarmung gezogen. Das Knäuel an Magischen wäre beinah umgefallen, als Leo sich sehr umständlich um sie schlang. Henry fühlte den warmen Atem des Tieres auf seiner Stirn, bevor es begann, Cassandra über den Kopf zu lecken und Raubtieratem zu verströmen.

›Henry war die ganze Zeit bei uns …‹

»Bane, das hast du geträumt, weil du ihn so vermisst hast«, erwiderte Cassandra und drückte ihren kleinen Kopf etwas an Bane, als wollte sie ihm zeigen, dass es ihr egal war, dass er vielleicht ein wenig verrückt war. Dass sie ihn trotzdem liebhatte.

›Henry ist …‹

Dieser legte Bane eine Hand, der drei Finger fehlten, auf die Schulter und schenkte ihm ein Lächeln. »Ich glaube, ich sollte es ihr vielleicht zeigen.«

Für einen Moment wandelte er sich in beide Gestalten, die ihm in den letzten Monaten Sicherheit gegeben hatten. Die Gestalten, die ihn davon abgehalten hatten, völlig verrückt zu werden, weil er nicht gewusst hatte, wer er war. Und nun war es, als würde er alte Freunde ansehen, mit denen ihn nicht länger etwas verband. Oder Kleidung, aus der er herausgewachsen war, sie aber immer noch mit einem melancholischen Gefühl der Nostalgie betrachtete. Als würde er durch den Schleier sehen auf ein altes Leben, das nichts mehr mit ihm zu tun hatte.

»Aber, das ist doch …« Cassandra sah von Henry zurück zu Bane. »Sosanna, schau mal!«

Ein Blick auf sie genügte, um zu wissen, dass sie verstanden hatte.

›Er war immer da.‹ Bane biss sich auf die Unterlippe. ›Immer.‹

Die kleine Hexe fuhr sich mit dem Ärmel über ihr tränennasses Gesicht.

»Was passiert jetzt?« Sie sah ihm tief in die Augen und riskierte einen weiteren, flüchtigen Blick auf Florence. »Sie schläft nicht, nicht wahr?«

Bane schüttelte den Kopf und konnte die Tränen nicht länger zurückhalten. ›Ich habe alles versucht. Ich –‹

»Das war nicht deine Schuld.«

›Ich konnte sie nicht retten. Ich hätte sie mit mir nehmen sollen, als ich die Gelegenheit dazu hatte.‹

Cassandras kleine Hände griffen nach Banes Kragen und zogen ihn etwas zu ihr herunter. Als ihre Augen auf selber Höhe waren, sprach sie plötzlich mit einer viel zu tiefen Stimme. »Glaubst du im Ernst, sie hätte sich von dir mitnehmen lassen, wenn sie es nicht wollte? Bist du wirklich so dämlich oder gibst du dir nur gern die Schuld für etwas, das du nicht kontrollieren konntest, weil du dich unbedeutend und klein fühlst, wenn die Last der Welt nicht auf deinen Schultern ruht?«

»Naheniel!«, brüllten Henry und Sosanna gleichzeitig.

›Er hat schon irgendwie recht‹, warf Bane ein und straffte die Schultern. ›Aber –‹

»Nichts aber!«, mahnte nun wieder Cassandra. »Du passt immer auf alle auf. Jetzt ist es an der Zeit, dass wir auf dich aufpassen, Bane.«

»Ich hab zwar keinen Bock, ständig auf einen erwachsenen Mann achtzugeben, aber ich werde dich bei jeder sich bietenden Gelegenheit zur Ordnung rufen.«

›Kann mir vorstellen, dass dir das gefällt.‹

»Du weißt gar nicht, wie sehr.«

Doch auch Henry wusste, welch diebische Freude es dem Dämon bereiten musste, den Anführer der Dunklen Klaue zu rügen.

»Jetzt kümmert ihr euch erst einmal darum, hier wegzukommen. Die schauen schon ganz komisch.« Cassandras Kopf wandte sich um und nahm die Männer ins Visier. »Keine Lust, mich mit denen zu beschäftigen.«

Henry konnte sich vorstellen, was der Dämon damit meinte, und erinnerte sich – nun tatsächlich – gut genug an den Moment, als sein Hinterkopf den harten Stein der Mauer geküsst hatte, als Naheniel das halbe Wohnzimmer in die Luft gejagt hatte.

›Mhm‹, machte Bane, dem offenbar gerade klar wurde, was das hieß.

»Wir sind für dich da.« Henry griff nach seiner Hand und drückte sie sanft.

›Wir werden zurück ans Portal müssen.‹

»Können wir uns nicht einfach zur Ruhe setzen und sie ihren Scheiß regeln lassen?« Naheniel fühlte sich mittlerweile recht wohl in der Gruppe, aber das hieß nicht, dass er mit Cassandras Mund fluchen durfte, wie es ihm einfiel.

»He! Hier wird nicht geflucht, verdammt!« Henry erkannte wohl im selben Moment wie der Dämon, dass er sich genauso wenig daran gehalten hatte.

›Ruhe jetzt. Die Regentin muss erfahren, was Locksmith getan hat.‹ Bane ballte die Hände zu Fäusten. Dort, wo der Geheimgang endete, hatte er Florence ein Grab ausgehoben. Sie blickte über den Fluss hinaus in die Felder, thronte im Gras über dem Wasser und er hatte das Gefühl, dass sie den Ort wertgeschätzt hätte. Trotzdem verdrängte er es, dass sie nicht da war. Manches Mal erwischte er sich selbst dabei, wie er etwas sagen wollte, bis er abbrach, weil sie nicht mehr bei ihnen war. Zumindest nicht in Fleisch und Blut, sondern nur als Erinnerung, ein Gefühl, das er für immer im Herzen tragen würde.

Und doch war die Welt um ihn herum still geworden. Jegliches vertraute Geräusch plätscherte nur noch hohl an sein Ohr und meistens bemerkte er nicht einmal das.

Florence war nicht mehr da und er fragte sich, was er ohne ihr Lachen tun sollte. Diese Stille, die doch so sehr von Tönen erfüllt war, schien unerträglich. Selbst wenn Henry zurück war und er sich freuen wollte, aber Florence zu verlieren brachte so viel Dunkelheit in seine Welt …

»Muss sie das denn wirklich?«, wollte Henry wissen und riss ihn aus seinen Gedanken. »Jetzt, da ich mich wieder erinnere, kenne ich sie nicht nur als Dakota, sondern auch als … na ja, ich und …«

Bane wusste, warum Henry so herumdruckste. Als er noch ein Mensch gewesen war, hatte die Regentin nichts als ein verächtliches Nasenrümpfen für ihn übriggehabt. Und das, obwohl Henry einer der einzigen Menschen war, der für die Sache der Magischen eingestanden war und am Ende sogar mit seinem Leben bezahlt hatte.

›Ich will wissen, was sie dazu sagt. Ich will wissen, wie sie reagiert.‹ Aber im Grunde seines Herzens wusste er, dass ihn etwas Anderes antrieb. Denn er vermutete etwas, das er den anderen gegenüber nicht laut aussprechen würde. Doch so, wie Sosanna ihn ansah, dachte sie wohl dasselbe. Sie nickte.

»Dann lasst uns keine Zeit verlieren.« Das Einhorn erhob sich. »Wie wollen wir ans Portal kommen?«

Bane seufzte innerlich, denn sie alle wussten genau, dass die Regentin ihnen den Zugang öffnen musste. Er streckte sich und hörte zufrieden ein Knacken. ›Ich habe sie bereits über eine Notiz benachrichtigt, jetzt können wir nur warten.‹ Mehr sagte er nicht dazu. Er wedelte nur mit einem Ulmenblatt herum, das merkwürdig glühte. Die tiefschwarze Schrift darauf verschwand bereits langsam und hinterließ ein leeres Blatt.

Warten also. Gerade das bereitete ihm Bauchschmerzen. Wenn sich seine Vermutung bewahrheitete, dann musste er handeln. Und zwar sofort.

Und da öffnete sich die Welt vor ihnen, der Horizont bekam einen kleinen Riss, der immer größer wurde. Kühle Luft strömte daraus hervor und sie konnten eine Stimme hören, die sie zu sich rief. Kalt, grausam und doch voller Erwartungen.

Bane stellten sich die Haare im Nacken auf. Etwas tief in ihm drin schrie, bettelte und flehte, dass er seine Bande packen und laufen sollte, so weit sie ihre Füße trugen. Weit weg von diesem Ort, der sich gerade vor ihnen öffnete, als wäre es das Paradies selbst. Doch er kämpfte seine Impulse nieder, denn er benötigte Antworten, die er nur am Portal finden würde und nirgends sonst auf der Welt. Wenn er nun dem Portal und seiner Magie den Rücken kehrte, würde er nie wissen …

»Kommt«, lockte die Stimme erneut.

Auch wenn es selbstsüchtig war, diese Antworten war er Florence schuldig, die nun für immer über den Fluss blicken würde, dem Sonnenaufgang entgegen. Florence, die er nicht retten hatte können.

Bane wandte sich zu seiner Bande um.

Cassandra stand noch ihr ganzes Leben bevor. Für sie würde er kämpfen. Für sie und Naheniel, der mehr war als nur der Plagegeist, als der er sich immer präsentiert hatte. Er passte auf sie auf, wenn Bane es nicht konnte, und dafür war er ihm endlos dankbar.

Leo, der seiner Cassandra immer ein wunderbarer Freund gewesen war und seinen Platz in der Bande mehr als verdient hatte, auch wenn er manchmal tollpatschig war. Die Raubkatze schien sich gerade um einen ernsten Gesichtsausdruck zu bemühen, als wüsste sie schon, was sie erwartete.

Sosanna hatte endlich ihren Hass auf die Menschen begraben. Oder zumindest ein klein wenig zugeschüttet. Und das war so viel mehr, als er sich je erhofft hatte. Vielleicht hatte er ihr dadurch ihre Ziele genommen, denn das war es schließlich, was sie immer gewollt hatte. Sich mithilfe der Artefakte an den Menschen rächen. Aber vielleicht hatte er ihr gezeigt, dass es mehr im Leben gab und nicht alle so waren wie die, die sie kennengelernt hatte.

Zuletzt blieb sein Blick an Henry hängen. Seinem Henry. Dem sein Herz so lange nachgeweint hatte, bis es vor Schmerz nichts mehr anderes wusste, als sich zu verschließen. Vor allem und allen. Hätte er die anderen Mitglieder der Dunklen Klaue näher an sich herangelassen, wenn er gewusst hätte, dass Henry am Leben war? Hätte er eine innigere Freundschaft mit Dakota geschlossen, der ihm anfangs suspekt gewesen war? Oder hätte all das nichts daran verändert, wäre schlussendlich doch alles so gekommen, wie es gekommen war, damit er nun, ohne Florence und mit diesem scheußlichen Loch in seinem Herzen diesen schweren Gang antreten musste? Zurück ans Portal, zurück zur Regentin, um Antworten zu erhalten, die ihm das Herz vielleicht noch mehr in Fetzen reißen würden? Er wusste es nicht, aber im Grunde genommen machte es keinen Unterschied.

Sie alle waren an seiner Seite. Die Dunkle Klaue bis ans Ende ihrer Tage. Und wenn es näher war, als er es sich wünschte, würde er alles daran setzen, dass sie heil dort raus kamen. Er würde sie retten, so wie er sich gewünscht hätte, dass er Florence retten hätte können.

Bane wandte sich wieder dem Leuchten des Portals zu. Dieses Mal war es nicht einladend, mit seinen verspielten Lichtreflexen, die über die satten grünen und blauen Schemen hüpften, um einen wunderschönen Takt zu kreieren, der alle in seinen Bann zog. Dieses Mal spürte er eine eigenartige Gänsehaut, die ihn mahnte, wachsam zu bleiben.

›Bleibt dicht bei mir.‹

Er musste sich nicht umdrehen, um zu wissen, dass die anderen Bandenmitglieder zustimmten. Sie mussten die Veränderung der Magie ebenso spüren wie er.

27

»Kommt«, lockte die Stimme ein weiteres Mal. Doch es war nicht die Regentin, die sie erwartete, sondern der Skorpionmann Jizar, dem ein spöttisches Grinsen um den Mund waberte. Ohne auf eine Antwort zu warten, wandte er sich um und nahm den Weg nach draußen.

Irgendetwas an seinen Schritten ließ Banes Alarmglocken schrillen, irgendwas … Was war es nur? Er konnte den Finger nicht darauf halten, was es war, aber irgendetwas an all dem hier war falsch, so unendlich falsch.

War Jizar überhaupt aufgefallen, dass es nicht Dakota war, den er vor einiger Zeit noch für seine Bande gewinnen wollte, sondern Henry, der nun hinter ihm als Teil der Dunklen Klaue schritt? Oder war es ihm schlichtweg egal, weil sie alle bloß Schachfiguren im Spiel der Regentin waren und er sich anders als Bane damit abgefunden hatte? Nicht nur gegen Locksmith, sondern gegen sie alle, deren Ende die Regentin sehnlicher herbeiwünschte als alles andere.

Bane wandte sich um. Die Klaue folgte ihnen mit angespannten, ernsten Mienen. Für sie würde er in den Tod gehen, wenn es sein musste.

Sein Blick flog wieder dem Rücken Jizars zu, der sie durch das Haus nach draußen führte. Er hatte keinen Plan, denn er wusste nicht, was ihn erwartete.

»Wart ihr erfolgreich?« Die Stimme des Skorpionmanns schnitt durch die Stille, die nicht einmal die Spiegel durchbrachen. Alles schien in einer eigenartigen, zornigen Schweigsamkeit da zu liegen, um der Klaue ihren Platz zu zeigen.

›Ich denke, dass ich diese Angelegenheit mit der Regentin, nicht aber mit dir –‹ Er brach ab, als er merkte, dass er zu jemandem sprach, der seine Gedanken ohnehin nicht hören konnte. Nur seiner Bande und der Regentin hatte er einen Transmitter gegeben. Weil sie ihn brauchten. Ihnen und Florence.

Florence … Selbst der Gedanke daran schien ihn in dieses dunkle Loch ziehen zu wollen, das sich in seiner Brust aufgetan hatte.

»Wir wollen die Geschichte ungern mehrmals erzählen, die Reise war anstrengend. Bitte, sieh es uns nach, dass wir erst darüber reden werden, sobald wir der Regentin gegenüberstehen«, sagte nun Sosanna und Bane wandte sich überrascht zu ihr um.

In ihrem Blick erkannte er, dass sie verstanden hatte, worauf sie zusteuerten. Und als sie Cassandras Hand drückte, die durch ein langes Einatmen ankündigte, dass sie etwas sagen wollte, brachte sie auch diese davon ab.

Banes Aufmerksamkeit richtete sich auf Henry, der stumm hinter den beiden herging und mit Leo das Ende ihres kleinen Zugs bildete. Keinen Moment konnte er seinen besten Freund mit der gleichgültigen, beinah schon müden Miene täuschen. Er hatte die Umgebung genau im Blick, ebenso wie Leo, dessen Ohren gespitzt waren, während er schnüffelte.

Beinah mit einer lodernden Befriedigung stellte Bane fest, dass sich Jizar damit zufriedengeben musste, nichts von ihnen zu erfahren.

Draußen war die Stimmung noch schlimmer als drinnen im Haus. Beinah hätte sich Bane wieder zurück in die kühle Unnahbarkeit des Häuschens gewünscht, aus dem sie gerade getreten waren. Doch unbarmherzig schlug die rote Tür hinter ihnen zu, als würde sie ihnen nicht mehr gestatten, aus dem Reich am Portal zu entkommen.

Eine Gänsehaut strich über Banes Rücken und erinnerte ihn daran, dass er vorsichtig sein musste, mehr als sonst.

»Man erzählt sich viel, müsst ihr wissen«, ergriff Jizar wieder das Wort und in seiner Stimme schwang ein grausames Lächeln mit. »Von eurer letzten Mission. Und darüber, wie ihr gescheitert seid.«

Bane ballte die Hände zu Fäusten. Sie waren nicht gescheitert, trotzdem hatten sie es nicht geschafft, unschuldige Leben zu retten. Wie das von Florence. Wie das seiner Seele, die mit ihrem Tod einen Teil ihres überirdischen Glanzes verloren hatte. Er fühlte es, tief in sich drin. Dumpf pochte das Wissen, dass er sie nicht retten hatte können, immerfort in jeder wachen und ruhenden Stunde an seinen Geist und verfolgte ihn. Wann hatte er das letzte Mal richtig geschlafen?

Erst da bemerkte er, dass seine Bandenmitglieder enger an ihn herangetreten waren. Cassandra umfasste mit ihrer freien Hand die seine und drückte sie. Das Lächeln, das sie ihm zuwarf, als sie zu ihm aufsah, vertrieb die dunklen Schatten ein wenig.

Von links hatte sich ihm Henry genähert, der ihm die Hand auf die Schulter legte.

Banes Blick schweifte über Sosanna, die ihm ein herausforderndes Grinsen schenkte. Er wusste, das Einhorn würde für ihre Sache kämpfen bis in den Tod und vielleicht, vielleicht hatte er sie davon überzeugt, dass seine Sache die richtige war. Frieden. Der Anführer der Klaue wünschte es sich so sehr, aber er wollte nicht, dass auch nur eine Person noch dafür starb. Wenn, dann würde er sie alle retten.

Schließlich sah er Henry an, der ihm ein schiefes Lächeln zeigte. Es gab so vieles, das er ihm sagen musste, aber er wusste nicht, wie viel Zeit ihm bleiben würde. Ob überhaupt noch Zeit dafür war. Vielleicht ahnte Henry ohnehin, was in ihm vorging.

Wie als eine Antwort auf seine Gedanken nickte der Mann, den er so lange vermisst hatte.

»Was erzählt man sich denn sonst noch?« Henry wandte den Kopf wieder nach vorn. »Etwa, wie krass selbst unser jüngstes Mitglied im Vergleich zu allen anderen hier ist? Erzählt ihr euch neidvoll am Feuer von unseren Heldentaten?«

Der Bastard wollte Jizar erzürnen und Bane konnte sich gerade noch davon abhalten, dass er wie ein Blöder grinste, als der Skorpionmann zu ihnen umfuhr.

»Ihr habt ja wohl keine Ahnung, in welcher Scheiße ihr steckt, ihr –«

»Hey, vor unserer Kleinen wird nicht geflucht!«, knurrte Henry und sein Griff auf Banes Schulter verkrampfte sich. »Halt dich besser zurück.«

Augenrollend drehte er sich wieder nach vorn. Zum Teil hatte ihm Jizar seine Vermutungen bestätigt. Wie tief sie im Schlamassel steckten, würde sich noch zeigen.

›Ich will, dass ihr mir jetzt genau zuhört. Keine Fragen, schaut drein wie immer.‹

›Bane, das macht mir Angst.‹ Schon lange hatte Sosanna nicht mehr nur in Gedanken zu ihm gesprochen, auch wenn sie es gekonnt hätte. Der flehende Ton, der in ihrer Stimme lag, zeigte ihm, dass er tun musste, was er vorhatte.

›Es könnte gleich sehr ungemütlich da oben werden. Ihr vertraut mir, richtig?‹

Beinahe unmerklich nickten sie alle.

Er wünschte, er hätte einen autoritäreren Klang in seiner Stimme zustande bekommen, doch als er sich wieder zu Wort meldete, lag offene Sorge darin. ›Ich weiß nicht, was die Regentin vorhat, aber sie wird uns möglicherweise für unser zweites Vergehen in so kurzer Zeit bestrafen. Ich will, dass ihr Cassandra und Leo in Sicherheit bringt, denn wenn einer dafür geradestehen wird, werde ich das sein. Schaut nicht zurück. Geht zu unserer Höhle und wartet dort auf mich. Wenn ich nicht wiederkehre …‹

Er musste das nicht zu Ende sprechen, schließlich war es nicht lange her, dass er fast dieselben Worte an sie gerichtet hatte.

Jizar führte sie auf die Plattform, auf der Dakota – vor einer Ewigkeit, wie es schien – als Mitglied der Dunklen Klaue eingeschworen worden war. Als die Regentin unmissverständlich klargemacht hatte, dass die oberste Loyalität ihr galt, niemandem sonst.

Bane ballte die Hände so fest, dass er spürte, wie sich seine Fingernägel durch die oberste Hautschicht gruben. Erst, als er etwas Warmes, Nasses fühlte, hörte er auf. Nein.

»Nein …« Atemlos. Ja, so hätte man die Stimme der Regentin beschreiben können. Ein Raunen ging durch die Menge, als sie erkannten, warum.

Als die Dunkle Klaue das Podest betrat, trug die Regentin zum ersten Mal, seit Bane sie kannte, einen roten Umhang. Nicht, dass daran generell etwas seltsam gewesen wäre, aber er hatte sie bislang stets in Grün- und Brauntönen zu Gesicht bekommen, den Farben ihrer Heimat, den Farben des Waldes, in dem sie geboren worden war, wie sie immer sagte. Nun aber erinnerte wenig an die stolze Elfe aus dem Buchenhain. Heute war sie gekleidet wie eine Kriegerin. Und viel zu schmerzlich ließ ihn diese Farbe an Florence denken. Beinah hätte er sich umgedreht, in der Hoffnung, sie an seiner Seite zu wissen. Doch bevor er sich bewegte, hinderte ihn das schmerzhafte Stechen in seiner Brust daran, weil es ihn erinnerte, dass manche Dinge nicht ewig währten.

»Willkommen zu Hause.« Sie hatte die Frechheit, die Arme auszubreiten. Henry hier willkommen zu heißen mit dieser fröhlichen Miene, die so gar nicht dem entsprach, was sie bislang immer über ihn gedacht hatte. Ihre kalten Augen waren auf ihn gerichtet und beobachteten jede seiner Bewegungen. Bane wunderte es nicht, schließlich erkannte sie die Magie in ihm. »Ich hätte nicht gedacht, dass ein Mensch Magie in sich finden würde.«

Die anderen tuschelten. Ihre Gespräche schwollen zu einem lauten Summen an, das die Regentin mit bloß einem einzigen Blick sterben ließ. Dann wandte sie sich wieder der Klaue zu, während Jizar seinen Platz in den Reihen hinter ihr suchte.

»Ich nehme an, dass ein Mitglied fehlt, heißt …«

Bane machte sich keine falschen Hoffnungen. Sie war nicht planlos, sie wusste genau, was passiert war, doch wollte sie, dass alle es hörten. Wollte vielleicht, dass sie alle hörten, welch grausame Dinge Henry dazu veranlasst hatten, nach einer uralten Macht zu greifen, die ihn rettete und zu etwas machte, das er selbst nicht verstand.

»Das heißt, dass die Magie des Portals in der Stunde zu mir gekommen ist, in der ich sie am notwendigsten gebraucht habe.

Henry, Dakota, Mensch, nennt mich, wie ihr wollt. Das Portal zeigt Güte, auch den Menschen, denn es weiß, dass der einzige Weg für uns alle ist, miteinander zu leben und einander zu helfen.« Henrys Stimme war beherrscht und ruhig und doch war es, als hätte er seine Worte über die Plattform hinaus in den dunkler werdenden Wald gebrüllt. »Das Portal steht hinter Bane. Hinter dem Frieden.«

In den Augen der Regentin regte sich etwas Gefährliches, sodass Bane sich unwillkürlich vor Cassandra schob.

»Elendiger Verräter. Maße dir nicht an, für das Portal zu sprechen! Menschen haben Magische seit jeher versklavt und sie umgebracht, wenn ihnen der Sinn danach stand. Warum sollten wir mit diesem Abschaum gemeinsame Sache machen? Warum sollten wir uns freiwillig zurück in ihre Gefangenschaft begeben?« Die Regentin war noch immer beherrscht, aber ihre Miene zeugte davon, dass es nicht mehr lange dauern würde, bis sie ihre Macht entfesselte. Und wer konnte schon ahnen, was dann passieren würde?

»Ja, Menschen haben Magische umgebracht. Aber Magische haben auch Menschen umgebracht.«

Ein abfälliges Schnauben ging durch die Menge, bevor die Elfe noch ein wenig kälter erwiderte: »Wortklauberei. Wir haben uns gerächt für ihre Untaten. Sie hatten Angst vor uns, Angst vor unserer Macht, und haben alles daran gesetzt, uns zu übertrumpfen und uns unseres Vorteils zu berauben.«

»Nicht alle sind so.«

Ihr Blick legte sich nun auf Bane. »Diejenigen, die den Gasthof deiner kleinen Gespielin niedergebrannt haben, auch nicht?«

Ein Zucken durchlief Bane. Hass, unbändiger Hass loderte in ihm auf und doch weigerte sich sein Geist, auf ihre Provokation einzugehen. Es waren nicht alle Menschen. Nicht alle. Und dann war da noch der Schmerz, der über ihn hinweg brauste wie ein Wasserfall, der ihn mit feinem Sprühnebel überzog, um ihm jede Sekunde vor Augen zu führen, was er verloren hatte und nie wiederkehren würde.

Etwas in seiner Brust zog an einen Ort, den er nicht erreichen würde, nicht einmal mit Magie. Das Band, das ihn mit Florence verwoben hatte, zerrte an ihm.

›Wer auch immer dafür verantwortlich war –‹

»Deine Macht reicht nicht aus, um dein Wort an alle hier zu richten. Wie, frage ich, wie willst du je die Stimme des Friedens werden, wenn du es nicht einmal zustande bringst, die wenigen hier versammelten Magischen von deiner Sache zu überzeugen?«, wollte sie spöttisch wissen und wandte sich nach den anderen um, die nur zögerlich in ihr höhnisches, hohes Lachen einstimmten.

»Seine Macht hat ausgereicht, um die Flammen meines Hasses auf die Menschen zu löschen.« Sosanna trat einen Schritt vor, wohl auch, um Cassandra von der anderen Seite ein wenig besser zu schützen.

Der Anführer der Klaue sah das Einhorn an, das im Zwielicht des Portals immer schon am schönsten gewesen war. Vielleicht war es ihre überirdische Magie, die hier noch stärker war. Vielleicht aber waren es ihre Worte, die ihn zum ersten Mal wahrlich ihre Schönheit sehen ließ.

Florence wäre stolz auf ihn. Auch wenn es nicht viele waren, die er überzeugt hatte, aber er hatte etwas bewegt. Für einen Moment fühlte es sich so an, als würde sie seine Hand halten und mit ihren schlanken Fingern sanft darüber streicheln. Sie war hier, bei ihm, auch wenn sie es nicht war.

»Ich habe meine Vergangenheit und das, was mir passiert ist, endlich akzeptiert und konnte ihnen vergeben. Und das nur wegen Bane.« Cassandra streckte den Kopf zwischen ihnen beiden nach vorn und funkelte die Regentin böse an. »Bane ist ein wunderbarer Anführer!«

Wie stolz er auf sie war. Sie war so tapfer, so mutig …

»Ich will hier zwar keine ellenlange Liste an Dingen führen, die Bane richtiggemacht hat, weil er immer noch ein ziemlich abgebrühter Bast-«

»Naheniel!«, brüllten ihm alle Mitglieder der Klaue entgegen. »Keine Flüche!«

»Basstubaspieler ist – meine Güte, lasst mich doch mal ausreden … Jedenfalls habe ich endlich erfahren, was Akzeptanz ist. Etwas, das ihr alle hier in all den Jahren noch nicht zustande gebracht habt für ein Wesen, das so ist wie ich.«

Einige der Wesen, die ihm vielleicht ähnlicher waren, als er dachte, nickten. Darunter die Banshee, die ihnen bei ihrem letzten Aufeinandertreffen doch eher Probleme gemacht hatte.

»Und du willst jetzt auch noch ein wenig erzählen, was für rührende Dinge Bane für dich gemacht hat, Henry? Oder ist es dir lieber, wenn ich dich Dakota nenne?«, erwiderte die Regentin mit einem angewiderten Blick in ihrem steinernen Gesicht. Die schönen Züge, die sie sonst zeigte, waren hart geworden. »Wir kennen deine Geschichte. Du und Bane wart immer ein Team. Mensch und Magischer und doch …«

Henry unterbrach sie mit einer unwirschen Geste. »Nein.«

Dass ihr das das selbstgefällige Grinsen aus dem Gesicht wischte, war es allemal wert, dachte sich Bane. Grimmiger Stolz erfüllte ihn. Auch wenn sich schon im nächsten Moment der Hass wieder emporreckte wie der Efeu an den Mauern von Marshwood Castle.

»Nein«, wiederholte Henry. »Was würde es mir bringen, all das noch einmal zu erzählen? Die meisten hier werden sich nicht von bloßen Worten überzeugen lassen. Aber ich glaube, wenn sie auch nur einen Moment darüber nachdenken, werden sie erkennen, dass es auf beiden Seiten Gut und Böse gibt.«

Ein grausames Lächeln spielte um ihren Mund. »Natürlich …« Ihre Augen, die wie die eines wilden Tieres auf Beutezug waren, hefteten sich auf Cassandra. »Die Menschen waren durch und durch gut zu dir, oder nicht? Als sie dich mit deinem kleinen … Anhängsel versehen haben.«

Cassandra, die sich bislang wieder in den Schatten hinter Bane und Sosanna begeben hatte, streckte nun ihren Kopf ein weiteres Mal zwischen den beiden hindurch und blickte der Regentin, ohne zu blinzeln, in die wilden Augen. Bane war so stolz. Sie war so tapfer, nach allem, was ihr widerfahren war, so unsagbar tapfer und gut. »Die Menschen, die mir Naheniel gegeben haben, waren böse.«

Ein Raunen lief durch die Menge und Bane fürchtete, das Mädchen würde die Aufmerksamkeit nicht mehr zurückerlangen. Er wusste, dass er eingreifen musste. Doch bevor er auch nur einen Finger rühren konnte, hatte sie sich zwischen seinen und Sosannas Beinen hindurchgeschoben und ging ein paar Schritte vor.

Da ertönte, unheilschwanger und düster wie ein Sturm, die Stimme des Dämons. »Es war ein Mensch, ein kleiner, unbedeutender Mensch, der helfen wollte. Einer, der sich Zugang zum Haus verschafft hatte und in meine Explosion geriet.« Cassandras Lockenkopf ruckte in die Richtung Henrys, der sich nun verlegen den Nacken rieb. »Als er für die Dunkle Klaue sein Leben in Gefahr brachte, hat es dich auch nicht gekratzt, dass er ein Mensch war.« Seine Augen mussten die Regentin fixieren, denn einige auf der Plattform atmeten bestürzt auf.

Bane unterdrückte ein Grinsen, auch wenn ihm eigentlich gar nicht nach Lachen zumute war.

»Was nimmst du dir heraus, du niedere Kreatur?«

Zu seiner Verwunderung lachte Naheniel und auch Cassandras Kichern mischte sich darunter. »Er hat genauso viel Wert wie ich. Oder du.«

Wie recht sie hatten, aber die Regentin sah das wohl anders.

Bane trat vor und legte ihr eine Hand auf die Schulter.

›Ich bin da.‹ Und er meinte beide von ihnen, was jeder von ihnen auf seine eigene Art quittierte.

»Nicht doch, Bane, lass die beiden doch sprechen.« Der grausame Zug um ihre Mundwinkel verstärkte sich. »Henry war ein guter Mensch, macht das den Dämon zu einem bösen Magischen?«

»Wenn du das glaubst, dann hast du gar nichts verstanden.« Naheniel entfuhr ein Grunzen.

»Ich glaube nicht, ich weiß. Alles.« Ihre Nasenflügel bebten. »Dafür, dass du deine Stimme für die Menschen erheben willst, bist du merkwürdig still, Bane.« Sie faltete die Hände wie zum Gebet und schloss für einen Moment die Augen, wie um ihren Triumph zu feiern. »Aber vielleicht trifft dich auch nur der Tod von Florence härter als erwartet. Schließlich waren es doch deine guten Menschen, die ihr Haus in Brand gesteckt haben und sie dort drin elendiglich verrecken haben lassen.«

Banes Hand ballte sich erneut zu einer Faust, während er um Fassung rang. Was nahm sie sich heraus? Was nahm sich dieses Miststück heraus, so über die Sache zu reden? Er hatte gar nicht bemerkt, wie Leo auf ihn zugetreten war und begonnen hatte, mit seiner rauen Zunge über die Faust zu lecken, um ihn zu besänftigen.

Die Welt um ihn herum bekam plötzlich wieder so viele Geräusche, die an sein Ohr drangen. Nicht hohl, wie zuvor, sondern voller Zorn. Wirbelnder, schäumender Zorn, der nicht nur aus seinem Innersten kam.

Im Blick der Regentin lag so viel. So viel Wissen über alles, was ihn beschäftigte, darüber, was er vielleicht nicht ausgesprochen hatte und in diesem Moment fragte er sich, wie sehr sie seine Gedanken von Anfang an durchschaut hatte. Und vor allem auch so viel Hass und Angst, was er sich nicht erklären konnte. Fürchtete sie, er würde ihr ihren Rang ablaufen? Er wollte nie Anführer einer Bande sein, glaubte sie denn tatsächlich, dass er der gesamten Gilde vorstehen wollte?

Mit einem Mal war sein Geist wie leergefegt. Er hatte sich keine großen Gedanken darüber gemacht, was er sagen wollte, denn für gewöhnlich fiel ihm immer etwas ein. Doch dieses Mal …

Da fragte Cassandra, dieses unschuldige, wunderbare Kind: »Woher weißt du von Florence? Wir wollten dir doch alles erst erzählen …« Ein weiteres Mal streckte sie ihren kleinen Lockenkopf hervor und sah die Regentin ohne zu blinzeln an.

»Ich weiß *alles*«, wiederholte diese und ein Schaudern ging durch die Menge.

Sie hatte zwar Macht, aber sie war nur eine Elfe. Egal, welche Mythen sie um sich selbst rankte, sie war trotz allem nur eine Magische, keine Göttin.

Und da kam Bane ein Gedanke. Ein widerlicher, stinkender, alles verschlingender Gedanke. Es war ihm nicht recht, dass er sich dafür an die kleine Hexe wenden musste. Aber er musste es einfach wissen. Er wandte sich an Cassandra und ging vor ihr in die Hocke. Dann legte er Zeigefinger und Mittelfinger auf den Bereich zwischen seinen Augen und malte einen Kreis, bevor er damit auf sie zeigte.

Ein Lächeln traf ihn, denn sie wusste, was er wollte. Ohne darüber nachzudenken, drückte er ihr einen Kuss auf den Scheitel. Vielleicht war es das letzte Mal, dass er ihr zeigen konnte, dass sie für ihn so viel mehr war als nur ein Bandenmitglied. Dass sie alle wie seine Familie geworden waren.

Ihre Augen rollten in den Höhlen zurück, als unter ihren Stirnfransen die Tätowierung ihrer Hexenfamilie zu leuchten begann. »Bane«, sagte sie, ihre Stimme ätherisch und so weit weg, während Tränen aus ihren Augen kullerten. »Bane …« Zum ersten Mal hörte er Angst in ihrer Stimme, Angst um ihn. Vielleicht war es selbstsüchtig gewesen, aber er musste sich verabschieden. Sie schniefte, als er sich zu ihr hinunterbeugte und sie in eine enge Umarmung zog. Er legte alles, was er je sagen wollte, in diese Berührung, als müsste er ihr damit ein letztes Mal zeigen, dass er sie beschützte. Vielleicht war es still auf der Plattform geworden, vielleicht aber blendete er auch nur alle anderen Geräusche aus, außer das unregelmäßige Schluchzen Cassandras. »Hier.«

Bane ließ seinen Blick schweifen. Und da sah er es.

Sie hatte wirklich geglaubt, sie könnte sie davon abhalten, das zu sehen, was sie deutlich erkennbar an ihrem Gürtel trug, wenn auch ihr langer Umhang darübergelegt war?

Jetzt nur keine Eile. Er musste das langsam angehen und blickte seinen Bandenmitgliedern nacheinander in die Augen, bevor er den Kopf schüttelte. Sie sollten ihm nicht nachgehen. Wenn gleich die Hölle los war, mussten sie verschwinden. Und sich irgendwo verstecken. Egal wo.

Dann wandte er sich ab und schritt auf die Regentin zu. Jeder seiner Schritte hallte wider, als wollte das Portal selbst, dass Banes Auftritt noch mehr Eindruck hinterlassen würde. Langsam griff er in seinen Beutel und sah ein weiteres Mal den Magischen vor sich, den man in Marshwood Castle auf ihn gehetzt hatte. Jenen, der so verzweifelt gewesen war, dass er sich lieber töten hatte lassen, als gegen ihn anzutreten, weil er wusste, was geschehen würde, wenn er siegreich war.

Bane drängte den Gedanken beiseite. Jetzt nicht.

Als er vor ihr stand, aktivierte er den Schalter und ließ die Bannkugel fallen.

Er schaffte es gerade noch so aus ihrem Radius heraus, bevor sie die verdutzte Regentin versteinerte. Zufrieden nickte er, denn es hatte auch die vorderste Reihe ihrer Anhänger getroffen, die nun erstarrt mit ansahen, was passierte. Er hatte gewusst, dass er diese Erfindung eines Tages einsetzen musste. Aber er hätte nicht gedacht, dass dieser Tag so schnell kommen würde.

›Cassandra, bitte sag Leo, er soll das Artefakt aus dem Umhang der Regentin holen.‹ Bane wandte sich nicht um. Vielleicht, weil er fürchtete, seine Kraft würde in dem Moment versiegen, in dem er die kleine Hexe wehrlos inmitten all dieser Magischen sah, die eigentlich ihre Verbündeten waren. Als er ein rhythmisches Tapsen hörte, atmete er erleichtert auf.

Auch wenn Leo, der sonst keine Spur von Angst zeigte, mit eingeklappten Ohren an ihm vorbeizog, tat er dennoch, was ihm aufgetragen worden war, und reichte den Spiegel an Bane weiter.

Ich weiß nicht, ob du so funktionierst, wie ich es von dir erwarte, aber –

»Haltet ihn auf! Haltet ihn auf und nehmt ihm das Artefakt! Wir haben noch zu wenige, um uns gegen die Menschen zur Wehr zu setzen! Niemals darf er es haben, er will es, um uns alle zu vernichten! Dieser elende Verräter!«, kreischte die Stimme der Regentin.

›Ich weiß nicht, wie du funktionierst. Die Regentin untersucht die Artefakte schließlich immer allein auf ihre Magie und die Art der Nutzung. Ich … Bitte, bitte funktioniere einfach!‹

Halte mich ins Antlitz derer, deren dunkelste, innere Wahrheit du kennen willst. Du weißt tief in dir, was ich zu geben vermag, Banurr. Nutze mich, um ihnen zu zeigen, was sie wirklich denkt. Sie müssen es sehen, Worte von euch allein werden sie nicht dazu bewegen, umzudenken. Die Welt ist im Wandel und ich möchte euch unterstützen. Rache allein wird euch keinen Platz in dieser neuen Welt schaffen, und ich bin froh, dass du das erkannt hast. Die Artefakte sollen nicht dazu genutzt werden, um zu schaden. Das wäre auch niemals gelungen. Selbst dann nicht, wenn die Regentin ihren eigentlichen Plan verwirklicht hätte und dunkle Magie darauf gewirkt hätte. Damit hätte sie die Artefakte nur zerstört. Der Spiegel wird verwendet, um Wahrheit zu sprechen. Wer reinen Herzens ist, muss vor seiner Macht nicht niederknien.

Eine Stimme, so ätherisch und schön, dass er sich für einen Moment fragte, ob er richtig gehört hatte. Süß wie Honig erfüllte ihn der Klang, als würde er eine Erinnerung heraufbeschwören, an die er lange nicht gedacht hatte. Eine, die ihm unzählige wunderschöne Stunden geschenkt hatte. Eine, in die er sich fallen lassen konnte und nur noch Glück verspürte.

War es Florence, die da zu ihm sprach? Beinah hätte er sich umgewandt, um auch nur irgendwo ihren roten Haarschopf zu erspähen. Doch rechtzeitig und mit einem Loch im Herzen erkannte er, dass das nicht geschehen würde. Er fragte sich, ob er überhaupt noch bei Sinnen war, als in den hinteren Reihen der Magischen ein Tumult losbrach. Sie alle wollten gleichzeitig an der versteinerten ersten Reihe vorbeipreschen.

Bane hob den Spiegel und trat einen Schritt vor, nur um augenblicklich von seinem Bann gefangen zu werden. ›Woher weißt du von Florence? Woher hast du dieses Artefakt?‹

Die Lippen der Regentin kräuselten sich. »Ach Banurr … ich war selbst dort, *ich* war es, die das Feuer gelegt hat, um deine liebe, liebe Florence dafür zu bestrafen, dass auch sie sich mir widersetzt hat. Jahrelang war mir diese Frau –« Sie spuckte das Wort förmlich aus, als würde ihm etwas besonders Ekliges anhaften. Ihr Gesicht wurde zu einer grotesken Fratze, die Augen aufgerissen und mit einem wahnsinnigen Glimmen darin. »– ein Dorn im Auge, nun hatte ich endlich einen Grund, ihrem kümmerlichen Leben ein Ende zu bereiten. Pah! Mit diesen dreckigen Menschen in einer Stadt leben, sie bewirten ... Und schließlich habt ihr gemeinsame Sache gemacht, um das Artefakt, das ihr schon lange in eure Gewalt gebracht habt, vor mir zu verstecken. Vor unserer Sache zu verstecken! Du und deine kleine Dirne, die dir zu Willen war und alles machte, nur um deinen gnädigen Blick ein wenig länger auf sich zu spüren. Was dachte sie sich dabei? Dich und deine Ansichten hat sie immer schon unterstützt, aber das ging zu weit. Das war Verrat am Portal, Verrat an uns allen, Verrat an eurer Königin!«

Bane schluckte. Er wollte etwas sagen, doch unterbrach ihn der Gesichtsausdruck der Regentin. Ihre Augen waren vor Angst geweitet, als hätte sie nun erst realisiert, dass sie das eigentlich nicht sagen sollte. Sie wollte nicht ehrlich sein, sie wollte die Wahrheit verschleiern, den anderen weismachen, dass sie die Gute in diesem Ränkespiel war.

Das Summen schwoll wieder an. Jeder hier am Platz hatte gehört, was sie gesagt hatte.

›Du hast sie getötet.‹

Die Elfe holte tief Luft, um ihm das Abscheulichste entgegenzuschleudern, das er je von ihr vernommen hatte. »Und ich würde es wieder tun! Im Krieg ist alles erlaubt und das ist nichts Anderes. So wie ich vorhabe, dunkle Magie auf die Artefakte zu lenken, um sie noch mächtiger zu machen. Mit ihnen als Waffen werden wir uns rächen! Dieser Krieg gegen die Menschen dauert schon viel zu lange an und du hättest mit ihr dort unter den Flammen sein sollen. Du hast mein Vorhaben von jeher aufgehalten! Florence verdiente ihren einsamen, grauenhaften Tod in den Flammen, den ich ihr geschenkt habe.«

Der Anführer der Dunklen Klaue spürte, wie in seinem Innersten ein Faden riss. Jener, der ihn davon abgehalten hatte, vor rasender Wut den Verstand zu verlieren. Als würde er in den Abgrund stürzen, fiel sein Bewusstsein in die Dunkelheit.

»Nein!« Naheniel und Cassandra schrien aus einem Mund, doch er beachtete sie nicht. Sein Fokus galt der Regentin, deren Gesicht zu einer furchterregend lachenden Fratze verzerrt war. Er spürte den Zauber der Bannkugel, der an ihm zog. Je mehr er dagegen ankämpfte, umso stärker griff er nach ihm. Obwohl Bane kaum Luft bekam, drängte er weiterhin auf die Regentin zu, ohne auch nur ein Stück vorwärts zu kommen.

Henry war hinter ihn getreten und seine Anwesenheit beruhigte den Anführer. »Bane wollte dasselbe wie du. Einen Platz für die Magischen in der Welt schaffen. Anders als du wollte er es im Frieden erreichen.«

Und auch die restlichen Bandenmitglieder näherten sich. Da war Sosannas angenehm eleganter Gang, dicht gefolgt von Cassandras Trippeln, die immer einen Schritt schneller ging, als sie konnte, um den Anschluss nicht zu verlieren, und dadurch eine Unregelmäßigkeit in ihr Muster brachte.

»Frieden haben diese Kreaturen nicht verdient.«

»Dann hätten wir ihn ebenso wenig verdient.« Henrys Stimme neben ihm klang ernst und Bane wusste, welches Gesicht er machen musste. So hatte er immer schon dreingesehen, wenn ihm etwas besonders wichtig war, und seinem Ton konnte er anhören, dass es das war. *Wichtig.*

Meine Kinder…, tönte da wieder diese wunderschöne Stimme von weit weg. Das Portal.

»Ich habe mich schon gefragt, wann du das Wort ergreifen wirst«, sagte Henry lachend.

Na, na, nicht so frech, junger Mann. Doch aus ihrem Tonfall konnte man deutlich entnehmen, dass sie es ihm nicht übelnahm. *Ihr kennt nun das wahre Gesicht dieser Frau, die euch jahrelang angeführt hat. Das Gesicht dieser Frau, der auch ich einst Gehör schenkte, doch es beschämt mich, ihr so lange Jahre die Macht geschenkt zu haben, die sie nicht hätte haben dürfen. Bitte, hört dieses eine Mal noch auf mich. Schenkt Bane euer Vertrauen. Singt kein Lied des Hasses und des Verderbens, denn je blutbefleckter euer Sieg ist, umso geringer wird die Macht, die ich in eure Adern fließen lassen kann.*

Bane versuchte, alles in seinem starren Blickfeld wahrzunehmen. Die meisten der Magischen hatten glasige Augen bekommen, wieder andere sahen sich um, als könnten sie die ätherische Stimme des Portals einem Körper zuordnen. Doch alle wirkten wahrhaft ergriffen. Denn die Stimme kam aus ihrem Innersten, aus jeder Faser ihres magischen Seins. Die Magie des Portals war Anfang und Ende von allem, das sie durchdrang.

Bane fühlte die Stimme in sich vibrieren, fühlte ein Brennen, das an seiner Nasenwurzel zog, und blinzelte schnell.

»Glaubt ihm kein Wort!« Die Fratze der Regentin war verzerrt, vor Wut und – wie Bane vermutete – weil sie gegen die Macht des Spiegels anzukommen versuchte. »Das ist –« Sie presste die Kiefer aufeinander und sprach durch ihre perlweißen Zähne hindurch: »Das ist sicherlich wieder einer seiner miesen kleinen Tricks. Bane ist nicht mächtig, aber gerissen.« Man merkte, wie viel Anstrengung sie jedes einzelne Wort kostete. Sie kämpfte gegen den Bann an, kämpfte gegen den Spiegel an und vielleicht auch gegen das Portal.

Bane spürte, dass sich eine eigenartige Stimmung über die Plattform gelegt hatte.

›Es wird zu keinem Kampf kommen.‹

»Glaubst du das oder wünscht du es dir?«, erwiderte Henry und es klang, als würde er es an die Regentin gewandt sagen. Doch die Dunkle Klaue wusste, dass es nicht so war.

Sie alle waren still, warteten. Das leise Sirren der Magie, das sich über ihre Köpfe erhoben hatte, vibrierte immer noch und erfüllte die Luft mit seinem eigenartigen Knistern. Die Welt war im Wandel, das Portal hatte recht.

›Wir werden das Portal verlassen.‹

»Nein!«, kreischte die Regentin. In ihrer Stimme lag so viel Hass, dass Bane wusste, dass sie es lieber sehen würde, dass sie alle vor ihr im Gras verfaulten, als dass sie sie verließen. Das Portal und die Energie der Regentin hinter sich ließen. »Ihr habt einen Eid geschworen! Ihr alle!«

»Mein Eid gebührte der Magie des Portals, des Schutzes der Gilde. Ich sehe nicht, wie ich sie in Gefahr bringe«, sagte Henry langsam und strich sich das blond gelockte Haar aus der Stirn.

»Was passiert hier?« Einige Stimmen erhoben sich, die der Unterhaltung natürlich nicht folgen konnten. Was wohl in ihren Köpfen vorging …

Die Dunkle Klaue hat sich dem Schutz der Magie verschworen, aber auch einem Zusammenleben mit den Menschen. Ich lege all meine Hoffnung in sie. Was dich angeht, Regentin, deren wahren Namen ich vor langer, langer Zeit zuletzt gehört habe … Du hast nichts verdient, was diese Magischen dir geben können. Doch ich habe mir etwas ausgedacht …

Wenn die Stimme es gekonnt hätte, hätte sie wohl einen ähnlich grausamen Zug um die Mundwinkel gehabt wie die Regentin.

Bane erschauderte. Die Macht, die das Portal zu geben vermochte, war groß, ebenso groß musste also die Zerstörung sein, die es über sie bringen konnte.

Der Geruch von verbranntem Haar stieg ihm in die Nase und er taumelte zurück. Warte! Er konnte sich wieder bewegen! Sein Blick schoss zur Regentin, die immer noch erstarrt war. Was passierte hier? Bannte das Portal sie? Oder hatte seine Kugel eine Fehlfunktion?

»Bane … hier wird gleich etwas Schreckliches passieren. Ich kann es fühlen. Hier drin«, sagte Cassandra, die sich mit einem Mal weinend an seinen Arm klammerte und auf ihre Brust zeigte. Sie konnte noch immer nichts sehen, so hob er sie hoch und drückte sie fest an sich.

›Ich bringe dich fort von hier, irgendwohin, wo du für immer sicher sein wirst.‹

Da knallte es mit einem Mal und die Regentin ging in Flammen auf. Sie schrie und selbst in ihr wütete das Feuer. Schnell drückte er Cassandra an sich und hielt ihr mit der freien Hand das andere Ohr zu, um zumindest das Brüllen der Elfe auszublenden, so gut es ging. Die Flammen schlugen höher und fauchten, während sie immer mehr Hitze ausströmten. Bane wandte sich wieder dem

Mädchen zu, das in diesem Moment noch hilfloser und winziger in seinen Armen wirkte.

Das Gesicht Cassandras war tränennass, fiel ihm auf, als sie es an ihn drückte und salzige Schlieren an seinem Hals hinterließ. »Bane … Bring mich nach Hause.« Sie dachte an das Inn, das konnte er ganz deutlich sehen.

Aber er wusste, dass er vorher noch woanders hingehen musste. An einen Ort, den er seit jeher gemieden hatte. Einen Ort, den er seit Henrys Tod nicht mehr betreten hatte.

Er wandte sich um, einen Blick auf die Mitglieder seiner Klaue werfend.

»Viele von euch werden sich sicherlich genauso verloren fühlen wie wir. Verraten von jemandem, dem wir einst vertrauten. Das ist nicht der Weg, den die Dunkle Klaue gehen möchte. Wir wollen uns in Frieden einen Platz suchen. Ihr alle könnt euch entscheiden, ob ihr weiterhin nach den Hassreden der Regentin lebt, oder ob ihr mit uns gemeinsam versucht, den Wandel in der Welt herbeizuführen. Es liegt an euch.« Sosanna hatte sich breitbeinig hingestellt und sah ernst in die Runde. Dabei blieb ihr Blick sehr lange auf der blonden Elfe liegen, die immer noch brüllte und gegen das Feuer ankämpfte, auch wenn sie nichts daran ändern hätte können. »Ich für meinen Teil werde Bane folgen.«

»Bis ans Ende der Welt«, flüsterte der Dämon.

Das schien auch einige der anderen dazu zu bewegen, darüber nachzudenken. Die Banshee war schließlich eine der Ersten, die auf sie zukam und Cassandra die Hand reichte. Ihr folgten viele andere, bis nur noch wenige um die schreiende Regentin herumstanden und versuchten, ihr zu helfen. Doch was auch immer sie taten, es half nichts.

Ihr Blick flog wieder der Regentin zu und nachdem Cassandra es nicht sehen und möglicherweise auch nicht hören konnte, spuckte sie in Richtung der gefangenen Elfe.

»Ihr könnt nicht einfach so gehen! Euer Schicksal ist ans Portal gebunden!«, schrie die Regentin, die sich immer noch keinen Meter rühren konnte über das Feuer um sie und in ihr hinweg. Einzig ihr Gesichtsausdruck verformte sich weiter zu einer Fratze. Erst da richtete sich die Aufmerksamkeit der Klaue wieder auf die anderen.

Meine Macht kann überall erblühen. Geht nach Weltenglanz, werdet dort ansässig und versucht von dort aus, Banes Mission zu vollenden, meine Kinder. Ich werde euch dabei unterstützen, selbst jene, die an einen anderen Ort gebunden wären. Dir, Bane, schenke ich für deinen unerschütterlichen Glauben an die Welt die Gabe der Stimme des Herzens. Sei meine Stimme des Friedens und lasse sie erklingen!

Bane blickte mit traurigen Augen zur Regentin. Der Kummer, den er tief in seinem Herzen spürte, hätte ihn beinah in die Knie gezwungen. ›Es tut mir leid. So hätte das niemals enden sollen.‹ Nur mit Mühe unterdrückte er ein wütendes Zittern, das weniger mit der Regentin und mehr damit zu tun hatte, dass er das Gefühl hatte, versagt zu haben. Auch sie hätte er überzeugen sollen, dass Frieden eine bessere Lösung gewesen wäre. ›Verzeih mir, dass ich dich nicht retten konnte.‹ Er drückte Cassandra an sich. ›Verzeih mir, dass –‹

Doch das Portal unterbrach seine Gedanken.

Du hättest sie niemals retten können, denn ihr Herz war von Anfang an zerfressen von Hass. Und auch wenn ich seinen Ursprung verstehe, hätte sie wissen müssen, dass sie sich niemals vom Frieden hätte überzeugen lassen. Führe die anderen Magischen nach Weltenglanz.

Dann schien es, als würde sie sich an alle wenden, denn mit einem Mal war die gesamte Plattform erfüllt von glasigen Blicken, die sich gen Himmel reckten.

Ich werde sie leben lassen. Ich werde sie bestrafen, dass sie meine Magie dafür verwenden wollte, die Welt in noch mehr Kummer zu stürzen. Aber sie wird leben und für immer hier bleiben müssen.

Sie alle schienen im selben Moment auszuatmen. Manche, weil sie erleichtert waren, dass der Regentin nicht der Tod bevorstand. Andere, darunter Bane, die sich fragten, ob ein Leben hier am Portal, vielleicht sogar ohne irgendjemanden außer sich selbst, nicht schlimmer war als der Tod.

Cassandra regte sich in seinen Armen und er wusste, dass es Zeit war, das alles hinter sich zu lassen. Auch wenn er sich immer noch fragte, ob er der Regentin hätte helfen können. Oder ihr jetzt zumindest helfen konnte.

Weltenglanz also. Selbst Daphne konnte gehen. Bane war klar, dass er sie für eine ganz besondere Erfindung brauchen würde. Wenn das Portal alles schaffen konnte, konnte es auch Daphnes Teich verlegen. Oder ihrem tragbaren Teich in der Seltersflasche einen Funken Wahrheitsmagie einflößen, um den Menschen zu zeigen, wie die Wirklichkeit aussah. Oder aussehen konnte, wenn sie friedvoll miteinander umgingen.

Doch Bane hatte vor, davor noch dem Haus seiner Kindheit einen Besuch abzustatten. Gemeinsam mit seiner Familie. Und damit ließ er das Fauchen der Flammen, die Rufe der Regentin und den Sturm, der so lange in ihm getobt hatte, endlich hinter sich.

28

Nach dem Besuch bei Henrys Mutter, die sich kreischend auf ihren Sohn gestürzt hatte, nachdem sie ihn minutenlang bloß mit Tränen in den Augen angestarrt hatte, waren sie nach Salisbury zurückgekehrt.

Der Gasthof von Florence lag in Trümmern, doch Bane half – gemeinsam mit anderen Magischen und den Menschen der Stadt – dabei, wieder für Ordnung zu sorgen und den Gasthof, so gut es ging, wiederherzustellen.

Ausgerechnet Naheniel hatte vorgeschlagen, dass Bane in die Kirche gehen sollte, was Henry mit einem grunzenden Lachen quittierte.

»Nachdem du keinen Bock darauf hast, schickst du ihn hin, damit er in der Hölle schmort?«

Völlig scheinheilig sah Naheniel von einem zum anderen. Und es funktionierte! Schließlich war es immer noch Cassandras Gesicht, das sie alle anblickte, als könnte sie kein Wässerchen trüben.

»Viele suchen Trost im Glauben, gerade wenn sie jemanden verloren haben, der ihnen nahestand.«

Henry schüttelte den Kopf.

›Möglicherweise hast du recht. Die Menschen werden vielleicht einen Gottesdienst für sie abhalten. Immerhin war sie – trotz des Hasses auf uns Magische – eine gern gesehene Bürgerin. Nicht zuletzt wegen ihres Inns. Ich werde in die Kirche gehen und nachfragen.‹

Bane stand auf und ging davon.

Erst, als er in weiter Ferne das melodische Schlagen der Kirchenglocken vernahm, beruhigte sich sein rasender Puls. Das Arbeiten am Gasthof hatte seine Hände beschäftigt, aber seine Gedanken waren immer wieder zu Florence geschweift. Er war froh, dass Naheniel den Vorschlag gemacht hatte.

Etwas nervös näherte er sich dann doch. Dort drin stand ein Mensch, der ihn vielleicht als das erkennen könnte, was er war. Ein Magischer. Und wer wusste schon an diesen Tagen, wer ihm wohlgesinnt war und wer nicht.

›Pater …‹, sagte er, als er die kniende Gestalt am Altar entdeckte und ihn nicht erschrecken wollte. Die Stimme des Herzens, wie das Portal gesagt hatte, war nun immer zu vernehmen. Ohne Transmitter. Ohne Spielereien.

»Kommst du, um zum Herrn zu beten, mein Kind?« Der Mann war nicht viel älter als er und steckte in einer unförmigen Kutte, doch das Lächeln, das er ihm schenkte, wärmte Banes Herz. Dann aber konnte er hören, wie der Pater schnüffelte und den Kopf hin und her bewegte.

›Ich komme, um zu fragen, ob es für Florence einen Gottesdienst geben wird.‹

Der Pater lächelte. »Ah.« Er verschränkte die Hände ineinander und kam auf ihn zu.

Unwillkürlich hatte Bane das Gefühl, er müsste zurückweichen, tat es aber schließlich doch nicht.

»Dieser süßliche Duft der Magie …«

Alle Alarmglocken in Bane schrillten gleichzeitig auf und noch immer blieb der Mann nicht stehen. Erst, als er ihm so nahe war, dass sich ihre Schuhspitzen fast berührten, hielt er.

»So lange schon habe ich die deinen hier vermisst, und nun kommen gleich zwei an einem Tag!« Belustigt lachte er auf.

›Zwei?‹

»Ich …« Der Pater sah sich um, als fürchtete er, belauscht zu werden. »Der Junge hat um Asyl gebeten.«

›Welcher Junge?‹ Vergessen war seine eigentliche Frage. Banes Blut rauschte. War hier im Ort ein weiterer Magischer, den er nicht entdeckt hatte? War er Locksmith entkommen und hatte er vielleicht sogar dasselbe Dasein wie Daphne gefristet?

»George Locksmith. Sein Vater …«

Die Worte trafen Bane in die Brust, als hätte man mit einem Werkzeug aus Stein auf ihn eingeprügelt, immer und immer wieder. Ihr Echo wollte einfach nicht verklingen. ›W-was ist geschehen?‹

Offenbar hatte der Pater das Gefühl, er könnte Bane vertrauen. Was ihn selbst etwas wunderte, schließlich ließen seine Narben und die dunkle Kleidung, sein kriegerisches Auftreten und der finstere Blick nicht durchscheinen, dass er ein gutes Herz hatte. Trotzdem vertraute sich der Gottesdiener ihm an. »George hätte eine schlimme Strafe, vermutlich der Tod erwartet, wenn er nach Hause gekommen wäre. Das hat er selbst gespürt, also hat er sich davongemacht, um die Beichte bei mir abzulegen, und hat um Asyl gebeten. Nicht einmal der mächtige Conrad Locksmith kann die Kirche stürmen, um ihn einer Strafe zuzuführen. Ich … Ich bin ein Mann Gottes und trotzdem fühle ich mich diesem Erfinder und seinem Hass fremd.«

Bane wusste genau, was der Pater meinte. Er führte ihn an einem Weihwasserbecken vorbei und sog tief den Duft, den es verströmte, ein. Diese kühle, beinah süßliche Luft, die so anders war als der Geruch von Magie.

›Welche Strafe hätte ihn erwartet? Und warum holt Locksmith ihn nicht?‹ Es war schließlich nicht so, dass der grausame Erfinder ein Vampir war, der geweihten Boden nicht betreten konnte. Sondern ein einfacher, von Hass zerfressener Mensch, der offenbar seinen eigenen Sohn bestrafen wollte. Warum dieser aber ein Magischer war, konnte Bane sich bei all den Göttern, die ihm einfielen, nicht vorstellen.

»Ich kenne die genauen Hintergründe nicht. George hat mir nur verraten, dass er bestraft werden sollte, weil er ein Magischer ist. Ein Geist aus der Flasche.«

Ein Dschinn, also.

›Wie bestraft?‹ Bane wurde langsam ungeduldig. Er spürte, wie es in seinem Bauch rumorte und das hatte nichts damit zu tun, dass er noch nicht sehr viel gegessen hatte. Er spürte, dass die Antwort, die ihn erwartete, genauso erschütternd sein würde wie der Verrat der Regentin. Innerlich wappnete er sich dafür.

Der Pater bückte sich nach einer Kerze, die er entzündete und für einen Moment war sein Gesicht von einem wunderbar warmen Licht erhellt. »Conrad Locksmith wollte seinen Sohn im Morgengrauen gefesselt und mit Gewichten beschwert in den Avon werfen lassen.« Er senkte den Blick. »Doch eine der wenigen Frauen in seiner Gefolgschaft, die George liebgewonnen hatte, verriet ihm die finsteren Pläne seines Vaters und verhalf ihm zur Flucht. Von ihr – ich glaube, ihr Name lautet Margaret Beans – angestachelt, haben auch die anderen sich zu fragen begonnen, ob Locksmiths Weg tatsächlich der richtige ist. Viele von ihnen waren heute schon hier zur Beichte.

Dennoch denke ich, es wird noch lange Zeit dauern, bis alle davon überzeugt sind, dass wir in Frieden miteinander leben sollten, wie es unser Herr angedacht hat.

George … Ich glaube, ich kann ihm nicht geben, was er braucht.« Er ließ die Hände sinken und sah sich in die Handflächen, als könnte er dort eine Antwort finden.

Bane unterdrückte ein Würgen und ballte die Hände zu Fäusten, dass sie zitterten. ›Und was, wenn Locksmith seinen Sohn holen kommt?‹

»Das wird er nicht. Denn seine Männer haben sich in den letzten Nächten nacheinander von ihm abgewandt. Seine Macht ist innerhalb weniger Stunden zu Staub zerfallen, weil er die Wege des Herrn missachtet hat. George ist hier sicher, aber er wird sich in Salisbury nie wieder zu Hause fühlen.«

Nimm ihn mit.

Die Worte standen im Gesicht des Paters geschrieben und Bane nickte.

›Ich möchte mit ihm sprechen, wenn es geht.‹

Es dauerte eine ganze Weile, bis George sich öffnete, aber er würde bei der Dunklen Klaue bleiben. Cassandra hatte ihn vom ersten

Augenblick als ihren großen Bruder adoptiert, ohne dass jemand der anderen etwas dazu zu sagen hatte.

Die Begeisterung für Tiere teilten beide und so verbrachten sie den ganzen Tag am Meer, wie Henry und Bane einst.

Jedes Mal aufs Neue schüttelte er den Kopf, wenn er die beiden Kinder sah. Denn nicht nur ihm war die Ähnlichkeit zu ihrer Geschichte aufgefallen.

Wenn sie abends heimkehrten und Henrys Mutter für eine ganze Armee aufgetischt hatte, rochen sie nach Meersalz und Sonne, die Haut gebräunt und die Köpfe voller Abenteuer, die ihnen auf der Zunge brannten, um davon zu erzählen.

Henry schien sich nur schleppend an seine neuen Finger zu gewöhnen und das trotz der Magie, die die ganze Klaue hineingesteckt hatte. Häufig fielen ihm Löffel oder kleinere Gegenstände aus den Händen, aber irgendwann würde er wieder klettern können, so viel wusste Bane. Und das war auch Henry klar, der tagtäglich Fortschritte machte – wenn sie noch so klein waren.

Leo war der Sommer zwar immer noch nicht geheuer, trotzdem wich er den Kindern nicht von der Seite. Dabei thronte er im Schatten auf einem Stein und sah – wie Bane es sich vorstellte – wie die wohl eleganteste Nanny der Welt aus. Und nach allem, was die Kinder erzählten, hatte er eine ganz eigene Vorstellung davon, wie schnell sie ins Wasser durften, nachdem sie etwas gegessen hatten.

»Und dann hat George seine Flügel ausgebreitet, ist in die Lüfte geflogen und hat einen Sturzflug ins Meer hingelegt!«, erzählte Cassandra mit leuchtenden Augen und wandte sich an Bane. »Wirst du mir auch solche Flügel bauen?«

Selbst wenn ihm dabei nicht geheuer war, weil er merkte, wie stürmisch das Mädchen sein konnte, wusste er bereits jetzt, dass er zu diesem Gesicht nur schwer nein sagen konnte. Deshalb lächelte er nur breit.

»Danke, Papa!« Ihr Blick wurde starr und verlor sich in ihrer Vergangenheit. Nur für eine Sekunde lang. Dann wurde er weich, als hätte sich die Härte, die sie erlebt hatte, mit einem Mal schlafen gelegt. Ein Lächeln breitete sich auf ihrem Gesicht auf. »Ich glaube, das passt schon so.«

Und damit stand sie auf, wusch ihren leeren Teller in der Spüle und hüpfte nach draußen.

Wenn es Hoffnung für dieses Mädchen gab, der Hass des Einhorns auf Menschen ein Ende gefunden hatte, dann würde es auch einen Weg geben, dass Magische und Menschen friedlich nebeneinander leben konnten. Nicht abseits in einem geheimen Ort wie Weltenglanz, sondern mitten unter ihnen. Als Nachbarn, Freunde und vielleicht auch Geliebte.

Bane dachte an den Springbrunnen, den sie im Garten des neu erbauten Inns aufgestellt hatten. Aus seinem finsteren Blick hatte Asla, die den Gasthof übernommen hatte, ein freundliches Lächeln gemacht, und auf sein Anraten hin sowohl sich, als auch Florence und George dazu gemeißelt. Was sie wohl zu der Abänderung ihres Kunstwerks gesagt hätte …

Immer noch schmerzte der Gedanke an seine Geliebte. Sie hatte die Welt, die er für sie beide erträumt hatte, nicht mehr gesehen. Aber deshalb musste er es weiterhin versuchen. Für all die Liebenden, die diese Welt ebenso brauchten, wie sie beide es sich gewünscht hatten.

Torquay, Salisbury … England war nur der Anfang, auch wenn sie noch ein gutes Stück Arbeit vor sich hatten, um Locksmith endlich davon abzubringen, weiter zu hetzen. Sie würden die Welt wieder mit Magischen bevölkern. Und dem Hass endgültig ein Ende setzen.

Danksagung

Ein großer Dank gilt meinem Großvater, der nicht nur zugestimmt hat, dass ich Locksmith nach ihm benennen darf, sondern für mich schon immer ein Fels in der Brandung war und mit seinem guten Rat an meiner Seite war.

Auch meinen beiden Katzen Kashmir und Valyria, die mir nicht nur eine wunderbare charakterliche Vorlage für Leo gegeben haben, sondern auch mein Leben in den letzten neun Jahren so sehr bereichert haben.

Meiner Familie, die schon immer mit meinem kreativen Geist leben musste und sich während der Jahre unseres Zusammenlebens sicher mehr als einmal gefragt hat, was wohl in meinem Kopf so vorgeht.

Ganz besonders möchte ich meinem Mann danken, der sich jede noch so kleine Idee anhört und dabei schon das ein oder andere Mal einen Film an einer sehr spannenden Stelle stoppen musste, weil mir ein Einfall gekommen ist, der unbedingt aufgeschrieben und diskutiert werden musste. Ganz zu schweigen von den vielen Momenten, in denen er beinah geschlafen hat und ihn das Licht meines Mobiltelefons weckte, weil ich »nur mal eben kurz noch was notieren musste«.

Lenny, der sich bereiterklärt hat, Leo seinen Namen zu geben, und der magische Geschichten mindestens genauso liebt wie ich.

Meiner Freundin Carina, die mir meine – manchmal etwas gruseligen – Fragen zu allen Bereichen der Medizin immer gewissenhaft beantwortet und ihr Wissen mit mir und schließlich auch mit meiner Leserschaft teilt. Du bist ein unglaublich wichtiger Teil meiner Bücher, liebe Carina, den ich nicht missen will.

Meinen Pitch-Catastrophes, deren virtuelle Ohren ich über unseren Chat immer abkauen darf, wenn ich mal wieder ein Problem habe oder ein Exposé gelesen werden muss.

Meiner Freundin Melanie, die so viel mehr ist als nur meine Gefährtin beim Schreiben und eine wundervolle Freundin, sondern auch ein Blubberbuddy in der Tiefsee.

Meiner Professorin Frau Gabriela Schlünz, durch die ich einen Einblick in die Gebärdensprache bekommen habe.

Jay und Peter, die diesen Verlag aufgebaut haben und ebenso an meine Geschichten glauben, wie ich es tue. Danke, dass auch eure wunderbare Art in Bücher fließt.

Meiner Lektorin Nina, die mit ihrer Redegewandtheit und ihrem Wissen über Sprache sicher ein wunderbares Mitglied für die Klaue abgegeben hätte.

Und dir, liebe Leserin oder lieber Leser. Auch du machst es möglich, dass ich weiterhin meine Geschichten in gebundene Bücher verwandeln darf. Wenn dir also das Abenteuer der Dunklen Klaue gefallen hat, dann zeig das gern auch anderen durch eine Rezension.

Die Namen einiger Figuren in Gebärdensprache:

Damit du zu Hause auch die Namen der Protagonisten ausprobieren kannst, habe ich dir eine kleine Sammlung zusammengestellt.

Asla, »Wunsch«: Du hältst deine rechte Hand, die sich leicht krümmt, vor die Brust, machst eine Geste nach unten bis zum Solarplexus.

Bane, »Erfinder«: Weise mit der rechten Hand flach nach oben, dann nach unten und mache mit beiden Händen eine Bewegung nach unten (flach, nach innen zeigend).

Cassandra, »Erdbeere«: Balle deine linke Hand zur Faust, aber mit ausgestrecktem kleinen Finger. Die Finger deiner rechten Hand umfassen den kleinen Finger deiner linken Hand und machen eine Drehbewegung, als würden sie schrauben.

Dakota, »Verwandlung«: Deine Fäuste liegen vor dem Solarplexus übereinander, es zeigen nur die Zeigefinger nach vorn. Der obere ist gekrümmt. Die obere Hand schlägt auf die untere, dann wechseln sie im Uhrzeigersinn die Position, bevor die obere ein weiteres Mal auf die untere schlägt.

Florence, »Bildhauerin«: Deine linke Hand ist flach und zeigt nach innen. Die andere Hand hast du zur Faust geballt, nur der Daumen zeigt zu der linken Hand und beschreibt eine Geste, als würdest du hineinschnitzen.

Henry, »klettern«: Deine Hände werden zu Fäusten geballt und du führst eine Bewegung durch, als würdest du auf einer Leiter nach unten klettern.

Leo, »Essen«: Krümme die Finger zusammen und führe sie an den Mund.

Naheniel, »Beschützer«: Du hast beide Hände zu Fäusten geballt, die Arme gekreuzt und stößt gleichzeitig einmal vor.

Sosanna, »Ozean«: Der Zeigefinger und Mittelfinger deiner rechten Hand zeigen auf den Mund, bevor du mit beiden Händen auf Höhe des Bauchs Wellen nachempfindest.